Como não te Amar

Carla Fernandez

Como não te Amar

1ª Edição
São Paulo/SP

Pandorga
NACIONAL

Direção Editorial
Silvia Vasconcelos
Editora
Barbara Castro
Produção Editorial
Jéssica Gasparini Martins
Preparação
Daniela Vilarinho
Revisão
Daniela Vilarinho
Diagramação
Gabriella Regina
Composição de capa
Gabriella Regina

Texto de acordo com as normas do Novo Acordo Ortográfico da Língua Portuguesa
(Decreto Legislativo nº 54, de 1995)

Dados Internacionais de Catalogação na Publicação (CIP)
Bibliotecária responsável: Aline Graziele Benitez CRB-1/3129

F418c Fernandez, Carla
1.ed. Como não te amar / Carla Fernandez. – 1.ed. – São Paulo: Pandorga, 2018.
336 p.; il.; 16 x 23 cm.

Inclui bibliografia.
ISBN: 978-85-8442-340-8

1. Literatura brasileira. 2. Romance. I. Título.
CDD 869.93

Índice para catálogo sistemático:
1. Literatura brasileira: romance

2018
IMPRESSO NO BRASIL
PRINTED IN BRAZIL
DIREITOS CEDIDOS PARA ESTA EDIÇÃO À
EDITORA PANDORGA
AVENIDA SÃO CAMILO, 899
CEP 06709-150 - GRANJA VIANA - COTIA - SP
TEL. (11) 4612-6404

WWW.EDITORAPANDORGA.COM.BR

Para o meu amado, Deivid JSR.

Nota da autora

Querido leitor,

Esta é uma obra de pura ficção. Nenhum de meus personagens é inspirado ou baseado em fatos ou histórias reais, qualquer semelhança é mera coincidência; no entanto, algumas amigas ao lerem podem se identificar com certas frases as quais resgatei de nossas longas conversas. Espero que gostem e aproveitem cada página deste livro que criei com todo meu amor.

Nem todas as flores do jardim renovam-se sozinhas, às vezes, só a poda as fará desabrochar novamente.

Prólogo

Gramado, 2000

Entre todos os dias ventosos da minha vida, esse com certeza será o mais doloroso.

Eu era uma menina cheia de sonhos, disposta a ajudar todos. Minha irmã embora tão pequena, nada se parecia comigo. Ela tinha uma doçura nos olhos que me era familiar. Quando não tínhamos muito o que fazer, costumávamos passar o fim de semana na casa de campo da vovó. Andávamos a cavalo, rolávamos pelo gramado fofo e subíamos em árvores, quer dizer… eu subia nas árvores. Shelen ficava lá embaixo agarrando as goiabas.

Aos quatorze anos, ela tão frágil como sempre fora agora se mostra bem mais forte do que eu pudera ser um dia. Deixo-me cair preguiçosamente na cadeira e resgato minhas lembranças:

Eu estava sonhando com bolinhos de chuva. Aqueles cheios de açúcar e canela. E depois de acordada lambi os dedos, então entendi que eu tinha cochilado por alguns minutos. O problema de acordar de um sonho desses é que sua barriga parece ter aberto um buraco. Duas cutucadas de papai foram suficientes para me esticar na poltrona. Um dos homens mais importantes da cidade estava sentado na primeira fileira, o prefeito Malvino, apesar dos pontos de vistas diferentes que eu e papai tínhamos, de fato, o prefeito era um homem digno de ser tão importante. Fizera pela cidade maravilhas, como dizia mamãe. O palco se acende e as cortinas enfim se abrem e lá está ela, vestida de joaninha em seu primeiro musical.

Dá para ver que minha mãe está nervosa, ela simplesmente não consegue por um fio de cabelo no lugar. Na verdade, ela joga o cabelo de um lado para o outro e sinto que a qualquer momento vai ter um piripaque. De longe consigo ver os pequenos olhos de minha irmã, sua pele de porcelana se ilumina com os pequenos fleches das luzes vermelhas. O vestido preto de bolinha combinando com sua máscara também de bolinhas, os braços finos e brancos. Isso me faz pensar no quanto ela era delicada e pequena.

A única forma de ver que minha mãe está definitivamente nervosa é reparar o tremelique das suas pernas, pois eu faço exatamente igual. Talvez ela estivesse mais nervosa que a própria Shelen. Ela não é a única. Reparo que boa parte das mães que estão na plateia se sente como minha mãe. Ela acha que ninguém deve estar notando, nem mesmo a pequena Joaninha que desliza suas sapatilhas flutuantes pelo chão reluzente do palco. Sou ansiosa também, embora não pareça. Na verdade, eu estava me divertindo com aquilo tudo, eu conhecia bem o prefeito, pai de Vitor, meu suposto ou quem sabe futuro namorado. Aliás, já fui à casa dele alguns dias e também já fui a uma festa que deu na piscina no último verão. Já comi pipoca e o beijei assistindo a um filme bobo de amor. Também já o flagrei me fitando com seus olhos cinza com certa malícia.

Mas minha família nem sonha com isso, papai jamais aceitaria que eu namorasse tendo apenas quinze anos. Depois que nossos vizinhos novos lhe disseram para que Levi, o filho caçula, me fizesse a corte, o que era exageradamente antiquado, papai passou a me vigiar, era como se eu quisesse ser cortejada por aquele garoto magricelo de cabelo escorrido e dentes grandes. Eles não são normais; não fizeram nada de normal desde que se mudaram. Eles não vão ao supermercado de chinelos, nem saem na rua antes do anoitecer. Dizem que o sol mancha a pele e deixa rugas horríveis. Talvez esteja aí o porquê de Levi ser tão branco. Hoje mesmo os encontramos em uma situação suspeita, chego a pensar que eles possam ser do tipo que dormem pendurados, como os vampiros, para não amassar a pele do rosto. Levi se parece com seu pai – cabelos ralos e lisos, olhos negros e com unhas longas. Num futuro próximo eu estaria disposta a ajudá-lo a não ser tão estranho. Por sorte ele não parecia ser uma pessoa má, ele até parecia ser bem legal. Já que estudávamos na mesma escola, certo dia, tirou o chapéu que cobria seu rosto para me dar um sorriso ligeiro.

Todos os anos, neste dia, maio, celebramos o dia das mães com uma apresentação da escola no teatro da cidade. As comemorações nesta data reúnem quase toda a cidade e Shelen sempre amou fazer parte das apresentações, embora eu achasse aquilo muito radical, eu não me expunha assim. Mas pela primeira vez conseguiu se soltar e fazer parte do musical, ela é a personagem principal e a que vai fazer a homenagem final. Nessa hora tenho que me segurar para não chorar, pois será demais.

— Deveríamos todos aplaudir — disse o prefeito ao microfone.

Olho toda confusa para papai e sei que ele percebe a tensão que Shelen está passando.

Bastou alguns segundos para ela começar a ler a mensagem que passava no painel ao chão, eu sabia que era lá que ela lia, pois seus olhos iam e vinham naquela direção. Sua voz não falhou e nem mesmo sua mão balançou no vestido.

— O coração de mãe é igual ao oceano, nunca tem fim. — Assim ela finalizou sua doce apresentação. Os aplausos vieram altos e foram se dissipando aos poucos, até ouvir apenas as palmas desesperadas de mamãe.

A vida parecia fácil, até o dia em que minha irmã ficou doente.

Era uma tarde de primavera e eu ainda podia sentir que a pele dela estava quente, mesmo que me dissessem que ela já não estava mais entre nós, mesmo assim eu continuei sentada ao lado dela, segurando sua mão, como eu havia prometido. Minha mãe permaneceu esticada na poltrona na mesma posição por horas até se dar conta do que tinha acontecido.

— Eu quero a minha filha de volta! — mamãe gritava acabrunhada pelo corredor do hospital.

Eu não sabia direito o que deveria fazer. Minha perna formigava. Mas respirei fundo, no que parecia eu era a única que poderia fazer aquilo. Já fazia dez horas que esperávamos até que uma funerária pudesse prestar o serviço. No velório apareceu muita gente, vizinhos, parentes distantes, aqueles de que eu nunca tinha ouvido falar. Vi uma garotinha de mais ou menos seis anos arrancando algumas flores da coroa que Jeni trouxera, o que me causou estranhamento é que ela parecia montar um buquê. As perguntas me incomodaram, todos queriam saber detalhes. Estávamos em sofrimento. Mas ninguém parecia se importar. No dia seguinte meu pai estava perdido em seus pensamentos, garanto que ele simplesmente não tinha condições de decidir nada. Depois da cerimônia, seguimos para o cemitério. Ter que ser eu a dizer o momento em que ela devia ser enterrada, era como se me arrancassem a alma, pedacinhos dela, por fim estava prestes a permitir que descessem o caixão e cobrissem de terra.

— As flores — disse José e as jogou por cima do caixão.

E todos tiveram o mesmo impulso. No breve silêncio que se seguiu naquela tarde, meu velho pai, que ainda não havia derramado uma lágrima, foi abrindo caminho entre os amigos, a cada passo que ele dava meu coração se partia, todos estavam desolados, notava-se pelo som das vozes que se misturavam. Então ele notou que ela não estava mais ali, olhou ao redor e só havia desespero e lágrimas; mamãe ao vê-lo fez um gesto, ele caiu de joelhos largando o ramo de flores no chão, querendo que tudo fosse um terrível engano. Vovó continuou na mesma pose desde quando tinha chegado, ela nem deveria estar ali.

Eu me aproximei, não sabia como reagir, o que deveria fazer, estiquei minha mão para levantá-lo do chão molhado.

— Eu sinto muito, papai. — Era aquele tipo de coisa que todos diziam num momento como esse.

— Não era para ela partir antes de mim — disse ele me destruindo ainda mais. — Sam, por favor, a traga de volta. Traga sua irmã, filha!

— Pai, não faça isso, por favor. — As lágrimas agora estavam correndo, com força, como se os pingos que caíssem no chão inundassem o túmulo.

— Não sei nem o que dizer. Meus sentimentos, senhor Claus — disse José, passando seu braço por cima de mim e de papai, como se nos acolhesse em um ninho.

Ele estava forçando demais, ele nem era tão amigo dela, estava ali por mim e não por minha doce irmã. Olhei ao redor buscando por Pati e Jeni, mas elas já não estavam mais ali. Até que papai nos empurrou e eu agradeci. Ele só queria chegar mais perto do caixão, de joelhos arremessou as flores que trazia e implorou, pediu e implorou de novo a Deus que o levasse no lugar dela. Se Deus o ouvia, não parecia querer escutá-lo. Era tarde e não havia mais o que fazer ali. Permanecer só iria piorar. O coveiro aguardava meu sinal para fechar de vez o túmulo.

Durante as duas semanas seguintes, papai ia ao cemitério todos os dias para levar flores, depois desse tempo passou a ir de duas a três vezes na semana, até que não foi mais, ele simplesmente não foi. E também não tocava mais no assunto. Tinha faltado ao trabalho, muitos dias, coisa que ele nunca tinha feito durante toda sua vida.

Mamãe preparava todos os dias o almoço, mas ele passou a não vir mais para casa, mesmo assim ela preparava, sentava e esperava, ele não vinha então desfazia a mesa e guardava toda comida em potes de vidro na geladeira. Como se aquilo fosse ter importância para meu pai.

— Querida, a comida estará na geladeira — disse ela antes de guardar os potes, como se eu fosse comer aquilo tudo sozinha.

Era impressionante a rapidez com que eu percebia a mudança em meus pais.

Algum tempo depois mamãe me contou que tinha feito uma promessa caso Shelen melhorasse, achei que ela não precisasse pagar pela promessa já que minha irmã não melhorou. Algumas pessoas ainda faziam isso, era uma peregrinação, eu não podia permitir que ela fosse sozinha. Caminhamos mais de quinze quilômetros até chegar à gruta sagrada, meus pés eram só bolhas, minha testa jorrava suor pelo chapéu; o sol não apareceu, agradeci muito ao céu por isso, era um dia cinzento, com nuvens carregadas a ponto de despencarem a qualquer momento; minha mãe não dizia nada, mas sua expressão demonstrava esgotamento físico e emocional, vê-la sofrer daquela maneira me esmagava o peito.

Ela respirava profundamente, lhe faltava o ar.

— Amém senhor — disse e acendeu um maço de velas, desfiou um terço inteiro do rosário, demorou mais de uma hora até que ela estivesse preparada para voltar para casa.

— Não quero ter que falar com ninguém — disse ela quando o táxi nos deixou na porta de casa.

Concordei e deixei que fosse para seu quarto; ouvi o barulho da chave virar então entendi que ela queria ficar confinada, talvez fosse até bom deixar que ela descarregasse as lágrimas presas. De repente senti uma exaustão, queria sair e ver minhas amigas, conversar um pouco, poderia me fazer bem, mas eu não saí.

Foi uma fase difícil da minha vida e propriamente dizendo de toda família, eu sabia que dali em diante tudo mudaria, muitas vezes me pegava perdida em meus pensamentos, as fotos dela espalhadas pela casa haviam desaparecido. Esse pequeno detalhe me entristecia toda vez que eu olhava para a escrivaninha, para o piano, para o aparador do quarto. Papai havia tirado todas elas. Eu no lugar dele teria feito exatamente igual, era uma forma de ajudar minha mãe a superar, não queria que ela esquecesse que tivera outra filha, apenas queria que ela continuasse viva. Quando fui para faculdade pensei em desistir, pois sabia que as coisas só piorariam, mesmo assim eu fui. Sabia que a dor que eu sentia com o tempo passaria e esperava que fosse assim também para eles. Foi contra a vontade de papai que escolhi fazer moda; embora ele desejasse que eu fizesse contabilidade, ele não tinha forças para se opor. Fiquei olhando para ele, esperando qual seria sua reação, me perguntando em que dado momento ele tinha deixado de se preocupar comigo.

Nas semanas seguintes me envolvi com os projetos novos nas aulas, então eles não telefonaram e eu também fiquei um tempo sem ligar. Será que eles sentiam o mesmo que eu? Eu podia ficar direto na faculdade, voltar só nas férias, mas eu vinha ao menos uma vez ao mês, precisava saber como eles estavam sobrevivendo. Estranhei ao perceber que as flores do jardim murcharam e morreram. A fisionomia deles mudara muito, meu pai emagreceu e seu rosto havia ganhado novas rugas, minha mãe parecia que tinha envelhecido uns dez anos. Pensei em talvez desistir, algumas vezes eu pensei... mas tinha algo dentro de mim que gritava, pedia para que eu seguisse firme. Alguém tinha que estar consciente naquela família.

Depois de tanto tempo, enfim, chegou o dia de voltar para casa e sentia muito medo do que eu iria encontrar. Era como se eu estivesse regredindo. Ter que deixar aquele pequeno cômodo que tinha sido meu lar por quatro anos era mesmo difícil. Eu já tinha me adaptado a uma nova rotina, não precisava mais ter que dizer aonde eu ia e com quem eu ia. Pensei que talvez eles percebessem que eu havia crescido. Na sexta-feira, meu último dia de aula, meu namorado Henry (talvez estejam se perguntando o que aconteceu com Vitor; ele foi embora da cidade dias antes da morte de Shelen) trouxe um buquê de flores, o que me fez abrir um largo sorriso.

— Só estou tentando ser romântico — disse ele me abraçando.

— Não precisa ser o que não é só para me agradar — respondi. Ele me olhou de forma estranha.

— Eu quero que se case comigo.

— Hum... — Elevei meus olhos até a altura da sobrancelha.

— É isso mesmo. É um pedido de casamento.

— O quê? — perguntei incrédula. — O que está dizendo?

Houve um longo silêncio.

— Bebemos muito... É nosso último dia, não vamos falar de coisa séria, deixa isso para o futuro.

Havia uma grande chance de aquilo tudo ser loucura, estávamos tão bêbados que não achamos as chaves do quarto e naquela noite dormimos na praia. Imaginei minha mãe me olhando sair de casa com todas as minhas roupas, deixando ela e meu pai definitivamente sozinhos, depois de quatro anos longe de casa.

Um

A CASA PASSAVA DIAS FECHADA, O CHEIRO DE MOFO ESTAVA IMPREGNADO, foi quando voltei da faculdade que fiz o que era preciso, pois pelo que eu tinha percebido minha mãe só se afundara ainda mais em tristeza e eu estava disposta a fazer tudo por ela. Se eu não fizesse, quem poderia fazer? Meu pai tornou-se um homem amargo e toda noite chegava tarde e nem falava com ela. — Talvez tenha arrumado uma amante — foi o que pensei. Os dois não saíam mais de mãos dadas para aqueles jantares finos que ele costumava levá-la ao menos uma vez na semana. Isso talvez nunca mais acontecesse. Era difícil sorrir diante de tanta tristeza que habitava aquele lar que agora me parecia tão estranho. Visualizei toda a sujeira e bagunça, joguei algumas peças de roupas fora, queimei revistas e jornais velhos, pus as cobertas ao sol e abri as janelas até colarem na parede. Fiz uma limpeza que durou mais de uma semana, minha mãe ajudou no que pôde, papai olhava de canto quando chegava tarde e eu ainda estava lá com um pano esfregando a parede, o chão, o azulejo... Por fim coloquei tudo em ordem. Os dias foram passando, os meses também, até que meu pai começou a jantar em casa, a trazer pães frescos para o café da manhã. Uma coisa eu não tinha o convencido de tirar, a barba, mesmo lhe dizendo que poderia rejuvenescê-lo alguns anos.

— Samantha. — A voz dele era grossa, parecia bravo. — Onde colocou meus discos?

— Ah, é isso? Coloquei no escritório, papai. Eu sei que o senhor gosta muito deles, então eu os coloquei em uma caixa de veludo, livrando-os do mofo.

— Obrigado, mas os preferia aqui na sala. — Ele não dava trégua.

— Pai, a sala é pequena e a TV que comprei para mamãe ocupou quase todo o espaço do móvel, então seus discos estão bem guardados no seu devido lugar — disse firme, tentando fazer com que ele me tivesse como uma aliada e não como uma intrusa.

— Tudo bem. Deixe-os lá. Tudo bem. Tudo bem… — ele ficou repetindo.

Foi assim desde que tudo mudou: a minha vida parecia estar de ponta-cabeça. Minha mãe vivia dizendo que uma hora eu me encontraria, ela havia melhorado muito com minha presença, estava mesmo fazendo bem para ela e ter que deixá-la não parecia a coisa mais certa.

As meninas da faculdade estavam seguindo cada uma sua carreira, quando eu conseguia ir à cidade eu sabia dos acontecimentos, outras vezes Pati fazia questão de contar, talvez para que eu visse o que estava perdendo. Umas até casaram, cheguei a receber convites, mas não fui a nenhum deles. Não sei por que não fui. Simplesmente eu não ia.

Ao chegar à casa naquela tarde, após caminhar duas horas pelo mercado com minha mãe, troquei de roupa pelo pijama listrado da Shelen, é eu usava sim, peguei um pote de sorvete e me joguei no sofá, era segunda-feira e eu estava de folga.

Quando me dei conta já haviam se passado quatro anos.

Abri a janela e senti a brisa fria do vento e veio um cheiro de alecrim, ouvi um ruído de música, distante, deveria estar rolando alguma festa na vizinhança. Algumas vezes quando voltava tarde do trabalho, podia ver de onde vinha o barulho, da casa de Levi e me ocorria um desejo súbito de ir até lá. Esses ápices de desejos, no fim, me fizeram entender que aquele não era o meu final feliz… quer dizer eu nem acreditava mais em finais felizes.

Enquanto caminhava pelo quarteirão nebuloso, os pingos fracos da chuva que caíra mais cedo sujavam meu sapato bege. As pessoas pareciam ter sidas sucumbidas de uma hora para outra. Passava um pouco das sete horas quando entrei no bar, no balcão estava Júlio servindo os drinques com aquela cara feia de sempre, o cumprimentei ao atravessar o salão e entrei no banheiro que já cheirava mal, fechei meu nariz com a ponta dos dedos e troquei de roupa ligeiro. Antes dei uma sacudida no uniforme, vesti a minissaia preta e a camiseta verde que de tão justa amassava meus seios, contra minha vontade. Não queria que me achassem exigente, por isso eu nunca havia reclamado do quanto era curto e indiscreto, era o tipo de roupa que eu não usaria nem mesmo em casa, entretanto, eu precisava daquele emprego, ao que parecia, ninguém estava disposto a dar emprego a uma pessoa que nunca tinha trabalhado na vida, então, eu não podia reclamar.

— Olá, Sam. — Pati me cumprimentou e foi largando sua bolsa pesada sobre o balcão.

— Olá, Pati.

— Demorou hoje? — questionou ela.

— Vim de ônibus, meu carro não está nada bem.

— Você e aquela sua lata velha.

A mulher atrás dela me encarou, esperando que Pati saísse da frente para que ela pudesse se sentar.

— Perdão — disse ela chegando para o lado, eu atendi a mulher e ela continuou tagarelando.

— Você nunca pensou em trocar de carro? Ah, sei lá. Comprar um carro popular. Que horas acaba seu expediente? — Eu tinha acabado de chegar e ela já estava perguntando a que horas eu sairia. Aquela era a minha amiga sem noção nenhuma, mas ela era a minha melhor amiga.

A senhora pegou o copo de bebida e saiu, antes lançou um olhar pragmático para Pati, eu abri um sorriso profissional e voltei a encarar Pati que ainda falava sem parar.

— Pati... Estou tentando trabalhar — murmurei, mas não me movi.

Ela olhou para mim e depois para Júlio.

— Tudo bem. Agora você só quer trabalhar. Acabei de chegar aqui e já me dá as costas — disse num tom melancólico.

O senhor de camisa listrada sentado na ponta esquerda do balcão me olhou e resmungou alguma coisa.

— É que pensei que as pessoas trabalhassem no seu local de trabalho — ironizei, virei de lado e comecei a organizar os copos.

— Eu sei disso. Mas Júlio dá conta de tudo. E ele faz isso muito bem.

— Você deveria estar em casa estudando. Não deveria?

— Já estudei. Aliás, já sei tudo. Essa avaliação será moleza. — Ela repetia isso todas as noites.

— Penso que deveria dedicar-se mais. O jornal está te dando uma chance de ouro.

No fundo eu sabia que ela não estava dando a mínima para essa oportunidade. O importante era garantir o seu salário e suas roupas de grifes. Ela trabalhava no jornal há mais de cinco anos e agora teria a chance de virar repórter. Logo ela que é tão especuladora. Nos últimos anos ela tem me ajudado muito ao escutar todas minhas lamúrias. Confesso que eu não conseguiria fazer o mesmo por ela.

Pati trocou um olhar suspeito com Júlio, eu ignorei de vez. Fechou a cara, e depois, olhou culpada para o lado da mesa onde estava a pasta com os livros que nunca lia.

A noite estava tão cinzenta como a maioria das noites de inverno; todo mundo parece detestar noites assim, mas eu gosto. Precisava de algo para esquentar meu corpo, então fui até a pequena cozinha e enchi meu copo de vinho, olhei por cima do ombro e vi que ninguém poderia ver o que eu estava fazendo, então virei o copo e voltei. Júlio retirava os copos vazios das mesas e eu fui fazer o mesmo. Ele não gostava de fazer este tipo de serviço, eu lhe dizia que podia deixar que eu fizesse, mas quando eu demorava a recolher ele mesmo fazia.

O bar não é nada moderno, as paredes são cobertas de pedra lascada, a decoração é de gosto duvidoso, fotos de pessoas desde a década de sessenta estampavam a parede, até uma foto dos Beatles repousa sobre o mural. Gosto da harmonia que esse lugar me traz, tem cheiro de madeira e flores, mas também cheiro de umidade. Talvez seja o lugar mais procurado pelos turistas. Não que isso importasse. Toca todo tipo de música e algumas delas me trazem lembranças as quais ainda luto para esquecer, de certo modo meus pensamentos sempre acabam nele. Até que meus olhos ficam embargados. Estou prestes a derrubar uma lágrima quando Júlio chega mais perto.

— Está tudo bem, Samantha?

— Está sim! — Enrijeci meus músculos.

— Escuta, se quiser ir embora mais cedo, pode ir.

Tento me recompor.

— Ouviu o que eu disse? Vai para casa. Não posso deixar que trabalhe assim, triste.

— Júlio. — Olho para ele, mas não o encaro. — Eu agradeço. Mas estou bem. Estou mesmo bem.

Ele era um bom homem, solteiro, devia ter um metro e oitenta de altura, tronco alto, olhos castanhos, vivia sozinho numa casa perto do lago. Olhei para o caixa e vi que Júlio mexia sem parar nas comandas, contava e recontava, aquela cena se repetia a cada cinco minutos, ele não se sentava nunca, tinha que estar sempre fazendo alguma coisa. Ele era elétrico, tinha um sorriso leve. Era um cara interessante, quase não falava muito. Mas ele não era o tipo de cara que eu queria. Não que ele não fosse meu tipo, talvez eu não fosse o tipo de ninguém. Ele ficava me observando, me olhando de canto de olho, esperando que eu correspondesse àquele olhar tão profundo. E eu sentia certa angústia por não o corresponder.

Estava quase na hora do meu intervalo. Quarta-feira não tinha muito movimento, avisei a Júlio e fui lá fora fumar um cigarro, vício que eu detesto e juro que um dia irei parar. Edu, o irmão de Pati, veio me cumprimentar. Segurou minha mão com um jeito sedutor que me fez estremecer dos pés à cabeça. Mas sei como ele é cafajeste, recolhi meu sorriso demonstrando indiferença, sem paciência alguma para suas investidas repetitivas, encostei na parede me afastando dele.

— Você está ainda mais encantadora — disse ele me cortejando, tentando parecer um homem interessante. Na verdade, ele era interessante. Esse era o perigo.

Eu sorri agradecendo o lisonjeiro elogio, mesmo não gostando do jeito com que ele me olhava, pois me despertava certos pensamentos, até insanos. Puxei minha saia e ajeitei o decote v da camiseta. Ele era o tipo de homem que toda mulher deveria manter uma distância consideravelmente segura, ou ela correria o risco de acabar em sua cama. Claro que Pati jamais quis que eu fosse uma delas, então me alertou desde o início.

O vento forte chacoalhava meu cabelo e minhas bochechas queimavam, deveria estar vermelha, eu podia sentir. Edu me olhava de soslaio.

— Você vai sair que horas?

— Edu, por favor, não me perturbe. Não vê que não vai rolar?

— Ei! Tudo bem. Já entendi.

— Que bom.

— Certo. Vou indo então.

— Faça isso. — Usei um tom firme.

Ele ergueu as sobrancelhas. E tentei lembrar que mesmo lindo era o tipo cafajeste.

Não pretendia, mas quando voltei vi que Pati estava na pista abraçada a José, cochichando em seu ouvido. Deveria estar se insinuando para ele, com certeza. Assim que me viu ela sorriu gentilmente, sem dúvida se divertindo enquanto estou atrás deste balcão. Dei uma olhada no relógio – marcava meia-noite. Enquanto isso, eles rodopiavam na pequena pista, como dois dançarinos, a barriga dela ficava à mostra conforme ele a girava. Perguntei-me como ela conseguia ser assim? Há dois dias chorava por Alceu e agora se jogava nos braços de José. Não que isso me incomodava, de maneira alguma. Só não conseguia entender como ela fazia isso. Sou tão burra, há tanto tempo espero por Henry. Por quê? Se ele nunca se importou comigo. Eu só queria ter essa coragem dela. Ela é divertida, não tá nem aí para o que os outros pensam. E eu admiro, mas eu não sou assim. Recolhi os copos e os clientes iam saindo. Estava um pouco escuro, mas eu já tinha percebido aquele homem de terno cinza de pé perto do banheiro, mexendo sem parar no telefone, Júlio que tinha o atendido.

Um tempo depois Pati veio em minha direção com um copo na mão andando toda torta. Como é de costume exagerou na bebida. Ela vestia um corpete azul que deixava à mostra um pedaço da sua barriga sarada, uma calça branca que desenhava bem o seu corpo e vivia passando a mão naquele cabelo loiro e liso. Bem, ela poderia vestir uma burca e continuaria linda. Corpo violão: cintura fina e perna grossa. Ela me estendeu a mão meio que implorando que eu a segurasse e eu claro não desdenhei tal pedido.

— Sam... Minha amiga — ela falou com a voz trêmula, apertando tão forte meus dedos que me contorci. — Estou apaixonada.

— Pati, chega de beber.

— Eu estou bem, tá legal? — murmurou com a boca torta. Eu sabia que no fundo ela não estava nada bem.

— Por que não vai para casa? — Ela fez uma careta e debruçou-se sobre a mesa.

— Falei com José!

— E o que falou com ele? — continuei desinteressada.

— Como o que falei? — Ela me olhou perplexa. — Falei que o acho um cara legal. — Fez uma pausa. — Ah! Disse que eu o acho lindo... gostoso — disse ela deslizando a ponta da língua entre os lábios carnudos.

Ui, achei tão nojento. — Você teve essa coragem?

— Bem, não tive tanta coragem assim. Queria ter dito que adoraria dormir com ele, queria mesmo é que ele me levasse para sua casa. Nossa... Ele tem um bumbum durinho.

— Pati, por favor, pare com isso — eu disse, e ela cruzou os braços.

— Credo, você é muito careta. Só disse que ele tem uma bunda linda. E sim, se ele fosse esperto, faria sexo comigo.

— Vou chamar seu irmão — disse por fim.

— Não... não o chame, por favor — implorou com desespero.

— Parece ter recuperado os sentidos — provoquei.

Quando acabei de recolher os copos, ela não estava mais ali e nem mesmo Jeni. Talvez tenham ido até o banheiro. Fui atrás delas. Mas elas também não estavam lá. Voltei e dei de frente com o homem do terno cinza. De repente me senti estranha e meu coração acelerou. Havia dois casais sentados na mesa do lado, ele parecia pousar seu olhar em mim, olhei para trás, talvez ele olhasse para eles, mas não, era mesmo para mim. Como cena de um filme, as luzes se apagaram e voltaram a acender alguns segundos depois. Por impulso me joguei para cima dele.

Antes que eu pudesse dar o primeiro passo, a voz dele entrou em minha mente lentamente, como palavras sendo sussurradas. Ele era tão lindo, pele bronzeada e sorriso branco. Que homem era esse? Estava nervosa, era visível. Por pouco o copo que trouxe do banheiro não caiu da minha mão. — Como ele era lindo — voou meu pensamento.

— Oi. — Aquela voz me deixou gélida.

— Oiii... — respondi com a voz meiga quase que me desmanchando, me sentindo ridícula.

Ofereceu-me um copo de cerveja e eu agradeci, mas recusei mostrando meu uniforme. Dentro de mim algo ficava diferente.

— Muito prazer, Srta., John! — Ele esticou a mão direita me cumprimentando com um sorriso enaltecedor. Quando nossos dedos se tocaram, um arrepio percorreu todo meu corpo, senti meu rosto corar, retirei a mão rapidamente e ele percebeu minha insegurança.

A voz dele era tão gostosa de ouvir que entrou derrubando tudo pelo caminho.

Minha voz parecia não sair, mas logo a ouvi.

— Prazer — respondi, alcançando sua mão.

— E qual é seu nome?

Ele ainda estava olhando para mim, meu olhar ficou perdido, eu não queria encará-lo assim.

— Samantha. — Eu estava babando, nem sei se estava, mas parecia.

— Gostaria de uma dança?

— Hã... — Arregalei meus olhos. E me recompus. — Ah! Eu... É, não posso. Estou trabalhando — respondi firme, apontando para o bordado na minha camiseta a vácuo. Ele só podia ser um príncipe ou estava me testando. Quem hoje em dia convidava uma mulher para dançar? Fiquei tão desnorteada.

— Apenas uma música — pediu descontraído.

— É que eu não posso — falei alto mostrando-lhe minha camiseta.

— Então vou esperar que termine seu trabalho — disse atrevido. Ele era simplesmente o homem mais lindo do mundo, parecido com esses agentes de polícia.

Resisti à vontade que me passou de sentir o toque da mão dele de novo.

— Olha... — Meu queixo quase foi até o chão. — É que saio só quando o bar fecha. Então, já vai ter acabado a música. — Dei de ombros.

— Bem. Se permitir, eu a levo para casa.

Engoli seco. — Eu adoraria ter a sua companhia — disse desprevenida. — Mas... É que minha noite será longa. Tenho muito trabalho. — Eu não iria para casa com ele. Ele podia ser lindo só que isso não mudava o fato de ele ser um desconhecido.

Ele abriu um sorriso e disse:

— Eu ajudo você a terminar. — Sorriu.

Meu sorriso se abriu prontamente.

— Não precisa. Mesmo! — afirmei. — Agradeço. — Estava totalmente sem graça.

— Se não acha seguro ir sozinha, chame sua amiga. Cadê aquela sua amiga?

Meus olhos se perderam e procuraram desesperadamente por Pati. Aquilo tudo parecia fugir do meu controle, ele ali na minha frente, meu coração palpitando como se quisesse pular fora de mim. Ele estava o tempo todo me observando. Como ele sabia de Pati?

— O lugar é bacana — disse ele com sutileza.

— É. Eu gosto.

— E o que costuma fazer quando não está trabalhando? — Ele parecia bem à vontade.

— Samantha... — Júlio chamou num tom agressivo, praticamente gritando.

Fiz sinal com a mão avisando a ele que já estava indo.

— Não muita coisa. Dá-me alguns minutos? Preciso voltar ao trabalho.

— Claro. — Ele abriu o caminho para que eu passasse. — Ei, posso te esperar?

Puxei o ar do pulmão e mexi a cabeça, concordando. Ele não conseguia disfarçar, seus olhos me fitavam. Eu ainda sabia quando um homem tinha atração por uma mulher, e a mulher era eu.

As pessoas foram todas embora. E ele permaneceu ali. Júlio o encarava de vez em quando. Cochichou em meu ouvido:

— Aquele homem não vai embora?

— Ele está me esperando — respondi, não querendo ter que dizer aquilo. Foi como se eu enfiasse uma faca de serra no coração de Júlio.

— Hum... Vai embora com ele? — perguntou apático.

— Júlio, isso não é do seu interesse.

— Tudo bem. Não sabia que o conhecia. Desculpe. — Levantou a mão e saiu para levar os sacos de lixo.

Ele ficou esperando eu terminar de lavar todos os copos, de vez em quando eu olhava para ele sem entender nada do que estava acontecendo, mas o fato era que ter ele ali me esperando me trazia uma sensação boa.

Júlio fechou a porta atrás de nós dois e não se despediu.

— Onde você mora?

— Uns trinta minutos daqui.

— Parece um bom emprego.

— É... Não é o que eu queria, mas sim, é sim um bom emprego.

— Não sou um cara que acredita na sorte. Mas parece que hoje eu tive a sorte de conhecer você. — Pousou seu olhar no meu. — E isso não é uma cantada — disse em sua defesa. Mas ele estava sendo galanteador.

Sustentei o seu olhar. Ele ergueu a sobrancelha e pude ver que os olhos eram azuis. Tão azuis que me trouxeram lembranças do mar.

— Será mesmo que foi sorte? — completou ele dando ênfase.

— Quem sabe. — As palavras saíram da minha boca com tanta rapidez que não pude impedi-las. E meu sorriso ficou tímido. A conversa fluía enquanto caminhávamos para o carro dele estacionado a uns 50 metros do bar, do outro lado da calçada.

Senti por um curto tempo que o mundo inteiro parou à nossa volta. Ele parecia aquele tipo conquistador, e mesmo assim eu queria que ele continuasse dizendo tudo aquilo. Era bom demais ouvir. Paramos na frente do carro dele, ficamos estáticos, pensei no que fazer e fui logo abrindo a porta, ele me impediu e abriu para mim. Sentei nervosa, batendo as pernas, minhas bochechas ficaram quentes, estiquei as costas para parecer um pouco mais alta, pois ele era bem mais alto do que eu.

— Em qual direção? — perguntou, me fitando com seus lindos olhos.

— À direita.

Seguimos até o primeiro semáforo. Fui falando a direção a cada rua que passava, à direita, agora à esquerda, entra depois da segunda saída. E assim subsequente até pegar a rodovia. Fiquei confusa e senti que pisquei diversas vezes.

— Você é de onde? — perguntei, notando que ele tinha um jeito muito diferente de falar.

— Eu sou francês.

— Sério? Mas você fala tão bem o português.

— É que vivo entre o Brasil e França há quinze anos. Moro em São Paulo e Paris.

Levei a mão à boca.

— Ah, entendi. — Como um homem daquele nível tinha ido parar no bar?

— E você?

— Eu... Moro aqui a vida toda.

— É um encanto essa cidade. É apaixonante.

— Eu também acho. — Soltei o ar imaginando Paris e suas ruas lindas. — O que lhe trouxe à cidade?

— Trabalho.

— Hã...

— E a sua amiga? — perguntou de repente.

— Minha amiga? — Pensei que talvez ele tivesse interessado nela. — Ah... Ela deve ter ido embora mais cedo. — Voltei meu pensamento por um instante a Pati, no estado de embriaguez que se encontrava e talvez ela estivesse agora com José, na cama dele, como queria.

De repente ele pegou minha mão dando um beijo suave que me estremeceu inteira, mas recolhi a mão ligeiramente.

— Samantha... É lindo seu nome — disse ele enquanto dirigia. — Parece loucura, mas você mexeu tanto comigo. — Fez uma pequena pausa. — Eu quero conhecê-la. Quando te vi, fiquei relutando para não ser tão atrevido, mas quando vi uma oportunidade, não sei o que me deu; algo disse que eu deveria ir até lá e falar com você. — Ele falava enquanto seus olhos desviavam da estrada, vindo em minha direção. — Perdoe-me se te assusto. Eu sei que nós homens às vezes nos tornamos criaturas ruins na vida de mulheres como você. — Ele sacudiu a cabeça. — É louco isso, mas você é diferente.

Não estava entendendo o que ele queria dizer com aquilo tudo, mas minha vontade era de dizer a ele que não, que ele não seria nada de ruim na minha vida. Mas me contive. Ele era apenas um estranho me levando para casa. E pensar que eu não tinha considerado os riscos que corria. Quem é ele? Será que era mesmo acaso? Por que ele me transmite segurança? Milhares de pontos de interrogação pairam no ar.

— Mas prometo que não vou arruinar sua vida — continuou abrindo um sorriso pleno.

Para ser sincera, eu não queria que ele parasse de falar aquilo. Queria mesmo que ele arruinasse a minha vida, se é que isso ainda era possível. Ele freou bruscamente. Senti meu coração se apertar em minúsculos pedacinhos. — Pronto é agora que serei estuprada e amarrada, depois ele irá me jogar numa vala. Eu estava assistindo a muitos filmes de terror. Só podia — pensei.

— É loucura... — Ele se virou para mim, fiquei assustada demais. — Faz só duas horas que a conheço e dentro de mim sinto uma vontade tão grande de beijá-la. — Eu me encolhi. — É que você parece ser diferente. Tem alguma coisa em você que me faz querer ficar perto. — Droga, ele tava sendo galanteador de novo. — Nunca alguém mexeu comigo assim — completou com uma voz rouca. Fiquei paralisada com as palavras. Aquela garota que Henry havia deixado para trás me olhava com uma expressão que eu desconhecia. — E não precisa ficar com medo. — Ele ergueu a sobrancelha. — Não vou raptar você. — Ele abriu um sorriso.

Há anos que eu não me sentia daquele jeito.

— Eu não estou com medo! — eu disse. — Espera! Tenho medo sim, mas não é de você. — Voltei a encará-lo. — Acho melhor a gente ir.

— Claro. Desculpe-me — disse sem graça e prosseguiu.

Por alguns minutos ele não disse nada.

— Sinto muito se te assustei.

— Não me assustou — adverti resoluta.

— Não... Quer ver o raiar do sol comigo? — O olhar dele era intimidador. Enruguei ainda mais a testa.

— Hoje?

— É.

— Impossível — soei um tanto sagaz. — É... É que eu não posso! Está muito tarde.

Senti a mão dele apertando a minha.

— Eu só quero te conhecer — interrompeu. — Conversar. — Ele olhou para baixo parecendo buscar algo e voltou a me olhar com seus lindos olhos azuis, azul como o mar. E eu me senti uma completa idiota. — Pode ser que ache meio patético o que vou dizer. Porque eu acharia. Mas é destino. Só pode ser. Eu não vim atrás de mulher. Nem mesmo pensei em conhecer alguém tão linda quanto você. Nem eu consigo entender por que a senhorita me despertou tanta admiração — disse, confundindo minha cabeça. — Prometo que não irá se arrepender de passar algumas horas comigo.

— Desculpe-me... — Eu disse, arqueando a sobrancelha. — Mas prefiro que me leve para casa. Se não se importa.

Ele se calou.

Ao parar o carro, ele acendeu a lâmpada e uma luz amarela iluminou o seu rosto, ele usava a barba escanhoada, seus lábios vermelhos, me convidavam a tocá-lo.

— Viu como não sou tão ruim quanto pareço — disse ele. — Eu a trouxe segura, como disse que faria.

Pensei que fosse dizer mais alguma coisa, pedir novamente para me conhecer melhor. Mas ele não o fez.

— Obrigado — respondi.

O olhar que ele me dirigiu foi penetrante. Nossas bocas estavam tão perto que eu pude sentir sua respiração; de repente, o sorriso dele se abriu, expressando brandura. Ele me fez lembrar de que eu ainda era capaz de ter sentimentos por um homem. Quando ameacei descer do carro, ele segurou meu rosto com sua mão suave e deu um beijo gelado, um beijo... que me congelou.

— Tchau. — Ele me olhou fixo, sustentei seu olhar por alguns longos segundos.

— Tchau, John. — Meu mundo parou.

Fiquei olhando o carro se afastar lentamente, por alguns segundos consegui acompanhar os movimentos de sua mão arrumando o retrovisor, parecia que ele estava me olhando conforme se afastava.

Quando entrei em casa tudo estava escuro e silencioso. Tentei não pensar no peso da mão dele sobre minha perna, do quanto aquele acaso tinha mexido comigo. Depois, vesti meu pijama e deitei, mas o sono não vinha. Antes mesmo que eu pudesse pegar no sono cheguei a fantasiar o raiar do sol.

Dois

Por que não aceitou o convite dele? — Foi com aquela pergunta que eu acordei na manhã seguinte. Os raios finos do sol ultrapassavam a cortina. O clima estava bem gelado com a chegada do inverno e pairava sobre o ar um cheiro úmido de folhas que apodreciam no gramado. Pensei em Pati, no bar, nos copos que havia deixado pendurados sem guardá-los, na cara que Júlio me olharia hoje e, também por um breve segundo, pensei no desconhecido de nome John. No beijo, na sua mão quente, no quanto ele tinha mexido comigo. Ao pensar nele meu coração disparou. Em questão de minutos, eu estava de pé, desci as escadas devagar e procurei por minha mãe. Ela deveria estar na terapia. Com muito custo eu a tinha convencido de que frequentar um grupo de terapia era uma maneira de ajudá-la e, de fato, vinha ajudando-a, e muito. Agora eu podia passar mais tempo fora de casa sem que ela me ligasse de minuto a minuto, choramingando, o que me fazia largar tudo e voltar logo para casa.

Minha vida girava em torno da minha mãe e eu sabia que uma hora isso tinha que mudar, estava mudando, devagar, mas eu sentia que estava. Por fim, ela não parecia mais chorar por Shelen. Ela dizia que em alguns dias estaria bem e que depois não precisaria ir para a terapia, até lá eu insistiria para que ela continuasse. Talvez, um dia desses qualquer eu até possa ir com ela. Eu passava as noites fora. Trabalhando. Ela ficava em casa sozinha, a TV era sua única companhia e ler era sua grande paixão. Ela passava horas folheando as revistas que papai trazia do escritório. Meu pai não tinha vocação para leitura, mas para números, ele era incrivelmente extraordinário. Apesar de eu ter descoberto em seus pertences uma coleção infinita de gravuras, imagens pintadas à mão por ele na adolescência.

Nunca tivera certeza se ele se orgulhava daquilo, pois ele quase nunca demonstrava emoções. Até brigou comigo quando corri para mostrar as imagens a minha mãe. Arrancou-as da minha mão e pediu para que eu nunca mais fosse enxerida. E eu respeitei. Nunca mais toquei no assunto. Acho que meu pai não era feliz com suas escolhas. No entanto, sei que ele nunca seria capaz de admitir isso.

À NOITE, QUANDO JÁ ESTAVA CANSADA, TENTEI MANTER MEUS OLHOS BEM abertos. Depois de tantos copos e garrafas recolhidas, olhei muitas vezes para o relógio, esperando que ele fosse voltar, quem sabe ele quisesse me levar em casa de novo, só que ele não apareceu. Júlio não estava com uma cara muito simpática, então fiquei na minha e a cada segundo ele me olhava de esguelha. Pati também não apareceu. O que me causou estranhamento. Ela vinha todas as noites, praticamente todas quando não estava namorando, por vezes, até trazia seu trabalho para o bar. Bem, isso significava que ela e José tinham mesmo dormido juntos. De repente, me transportei para o tempo da faculdade, em Santa Maria, exatamente na noite em que conheci Henry. Talvez ele tenha sido meu primeiro amor. Nós éramos muito jovens e desejávamos aproveitar cada segundo que a vida nos dava; pulsava em meu corpo um desejo que eu desconhecia. Ele fazia de tudo para ser romântico. Aquela noite deixou em mim fortes lembranças, pois foi o dia em que fiz amor pela primeira vez, eu tinha dezenove anos e foi incrível deitar sobre a luz do luar. Os olhos dele me olhavam com fervor, os lábios quentes prontos para tocar os meus, ele me desejava e isso teve um efeito sobre mim. Por um tempo eu tirei notas tão baixas que a diretora estava a ponto de me mandar para casa. Ela dizia que eu tinha que superar todo acontecimento e me dedicar aos estudos, pois eu era uma aluna com notas boas na escola e isso não devia mudar. Ela só se esquecera de uma coisa. Eu tinha perdido minha doce irmã e também perdera minha mãe para a tristeza que havia invadido sua vida. Como Henry era centrado e inteligente, me ajudou. Os dias na faculdade tornaram-se mais interessantes e o vazio que eu sentia aos poucos foi sendo preenchido, havia encontrado um motivo para continuar sonhando. Houve alguns dias em que eu pensei em voltar para casa e ficar perto do papai e da mamãe, sabia que eles precisavam muito de mim. Depois da morte de Shelen eu também precisava desesperadamente deles! Foram dias longos longe de casa. Mas eu tinha me apaixonado e isso me ajudou a não perceber o tempo passar. Foi quando terminamos a faculdade que tudo mudou. Henry voltaria para casa dele e eu para a minha. E foi no nosso baile de formatura que ele me pediu em casamento, não pude aceitar, claro. Fiquei atônita com o pedido, como se ele estivesse tirando meus sonhos. Como assim, casamento? Não, eu não podia me casar, não naquele momento. Achei que pudesse ser loucura após ingerir alguns litros de álcool, então não levei a sério tal pedido que foi reforçado no dia seguinte. Ele iria assumir a administração da fábrica de porcelanas da família. Prometemos que iríamos nos ver, e isso seria toda semana, e que se pudéssemos estaríamos juntos todos os dias. No começo Henry vinha a cada dois dias, depois passou a vir apenas nos finais de semanas. Quando ele passou mais de um mês sem vir, eu fui visitá-lo no Natal e depois nunca mais voltei lá. Não sei por que não voltei. Minha mãe e eu tínhamos nos aproximado tanto que não sobrou espaço para ele. Por um tempo, muitas vezes me perguntei se realmente o amava. Mas a pergunta nunca era respondida. Eu até o procurei. Tentei fazer dar certo, apesar da distância. Só percebi que havia um espaço vazio entre nós dois, quando nosso beijo foi diferente e nossos olhos perderam-se uns dos outros. Foi aí que decidi então não procurar e nem telefonar pra ele, nem eu e nem ele teve qualquer reação. Mas eu sofri muito!

— Samantha... Tem alguém aí? — Pati me cutucou a barriga com tanta força, que dei um pulo e fui arrancada de meus devaneios.

— Oi — respondi admirada por ela estar ali àquela hora, uma hora da manhã, o bar quase vazio e já era a hora de fechar. — O que faz aqui a essa hora?

— Ah, eu estava na casa de José — disse ela sorridente.

— Hum...

— Você já vai sair? Veio de carro?

— Não.

— Então eu levo você em casa. — Ela ofereceu, mas eu queria aguardar para que ele viesse, ainda tinha uma pontinha de esperança. Não sei por que eu queria tanto que ele estivesse ali.

— Tudo bem... Ótimo. Vou guardar tudo aqui. Quer beber alguma coisa?

— Não, hoje não. — Ela pegou o celular e pareceu ler uma mensagem. — Vou sentar, ok?

— Ok — respondi um tanto ansiosa.

Ela pareceu pensativa por um instante.

— Ei, como foi para casa ontem? — perguntou ela.

— Um conhecido me deu carona.

E lá veio ela com suas inquisições: — Conhecido?

O pior de tudo era que não existia um meio de fugir dela. Ela era aquele tipo que pergunta até a cor da calcinha que eu uso.

— Ah, depois eu te conto. — Voltei a guardar as garrafas, me certificando se todas estavam bem fechadas. Júlio estava no depósito há mais de uma hora, desencaixotando as mercadorias que tinham chegado naquela tarde. Ele não estava falando comigo. Olhei para Pati e depois olhei para o relógio que trazia a imagem de Marilyn Monroe, ela estava sentada na mesma posição há quase meia hora. Até que troquei de roupa e a chamei.

Nesse instante ela me fez perguntas. Ela parecia me conhecer melhor do que eu mesma. Era nítido que eu estava estranha, pensativa, refletindo sobre o passado, e minha cabeça coçava com as lembranças da noite anterior. Ela era esperta, então provável que estivesse lendo meu pensamento.

— Já sei, nem precisa falar. Posso sentir no ar. Já sei… Foi Henry que reapareceu, não foi? É, eu sei que foi ele. Edu me disse que ele andou sondando sobre você — ela falou sem respirar.

— Hã? — Sacudi os ombros e arregalei os olhos.

— Nossa, eu não posso acreditar! É só ele aparecer que você fica assim. Com essa cara de pateta.

— Pati…

— O quê? Só falta agora você perdoar esse cara. Depois de tanto tempo. Fica aí pensando como seria sua vida se tivesse com ele. É, eu percebo… Percebo quando fala de você, fala sem expectativa.

— Não é nada disso. Do que está falando?

— Para de querer mentir para você mesma. Agora vai ficar se lamentando por ele?

— Não! Não tem nada a ver com Henry! — Fiquei irritada.

— Ah, Sam, por favor, você ainda o quer?

Ela não me deixava falar. Falava… falava. Como se eu tivesse que dar um chute na bunda dele quando ele aparecesse. Não que eu não quisesse dar. Mas que droga, por que ela é assim?

— Não foi Henry que me levou. Foi outro homem — por fim disse.

— Outro? Que outro? — O carro dançou na pista.

— Eiii! Presta atenção. Quero chegar em casa, viva.

— Ok, tudo bem. Agora fala — usou seu tom autoritário. — Quem é esse homem? Quando o conheceu? — Pensei nele. — Quem é?

Pelos olhos verdes de Pati passou um brilho de emoção.

— Às vezes, eu tenho vontade de te dar uns tapas. Eu fico chateada quando esconde essas coisas de mim.

— Pati, você nunca me deixa falar. Eu estou tentando contar, mas você não deixa.

— Pare de pensar. Fale logo! Você fica pensando, pensando. E não fala. Então fala. — A expressão dela era destemida.

— Ele... É... Um cara. Eu o conheci ontem no bar.

— Conheceu ontem e ele já te levou em casa? Meu Deus! É você mesmo, Samantha? — Ela me beliscou.

— Ai! — Eu me contorci. — Viu. Não vou mais contar.

— Desculpe... Continua!

— Não vou continuar.

— Ai, amiga, me desculpe. Para de bobeira. Quem é ele?

— Um cara. Um cara legal, bacana...

— E esse cara legal e bacana tem nome? Deu seu telefone a ele? Espera? Ele só levou você em casa? — O ombro dela despencou do pescoço, e ela fez um bico que esticou ainda mais sua boca carnuda e vermelha. — Ou...?

— Tem... Tem nome sim, John. Sim, só me levou em casa. E não, não dei meu telefone para ele se é o que quer saber.

— Por que não?

— Porque não! — Tentava não demonstrar meu nervosismo.

— Caramba. O que acontece com você? Vai fazer a durona? Devia pelo menos ter pedido o telefone dele.

— Ele me deu um cartão — bufei. Queria que ela parasse de me encher de perguntas. Não diria a ela que rolou um beijo rápido na despedida. Um beijo que tinha me roubado a paz. Não mesmo.

— Sério. E você é claro que vai ligar — afirmou, se virando.

Apenas fiz um gesto com a boca.

— Agora Henry já era. — Ela dava gargalhada. — Que bom. — Ficou séria de repente. — Achei que nunca ouviria você falar de alguém, já era tempo. Não deixe de ligar para esse cara, entendeu, amiga?

Concordei mexendo a cabeça.

— Toca sua vida em frente. Já esperou muito. Desde que Henry sumiu, o que aconteceu em sua vida? Nada... Nada mesmo. E agora, enfim... — Ela elevou as mãos para o céu. — Um cara! Santo Deus!

— Pati... Por favor, não tem nada demais. Ele só me deu uma carona. Até parece que o cara me pediu em namoro. Ou vai casar comigo.

— Quem sabe?

— É, quem sabe — me escapou.

Sua voz era de incredulidade.

— Você está apaixonada.

— Eu acho que já estamos esticando demais o assunto.

— Uau! Se eu te conheço, está mesmo apaixonada.

— Você que está dizendo.

Então ela abriu um daqueles sorrisos, um sorriso tão solto que se estendeu a mim.

— Quando você se tornou tão decidida, Sam?

— Ué. Eu não sabia que não me achava decidida.

Eu nunca soube o que ela pensava de verdade a meu respeito. Fiquei olhando para ela e, por alguns segundos, me lembrei de como nós duas éramos diferentes. Pati me fazia lembrar Shelen, ela era compulsiva, desastrada, alegre, capaz de tanta coisa que eu nunca seria.

— Fico feliz que tenha conhecido alguém. De verdade. Por incrível que pareça hoje você não tocou no nome dele. O que quer dizer que esse homem mexeu com você.

Queria chegar logo em casa, aquela conversa não estava indo no rumo que eu esperava.

— Agora não vai mais ficar se lamentando. Ufa!

— Não fico me lamentando, Pati — respondi irritada.

Enfim chegamos.

— Fica sim. Achei que iria envelhecer esperando por alguém que você não vê há mais de dois anos — ela disse, antes que eu pudesse descer do carro.

Dei meia volta e voltei a encará-la.

— É claro que não. Mas também não vou me entregar para o primeiro que aparecer. E não se preocupe, não irei mais me lamentar com você.

— Seu senso de humor não é bom. Para de ser teimosa e não fica chateada comigo. Não suporto ver você sofrendo. Poxa sou sua amiga, quero vê-la feliz. — Ela desceu do carro batendo forte a porta e me encarando. — Os seus sentimentos por Henry não fazem sentido. O amor é a convivência, e isso vocês não têm há muito tempo. — Estalou os dedos. — Então não tem por que não dar uma chance para esse cara. Só poderá se libertar desse passado se deixar que outro homem entre em sua vida.

— Eu não preciso de outro homem — fui ríspida.

— É claro que precisa. Todas nós precisamos. Já ouviu aquele ditado? Somente um novo amor é capaz de superar outro.

— Já ouvi sim — afirmei descontente.

— Então... Você é linda, é a mulher mais incrível que conheço. Mas agora é hora de pensar em você. Já abdicou tanto tempo da sua juventude pela faculdade e por sua mãe. Agora está enfiada naquele bar todas as noites, como se fosse o emprego dos seus sonhos. Não que eu ache errado. Tem mesmo que trabalhar. Entretanto, formou-se em moda para trabalhar de garçonete?

Dei de ombros.

— Não desperdice o que restou da sua juventude. — Baixou seu olhar, ela parecia falar de coração, por trás de um olhar sofrido pela falta de sua mãe, ela tentava me convencer de que minha vida poderia ser bem mais interessante. Senti-me derrotada. Não havia mais o que argumentar, ela estava certa. Durante todo esse tempo eu não tinha feito nada diretamente ligado a mim.

— Eu sei que você está falando tudo para o meu bem. Eu sei disso! E agradeço muito. Mas eu não tenho vergonha do meu emprego. — Ela me encarou. — É um emprego como outro qualquer, por favor, não vamos levar essa conversa adiante, não fará bem a nós duas. — Eu sabia que ela não gostava de me ver atrás do balcão, pois sempre fui sua melhor amiga, aquela que nunca desgrudava dela, vestia roupas bonitas, lia bons livros, curtia filmes irados com ela e agora eu não era mais a mesma. Não que eu achasse que ela se envergonhasse, não, ela só queria a sua amiga de volta. Mas eu não era mais a mesma Samantha; não tinha como eu ser. A vida tinha mudado e eu tinha mudado junto com a vida.

— Deixa eu te falar só mais uma coisa. — Ela arrumou a postura. — Eu sempre te apoio em tudo que faz. Estive ao seu lado todo esse tempo que chorou por sua irmã e por ele. Admiro que você tenha se dedicado à sua mãe. E em nenhum momento eu disse que você estava desperdiçando sua juventude por isso. Mesmo achando que estava.

— Pati...

— Me deixa continuar.

— Tudo bem, vai.

— É que eu não consigo mais fazer parte disso! Digo, desse refúgio que você criou. Vive de lembranças. Você que escolheu esse caminho. Não quis casar com ele, não foi? Será que só eu vejo isso? Ele nunca te procurou. Ele não vai voltar... Nunca.

Quando ela terminou de falar, eu estava aos soluços. As lágrimas que escorriam em minha face eram como se fossem ondas desgovernadas. Tentei falar, mesmo com voz embargada, mas as palavras pareciam ter sumido. As luzes de casa iluminavam nossos rostos, vermelhos. O olhar dela era tão repressor que me deixei cair em seus braços.

— Desculpe... Eu nunca percebi que estava tão cansada de me ouvir. — Não conseguia falar mais nada.

— Eu que peço desculpa. É que há dias estou para ter essa conversa com você. Na verdade, há mais de um ano. — Ela me abraçou num gesto carinhoso, seu sermão não se desfez. — Eu não quero que deixe sua vida passar. Eu não quero que fique naquele bar. Sou sua amiga. Quero que saiba disso.

— Eu sei disso — respondi. — Mas por que nunca disse isso antes? Por quê?

— Ah, Sam... Você é tão legal comigo, sempre tão cuidadosa nas palavras. Eu quis ser assim com você. Não quero te magoar, nunca. — Ela me deu outro abraço apertado. — Não deixe esse homem escapar. Agarre-o! — Ela me esboçou um sorriso.

— Prometo que pensarei nisso. Mas, ó, não crie nenhuma fantasia, nenhuma mesmo. Eu não sei nada sobre ele e tampouco sei se ele quer algo comigo como você imagina. Se acaso eu o encontrar, eu o agarro... — Rimos ao mesmo tempo. Até parece que eu faria mesmo aquilo. — Por que não me fala como foi sua noite com José? — perguntei.

— Tem certeza que quer mesmo saber?

Naquele momento passaram diversas possibilidades em minha cabeça. Até as mais sórdidas possíveis. Conhecendo-a podia imaginar como tinha sido sua noite. Era desnecessário ela me contar os detalhes. No entanto, concordei.

— Que tal tomarmos um café enquanto me conta? — sugeri.

— E seus pais?

— Ah, eles estão dormindo. É só a gente falar baixo.

— Hum. Quase impossível.

— Tudo bem. Vem... — Eu a puxei pelo braço. — Dorme aqui, já é tarde. Faço uma cama de edredom, bem macia.

— Ok, dirigir é mesmo cansativo — ela respondeu, durona.

Tomamos um café quente e comemos uma fatia do bolo de laranja que mamãe tinha deixado no forno.

— Quer mesmo falar sobre minha noite? — depois de um instante ela me perguntou.

Dei de ombros.

— Então lá vai... Bem, nós saímos juntos do bar como deve imaginar.

— Sim.

— Aí foi aquela coisa toda, beijo daqui, mão dali... Quando vi já estávamos na casa dele. Por sinal, ele é muito rico, nossa, precisa ver o tamanho da casa dele, os móveis, um luxo. E o quarto dele é quase do tamanho do meu apartamento! — Fiz cara de espanto. — Ele estava sozinho, os pais dele estão na Europa há mais de um mês. Imagina poder viajar por um mês sem se preocupar com a fatura do cartão de crédito? — Eu perguntei se ela tinha gostado apenas da hipótese de José ser rico e lhe dar uma boa vida ou se o achava mesmo um cara interessante. — Que sonho!

Pensei na aventura que fizemos em nossa única viagem para Nova York nove anos atrás, quando ainda estávamos na escola, era tão simples resolver as coisas, não precisávamos de quase nada para sorrir.

— Ele foi tão atencioso comigo. — Fiz uma expressão não muito boa, mas ela me deu um sorriso e continuou. — Foi uma noite louca... Ele beijou meu corpo todo, eu senti cada batida do seu coração. Ele tem uma pegada. — Mordia os lábios. — Ai, como eu quero esse homem.

— Está bem, pare de falar. Está me causando espasmos.

Nós duas rimos da situação, alto. Vi a luz do corredor se acender e a voz de mamãe se espalhou pela casa.

— Sam... Querida.

— Sou eu, mãe.

— Ah. Que bom que chegou.

— Volte a dormir mãe, estou comendo e logo vou deitar também.

— Tudo bem. Boa noite, querida.

— Boa noite...

— Eu peço desculpas por ontem à noite, deveria ter ido lá falar com José. — voltei a falar.

— Ah, esquece isso.

— Não, sério! Não foi legal da minha parte. Sendo sua amiga devia ter ido.

— Eu nem pensei nisso, Sam. Acho que sou eu que devo me desculpar, saí e nem te falei nada.

— Ah, não por isso, foi até bom — disse pensando em John.

Pati parecia estar flutuando, como aquelas adolescentes que se apaixonam perdidamente pelo garoto mais popular da escola.

— É bom ver você assim. Feliz — disse.

— Eu sei que o que vou falar para você vai parecer mentira. Porque minhas últimas relações não deram tão certo. Mas com José vai ser diferente, nós transamos. Mas não foi só sexo, rolou carinho, sabe. Fizemos amor. E acho que amor só se faz quando tem sentimento. Acho que me apaixonei. — Engasguei com o café e olhei perplexa para ela. Como ela podia se apaixonar por alguém tão rápido assim? E ainda por José; eu já tinha escutado aquela frase tantas vezes que não levei a sério.

— Por que você ficou quieta? O que foi?

— Nada. — Ela me olhou insatisfeita. — Só fiquei surpresa, você dizer que está apaixonada foi inesperado.

— Por quê?

— Sei lá... Tinha outros pensamentos sobre ele, mas fiquei feliz. É, estou feliz por você. Ele é um cara... Bacana! — Parei, tentando encontrar as palavras certas. Não podia falar simplesmente que ele já havia tentado me beijar diversas vezes, o quanto eu o achava imprudente e cafajeste, ele falava mal das garotas que saía. Queria tanto dizer a ela o que pensava de verdade sobre ele. Mas senti que não deveria, provavelmente ela me detestaria.

— Ele quer que eu vá com ele para casa de praia da família no feriado de setembro.

— Que legal, vejo que já estão planejando fazer coisas juntos.

— Mais ou menos. — Sua voz parecia ter perdido a força.

— Pensei que tivesse me dito que marcaram de ir à praia juntos.

—Sim, ele me chamou. Mas não sei se devo ir.

—Não entendi.

— Na verdade, quero ser difícil com ele.

— Difícil? No sentido de ser difícil de conquistar?

— Exatamente... Você falou tudo.

— E o que aconteceu com "estou apaixonada"? — questionei, não entendendo o que realmente ela queria.

Ela balançou a cabeça dando aquele sorrisinho sarcástico.

— Não quero errar com José. Pensa. Sempre que me envolvo com alguém dura de dois a três meses e acaba.

— É mesmo — concordei.

— Então, se eu fizer diferente, pode dar certo.

— Quer dizer... Se você for difícil, ficar recusando convites como este, ele vai vir atrás de você?

— Eu sei que parece meio descabido, mas pode funcionar.

Fiz cara de entendida mesmo não entendendo nada; ela estava nas nuvens, era percebível, não falava nada com nada.

— Pode ser que tenha razão. — Não ir contra o que ela dizia era algo que eu tinha aprendido durante esses quinze anos que nos conhecemos.

Ela fez que sim com a cabeça. Passou a mão por cima do meu ombro alcançando seu celular. — Ele tem um irmão... — comentou insinuante.

— E o que isso tem a ver comigo? — Eu me fiz de rogada, já imaginando o que pretendia.

— Nada! Só lembrei que ele me falou que tem um irmão.

— Entendi.

— Será que é gato? José está ligando. — Apontou para o telefone dando pulos ao redor da mesa.

— Atendo?

Dei de ombros.

Custei a compreender toda aquela conversa que ficava pairando sobre minha cabeça. Meu inconsciente é um pouco lento. Mas estava processando cada palavra de Pati. Se eu pudesse controlar meus pensamentos ruins. Dirigi-me ao banheiro imaginando como teria sido a noite deles.

Três

O DIA SEGUINTE FOI UMA SUCESSÃO DE ACONTECIMENTOS. TIVE UM ENCONTRO com John, ele apareceu no bar e acabei me rendendo, eu queria resistir a ele, é verdade, eu queria muito. Mas simplesmente não conseguia. Estava tão na cara o quanto eu tinha ficado mexida com a presença dele que Júlio me escreveu um bilhete malcriado. "Aquela sua teoria sobre os homens deve ter mudado, pois está dando mole para o cara que conheceu há duas noites." O que me fez ficar furiosa, passou uma vontade de falar um bocado de coisas para ele, mas não fiz, rasguei o bilhete em pedacinhos e joguei na lata de lixo. Depois faltei ao trabalho duas noites, mas não foi esse o motivo de eu ter faltado ao trabalho, não, peguei uma gripe ferrada, muita tosse e dor na garganta, não teria como atender os clientes tossindo. Foi o senhor Tanaka, o proprietário, que pediu para eu ficar em casa, parece que contrataram uma garota *freelance* para o tempo que ficaria fora. Não tínhamos feito nada demais, ele me levou para tomar um café com caramelo e comer uma torta na confeitaria mais luxuosa da cidade, o valor que gastou era quase que o meu salário do mês. Sabia que se fosse para eu ir naquele lugar, sozinha, jamais teria como pagar. Nunca iria. Quase não dissemos nada, apenas nos olhávamos como se estivéssemos conversando em pensamento. Não podia me demorar, pois estava com dor de cabeça e a tosse não dava trégua. Eu me sentei ao lado dele e senti o toque da sua pele macia, um arrepio percorreu meu corpo quando ele falou bem perto da minha boca. Não nos beijamos aquele dia. Eu não podia passar o vírus para ele. Ele também não parecia querer pegar aquela tosse.

— Adorei te conhecer — disse ele.

— Eu também — respondi com o sorriso na orelha. Eu não estava me reconhecendo.

Ao me deixar na frente de casa, vi que minha mãe espiava por trás da cortina, ele me deu um beijo na bochecha tão apertado que senti como se aquele beijo tivesse alcançado meu coração; era como se nós dois estivéssemos ligados de alguma forma, sem precisar tocar os lábios. Depois daquele encontro passei a sonhar acordada, eu cantarolava pela casa, colocava músicas extremamente românticas no volume tão alto que o chão tremia, nem mesmo a gripe me tirou o sorriso. Minha mãe me encarava assustada, curiosa talvez. Ela saiu cedo aquela tarde, disse que tinha horário marcado no salão, iria fazer as unhas e aparar as pontas do cabelo, o que me surpreendeu, e mais tarde iria para a terapia. Isso me deixava satisfeita. Ela vinha mudando, devagar, eu percebia que estava voltando a ser a dona Beatriz, vaidosa. E parecia que tudo estava mudando. Se minha mãe sentiu o efeito que ele tivera sobre mim, não vinha dando qualquer indicação. Até agora.

— É legal ver você sorrir de volta — disse ela.

— Hã?

— O seu sorriso. Está diferente, como antes. Sorriso livre.

— Mãe... Estou normal.

— Que bom — disse e foi saindo.

O erro que a maioria das pessoas comete é não ser sincera consigo mesma. Talvez eu não estivesse sendo!

Dei um pulo com o som do despertador, levantei-me da cama e vesti a primeira roupa que vi pela frente, joguei água no rosto, escovei o dente e prendi o cabelo todo para cima fazendo um coque. Lancei um olhar para escrivaninha e vi que a chave estava na gaveta. Apertei os dentes ao imaginar que mamãe pudesse ter bisbilhotado.

— Bom dia, mãe — falei ao descer a escada.

— Oi, querida, bom dia — respondeu minha mãe, levando a caneca de café à boca.

A mesa estava posta, então me sentei. Percebi que mamãe havia ficado espantada ao me ver de pé cedo, a reação era visível.

— Filha, está bem?

— Sim, mãe. Pronta para outra. Brincadeira. Sim, já estou bem. — Meu humor também mudara.

— Percebi. Levantou cedo.

Pedi que ela me passasse à jarra do leite, então comecei a tomar meu café com calma.

— Está arrumada, vai a algum lugar? — Ela manteve o olhar firme.

— Vou até o centro, assistir uma palestra de moda.

— Uma palestra?

— É. Não é nada demais.

— Que legal, querida.

— Eu li uma matéria no jornal. É... Talvez seja uma oportunidade, sei lá, quem sabe conseguir um novo emprego — disse com expectativa, iludida para ser bem sincera. Mas seguindo o que Pati dissera. Cada palavra dela ainda fervia em minha mente. Nos olhos de mamãe havia um brilho de preocupação. — Quem sabe eu não vá para Paris participar do concurso de moda que está para acontecer? — Sonhei um pouco alto. Aí sim que sua expressão ficou aflita.

— Como assim, ir para Paris? — Seus olhos não piscavam.

— Eu disse quem sabe, mãe... Vai ter um concurso. É claro que eu não tenho chance. Mas não custa tentar, não é? — disse não acreditando no que eu estava prestes a fazer.

— Filha, não é que eu tenha medo de que vá para longe, não é isso, querida — ela me interrompeu. — Até porque passou tanto tempo longe quando estava na faculdade, que eu estava acostumada. — Ela mentia, é claro. — Mas agora, nesses quatro anos, tenho você aqui todos os dias. — Olhou pro lado, parecia buscar as palavras. — Mas se for bom para você, quero que vá.

— Mãe... É apenas uma suposição, nao se martirize sem ser o momento, ok? — Queria fugir dali, sabia que aquela nossa conversa poderia nos machucar.

— Tudo bem, querida. Eu fico muito feliz por você. Nunca gostei mesmo do horário que trabalha. Onde já se viu uma menina tão jovem trabalhando até de madrugada?

— Mãe... Não tem nada a ver.

— Eu sei, filha. — Ela deveria estar se referindo às reclamações de meu pai. Ele detestava me ver trabalhando no bar, dizia não ser um emprego digno. — Arrumar outro emprego será bom, filha — parecia o papai falando.

— Também acho! Sei que a senhora se preocupa muito comigo. — Lancei um olhar acolhedor para ela. Ela me deu um breve sorriso.

— Tomara que seu pai fique feliz.

— Hum… Não sei se seria uma boa ideia falar para ele, a senhora sabe o que ele pensa a respeito.

Não gostava de colocar ela em situações complicadas com papai por minha causa. Ela acabava intercedendo por mim e isso geraria uma briga, que duraria dias sem se falarem um com outro.

— Se você não quer falar, tudo bem. Não falamos!

— Prefiro… Claro que depois eu conto. Se realmente acontecer. Mas não precisa ser hoje, ok?

— Tudo bem. — Esquivou seus olhos. — Comeu o bolo de laranja?

— Tem bolo de laranja? — Ela fazia quase todos os dias bolo de laranja, eu já não aguentava mais comer, se ficasse mais uma semana em casa eu ganharia uns cinco quilos só pelos bolos de mamãe.

— Sim, está bem aí, olhe embaixo deste pano.

— Hum… Parece gostoso.

— Sei que gosta, então fiz. — Quando olhei para o sorriso dela, minha expressão se desfez e não disse o que pensei em dizer. Não queria mais ter que comer bolo. Eu tinha comido bolo quatro vezes por dia nesses sete dias.

— Está uma delícia. E com esse cafezinho. — Lambi a ponta dos dedos.

— Prometo que faço todos os dias — acrescentou.

— Não… É… Quer dizer. Não precisa se dar o trabalho de fazer todos os dias mãe.

— Não é trabalhoso. Imagina…

Olhei para ela, esta mulher bonita, doce e tão admirável era minha mãe. Perguntei-me se um dia eu seria capaz de ser como ela, generosa.

— E você e papai, como estão?

— Estamos bem — respondeu tão baixo que eu tive que fazer um esforço tremendo para ler seus lábios.

Peguei a faca e cortei outra fatia do bolo, porque realmente estava muito gostoso.

— Mas ele tem chegado cedo? — perguntei como quem não quer nada.

— Assim… Cedo, não. Mas ele deve ter muito trabalho. — Ela fechou os olhos e ao abrir vi que estavam marejados.

— Entendi, mãe, não precisa falar se não quiser.

Sinceramente, eu queria que ela desabafasse comigo, que me tivesse como amiga. Talvez ela me tivesse, mas não se abria comigo. Vi o sofrimento no rosto dela, era nítido que eles não estavam bem.

— Gostei do cabelo.

— Também gostei. — Ela deslizou os dedos entre as mechas do cabelo solto.

— E a terapia? Está gostando?

— Ainda não tenho muito que dizer. Mas está sendo bem útil.

— Hã... Qualquer dia desses nós vamos juntas.

— Não precisa, querida.

— Faço questão, vou sim. Quem sabe até eu fale?

Seu olhar se suavizou.

— E se esse tal concurso aí, se der certo. Vai mesmo para Paris? — ela disse enquanto desviava o rumo da conversa.

Bufei. Espetei mais um pedaço de bolo no garfo, levando até a boca bem devagar.

— Sei que é um grande passo. Talvez eu nem seja escolhida, mãe, mas se for, eu vou.

— É, uma hora tem que ir, eu sei disso, filha. Mas tenta construir sua estrada perto da minha. — Seu olhar não se fixou em mim. — Sei que já se passou tanto tempo, também nem quero te pedir nada, mas só de imaginar você longe, meu coração fica apertado.

— Eu sei, mãe.

— É que eu só tenho você, querida. Não sei se consigo ficar sem você.

— Mãe... Sei que é difícil e eu não quero ter que deixá-la, mas a senhora está bem. Vai ficar bem. Tudo já passou! — afirmei com a voz aguda. — Nós conseguimos vencer toda aquela tristeza, juntas. Conseguimos... e agora é minha vez de seguir, mãe. Não vou deixar você, não vou, entendeu? Só que eu tenho que ir atrás dos meus sonhos.

— Entendo, querida, desculpe. Eu estou sendo egoísta, eu sei você tem mesmo que seguir sua vida, já dedicou anos demais a mim. Perdeu tantas oportunidades, eu sei disso.

— Mãe, não é isso, por favor, não perdi nada. Não quero que pense assim, já lhe pedi. — Por que ela sempre faz isso comigo? Por quê? — Mesmo que eu precise ficar longe de casa, sei que a senhora estará bem, sei o quanto é forte. Nada vai mudar dentro de nós duas. Eu só quero me tornar uma mulher de verdade, entende?

— Mas você já é de verdade, filha.

— Não, mãe, eu não sou!

— Como pode dizer isso, Sam?

Eu nunca imaginei ter essa conversa com ela e estava me esforçando para ser cuidadosa nas palavras.

— Mãe, pensa comigo, olha bem pra mim. O que vê?

— Bem, filha, o que vejo, é você, minha filha, minha menina, de quem eu me orgulho.

— Não, mãe... Não é isso que vê. Sei que não é! — Remexi desconfortável na cadeira.

— Eu não sei o que quer dizer com isso, querida. Eu sou sua mãe, não vejo você diferente.

— Entenda uma coisa, mãe... Preciso criar asas. Voar... Sabe, ir além dessas montanhas, pegar um trem sem me preocupar com o horário do trabalho, dormir cedo, acordar tarde, chegar em casa antes do sol raiar. Tenho que viver a minha vida, mãe. Não posso me contentar com a mesmice.

— Eu só não quero te perder. — Por um segundo eu queria que ela fosse mais forte que eu.

A lembrança de Shelen com o pijama listrado no dia de sua morte me veio na hora em que mamãe falou que não queria me perder. Uma lágrima rolou em meu rosto. Ela então percebeu o efeito que toda aquela nossa conversa teve sobre mim.

— Desculpe, querida. Tome seu café e esqueça toda essa conversa. Você está certa, você tem mesmo que voar. Não posso ser insensível. — Baixou o olhar.

— Mãe... Sei que sente falta de Shelen, eu também sinto. Sei também o quanto eu tenho sido importante em sua vida nesses anos sem ela, mas, mãe, eu não sou feliz assim. Eu te amo muito. Amo o papai também — disse com rancor na voz. — Se eu puder escolher é claro que será ter vocês perto de mim. Mas se for preciso que eu me mude para crescer como mulher e como profissional, eu vou ter que ir. É uma oportunidade. Sei o quanto me ama e quer meu bem. A senhora cuida de mim com tanto zelo, acho que cuidou mais de mim do que eu mesma cuidei de você. Saiba que a senhora é a pessoa mais preciosa que tenho na vida e nada nem distância alguma irá mudar isso. Só que eu não aguento mais viver presa nessa casa, vivendo de lembranças. São as lembranças de Shelen, são as recordações, as malditas recordações de Henry. Isso é um tormento que eu não estou mais suportando viver.

— Nossa, filha, não via que se sentia assim. — Ela segurou minha mão com ternura e puxou sua cadeira para meu lado. — Eu sei querida, você tem mesmo que esquecê-lo. Nunca gostei de vê-la triste pelos cantos.

Naquele momento uma dor tremenda invadiu meu coração. Eu me sentia impotente diante de tantas lembranças dolorosas. Aquele sentimento que eu carregava no peito, como era difícil. Mesmo sendo, eu tinha que ser firme e não desistir.

Continuamos a tomar nosso café, só que em silêncio. Mamãe levantou e foi até a cozinha colocar as louças sujas. Vi que ela se ocupava com os afazeres da casa, queria aproveitar e conversar sobre ela e o papai. Mas vi que ela não abriria caminho para isso.

Relembrei as palavras de Pati, então percebi que as coisas começavam a fazer sentido.

Quando percebi já estava na rodovia principal que levava ao centro da cidade. A música que tocava na rádio me deixou um tanto sensível. Não falava de amor e sim de família. A lágrima que escorreu pelo meu rosto fez borrar meu olho. Eu e minha máscara de cílios de má qualidade. Quem disse que não é maquiagem. — Como posso ser tão chorona? Uma música me fez chorar, meu inconsciente gritou: "Onde vai achar um lenço para limpar isso?" Será que tenho na minha bolsa? — Parei o carro no estacionamento e antes de descer, procurei desesperadamente por um lenço, para minha tristeza não encontrei. E, para piorar a situação, a máscara de cílios não era à prova d'água. Deixou um rastro preto até meus lábios – isso só acontece comigo. Olhei em direção ao pátio que tinha na minha frente e avistei uma farmácia. "Tudo que eu precisava" — esbravejo dentro do carro. Lá fui eu com o olho todo borrado. Por que fui chorar? Acredito que essa seja a pergunta da atendente que estava na minha frente, bipando os produtos da senhora que estava na vez.

— Próximo! — a atendente falou com tom alto que fez meus tímpanos pulsarem desesperados.

E lá fui eu, encará-la e antes mesmo que ela me perguntasse, eu disse: — Chorei ouvindo uma música. Pode isso? — Ela me olhou assustada, sem entender minha explicação. Talvez ela não fosse me perguntar. Essa minha mania de achar que todos que me olham estão sempre pensando algo a meu respeito, como sou idiota. Lógico que ela não iria me perguntar. Ela me entregou o troco toda desajeitada e eu saí a passos largos, querendo sair correndo.

Entrei na pontinha do pé, pois já tinha iniciado a palestra, vi que todos estavam atentos e permaneciam em silêncio. Sentei na cadeira bem no fundo, mal conseguia ouvir o que ele dizia. Mas cadê a coragem para ir até aquela cadeira vazia na terceira fileira?

Peguei o formulário que estava embaixo da revista que foi nos deixada de cortesia. Comecei a ler as regras e me interessei pelo concurso que será promovido. Fui preenchendo o formulário sem a intenção de entregá-lo, prossegui lendo e vi que a próxima seleção seria ali. — Muita coincidência para um dia só. Será? — Tinha certeza de que era responsável por mim, então eu podia fazer isso. — Qualquer coisa que eu fizer, já é alguma coisa. Sou tão ousada, que me vejo na primeira fila, assistindo ao desfile dos modelos com minhas criações. Hum... Talvez eu precise renovar alguns dos meus croquis. Primeiro me inscrevo, espero ser selecionada e depois vejo isso, aqueles que estão na gaveta são um horror. — Deixei de lado meus devaneios e voltei a prestar atenção no palco.

No final, uma loira alta e magra como um palito, com um terno branco impecável, sentou na cadeira que estava no centro do palco. Ela pediu para quem fosse participar da seleção, que fosse até o palco levar sua inscrição.

Olhei o relógio, eram onze e meia. Fiquei olhando o vai e vem das pessoas que sobem e descem do palco, e de repente sobrou só eu. A loira me olhou, esperando uma reação. — Será que ela está esperando por mim? — Olhei para trás, e não havia mais ninguém. Levantei toda desajeitada, fui em direção ao palco e vi que ela me olhava insatisfeita pela demora que levei para percorrer o trajeto. Enfim subi os degraus que me deixaram frente a frente com ela.

— Senhorita.

Ouvi uma voz que vinha do fundo, mas só vi escuridão.

— Como se chama? — disse a voz firme e com sotaque francês.

Ouvi a voz ficar mais aguda, no escuro do fundo do palco um homem em uma mesa de mármore com uma bela estátua da liberdade e sobre ela, alguns livros.

— É James Hamansio, o todo poderoso da moda. — Tremiam as minhas pernas. Ele estampava as capas das revistas direto. Agora ele estava ali na minha frente. Demorei a responder até que a loira me cutucou:

— Ele perguntou como se chama, senhorita?

— Samantha — respondi bem baixinho.

Ele se levantou da cadeira, mas permaneceu olhando para baixo.

— Não escutei, o que disse?

Na faculdade, lembro que li sobre ele ser conservador e autoritário. Mas, por estranho que pareça, sua imagem não combinava com aquelas descrições. Pus a mão no bolso e me apresentei em voz alta.

— Sou Samantha Hensell. — Percebi que quando falei meu nome ele parecia rir.

Perguntava-me por que tinha que me apresentar. Não seria mais fácil pegarem a ficha e lerem meu nome, minha idade? — Bem que podiam pular esta parte — minha boca quase gritou sem pensar. Por que perguntam a idade? Meio intimidador isso de idade. Fiquei frente a frente com o grande mestre da moda e ele nem me olhou.

— Por que está se inscrevendo para o concurso, senhorita Hensell? — ele foi me interrogando.

Chamou-me só de Hensell, que antipático. Não gostei dele, por que não olha pra mim? Está achando que é superior, só por que é famoso? Pensei na pergunta dele. Fiquei tensa.

— Me inscrevi porque acredito que sou capaz de criar algo que me destaque no mundo da moda.

Não era o que eu queria dizer, do fundo da minha alma queria sair correndo e nunca mais vê-lo. Mas não fiz isso. — Ele não me intimida — repito pra mim mesma. Ele continua me encarando, esperando certamente uma resposta convincente.

— Muito bem, a senhorita agora pode se retirar — usou um tom rude.

Ah, será que coloquei tudo a perder? Onde foi parar minhas sábias palavras? Mas que burra, como não soube ser convincente! A loira me entregou uma revista e me apontou a saída. Eu me vi sair entre um passo e outro, com as pernas bambas. Foi assim que terminou aquele dia tão esperado. O grandioso senhor da moda me dizendo para sair. Mas que falta de sorte a minha.

Duas horas depois peguei novamente a rodovia e voltei sem ligar o som, em silêncio absoluto. Só ouvindo o zum-zum dos carros passando. Suspirei aliviada por estar agora longe daquele palco, segura em meu carro. Sem todos aqueles olhares me intimidando. Estacionei na calçada, apoiei meu cotovelo no volante esperando criar coragem para entrar em casa e falar a mamãe do desastre que fui. Notei que a casa estava aberta, saí do carro deixando minha bolsa para trás. Entrei calada. Vi mamãe tirando a mesa do almoço.

— Oi, filha, chegou? Como foi lá?

— Foi bem — sussurrei baixinho, não queria falar sobre isso.

Ela apoiou os pratos sobre a mesa e saiu da cozinha, fui logo atrás. Eu me sentei na sala de TV, quando dei por mim ela estava escorada na porta me observando. Eu não podia simplesmente dizer-lhe que achei tudo horrível. Na verdade, não foi horrível, só a parte em que tive que ir até aquele maldito palco. Ficar frente a frente com aquele homem desagradável. Meu inconsciente me lembrou de que este homem podia ser minha chance.

— Filha, por que está assim? Como foi a palestra? — perguntou ela com entusiasmo, sua voz era tão suave, que soava com um calmante para minha alma.

— Nada demais, mãe, formal como costumam ser esses eventos.

Ela fez uma pausa.

— Samantha, o que houve? Está estranha — insistiu.

— Nada, mãe, eu só quero comer algo e deitar um pouco.

Enfim ela se calou.

Um tempo depois, a porta do banheiro se abriu e mamãe apareceu sorridente.

— Você está melhor?

Meu sorriso não a convenceu, percebi pelo seu olhar de apreensão. Ela não gostava de me ver assim. Pedi que me alcançasse a toalha, deixei-a cair sobre o chão toda desastrada, talvez eu seja a pessoa mais desastrada de toda Gramado. Ela sorriu e me entregou outra toalha, agora eu desliguei o chuveiro e fiquei de pé no tapete para que não corresse o risco de derrubar a segunda toalha. Mamãe ainda estava ali me olhando, revirei os olhos, esperando que ela saísse. Voltei a atenção para ela e sem jeito ela se virou e disse que me esperava lá embaixo.

Depois do almoço eu tinha me deitado para descansar, mas acabei pegando no sono. De repente acordei assustada com o canto dos pássaros. Estava com aquela vontade de ficar deitada, mas não podia, já eram quase seis horas da noite, ainda não voltaria ao trabalho, tinha mais dois dias de atestado, também fazia dois dias que não via papai, quando ele chegava, estava no quarto lendo, desenhando, esperando uma ligação, eu só o ouvia dizer boa-noite, nada mais.

Olhei em direção ao meu celular que estava sobre a mesa perto do computador, não vi dar nenhum sinal. Bem que poderia ter alguma ligação perdida, uma mensagem de voz ou até mesmo de texto. Meu inconsciente querido me trouxe à realidade: — Você deu seu número de telefone a ele? Ou acha que ele é mágico? — Balanço a cabeça dizendo não a mim mesma. Eu nem queria que ele me ligasse mesmo. Por que estou pensando nele? Será que estou me afeiçoando a ele? Alcanço o cartão dele e me ocorreu um pensamento de talvez ligar para ele, quem sabe ele esperasse que eu entrasse em contato, não tínhamos mencionado nada sobre isso. Será que ele foi embora? Meu coração se apertou com essa possibilidade. Algo mudara desde que eu o conhecera. Minha mente divagava enquanto pensava na possibilidade de participar do concurso.

— O jantar está servido filha, você vem?

— Que susto, mãe, nem vi que chegou. — Por pouco não caí da cadeira.

— Calma filha, parece que viu uma assombração. Só vim chamá-la para o jantar, o seu pai já está na sala.

Olhei no relógio e já passaram das nove horas. Senti meus ombros pesarem, só pelo fato de ter que me sentar à mesa com papai e ouvir suas críticas.

—Vai indo, que já desço, mãe. — Praticamente a expulsei.

— Tudo bem. Não se demore!

Papai não se cansava de repetir que precisava arrumar um emprego digno, esses que sejam durante o dia e blá-blá-blá... Em outras palavras, papai conseguia estragar meu humor! Ele era muito cético, não acreditava que poderia ter uma vida interessante não seguindo sua profissão. Ele era exagerado, eu diria que chegava a ser enigmático e para concluir, achava minha vida uma merda.

— Tem novidades para seu pai? — disse ele meio astuto.

— Não é bem o que esperava, mas é uma novidade. — Tomei fôlego e comecei a falar. — Estive hoje em uma palestra, tá para acontecer o concurso de moda para novos estilistas, e eu me inscrevi.

— E este concurso é coisa séria ou para você perder tempo? — disse com desdém, sua expressão era sempre a mesma, olhar duro e sem esboçar qualquer emoção. Ele não era mais o mesmo.

— Acredite, é sério. — Mudei o tom de voz. — É o quinto ano que ele acontece e eles pagam todas as despesas. O vencedor ganhará um contrato de um ano com a WE. Só que será em Paris.

Lembrei-lhe que os valores gastos seriam pagos pelos organizadores, pois sei que quando o assunto é seu bolso, ele não era nada generoso. Era mão fechada como diria minha avó, herança essa que ele herdou do vovô.

— Você ir para outro país? Não enxergo futuro nisso — completou ele com frieza.

— Pai, por que sempre vai contra o que eu faço? Eu quero fazer algo que me traga satisfação. Sei o que o senhor irá dizer que há várias atividades que eu possa me ocupar, que eu poderia trabalhar no escritório. Também já estou farta de ouvir suas insinuações nada agradáveis sobre meu trabalho no bar. Acha que eu quis que fosse assim? Não percebeu nada mesmo, não é? — Eu estava pronta para despejar minhas mágoas de anos a fio, de tudo que eu tinha feito por mamãe, quando ele devia ter feito. — Nesses anos todos nem me olhou. — Tentei mostrar a ele que já era uma mulher. — Sei que o senhor se preocupa comigo, com meu futuro. Mas pareço ser bem grandinha, não acha? Pro senhor estar me controlando. — Quando terminei de falar vi que ele titubeou.

— Eu não a controlo, Samantha. Só não criei você para ficar perdendo seu tempo com coisas fúteis, que não lhe darão futuro algum.

— Ótimo, se pensa assim... Mas fique sabendo que eu ainda terei um trabalho digno como o senhor quer. Só que na profissão que eu escolhi.

— Quero que tenha um trabalho, rotinas e horários para cumprir como todas as pessoas normais fazem. Que se torne responsável. Um trabalho normal. — Ele bateu a palma da mão sobre a mesa. — Eu lembro muito bem o dia em que lhe ofereci uma vaga no escritório e você recusou — indagou furioso.

— Mas, pai... A sua proposta não foi nada generosa. Eu não teria renumeração, isso é errado. Todos querem receber algo por seu trabalho e, depois, não era o que eu queria.

— E prefere trabalhar com bêbados?

— Pai... por favor. — Enrubesci e ele levantou a sobrancelha e saiu da mesa. — Pai, vai me deixar aqui falando sozinha? Ei, pai...

O deplorável pensamento de meu pai sobre minha vida. Estava mesmo convencida de que ele nunca mais voltaria um dia a ser como era antes. Ele era instável. Nunca sabia em que momento falar com ele. Se é que existia um momento certo.

— Bem, parece que minhas atitudes não o agradam, mãe. Estou exausta disso.

— Samantha... Querida, sei que seu pai é cabeça-dura. Mas você... É forte. Mostre isso a ele.

— Como? Ele não acredita em nada que falo, não acredita em mim.

— Então dê um tempo a ele, filha — pediu minha mãe com um semblante triste. Por falta de palavras eu me calei. Ela se abaixou e me beijou com naturalidade.

— Não sei se consigo ser convincente. Mas quem sabe se conversar com ele. Escute-o. Deixe-o falar. Finja que vai fazer o que ele quer.

— Mãe...

— Por favor, querida. Você não precisa fazer, só concorde.

O que iria dizer? Olhei para ela, e simplesmente a vontade de questionar desapareceu. — Não precisa me convencer, mãe. Quero fazer isso. E não! Não irei fazer o que ele quer, nem dizer que farei — rebati. A expressão de mamãe não era de surpresa, ela conhecia bem a filha que tinha.

Parei na frente dele, ele nem me olhou. Estava lendo o jornal.

— Como é que o senhor pode ser assim? — O tom da minha voz aumentava.

Ele me olhou de um jeito estranho, como se estivesse travando uma luta interna.

— Sua irmã teria feito contabilidade e tomado a frente do escritório — acabou falando.

— Mas eu não sou a Shelen, papai, e ela não está aqui. — Meu tom se tornava agressivo. — O senhor terá que aceitar minhas escolhas. Não estou sendo desonesta com ninguém, apenas quero seguir o meu sonho. Eu sei que para o senhor não existem sonhos, pois o senhor mesmo não teve coragem de lutar pelos seus.

— Cale-se, Samantha! —gritou dando um pulo do sofá e levantando a mão.

Fiquei tão sem ação, ele nunca havia tido essa reação. Mas sem coragem para prosseguir com o ato ele abaixou a mão e me encarou com os olhos vermelhos.

— Não me compare a uma menina mimada, que sonha com um mundo cor-de-rosa. Estamos falando da sua vida, não me use como exemplo.

Da cozinha mamãe ouvia atenta a discussão, esperando o momento certo para interromper. Balancei a cabeça para ele. — O que aconteceu com o senhor? — As lágrimas surgiram. — Quer que eu seja uma mulher perfeita? Que não comete erros? Siga apenas suas instruções e que faça tudo como o senhor mandar? Mas não me olha. Não me percebe! — Observaram-se uns três minutos de silêncio.

— É melhor encerrarem a discussão que não os levará a lugar algum — minha mãe interrompeu. — E assim poderão continuar se respeitando como pai e filha. — Procurei entender por que com mamãe ele se calava. Suas ações se desfaziam.

Eu me sentei sem muita firmeza no sofá. Ele virou de costas e tirou do bolso uma folha do jornal dobrada e me entregou. Olhei para ele, respiração profunda e segurei a folha.

Ele voltou os olhos pra mim, a expressão era mais suave.

— É melhor a gente voltar para a mesa — ele finalizou secamente.

— Acho que não mereço que me trate assim, pai.

Tentei argumentar, mas mamãe me olhou, fechou a cara arregalando os olhos. Num tom desesperado, pediu que eu ficasse quieta. Olhei para minha mão e quando abri o jornal vi que era a página de classificados de emprego. Amassei e joguei sobre a mesinha ao lado do sofá.

— Sinto muito, mãe, desculpa toda confusão que causei.

— Filha... Conheço seu pai. Ele só quer o seu bem.

— Você está certa, mãe. Vou para o meu quarto.

— Você precisa comer — disse séria.

— Não quero comer, mãe, eu não tenho condições de sentar àquela mesa — resmunguei. Ela permaneceu parada por um tempo, esticou o braço e lá fui eu correndo abraçá-la.

Com lágrimas caindo dos meus olhos me retirei da sala e fui para meu quarto. Bati a porta com toda minha força. Queria mesmo que ele escutasse o quanto estava furiosa. Se bem que ele não escutaria, não porque ele não ouve bem, mas porque ele era capaz de ignorar minha atitude! Até entendia que ele apenas se preocupava comigo, queria me ver bem, num bom emprego, eu achava que o entendia. Olhei para meu quarto. As paredes que eram rosa, agora tinham um tom acinzentado e a janela que mantinha o quarto bem arejado, estava coberta de arbustos impedindo que o sol entrasse. E isso tinha deixado minhas paredes úmidas, com carunchos. Merda. Meu telefone tocou e me assustou.

— Alô.

— Olá, senhorita Samantha.

— John... — disse timidamente reconhecendo aquela voz.

— Como você está?

— Estou bem... — menti secando as lágrimas. — Como conseguiu meu telefone? — perguntei, confusa.

— Ah, isso é uma longa história.

— Como assim?

— Prefiro lhe contar pessoalmente. Melhorou do resfriado?

— Sim. Estou bem.

— Será que topa jantar comigo?

— Sim — respondi antes mesmo que ele terminasse o convite. Qualquer coisa seria melhor do que passar aquela noite em lágrimas, mais uma noite.

Ao desligar o telefone não conseguia me perdoar. E agora, depois dessa discussão toda com meu pai, sair, não seria uma boa ideia. Daria mais motivos para ele me achar irresponsável. Pensei em retornar a ligação e desfazer aquela confusão que eu estava prestes a me meter. Mas, por outro lado, meu coração batia mais forte a cada pensamento nele. Imaginei uma maneira de sair sem que fosse percebida. Olhei em volta, pensando em usar a janela, logo desisti ao me lembrar dos arbustos, o móvel que ficava embaixo da janela era o meu preferido. Veio da casa de minha avó, era da época romana e me trazia boas lembranças do vovô.

— Filha você quer um chá? — Mamãe bateu na porta. Levei um susto. — Preparo para você. — Arregalei meus olhos, se ela entrasse perceberia minha aflição e logo teria que lhe dizer que pretendia sair.

— Não quero, mãe, obrigado — gritei atrás da porta. — Desculpe... Mas só quero que me deixe sozinha.

— Tudo bem, filha. — A voz dela era doce. — Seu pai foi para cama e eu vou deitar também. Então se precisar de algo, ou se acaso sentir fome, fiz um prato de comida e deixei no forno.

Nossa, até parecia que as forças do bem estavam conspirando ao meu favor.

— Ok, mãe, boa noite.

— Boa noite, querida.

Pensei no que vestir. Fiquei olhando para meu guarda-roupa, não conseguia me animar com o que via. Encarei o vestido vermelho que ainda estava com etiqueta, mas não gostava muito de vermelho. Na verdade, não gostava nenhum pouco. Comprei em um bazar e pelo valor que paguei e sendo de grife, devia usá-lo. Quando me olhei no espelho fiquei surpresa, estava longe de se aquela Samantha de olhos fundos e expressão abatida. Nunca achei que fosse acontecer de novo. Estava sentindo vontade de ver ele. Era estranho. Era como se eu sentisse saudades dele. Neguei com a cabeça. Por fim, calcei meu par de sandálias pretas e fiz um coque no cabelo. Hoje queria que ele tivesse a impressão de que sou *sexy*. Não que isso seja meu ponto forte, tentar ser *sexy*. Até porque um homem como ele deveria ter mulheres lindas aos seus pés, era claro.

Quatro

Eu não devia fazer aquilo. No entanto, o que crescia dentro de mim eu não podia mais controlar. Eu não sei o que pretendia fazer, mas aquilo tudo, eu e ele, não parecíamos que daria certo. Não parecia a coisa certa. Eu sabia que ia me ferir, pois ele era demais para mim. Depois de trinta minutos ele telefonou para dizer que estava chegando. Desci a escada na ponta dos pés, guiei-me pela luz que refletia no piso, e travessei a sala abrindo a porta bem devagar, fechei-a novamente e parei em frente ao pinheiro que ficava ao lado do portão da entrada. Coloquei as mãos no joelho e abaixei, colocando as sandálias nos pés. Fiquei tensa, esperando ansiosa pelo carro que vinha longe. — É ele! — Quando ele chegou bem perto fiz sinal para que parasse mais à frente, sem entender ele andou uns trinta metros e a luz de freio acendeu.

Lá fui eu andando desajeitada com meu salto de 12 cm. Respirei fundo tomando fôlego e até que abri a porta do carro. Era um lindo carro, bancos em couro caramelo e no painel tinha uma tela que ocupava quase todo espaço, entre milhares de botões me perguntava se um deles me faria esquecer aquele tormento que ainda zunia em meu ouvido.

— Oi — disse ele.

— Oi.

Estiquei minha mão com o intuito de cumprimentá-lo e ele me puxou, dando um selinho em meus lábios. Para distrair a ansiedade que se manifestava em mim, comecei a explicar o porquê pedi para que ele parasse mais à frente.

— Espero não lhe causar problemas — disse ele com simpatia.

Estava nervosa, meu estômago parecia revirar.

— É que eu havia esquecido que meus pais já estão dormindo. E como levantam cedo, não quis acordá-los com os faróis. — Dei uma desculpa qualquer. — Vamos — disse envergonhada.

Ele colocou a mão no volante, deu partida no carro, seguimos calados pela rodovia, ouvindo apenas o som suave da melodia que não conseguia identificar. Ele estava simplesmente provocante, uma calça *jeans* e uma camisa branca que o deixavam ainda mais irresistível. Eram quase vinte três horas quando ele parou o carro em frente a um casarão de estilo colonial, que não conhecia. Ele estacionou diante de uma árvore com flores lilás, eram tão lindas e exalavam um perfume suave, bem marcante.

— Está com fome? — perguntou John, enquanto ajeitava a franja que insistia em cair sobre meus olhos. Mexi apenas a cabeça confirmando, mesmo sem fome, a ansiedade que eu estava sentindo esmagava até mesmo meu estômago. Parecia uma bobona envergonhada. Ele desceu do carro, deu a volta abrindo a minha porta, pegou em minha mão direita e seguimos por um trilho que nos levava ao *hall* de entrada. Uma porta azul se abriu e vi que o restaurante era muito luxuoso, tão luxuoso quanto ele. Respirei aliviada por estar bem vestida.

Nossa... Não pude deixar de observar cada detalhe incrível daquele lugar, parecia até coisa de cinema. Devia custar quase um mês do meu salário.

— Que lugar lindo — disse descontraída.

— Também acho. — Os olhos dele brilharam. — Um belo lugar para se trazer alguém especial.

Corei a bochecha.

— Bem... Srta. Samantha, sua noite está só começando. Deu dois beijinhos na minha mão.

Demos meia-volta e nos dirigimos para a mesa que estava reservada em seu nome. No centro da mesa havia um lindo arranjo de lírios, talheres prateados, três tipos de taças espalhadas em pontos iguais sobre a mesa. Uma deveria ser de água, outra para o vinho e era claro a de champanhe. Não que eu use uma mesa com tantos talheres e taças diariamente. Mas vovó fazia questão de deixar a mesa impecável quando nos recebia; ela aprendeu etiqueta com o vovô, mesmo morando no interior, vovô sempre teve uma agenda cheia de compromissos. Eu me lembrei dos jantares requintados que ela preparava com satisfação.

— O que querem beber? Champanhe? — perguntou o garçom que apareceu do nada.

— Sim. Champanhe, por favor — respondeu John quase que automático.

Minha temperatura não baixava enquanto ele segurava minha mão. Estávamos parecendo um casal e isso era um tanto estranho.

— O que vamos pedir para comer? — tentei parecer natural, mas no fundo estava nervosa.

— Não sei. Alguma sugestão?

— Não.

— Qual o seu prato preferido do cardápio?

— Não sei, nunca estive aqui.

— Quer dizer que nunca alguém lhe trouxe aqui?

— Nunca!

Ele pareceu feliz com a resposta.

Minhas pernas embaixo da mesa ficavam balançando, sacudindo para cima e para baixo, era um tipo de tique nervoso.

— Então, já que é nossa primeira vez aqui acho que devemos pedir o prato da casa. O que acha?

— Acho que o que pedir está ótimo.

— Tem certeza que correrá este risco? Olha que não sou muito delicado na comida. — O sorriso se espalhou em seu rosto. — Gosto de um bom prato de macarrão e muitas batatas. — Os olhos dele quase se fecharam com o sorriso.

— Interessante. Não parece que come tanto — falei, pensando no desenho do corpo dele sobre a camisa apertada; estiquei minhas costas na cadeira.

— Acredite, eu como.

Ele chamou o garçom, mas falou baixo, era discreto, muito educado até no tom da voz. Não ouvi uma palavra do que ele dizia. O telefone dele tocou. Ele atendeu no terceiro toque após me pedir licença. Usou um tom tão seco, parecia surpreso, muito...

— Não estou em casa — disse ele. Quase conseguia ouvir a conversa, mas teria que chegar um pouco mais perto, não me atreveria a tanto. Talvez seja mulher. Senti meu coração disparar desesperadamente, baixei a cabeça tentando controlar aquela insegurança. Será que ele teria namorada? Pensei rapidamente, seria conveniente que ele tivesse me dito. — Eu telefono para você quando puder. — Desligou o telefone deixando apenas um até breve, bem seco.

— Desculpe, pensei que fosse importante. — Ele praticamente jogou o celular na mesa.

— Tudo bem, não tem problema. O telefone é seu, você pode atendê-lo quando quiser. — Meu tom foi meio irônico. Achei que ele devia ter percebido que minha expressão mudara. Mas quem era que não percebia quando um homem estava mentindo? O que me preocupava era o fato de eu estar incomodada com o telefonema, não me cabia aquele papel.

— Você gosta de assistir filmes? — perguntou ele, sem se impressionar com minhas perguntas. Ou talvez fosse uma maneira de mudar o papo; então respondi que sim e a conversa começou a fluir novamente.

— Licença, senhor, o prato está pronto. Posso servi-los? — perguntou o garçom nos interrompendo. John fez que sim com a cabeça. O garçom nos serviu e encheu com o champanhe que chegava a deixar a taça suada de tão gelado.

— Obrigado. — Abri um sorriso tão fácil.

E ele respondeu com um sorriso educado.

— De nada, senhorita. — Saiu em seguida.

— Hum... — Apoiou os braços sobre a mesa inalando a fumaça. — Nossa. Só com o cheiro já sinto fome. — Os olhos dele percorreram um pequeno espaço até encontrarem os meus.

Observei ele enfiar o garfo com leveza na boca. Permanecemos em silêncio enquanto degustávamos a deliciosa comida que devia custar uma grana.

Olhei para a mesa ao lado e me perguntei se eles já eram casados há muitos anos. Era um casal de idade mais avançada, eles estavam tão conectados que o mundo ao redor parecia não existir. Observei o sorriso que ele desmontava ao simples toque da mão que acariciava seu rosto. Eu poderia passar o dia inteiro admirando tanta paixão, tanto amor que transmitiam um ao outro. Chego a desejar um dia viver um amor assim.

— Srta. Samantha. — Ouvi me chamar trazendo-me de novo. — Está tudo bem?

Ele segurou minhas mãos delicadamente.

— Sim... Tudo bem! — Remexi os ombros.

— Por um momento pensei que tivesse dito algo deselegante.

— Não... É claro que não disse nada. — Apertei meus olhos querendo reter meus pensamentos que iam um pouco longe.

— Quer sobremesa?

— Não… — disse não querendo mesmo dizer sim, adoro doces, me controlo é claro, mas os doces ajudam a aliviar minha tensão, e estava precisando tanto. Senti um cheiro forte, amadeirado vindo em minha direção, e logo entendi que era dele.

— Ah, vou pedir. Sei que vocês mulheres são controladas com essas coisas de doce. Mas, vamos pedir. Eu também não devia. Hoje está liberado. Não é assim que falam? Tudo liberado. Acho que devemos fazer tudo que desejamos, enquanto ainda podemos.

— Isso é verdade. Pensando desta forma eu também quero. — Era estranho ver o quanto nós dois nos parecíamos. Ele apertou a boca, como quem dizia, "me sinto culpado por comer doces", e eu, quis dizer o mesmo.

— Doce é um vício. — Ele tirou as palavras da minha boca.

— É mesmo. É um dos meus vícios o qual pretendo abandonar futuramente. Quando meu corpo estiver dando sinais.

— Ah, para com isso. Você está ótima. — Avermelhei. — Mas qual é seu outro vício?

— Cigarr… — a palavra quase não saiu.

— Ah, você fuma? Eu também! E de fato também preciso parar. — Seu sorriso parecia se dissipar. — Você é linda sabia? Eu passaria uma noite inteira olhando para você, ou, até uma vida inteira. — Voltou a segurar minhas mãos me deixando encabulada.

Ninguém nunca havia segurado minha mão daquele jeito; tentei conter meu sorriso que entregava toda minha euforia. Entregava toda vontade que estava sentindo em chegar mais perto da boca dele. Sentir de novo seu beijo. Eu o observava enquanto ele falava.

— Como que uma mulher tão linda pode ficar sozinha?

Essa honestidade me desarmou completamente. Apenas dei de ombros.

— Me fale de você. Queria saber um pouco mais sobre você, se é que eu posso saber. — Fiz a pergunta e logo me arrependi.

— Não tenho uma história interessante. — Seu tom era seco. — Melhor não sobrecarregar você com minhas desilusões. Tampouco bonita. Aposto que a sua é bem mais interessante.

Achei estranha a parte "desilusões".

— Conta um pouco dessas desilusões — insisti.

— Não! — Foi seco. — Prefiro não falar de mim. — Enrijeceu o peito. — Não hoje, por favor. — Seu sorriso não abriu. — Teremos muito tempo para tudo isso. — Ele automaticamente agarrou minha mão, puxando até sua boca, a beijando suavemente. — Me fale mais de você. Também não me disse muito no último encontro. Sei que gosta de moda, isso eu pude perceber. — Inclinou-se em minha direção. — Posso sentir o cheiro que vem de sua pele e eu gosto do cheiro, já parece tão íntimo.

— É eu gosto. Na verdade, me formei em moda. — Estralei os dedos e ansiedade tomou conta de mim.

— Moda? — perguntou, como se aquilo tivesse lhe causado espanto. — Sério mesmo?

— É.

— Que louco. — Parecia se distrair por um tempo. — Por que decidiu por moda? — parecia interessado.

— Ah, sei lá. Acho que hoje iria rever minha escolha, ou talvez não. Desde meus seis anos, sou fascinada por moda, eu que fazia minhas próprias roupinhas de boneca, sabia?

— Ah, então foi uma escolha consciente? — ele parecia interessado de verdade.

— Acredito que tenha sido. — Foi nada, ocorreu-me rapidamente.

— E por que não trabalha na área?

Não conseguia imaginar o que ele queria com todas aquelas perguntas. Desviei meu olhar várias vezes e corei por tantas outras.

Nunca ninguém tinha ligado para essas coisas. Nunca tinha tido uma conversa assim, com ninguém.

— Bem, eu tive que adiar um pouco meus planos — por fim disse. — E trabalho no bar como você mesmo viu. Não é o melhor trabalho do mundo. Mas eu até gosto. — Meus olhos se apertaram. — Minha irmã faleceu de leucemia muito jovem, e quando eu fui para a faculdade as coisas foram ficando piores, sabe. Então quando voltei pra casa, por um tempo eu fui ficando com minha mãe, ela parecia precisar muito de mim. — Ele pareceu impressionado, seus olhos não desgrudavam dos meus. — Eu achava que a vida tinha sido injusta comigo, aliás, eu sempre achei — resmunguei.

— Sinto muito por sua irmã.

— Ah, tudo bem. Já faz muito tempo. — Quase senti uma lágrima querer cair. — Eu... Só quis diminuir a dor da minha mãe. — Minhas emoções se afloraram, era o champanhe. — Mas eu sei que as pessoas são insubstituíveis, lógico que eu sei — falava com rancor, relembrando das palavras duras de meu pai. — Só fiz o que eu achava certo naquele momento. — Levei o dedo à boca, senti que meus olhos se enchiam de lágrimas. — Ai, desculpa, aluguei seu ouvido.

— Não... Que nada. Está muito interessante, continue.

— Credo, se eu continuar mais vou contar até coisas que você não quer ouvir — disse abertamente, o que me assustou.

Ele abriu um sorriso largo.

— Não me importo, ficarei feliz em saber mais sobre você.

— Não! Agora chega. — Esfreguei meus olhos.

— Nossa, pelo que entendi você foi capaz de abrir mão da sua vida para cuidar da sua mãe. Isso não tem preço. É a coisa mais gratificante que alguém pode fazer.

— É, eu sinto isso, não me arrependo em nenhum momento. Dizem que eu perdi os melhores anos da minha vida, talvez eu tenha perdido mesmo.

— Que nada. Você é jovem, terá todo tempo para ser o que quiser. Fazer tudo que não fez.

— É. Assim espero. — Nem eu acreditava naquilo.

— Eu trabalho nessa área — disse ele, eu arregalei meus olhos. Era muita coincidência. — Se quiser eu posso te dar uma força.

De repente fiquei gélida. Nossa! Demonstrei desinteresse. Mas por um momento queria mesmo que ele me desse a tal força.

— Sou editor de revista, mas minha paixão é fotografia.

Meu queixo parecia que ia cair, quando pensei que poderia ser uma ponte entre ele e eu.

— Ah, bacana, eu gosto de fotografia. Olha, John, até agradeço. É que no momento não estou à procura de emprego. — Que idiota que eu sou. — Mesmo assim, obrigado. — Dei de ombros. Merecia o troféu de burra do ano, uma oportunidade surgiu na minha frente e eu a dispensei. Ah se papai ouvisse isso. Mas ele poderia me achar interesseira, e de verdade eu não era. O olhar dele passeia lentamente sobre mim.

— O que trouxe você a Gramado? — Afastei qualquer pensamento de que eu e ele pudéssemos ir um pouco mais longe, depois daquele café e dos beijos. Lembrei-me de que ele iria embora dali a uns dias e eu voltaria para minha vida vazia. Não... Eu não podia deixar que aquele sentimento crescesse dentro de mim. Tentei parecer mais formal. — Como veio parar neste fim de mundo?

— Não acho fim de mundo, e sim acho uma cidade encantadora e tem as montanhas que me atraem. Mas dessa vez eu vim a trabalho. — Ele rolou o anel no dedo. — Na verdade, vim acompanhar um amigo, ele está com um projeto na sua área, moda. — Deu um gole no champanhe.

Engulo seco.

Ele não poderia ser menos atraente? Seria bem mais fácil de resistir.

— Entendi — disse abrindo um sorriso que mostrava até minha gengiva. Eu me sentia ridícula, como se estivesse diante de um astro de Hollywood. Por que diabos ele consegue me confundir? Tirei os fios de cabelos teimosos que insistiam em cair sobre meu rosto. Ele bebia devagar e me olhava com olhar tão sedutor, que sentia as pernas bambas. Se eu levantasse perderia o equilíbrio. Era inacreditável a forma com que nós dois parecíamos íntimos. Eu estava feliz com aquilo. Talvez Pati tivesse razão. Estava mesmo na hora de pensar em mim, na minha vida.

— Mas você faz o quê, exatamente? — voltei com minhas perguntas. Eu queria mais, queria saber tudo sobre ele. Do que ele gostava. O que fazia. Para onde costumava ir. Se existia alguma namorada, ou até quem sabe já tenha sido casado. Ele parecia um homem vivido. — Digo, fotografa para quem?

— Bem, eu trabalho pelo mundo, fotografando as modelos. Vivo em ponte aérea. São Paulo e Paris. Sou editor da revista *Click*.

Fiquei boquiaberta com o que ouvi.

— Nossa, que homem perfeito. — Engoli seco quando percebi que falei alto. Ele percebeu que fiquei sem graça, e sei que ouviu, mas fingiu que não. Por mais estranho que parecesse, ele era o homem dos meus sonhos. O homem que eu queria ter na minha vida todos os dias. Mas eu não sabia como dizer aquilo. Na verdade, eu nem iria dizer aquilo. Ele era de um mundo distante do meu. O que eu podia oferecer a ele? Algumas bebidas ou chá de maçã, que eu fazia muito bem.

— Eu conheço a revista. Você está bem empregado. — disse depois de um curto silêncio.

— Digamos que eu sou um homem de sorte como lhe falei.

Eu me sentia atraída por ele, era a primeira vez depois de tanto tempo que alguém me deixava assim. Por alguns minutos permanecemos quietos. Mas aos poucos nossos mundos se aproximaram. Entre uma conversa e outra, o papo ficava agradável. Ele passava a mão no cabelo diversas vezes. E este jeito que ele tinha de me olhar, me tirava o ar. Ele lançou um sorriso significante para mim.

Sentia que minhas pernas e meus braços estavam moles. Mas por que ele não quer que eu saiba nada sobre ele? Aquilo me preocupou. O que não parecia ser um bom sinal. Ai, meu Deus, será que ele era casado?

— Acho que temos coisas em comum. Muitas coisas — ele disse convicto.

Enrubesci e pisquei ao mesmo tempo, enquanto ele me observava. Parecia estar lendo meus pensamentos, os mais íntimos.

— Podemos pedir a conta? — sugeri.

— Você já que ir? — Franziu o cenho.

— Acho que sim. — Eu me estiquei na cadeira. Neste momento eu desejava ser mais alta.

Ele se levantou e me deu um beijo rápido, o que me pegou de surpresa. — Já volto. — Observei-o indo até o balcão, talvez pagar a conta. Ele pediu duas carteiras de cigarro e uma barra de chocolate, eu faria exatamente o mesmo.

— Agora podemos ir — disse esticando a mão para alcançar a minha quando voltou para a mesa.

— Ah, então vamos — respondi desiludida.

Minha nossa, será que me precipitei? Pensei que ele iria pedir para eu ficar um pouco mais. E nada! Eu não pretendia dizer, mas queria muito ficar com ele.

— Estou indo para Paris na próxima semana. Vem comigo — ele me disse assim, enquanto nós dois nos dirigíamos para o carro, como se fosse a coisa mais normal.

— O quê? — Parei.

— Vem comigo para Paris.

— Quando? — perguntei surpresa.

— Na próxima semana.

— Não... Eu não posso. Tenho meu emprego.

— Pede umas férias.

Ocorreu-me o concurso. Se eu fosse selecionada o que eu faria?

— Férias... É que não é simples assim, eu tenho que avisar com antecedência. Imagina. Eu chego lá e digo que estou indo para Paris na próxima semana.

— Qual problema?

Eu não ia recusar. Não ia mesmo.

Um silêncio peculiar surgiu.

— Por que você ficou assim? — Franziu a testa.

— Assim como?

— Não sei explicar, mas, parece que sua expressão mudou.

Balancei a cabeça negando e voltamos a nos olhar.

— Nada — respondi depressa. — Sei que acabou de me convidar para a viagem dos meus sonhos, mas... É... Bem, eu queria. Eu aceitaria.

Ele me olhou de forma duvidosa.

— Então. — Ele arregalou os olhos.

— É que eu gosto de planejar, sabe? E aí também tem um trabalho que estou esperando a resposta.

— Tudo bem, se não que ir. Tudo bem. — Pela primeira vez o sorriso dele se desfez.

Idiota! Falei diretamente a mim mesma.

— Até quando vai ficar? — perguntei, mas não pretendendo mostrar o quanto queria pedir para que ele ficasse alguns dias a mais, ou para sempre.

— Por quê? — perguntou descontente.

— Não vá! — disse olhando para baixo sem que ele me ouvisse. — Ah... Eu pensei em lhe mostrar a cidade, talvez precisasse de mais tempo, mais do que apenas uma semana — expliquei.

O que estava tentando dizer a ele era que queria que voltasse mais vezes, ou, queria mesmo lhe dizer que eu queria ir com ele. Aquele homem já fazia parte de mim. O que me dava certo medo. Como eu me sentiria depois daquele encontro?

— Eu adoraria que fosse minha guia, mas infelizmente eu tenho trabalhos à minha espera.

— Ah... Claro, entendo! — Era como se ele estivesse me jogando água gelada na cara. — Quem sabe um dia quando voltar, eu posso levar você em lugares incríveis, lugares que tem que conhecer quando se vem a Gramado.

— Certo, eu vou pensar nisso, prometo.

Juro que se eu pudesse enfiar minha cara num travesseiro e gritar até minha voz não sair mais, eu teria feito.

— Tudo bem, não precisa prometer. É que vale a pena mesmo conhecer bem a cidade, sabe!

Seu sorriso voltou a aparecer.

— Então quer dizer que gostou de sair comigo?

— Quer dizer, que sim, gostei... Digamos que valeu apena correr o risco — escaparam as palavras. Ele me olhou de um jeito... E sua boca era de arrancar o meu sossego.

— Já vi que terei que voltar. Muito mais do que planejei. Talvez eu tenha uma chance de conhecer você melhor, e é claro, a cidade.

— Melhor... Como? — indaguei. Eu não parava de perguntar.

— Melhor! No bom sentido. Gostaria de conhecer a mulher que tem atrás desse sorriso tão contagiante.

Abaixei a cabeça sorrindo timidamente; pensei como ele podia achar que era tão feliz quando na verdade não estava nem perto dessa tal felicidade. Sua voz era tão excitante, ele continuava me olhando, meu consciente estava tão confuso quanto eu. Fiquei tão perdida que meu corpo parecia não obedecer a meus comandos, sentia minhas mãos suadas. Minha boca fervia por dentro, como se precisasse tocar na dele.

— Vem... Quero te levar em um lugar — ele disse com entusiasmo, estendeu a mão direita e eu estiquei a minha alcançando a dele, então abriu a porta do carro. Quando sentei, respirei profundamente esfregando minhas mãos suadas em meu casaco enquanto ele seguia em direção a outra porta. Ele girou a chave para dar partida no carro, que não deu nenhum sinal. Tentou novamente e nenhum sinal. E por mais três vezes ele tentou sem sucesso algum. Então pediu que eu ficasse no carro. Foi até lá fora levantou o capô e olhou o motor. Eu não sabia exatamente o que ele estava fazendo lá fora. Talvez tentando ligar o carro? A cara que ele fazia dizia que tinha algo de errado acontecendo. Minutos depois ele voltou para o carro, ficamos ali parados os dois, olhando um para o outro, respirando o mesmo ar. Naquele momento passaram milhões de coisas em minha cabeça.

— O carro não dá partida. Chamei a locadora — disse num tom calmo. — Espera um pouco que já iremos para casa. Ele disse para casa?!

— Então eu pego um táxi? — perguntei sem entender.

— Não, por favor, espere.

— Mas como você irá me levar?

— Fica comigo essa noite? — pediu ele com a voz mais atraente que eu já tinha ouvido.

Perguntei sem pensar:

— Ficar com você?

— É. Fica comigo no hotel que estou hospedado, podemos passar a noite conversando.

— Desculpa, mas eu não posso. — Senti meu rosto quente. — Eu não acho nada certo ir para cama com o cara na primeira noite — escaparam essas palavras insensíveis da minha boca grande.

— Ei, Samantha. Calma aí... Não falei que iríamos dormir juntos — foi protestando em sua defesa. — Nossa, o que acha que sou? — Corei.

— Desculpe. Não quis dizer isso, John.

Estava fazendo tudo errado.

— Prometo que não vou tocar em você. Só faremos o que você quiser, Samantha, só quero que fique mais tempo comigo.

Minha consciência estava me traindo. Ele virou a cabeça ligeiramente, me olhando com os olhos tão azuis que brilhavam na escuridão em que estávamos.

— Eu não sei. Não sei se devo.

— Deve... Deve sim. — Ele selou meus lábios com um beijo e eu fiquei sem reação.

Esperamos em silêncio colocarem o carro em cima do caminhão, que sacodiu um pouco, até que travou. De repente o caminhão começou a andar, e lá fomos nós dentro do carro. O engraçado é que ele não largou minha mão. Na verdade, ele estava abraçado a mim e o silêncio se fez permanente por alguns minutos. Estávamos a sós e num espaço tão apertado que conseguíamos ouvir a nossa respiração.

— Você está tremendo, está com frio?

— Não — respondi. — Só um pouco ansiosa. — E ri.

Ele me apertou ainda mais.

— Relaxa.

Conforme os minutos iam passando minha tensão aumentava. Não dava para acreditar que eu estava tão perto dele. Um cara que até seis dias atrás era um estranho. Estávamos tão perto, nossas bocas estavam tão próximas que sentia sua respiração ofegante. Quando me dei conta, uma das mãos dele já enlaçava minha cintura, a outra segurava em meu cabelo com delicadeza. Nossos lábios colaram um no outro. E nosso beijo era tão quente que senti um calor subindo pelo meu ventre. Minha nossa, ele me quer, sinto que me quer. Um deus grego deste me desejava e naquele momento não havia nada que estragasse nosso entrosamento. Não existia nem passado e nem futuro que me fizesse parar.

De repente senti o impacto do caminhão freando bruscamente. A porta se abriu tão depressa que ele se afastou, me deixando descabelada. O motorista fez uma expressão estarrecida, como se estivesse sem graça pelo clima em que nos flagrou. Queria me esconder embaixo do banco, isso era constrangedor demais. Ele desceu do carro estendendo a sua mão, eu a alcancei, ele me puxou em sua direção. Desci toda desajeitada. Sentia minhas mãos tremerem, parecia nervosa, já ele estava calmo, pensei se ele era sempre assim, sereno, porque eu não era.

— Senhor, amanhã a locadora lhe trará outro carro — disse o motorista do caminhão que usava um boné laranja, escrito SM Center Guinchos.

— Ok — John respondeu e agradeceu.

— Você está hospedado aqui? — perguntei mostrando certa inquietude.

— Sim. Conhece?

— Só de vista. É bem luxuoso.

— É um ótimo hotel. Vamos subir? — Puxou o ar como se tragasse o cigarro. Eu queria acender um cigarro, aliviar aquela tensão toda que parecia que a qualquer momento iria me consumir. Mas definitivamente aquele não era o momento. Entrei com ele de mãos dadas, percebi certos olhares nos acompanhando enquanto caminhávamos. Estiquei bem minha coluna e acertei minha postura.

Ele apertou o botão chamando o elevador. Quando parou no térreo, a porta se abriu e quem eu vi? Não acreditei, aquilo não era possível. Quem estava em nossa frente: "James Hamansio".

— *Bonsoir,* John, *où étiez-vous?*

Fiquei gélida.

— *Bonjour,* James, *Je suis allé à dîner.*

Não entendia uma só palavra.

— Conheço você — James apontou pra mim, agora falando a minha língua.

Silenciei.

— Esta é a Samantha, James — respondeu John, mantendo o olhar fixo em mim.

Senti uma raiva me invadir, porque sabia que precisava ser educada e falar com ele.

— Fico feliz em revê-lo, senhor Hamansio. — Meu tom era irônico.

— Tem razão, John, ela é mesmo linda.

Meu coração parou naquele momento. Ele acabara de me elogiar? Seria mais fácil se me explicassem de onde se conhecem e o que andaram falando sobre mim.

— Eu nunca erro, James.

Aquela conversa toda estava me intrigando.

— Eu gostaria de entender uma coisa.

— Opa — resmungou Hamansio.

— De onde vocês se conhecem? — Meu tom de voz aumentou.

Os dois se olharam e, em seguida, fixaram o olhar em mim. O que será que estava acontecendo ali? Será que era o que eu estava pensando? Não podia ser.

Franzi a testa.

— Ele é o amigo do qual lhe falei. — John virou-se e pousou seu olhar no meu.

— Ele? — O resto nem precisava me dizer, fiquei tonta com toda aquela informação. — Lógico, foi com ele que pegou meu telefone! — exclamei.

— Espero que não tenha se importado — disse Hamansio, amavelmente, bem diferente do carrasco que imaginei.

Não tive resposta para isso. Parecia ter engolido uma melancia que ficou entalada na garganta. Ele perguntou se queria subir, deve ter percebido meu desconforto. Fiz que sim com a cabeça. Então nos despedimos cordialmente. Quando o elevador se fechou, respirei aliviada, como se um peso fosse tirado de meus ombros. Eu queria mesmo era ir para casa e nunca mais voltar a vê-lo. Ao menos naquele momento.

— Eu sei que não foi legal minha atitude, mas foi por uma boa causa — ele foi se explicando.

— Tudo bem — respondi insatisfeita.

— Agora já sabe que sei que você vai participar do concurso. Por isso a convidei para ir junto comigo para Paris. James é um cara de sorte por ter você na equipe dele.

— Eu não sou da equipe dele. — Eu já nem sabia se queria mesmo participar do concurso. Parecia que não tinha mais importância. — John, eu não quero falar sobre isso. Podemos pular essa parte? — disse bem brava.

— Mas... É, é que... Só ia dizer que eu não podia revelar. Não podia dizer que eu sabia que você seria selecionada. São normas do concurso. Eu só...

— Que tal esquecermos isso? Por favor — pedi com a voz bem rígida.

— Ok, tudo bem — Ele pôs um fim e segurou minha mão; virando-me para frente, vi meu reflexo no espelho. Por mais que me sentia enganada, eu não fiquei chateada com ele. Poderia jurar que ele estava brincando comigo. Mas sabia que não era isso, não mesmo. Foi pura coincidência, destino ou qualquer outra coisa. Talvez essa loucura toda fizesse algum sentindo. Eu precisava que fizesse. Quando o elevador parou no décimo segundo andar, saímos de mãos dadas em direção ao quarto 1201.

John abriu a porta num gesto romântico, todo cavaleiro. Era uma suíte moderna com luxuosos tapetes verdes, tão macios que meu salto afundava ao pisar; passei meus olhos por todo espaço, havia uma vasta varanda que atravessava o quarto todo, era enorme, fechada de vidro com móveis em vinil, tinha vista para lagoa. Ele ficou calado. Não comentou mais nada sobre o ocorrido. Será que eu devia mesmo esquecer? Fingir que nada aconteceu? Sei lá. Ele ficou estranho de repente. Depois daquela cena toda com James, ele ficou assim. Talvez eu não devesse estar aqui. Queria desaparecer num passe de mágica. Olhei para ele buscando seus olhos. Ele caminhou em minha direção.

Finalmente ele pegou minha mão, beijou, respirei novamente aliviada ao perceber que estava tudo bem.

— Então eu tenho chances com você?

Aquela pergunta me travava inteira.

— Bem... — Precisava de tempo para pensar naquela pergunta, qual era seu propósito. Aquele homem lindo segurava tão forte minha mão, que sentia todos os meus ossinhos estralarem. Meus pensamentos estavam todos bagunçados. — Talvez a gente devesse beber um drinque — sugeri.

— É uma ótima ideia. O que quer beber? — Ele sorriu, mostrando seus dentes grandes e brancos.

— Ah, pode ser vinho se tiver, ou qualquer outra coisa. — Minha mão suava. E por um instante eu o imaginei como meu namorado, andando de mãos dadas pelas ruas e todas as mulheres o achando lindo, atraente, charmoso, aquele tipo de homem que faz o coração de qualquer mulher bater acelerado, e eu me achando a mulher mais cobiçada.

— Gosta de música? — perguntou tirando-me de meus delírios.

— Muito.

— Então escute essa. — John apertou o botão do controle que estava em suas mãos e a música começou a tocar.

— O que estamos ouvindo? — perguntei sem reconhecer a melodia.

— Elvis... É uma música clássica dele.

Era como se fosse remédio para meus ouvidos, a melodia era doce, parecia acariciar minha alma. — Adorei a música. — Achei que minha alma pertencia àquela época, os Beatles eram meus ídolos. Talvez eu tenha nascido na época errada, mas aí pensei que não estaria ali então.

— Vou lhe emprestar o DVD dele para você escutar em casa com calma.

Enquanto ele preparava o drinque, meus olhos se perderam na janela, sentamos no sofá que ao abrir virava uma cama. O clima parecia esquentar. A música estava rolando e nossas bocas ficavam bem pertinho uma da outra, ele deslizava suas mãos pelo meu cabelo com delicadeza. Nossa... Como eu estava enlouquecendo. Sentia um desejo até então desconhecido, me invadir inteira. Perguntei se podia usar o banheiro, quebrando aquele clima. Precisava escapar daquela cena que me levaria a cometer certas loucuras para as quais eu não estava preparada.

— Fica à esquerda — indicou.

O que está acontecendo aqui? Joguei água em meu rosto e no pescoço, tentando diminuir todo aquele calor que invadia meu corpo. É uma armadilha tudo isso? Não sei se consigo resistir, meu Deus, ajuda aí, ou terei que ir contra meus princípios.

Respirei, inspirei e soltei o ar, por fim voltei para sala e sentei um pouco distante dele.

— O que foi?

— Nada — respondi rápido. Eu me esforcei para abafar meus desejos. Sexo com ele? Não...

— Está vermelha. — Ele tirou seu sapato e jogou no tapete.

O que esse homem tinha? Em frações de segundos ele me tomou nos braços e me deu um beijo demorado, me apertou sobre o peito, fiquei sem fôlego e saí do beijo para respirar. Ele me olhou sorrindo e voltou a me beijar. Senti seu cheiro amadeirado e simplesmente me derreti. Não lembrava a última vez que tivesse me sentido assim, tão desejada. Ele fez meu coração pulsar tão forte, que parecia que ia pular para fora. Perdi novamente o fôlego. Ele parou e me olhou com um jeito diferente, como se já fôssemos íntimos. Meu coração voltou a disparar e minha consciência se recuperou, trazendo-me de volta à realidade. Mesmo assim eu me entreguei. Embora eu soubesse que ele ia embora, só queria aproveitar o momento e que se danasse o amanhã.

— Por que está tremendo? — perguntou ele colocando atrás da orelha a mecha do cabelo que insistia em cair sobre meus olhos e beijando meus lábios, mordendo a pontinha deles.

— Não sei... Acho que é o frio. — Ele enlaçou seus braços na minha cintura, me puxou para perto de seu peito, abraçando-me bem forte.

Tudo estava tão perfeito que nem lembrei que lá fora existia um mundo. Henry, então! Nem por um segundo passou em meu pensamento.

— Espera. Melhor parar. — De repente sou tomada por um sentimento de culpa.

— Você quer mesmo que eu pare? — Continuou beijando meu pescoço.

Por que ele fazia isso comigo? Minha mente tentava fazer com que eu intercedesse por meu corpo, mas me perdia em seus beijos. Sentia suas mãos percorrerem todo trajeto do meu corpo arrepiado em desejos e aquilo me fazia perder o sentido, era como se fosse minha primeira vez.

— Acho que ainda não estou pronta — disse.

Ele olhou em meus olhos, vi o quanto estávamos ligados um no outro.

— Samantha. — Ele soltou meu sutiã. — Não vou machucar você, deixa as coisas acontecerem. Não vou fazer nada que você não queira. — Ele continuava a me beijar, ia me levando para a cama e eu não conseguia impedir. Queria que tudo aquilo não acabasse. Então, finalmente me deleitei em seus braços rígidos. Felizmente eu não consegui impedir meu corpo de tamanha loucura.

— Como pode você ser tão linda? — disse em seguida, sentou e rasgou o pacote preto, retirou a camisinha e colocou devagar.

Eu virei para o lado encabulada.

Eu não acreditava que era mesmo eu que estava ali, totalmente despudorada.

Nossos corpos pegaram fogo. Eu posso garantir que nunca tinha sentido tanto prazer. Talvez eu nunca tivesse chegado ao ápice. Não lembrava que era tão bom. Quando terminamos, nos encolhemos e eu deitei em seu peito quente.

— Agora, o que vamos fazer? — ele quebrou o silêncio.

— Não entendi? — Eu me fiz de rogada, franzindo a testa.

Ele me encarou.

— Como vamos ficar longe um do outro? — Fez uma pausa. — Não posso mais ficar longe de você, do seu cheiro, dessa sua pela macia. — Sentei; ele fez o mesmo e encostamos a cabeça uma na outra.

Apertei meus olhos.

— Não vamos pensar nisso. Não agora. — A garota mais vivida falando. — Só quero ficar aqui, quietinha, sem pensar no depois.

— Assim? — falou baixinho e me esmagou.

Novamente rolamos na cama e tudo aconteceu, só que dessa vez foi diferente. Com mais desejo, mais intensidade. Como se não quiséssemos desgrudar um do outro. Como não te amar, John? Tudo estava tão perfeito que eu queria que durasse para sempre. Eu não queria ser a sentimental, mas as lágrimas estavam prestes a despencar dos meus olhos se não fosse o desejo que estava sentindo ser mais forte.

Não havia percebido, mas já passava das quatro da manhã.

— Amanhã eu tenho compromisso — sussurrou em meu ouvido. — Às dez. Quer me esperar aqui? Não vou ficar fora por mais de uma hora, é uma reunião rápida aqui no próprio hotel.

— Melhor não. Melhor eu ir para casa. Também tenho compromisso. — Mentia, é claro, ainda tinha mais dois dias de folga. Embora minha mãe pudesse ficar preocupada, eu havia deixado um bilhete para ela.

— Tudo bem, já que estou sem carro eu chamo um táxi para você. Saímos juntos, pode ser?

Balancei a cabeça confirmando, mas por dentro me sentindo bem triste, eu ia voltar para minha vida vazia.

— Precisamos dormir. — disse relutante ao olhar para o relógio.

— É, acho que sim! — Tudo o que eu não queria naquele momento era dormir. Queria ficar acordada, olhando para seus olhos, eles me acalmavam, se eu dormisse o sonho acabaria. Ele era reservado, não me falou nada de sua vida pessoal, a não ser do seu trabalho. Também o nome do seu pai e da sua mãe. Não me abriu nada que fosse íntimo, achei isso estranho. Como eu queria que aquilo fosse bem além daquela noite. No entanto, eu sabia que seria impossível.

— Quer uma camisa?

— Seria ótimo, o vestido não é nada confortável.

Ele me entregou uma camisa branca de botões. Tinha um cheiro de lavanda, tão bom. Fui até o banheiro me trocar. Procurei uma escova de dentes nova, não encontrei e usei a dele que estava no suporte, jamais me imaginei usando-a para sentir o cheiro, era o cheiro que sentia nele. Que cheiro bom! Decidi jogar uma água no corpo, tirar aquele suor que estava grudado na pele. Sequei-me com a toalha que estava pendurada sobre o boxe. Quando vesti a camisa dele, dei uma respirada profunda fechando os olhos por alguns segundos, imaginando ela sobre a pele dele. Pensei rapidamente em Pati, o que ela diria disso tudo. Será que estava fazendo a coisa certa? Sabendo que ele iria embora e depois como eu ficaria? Meu subconsciente insistia em me lembrar desse detalhe. Fiquei desesperada ao pensar nisso e então afastei aquele pensamento importuno.

— Minha linda, está tudo bem? — Bateu na porta, assustando-me.

— Sim — respondi. — Já vou sair.

— Mudança de planos. — Ele me agarrou e nós dois rolamos sobre a cama, sentia que seus braços me traziam aconchego. Então voltamos a nos beijar ardentemente. Ele enlaçou suas pernas nas minhas e aquela sensação gostosa invadiu meu corpo, como seu eu não tivesse mais o controle dos meus atos. Deitei em seu peito e fiquei ali, olhando para o teto e imaginando nós dois juntos. Imaginando os olhos furtivos de Pati ao vê-lo. Ela diria que ele era um homem lindo, gato, rico e de bom gosto. Ele afagou meu cabelo e deslizou sua mão sobre minha orelha, acariciando cada centímetro dela. Por que não o conheci antes? Por quê? Aquelas perguntas invadiam minha mente.

Um minúsculo raio de sol atravessou a cortina, estiquei-me na cama, meu corpo parecia travado, minhas pernas bambas e doloridas.

— Bom dia… — O sorriso dele se espalhou, aquela impressão que tinha do quanto era bom estar ali com ele, fazia-me desejar por aquilo mais vezes.

— Bom dia… — murmurei tão baixinho que mal pude ouvir minha própria voz e me estiquei de novo preguiçosamente sobre a cama.

— Toma café? Eu pedi para nós dois.

— Tomo, aliás, meu dia não começa sem uma xícara bem grande de café — brinquei. — Só vou trocar de roupa e já volto. — Levantei e corri para o banheiro. Ainda bem que ele não veio querer me beijar, há muito tempo eu não sabia o que era acordar do lado de alguém, mas aquela experiência tinha sido muito boa e eu queria repeti-la, se pudesse, todos os dias.

Passaram em minha mente tantas perguntas. O que ele ia me dizer agora? Que foi um prazer conhecê-la, senhorita Samantha, espero vê-la em breve? Tivemos uma noite incrível, mas e agora?

Saí do banheiro sentindo uma inquietude, sem saber quando iria estar com ele novamente.

— Você quer um suco? — Aquela voz dele já me parecia íntima.

— Quero, por favor. — Sentei à mesa, coloquei o café na xícara, um pedaço de mamão, uma fatia de queijo branco e uma fatia de pão integral. Contive a vontade que estava de comer um pouco mais do que tinha pegado. Estava faminta, mas segurei a gula, queria que ele pensasse que eu era uma dessas mulheres elegantes, que cuidava da alimentação e do corpo. Embora eu não fosse nada daquilo.

— Eu estou gostando de você — ele disse segurando minha mão com firmeza, como se não tivesse certeza de que voltaríamos a nos ver. Naquele momento senti algo mais forte do que eu. Olhei nossas mãos, grudadas e encaixadas, lembrei-me das palavras de mamãe. E então entendi o que ela quis dizer. Eu acho que o encontrei.

— Nossa noite foi perfeita — ele completou. — Não consigo imaginar nada melhor. — Ao ouvi-lo dizer aquilo, me coração bateu ainda mais desconcertado. Senti um frio na barriga, que não tive mais fome para comer nada, mesmo com aquela mesa cheia de delícias.

— Fala alguma coisa, você tá quieta — pedia ele. — Fala o que sentiu.

— Eu também gostei muito da nossa noite, John. — Recolhi meu sorriso chocho. — Acho que não será fácil esquecer.

— Mas por que quer esquecer? Eu não quero esquecer, Samantha. Você pode vir para Paris comigo, ou quem sabe para São Paulo. Tenho certeza que irá gostar.

Eu não disse nada.

— A gente pode dar um jeito, podemos ter um relacionamento à distância.

Meu pé perdeu a firmeza, depois de tanto tempo ouvir a palavra relacionamento era como se um trem estivesse entrando em meu coração e derrubando tudo pelo caminho. Parecia que eu estava ouvindo Henry falando "a gente dá um jeito" e foi nesse exato momento que eu percebi que a história estava prestes a se repetir. Meu coração começou a disparar.

— Diz alguma coisa — questionou.

— É. Eu estava pensando no que acabara de dizer.

Ele sorriu e beijou minha mão. Eu contemplei seus lábios.

— Então, você ouviu que não quero me esquecer de você?

— É, eu ouvi sim!

Pensei muito no que falar, não queria magoá-lo e nem ser injusta comigo. Mas eu tinha que ser firme, mesmo sabendo que aquilo me destruiria por dias, talvez meses.

— John... Pode ser que eu esteja errada no que vou lhe dizer. Posso acender um cigarro?

— Vai em frente. — Ao me ver acendendo ele fez o mesmo.

— Eu não vou esperar por você. Por mais que eu quisesse. — Ele estreitou os olhos. — Não parece ser possível. Isso tudo que falamos um ao outro, eu sei que foi verdadeiro. Corrija-me se eu estiver errada. Mas uma relação à distância não sobreviveria, não tem chances de dar certo. — Eu já tinha vivido aquilo e sabia que não duraria.

— Claro que pode dar certo. — Sua boca se contorceu. — Eu e você querendo, dará certo. Vamos tentar, Samantha? — Pegou meu queixo fazendo-me olhar para ele, em seus olhos tinham tanta ternura que eu me entregaria se já não tivesse vivido aquela mesma história.

— Desculpa, mas eu não posso. Eu não consigo esperar. — Pensei em toda lágrima que tinha derramado esperando Henry.

— Então não espera. Vem comigo? Vem? Aceita minha ajuda.

— Não! — respondi fria. — Não posso.

— Confia em mim. Deixa eu ajudar você. Talvez você pense que é loucura da minha cabeça, pois acabamos de nos conhecer, mas você é uma mulher incrível, é linda, é doce, é generosa. É a mulher que eu não quero deixar passar em branco na minha vida, mesmo não tendo controle sobre ela eu quero estar com você.

Nossa ele parecia saber exatamente tudo que eu queria ouvir.

— Acredito que se for para ficarmos juntos, nós iremos nos encontrar, se o destino quiser — completei friamente, por dentro gritava de raiva de mim mesma. Estava jogando fora minha chance. Mas naquela hora era o que era preciso ser feito.

— O destino somos nós que traçamos, Samantha. Você está colocando barreiras. — Girou meu rosto para ele. — A gente que escolhe, e eu escolho ter você. — Os olhos dele ficaram marejados. Aquilo tudo era tão estranho. Como podíamos nos desejar tanto? — Vem comigo? Eu levo você e, depois, tem o concurso.

Eu o olhava com arrependimento.

— John, não posso ficar à mercê do destino. Talvez, tenha sido tudo muito rápido. — Minha voz ficou rouca. — Sei lá, a gente se conheceu há uma semana e já estamos assim, envolvidos. — Eu nem sabia se ele estava mesmo tão envolvido assim. — É tudo ainda muito novo pra mim. Desculpa. Eu não sei lidar muito bem com a distância, entende? — Tentei não mostrar a dor que rasgava meu peito ao ter que ser tão fria.

— Tudo bem, eu não vou insistir. Deixa que a vida se encarregue do que tenha que ser — disse com certa rudeza. — Só preciso que saiba o quanto eu te quero e, quando você me quiser, eu estarei esperando. Você é maravilhosa, eu vejo em seus olhos o quanto você está precisando de mim — Acrescenta ele emocionado.

— Isso... Assim será melhor para nós dois — disse durona, mas aquilo era só uma capa.

— Não é o que eu acho, mas se quer assim, vou respeitar.

Deu-me um calafrio pensar que não o veria nunca mais. Ah, droga, o que faço? Ele estava entendendo tudo errado. O problema não era ele, era eu, eu que não suportaria ficar longe dele.

Contorci meus lábios.

Ao mesmo tempo em que a vida me deu algo bom, veio o destino e tirou. Esse maldito destino que estava sempre contra mim. Ele parecia tão triste de repente. Senti como se meu coração estivesse em pedaços.

Cinco

Eu morava bem longe da cidade. Do outro lado da rua havia um *outdoor* bem grande, estampado pelo anúncio do concurso com as letras coloridas que me chamou a atenção: Concurso para novos Estilistas – WE – Paris. Eu estava dentro do táxi enquanto percorríamos a rodovia principal, eu podia admirar o brilho dos prédios refletindo no vidro do carro. Em minha mente passaram-se tantas perguntas. Naquele momento lembrei que eu quase não conhecia ninguém da cidade, a não ser é claro alguns clientes mais simpáticos, aqueles que não tentavam sair comigo. Eu reconhecia meu lugar diante daquela cidade tão pequena e ao mesmo tempo tão grande. Nasci e cresci longe dela, mas é dela que eu sempre me lembro. Quando abri a porta de casa tudo estava silencioso.

— Oi...

Ninguém. Troquei de roupa, pendurei o casaco que ainda tinha o cheiro dele e testei meu telefone só para ter a certeza de que estava funcionando. Vi a gaveta aberta. Retirei a pasta e embaixo ainda guardava a foto de Henry, pensei por um momento que deveria ter aceitado a proposta de casamento, ou até ter dito a John que esperaria por ele, ou que ia com ele para qualquer lugar. Como sou burra! Mas ainda tinha minha mãe. Perdida em pensamentos, meus olhos encheram-se de lágrimas. O que eu tinha mesmo que fazer era esquecer o passado e pensar como eu sobreviveria quando o homem misterioso fosse embora. Por mais que eu não quisesse admitir, aquilo de fato estava me tirando o sossego. Turbilhões de perguntas surgiam e eu não sabia responder nenhuma delas. Só sabia que com ele eu não podia ficar, pois ele iria embora e Henry, ah, eu não pensava mais nele como antes. No entanto, eu não estava procurando um novo namorado, não... Não mesmo! Afinal eu tinha tantas outras coisas para fazer.

Saí de casa para ir até a farmácia comprar xampu, antes atravessei a esquina e entrei na padaria para tomar um café, serviam um *cappuccino* delicioso e vinham aqueles biscoitinhos de polvilho de acompanhamento que derretiam na boca. Naquele momento pensei em vovó e senti saudades dela.

Na farmácia, percorri por todo corredor até achar o que eu nem sabia que procurava, peguei muitos vidros de xampus até pegar um e levar a contragosto. Na verdade, eu não queria estar ali, mas tinha que fazer alguma coisa para desviar meus pensamentos. Mas minha cabeça não estava me ajudando. Era o pedido de John, a discussão com papai. Tudo girava, "sua irmã teria feito contabilidade"; mordi os lábios de tanta raiva, pensando a respeito do assunto. Ele nem imaginava que os planos dela não eram os mesmos que o dele e pareciam estar bem longe de ser o que ele queria. É claro que ele não sabia e nunca saberá. No fundo da minha memória vinham as lembranças de Shelen sorrindo, cantarolando pela casa, falando em ser aeromoça só para viajar pelo mundo. Estava tudo ali tão vivo dentro de mim.

Eu tinha que admitir que papai sempre foi um homem e tanto. Honesto, companheiro, trabalhador, ótimo marido, talvez o melhor pai do mundo. Mesmo que tenha se mostrado um cara grosseiro nos últimos anos. Eu não poderia deixar de admirá-lo por tudo que ele representava.

Ainda não conseguia entender por que Deus havia permitido isso. Por que a levou assim de mim? Podia ter deixado ela e me levado em seu lugar. Nunca irei esquecer os dias tristes e difíceis que passei ao seu lado, minha irmã. Quanto sofrimento eu presenciei, quantos dias eu quis tirar a sua dor... Como queria que ela estivesse aqui. Tudo seria diferente. Eu sei que seria. Seria melhor. Eu não precisaria escolher nada. A vida seguiria seu curso normal.

Minha irmã faleceu vítima de leucemia, tinha apenas dezesseis anos. Naquela noite nada pôde ser feito para salvá-la, a doença havia avançado e parecia ter lhe tirado anos de vida. Veio como uma avalanche, derrubando tudo pelo caminho. Nossa família ficou devastada. Foi depois de sua morte que papai se tornou esse homem amargo, duro, e eu, o que eu fiz? Bem, eu tentei ser um pouco da Shelen para mamãe. De repente parei de viver a minha vida. Muitas garotas saíam para curtir e eu passava a maior parte do meu tempo em casa, vivendo a vida dela. Claro que foi de livre e espontânea vontade, ela nunca me pedira nada disso, só que eu sabia o quanto ela precisava de mim, acho que fiz tudo que podia para tentar ajudá-la a recuperar sua alegria. Como se tudo isso não bastasse, surge ele, John, o homem dos meus sonhos. Havia algo gritando dentro do meu peito cheio de cicatrizes.

Era tarde quando voltei para casa e encontrei Pati à minha espera. Que droga, José também estava ali. Esperava que ela não viesse com perguntas a respeito de John. Depois de um abraço leve, ela me disse que José estava ali para nos levar ao cinema. Fiquei impressionada com o que ela dizia. Como alguém podia querer levar a amiga ao cinema com o namorado.

— Oi, Samantha — disse José timidamente, o que me surpreendeu.

— Oi, José — respondi seca.

— Eu estava preocupada com você — disse Pati. — Te liguei cinco vezes.

— Desculpe, eu não vi nenhuma delas. Mas não se preocupe, estou bem.

Peguei o celular e vi que tinha sete chamadas perdidas.

— Está mesmo tudo bem com você? — Seu tom era irônico.

— Sim, por quê? — Ela estava sabendo, logo pensei.

— Sua mãe me disse que dormiu na minha casa. — Soltei a respiração, quando vi que ela já sabia. Droga! Mas eu não lhe contaria a verdade. Daria quaisquer desculpas, mas não lhe diria que dormi com ele. Apertei o braço dela e cochichei em seu ouvido. — Poderia ser mais discreta e falar disso quando estiver eu e você. — Fechei os olhos com tanta raiva que José percebeu.

— Acho que devíamos ir, Pati, ainda pegamos a última seção — José falou.

— E você? — Ela me fitou com os olhos. — Não vem?

— Não, estou muito cansada. Deixamos para outro dia.

Depois de toda aquela cena, ela me abraçou pedindo desculpas e me beijou a bochecha desejando boa-noite.

— Boa noite.

— Boa noite, Samantha. — José se mostrou educado.

Talvez eu tenha sido um pouco grosseira. Mas ela me pegou desprevenida. Que saco, só me faltava essa, ter que fazer cara de paisagem para José.

Já passava das oito horas quando entrei em casa, vi que mamãe estava na sala assistindo novela como é de cotidiano. Não estranhei ao ver que papai não estava ali. Virou hábito ele chegar tarde em casa, mesmo quando saía cedo do trabalho, por vezes não demorava mais de uma hora, mas tinha dias que chegava bem mais tarde do que isso. Obviamente que nos últimos meses ele vinha chegando tarde, nós dois quase não nos víamos. Algo cheirava mal, mas preferia não pensar naquilo. Eu me lembrei de quando ele dava jantares com seus amigos executivos. Eu jamais quis ir num desses, não suportava ouvir nada do que diziam, inventava uma desculpa qualquer e passava a noite fora. Muitas vezes eu nem tinha para onde ir, ficava ali mesmo, do lado de fora, esperando que eles saíssem para então correr para dentro. Pois sei que as perguntas sobre mim viriam, e meu pai detestaria ter que explicar sobre minha rotina nada interessante como as dos filhos de seus amigos.

— Oi, querida. Não vi que estava aí. — Mamãe se virou no sofá.

— Oi, mãe, já cheguei. Vi que estava tão quieta que não quis incomodar.

— Estou assistindo à novela, está quase no fim. Quer se juntar a mim?

— Ah, não, mãe. Estou mortinha de cansada, vou subir e tomar um banho e depois capotar na cama.

— Pati esteve aqui.

— Sei, eu cruzei com ela lá fora.

— Nossa, ela ainda estava lá fora? Coitada. Mas ela teve aqui não estava escuro — disse abismada.

Sabia que ela era capaz de passar o dia esperando para ver com quem chegou chegava. Ou até mesmo se chegava de tão curiosa.

— Vai ver ela foi até sua casa e voltou, mãe.

— É, acho que deve ter sido isso — respondeu com os olhos vidrados na TV.

Aproveitei, peguei uma maçã na cozinha e subi para meu quarto. Abri a janela e avistei a lua cheia. Ela ocupava um espaço grande no céu estrelado. Sem perceber meus olhos lacrimejaram, Shelen adorava as noites de lua cheia. Desde pequenas montávamos cabana com as cobertas no meio da sala, nas noites de lua cheia. Para ver o lobisomem, histórias que vovô nos contava. Esse ritual havia virado tradição entre nós duas. Peguei o porta-retratos guardado na gaveta com a foto em que estamos sentadas na beira do mar. A expressão dela era tão feliz. Queria ter tido mais tempo com você, minha irmã. Como sinto sua falta, como dói não ter você aqui. Eu sei que quando morreu me pediu para que cuidasse da mamãe e estou tentando, mas não sei se venho exercendo esse papel tão bem. Na verdade, ela que tem cuidado mais de mim do que eu propriamente dela. Eu não consegui seguir meu caminho e sei que se pudesse estar aqui, você me diria o que fazer. Se estiver me ouvindo, me ajuda, por favor, me dê uma luz, diga para onde devo ir. Meus dias têm sido iguais, às vezes pareço não estar vivendo nessa terra. Nada aqui está fazendo sentido. Tudo que quero parece fugir de minhas mãos. Onde está você? Onde está Deus que parece se divertir com minhas tristezas? Às vezes vago pelas ruas à procura de algo que me mova, de alguma resposta, mas não tenho encontrado. Eu juro que vou deixar você ir embora. Como queria você aqui!

Deitei sobre o travesseiro limpando meu nariz, as lágrimas que escorriam sobre meu rosto estavam me sufocando. Abracei o travesseiro e logo adormeci.

Estou num jardim coberto de flores brancas, vejo Shelen caminhando entre as flores. Grito por seu nome, mas ela não escuta. Saio correndo em sua direção, tentando alcançá-la, mas da mesma forma em que eu corro, ela também corria. Ela não ouve meu chamado, mas continuo a chamar. Acordei assustada, gritando… Mamãe entrou em meu quarto.

— Acalme-se, querida. — Ela me abraçou, dando um beijo na testa. — Vai ficar tudo bem, foi apenas um sonho.

— Eu a vi, mãe, eu vi minha irmã. Chamei-a tantas vezes. Mas ela não me escutava!

Uma lágrima desceu pela face de mamãe. Mas logo se recompôs, me pedindo para que voltasse a dormir. Eram apenas duas da madrugada.

— Volte a dormir, minha filha. Foi apenas um pesadelo, não vai acontecer novamente.

— Está bem, pode voltar pro seu quarto, mãe. Vou tentar dormir.

Ela me deu um beijo na testa como fazia antigamente, quando eu ainda era criança e saiu. Deitei olhando para a foto ao lado da cabeceira e procurei entender meu sonho. Fiz uma oração, fechei os olhos até que enfim adormeci.

Na manhã seguinte lembrei que em meu celular havia sete chamadas perdidas. E que Pati teria dito que me ligou cinco vezes. De quem poderiam ser as outras duas? — pensei.

Coloquei o celular no carregador e liguei. Esperei ele acender e quando cliquei na tela, vi duas chamadas de John e cinco de Pati. Também tinha uma mensagem de voz. Será que devo ouvir? A ansiedade tomou conta de mim. Então fiz o que devia ser feito, ouvi a mensagem.

"Linda Samantha, talvez não esteja ouvindo minha ligação. Se estiver aí e não quiser atender, isso irá me entristecer. Tivemos uma noite incrível. Não sei por que está fugindo assim de mim. Se eu fiz algo de errado, diga-me, eu conserto. Não posso fazer o que me pediu. Não posso esquecê-la. Estar com você me traz paz. Pode ter certeza, eu não costumo desistir fácil. Se pegar essa mensagem me retorne, por favor, quero me despedir de você. Um beijo grande."

Ouvi a mensagem mais uma vez. Depois digitei uma mensagem de texto.

Para: John

Estou muito feliz em ter conhecido você, tivemos uma noite perfeita. Não poderia ter sido melhor! Depois de tanto tempo sem estar com alguém eu tive em seus braços por completo. E olha que eu nunca havia pensando em dormir com um cara na primeira noite. (risos) Só que com você isso não fez diferença pra mim. Estou... como poderia lhe dizer. Pela primeira vez, depois de muito tempo, pensando em alguém e esse alguém é você.

Beijos, Samantha

Apertei "Enviar".

E logo me arrependi de ter dito que pensava nele.

De: John

Minha linda. Penso em você vinte quatro horas do meu dia. Viajo amanhã. Quero tanto te ver, sentir o seu cheiro, fiquei pensando em você. Posso ir até sua casa?

J

Eu me apavorei com essa hipótese.

Para: John

Até minha casa? Acho que prefiro encontrá-lo em algum lugar.

De: John

Pode ser no bar do meu hotel às 20 horas?

J

Para: John

Perfeito! Até lá.

PS: Gostei do J

Beijos da Sam

Enviei a resposta sem pensar se devia ou não ir, sem nem mesmo querer perguntar se deveria ir.

Apertei meus dedos de raiva. Por que não conseguia ser firme e dizer que não iria? O que ainda esperava dele? Se no dia seguinte ele pegasse aquele avião, poderia ser que eu não o visse nunca mais.

Abri a casa e liguei o rádio num volume alto, minha mãe vez ou outra passava por mim e me olhava atenta.

— Está diferente.

— Mãe… Só estou ocupando meu tempo. Amanhã volto ao trabalho.

Uma hora depois tomei um banho e ao me lembrar do óleo de amêndoas francês, embrulhei o corpo na toalha e fui até a penteadeira buscá-lo. Vi que atrás de mim se formava um trilho de água. Voltei arrastando o tapete sobre meus pés. Como dizia no rótulo "Deixe sua pele falar por você", naquele dia ela ia falar por mim. Derramei quase todo vidro sobre meu corpo. Já havia passado quase uma hora, então me vesti logo. Passei a máscara nos cílios e estava pronta. Peguei a sandália que ganhei de mamãe no meu último aniversário e calcei-a. Mais uma vez estava me sentindo radiante diante do espelho. Como diria Pati, pele de pêssego.

Desci as escadas. Lá estava ela me olhando com aqueles olhos arregalados, louca para saber aonde ia. Ou talvez com quem ia.

— E aí, mãe, como estou?

— Linda! Muito linda, querida.

Fiquei vermelha.

— Obrigado. Talvez eu deva lhe dizer aonde vou? — Ela disfarçou mas eu sabia que estava curiosa.

— Tenho um encontro, mãe. — Olhei para baixo.

E, ela me olhou espantada.

— Um encontro! — disse ela, com sua voz gentil e delicada. — É o cara do bar?

Levantei os ombros dando um sorrisinho frouxo, perguntando-me quando eu havia lhe contado.

— Boa sorte então nesse encontro.

— Obrigado, mãe. Mas…

— Você volta para casa? — ela me interrompeu, a dúvida pairava no ar.

— Acho que sim, volto... Ah, volto... — Até eu tive dúvidas.

— Tudo bem. Se não for voltar, avisa. Você está linda!

Ela me deu um abraço bem apertado e saí em seguida. Chamei um táxi, pois meu carro estava sem bateria há dias. No fundo eu sabia que não voltaria para casa. Logo o táxi parou na porta de casa, entrei no carro e falei para o motorista aonde queria que me levasse. Abri a janela e senti a brisa do ar fresco bater em meu rosto. A noite estava agradável. O taxista me olhava de relance pelo retrovisor. E era só então que me dei conta que era Brian. Avermelhei.

— Na época em que eu te convidei para sair, você era totalmente diferente — disse ele com seu olhar preso no meu. Ele respirou fundo e surpreso. Engoli seco. Ele me encheu de perguntas sobre a minha mãe. Fiquei constrangida por estar no carro dele, com minha boca tão vermelha que fez a língua dele passear lentamente pelos lábios, me senti em perigo. Claro que ele não seria tão ousado assim. Parecia que estava a ponto de parar o carro e pular para o banco de trás. Senti certo medo. Quando notei, estávamos pegando a avenida do centro da cidade e logo tínhamos chegado. Puxei o ar tão profundamente que meus pulmões pareciam que iam saltar pela boca, tentei manter minha calma. O carro cruzou o pátio do hotel parando bem no *hall* de entrada.

— Pronto. Chegamos. Tem um encontro? — perguntou. Fiquei paralisada por alguns segundos.

— Obrigado, Brian. — Fiquei indiferente àquela pergunta, entreguei a ele o valor que devia pagar pela corrida.

— Foi bom rever você. — Ele me encarou desconfiado.

— Foi bom revê-lo também — disse sem dar atenção a ele.

Desci do carro tremendo sem parar, as minhas pernas pareciam tropeçarem uma na outra, mas logo me recompus. Na porta que gira eu passei por ela duas vezes, dei uma boa risada, era meu subconsciente tentando fazer com que eu desistisse daquela loucura. O segurança ou mordomo, o quer que ele fosse, seguiu-me até a porta do bar. E lá estava John, sentado à mesa na beira do lago.

Caminhei na ponta dos pés e cheguei silenciosa por trás dele.

— Posso sentar, senhor? — assoprei baixinho em seu ouvido, diria que fui bem atrevida, eu sei. Ele se virou rápido e me tascou aquele beijo, que foi inesperado. Levantou e me deu um abraço apertado. Pegou minhas mãos e me conduziu até a cadeira. Puxou para que eu pudesse sentar. Como ele era cavaleiro, pensei que não existissem mais homens assim.

— Está encantadora, Samantha.

— Estou é? — perguntei.

Senti meu rosto corar, pois aquela nem de longe se parecia comigo.

— Está! Maravilhosa.

Ele chamou o garçom que vinha caminhando pelo deque de madeira escura.

— Quer beber o quê?

— Pode ser vinho, por favor — respondi, era a única bebida que não me deixaria fora de controle na primeira taça.

— Pode trazer uma garrafa de vinho da Serra Gaúcha para nós dois — pediu ele como um lorde.

— Vejo que entende muito de vinhos.

— Digamos que apenas aprecio — comentou. — Por que está fugindo de mim? — Ele fixou seus lindos olhos azuis em mim.

Engoli seco.

— Não estou fugindo. Precisava ficar sozinha para pensar — respondi.

— E conseguiu pensar?

Concordei balançando a cabeça.

— Acho que nunca fiquei assim antes.

— Assim como? — perguntei.

— Assim, de quatro. — O sorriso dele se abriu involuntariamente. — Eu a conheço há tão pouco tempo e o estranho é que não consigo para de pensar em você — disse ele num tom de urgência.

— Devemos lembrar que amanhã você vai embora. E são uns... — chutei — 10 mil quilômetros que nos separam? Não sei exatamente se é isso, mas é por aí.

— Não estou medindo a distância, Samantha. Pois não existe distância quando queremos ficar com alguém. — Foi direto e entrou bem no meu peito, que sentiu certo frio.

— Por que insiste em ficar comigo? Como poderá dar certo? Eu sei que não vai dar — enfatizei.

— Vamos fazer dar certo. Você é a mulher mais fascinante que já conheci.

— Pare, John, por favor. Eu não quero voltar a falar disso — usei um rancor inexplicável na voz. — Eu vim até aqui me despedir de você. Como disse na mensagem, você vai embora amanhã.

Ele cruzou os dedos, seus longos e lindos dedos. Olhou-me mordendo os lábios. Fez exatamente como eu quando fico nervosa. Parecia estar desesperado. Vi que seus olhos estavam brilhando. Aí ele me deixou fora do chão com sua boca carnuda e seu cheiro excitante. Por que, meu Deus? Por que ele é tão encantador? Não permita que sua beleza me enlouqueça, por favor.

— Posso me sentar ao seu lado?

Naquele instante respirei e soltei o ar todo de uma vez.

—Não só pode como deve — respondi com firmeza. O que vou fazer? Como serão meus dias depois de você? — Traz seu casaco, por favor, estou com frio — pedi com sutileza.

Ele sentou ao meu lado jogando o casaco sobre meus ombros e naquele momento, senti o cheiro dele ainda mais forte. Ele agarrou minha cintura e apertou com determinação. De repente bateu um vento gelado... Mas não queria sair daqui. O clima era gostoso e a paisagem inspirava romance. Ele soube escolher muito bem o lugar, era um bom conquistador.

Suspirou.

— Não quero pensar que vou ficar sem você. — Aquele pensamento me apavorou.

— Aqui é lindo demais, não é? Agora entendo por que está tão encantado — disse tentando me esquivar de seu pedido.

— É, realmente é maravilhoso.

Abracei ele, dando um beijo em seu pescoço.

— Dorme comigo hoje? Por favor. Comprei um presente para você.

— Pra mim? — Eu me espantei.

— Sim. Para você.

— E o que é? — Senti curiosidade.

— Ah, isso eu não falo. Terá que ver com os próprios olhos — advertiu ele.

— Hum. Fiquei curiosa.

— Eu adoro criar expectativa.

Aquilo me fez pensar que tipo de presente ele poderia me dar.

— Vai ficar comigo?

— Não sei se devo. — A resposta foi rápida.

— Pois eu acho que deve. Devemos aproveitar enquanto temos momentos juntos, sem dificultar as coisas.

— O problema não é esse.

— Então qual o problema?

De muitas maneiras parecíamos ter muito em comum. Mas éramos de mundos tão diferentes.

— Muitos. Desde aquela noite que passamos juntos, procurei não pensar em você. Pois eu sabia que logo iria embora. E aí você se fez presente. Isso tá mexendo demais comigo, John.

— E é tão ruim assim?

— Não. Claro que não. Mas não quero me machucar. — Principalmente porque tenho um passado. Mas eu não podia dizer isso a ele. — Bom, acho que eu sofreria longe de você.

— As chances de você sofrer existem, eu sei disso. Eu já sofri também. O que eu posso lhe dizer com toda certeza é que vou lhe fazer bem. Não me impeça de amá-la. Sofrer é um risco que corremos quando amamos. Não é isso que dizem?

Ele falava com tanta propriedade. Senti-me uma menina de dezoito anos, apaixonada pela primeira vez, com o coração palpitando a milhão, eu tinha uma maneira muito independente de pensar e, na minha cabeça, eu iria viver a mesma história. Então aquela amargura dentro de mim era maior que meu desejo de tê-lo.

— Ai, John, desculpa... Tenta entender. É difícil pra mim. Eu posso estar certa ou errada... Sei lá. Não sei. Eu não sei mais nada. — Minha barriga se apertou num nó.

Ele me beijou e nossas lágrimas se juntaram. Pedi que me levasse pro quarto. Naquele momento ele segurou meu rosto com tanto amor, que minha alma sentiu frio.

— A última coisa que quero é que se machuque. Deixa eu cuidar de você. — Ele me beijou.

No quarto as coisas fluíram tão bem que parecíamos estarmos juntos há muitos anos. Ele parecia conhecer cada parte do meu corpo. E conhecia. Ai, como eu queria que o tempo parasse de passar. Minha mão apertava seu corpo junto ao meu com tanto desejo, que ficamos ali, abraçados, suados e ofegantes. A sensação era muito intensa. Ele me virou rapidamente, deitando-me sobre seu peito. Eu fiquei ali, deitada, sonhando acordada.

— Está se sentindo melhor? — Assenti com a cabeça. — Entende quando digo que estamos em sintonia, Samantha? — Pisquei uma vez.

Sua voz era suave e me deixava aliviada. E ficamos deitados. Ele afagava meu rosto e inspirava o perfume do meu cabelo. Meu subconsciente me fazia lembrar que no dia seguinte ele iria partir.

— Ah, espere aqui. Vou buscar seu presente. — Ele saiu debaixo de mim. E eu fiquei deitada, enrolada no lençol.

— Pronto. Aqui está.

Segurei a caixa toda embrulhada com papel de seda florido, delicado, com um lindo laço de cetim. Dava até pena de estragar a caixa de tão lindo que era o embrulho.

— Espero que use e lembre-se sempre de mim.

Eu apoiei a caixa sobre a cama, puxei o laço devagar. Enquanto abria a caixa, ele estava de pé na minha frente, completamente nu. Sem pudor algum. Isso me fez dar um belo sorriso.

Diante dos meus olhos, tirei da caixa uma linda peça de seda. Era uma camisola, outra embaixo. Duas camisolas de seda, uma branca e outra rosa. Mas não era uma peça comum. Meus olhos se encheram de lágrimas. Como ele podia ser tão romântico?

— Gostou?

— Sim... Sim. Eu amei — sussurrei com a voz embargada. — São lindas.

Ele me deu um beijo e se deitou sobre mim. Eu vinha me tornando impulsiva, isso eu não tinha como negar. Ele mexia demais comigo.

— Você deve usá-las todas as noites para se lembrar de mim enquanto dorme.

— Eu irei usar, prometo.

Jogamo-nos sobre os lençóis amassados e fizemos amor mais uma vez. Meus pensamentos se voltaram para as palavras de Pati. Estava prestes a deixar, talvez, o grande amor da minha vida escapar. Fiquei olhando para ele, pedindo desesperadamente para que não fosse embora. Mas minha voz não saía e ali ficamos deitados, sentindo nossa respiração. Sei que ali, não muito escondida, estavam mais lágrimas querendo cair.

— Sabia que Paris é linda? — disse, acariciando meu rosto.

Naquele momento passou milhões de coisas em minha cabeça. Comecei a respirar rapidamente. Mas que droga, ele não fez isso. Não! Fiz uma pausa.

— O que houve, por que ficou assim? Você... Você falou com Hamansio sobre mim? — Minha expressão mudou.

Ele ergueu as sobrancelhas.

— Seja o que for que esteja passando em sua cabeça, não eu não falei de você. Eu não preciso falar de você. — Mordeu mais uma vez a boca. — Já parou para pensar que talvez seja a escolhida?

— Bem e se eu for? Mudará alguma coisa entre nós?

— Se você for, a gente fica junto.

Fui tomada por um sentimento de rancor. Fiquei pensando se ele não estivesse armando minha ida a este concurso só para me ter perto dele.

Os olhos dele estavam fixos em mim.

— Vai estar no concurso também? Digo, trabalha para James?

— Samantha, nós somos amigos, eu já lhe disse. Fotografo para ele, se for isso que quer saber.

— Não, John. Eu perguntei se vai estar no concurso. — Parecia que estávamos tendo nossa primeira discussão.

— Não diretamente. Mas como vou estar por lá, então é provável que eu esteja, mas não trabalhando no concurso.

Respirei aliviada.

— Ainda bem — deixei escapar.

— Por que não quer eu lá? E por que parece que não quer ir?

— Não é que eu não queira, mas eu sei que é bem difícil. Então se você estiver, pode conhecer outra mulher. — Na mesma hora me arrependi. — Dizem que Paris tem mulheres lindas. — Nossa era mesmo eu falando tudo aquilo? Pior que era.

Ele deu uma risada alta

— Verdade. Só que a mulher mais linda está aqui do meu lado. — Foi benevolente. — E olha, não desacredite assim de você.

Concordei balançando a cabeça e encolhi os ombros ao mesmo tempo.

— Acha que não vai ser escolhida?

— Não sei... Na verdade, se eu for eu não sei se quero. Desde que te conheci não parei para pensar muito nisso. Se depender pela forma que conheci aquele James, ele não foi com minha cara, certeza que não.

— Nada a ver. Não... Espera. — Ele se ajeitou e pegou o celular. — Eu vou ligar para ele.

— Nem pense nisso. Eu não preciso que me indique — disse com certa braveza na voz. — Já disse que não preciso disso.

Ele franziu a testa.

— Ei... Tudo bem. Só quero ajudar você.

— Não quero.

— Por que é turrona?

— Não é questão de ser turrona, John. Eu só não acho certo. Sei lá porquê. Por favor, não quero mais falar sobre isso.

— Você está mentindo. Qual é o problema? Eu só quero ajudar.

— Por favor, vamos deixar as coisas acontecerem. Por favor?

— Ok, não me intrometo mais. — Ele enroscou o braço ao redor da minha cintura. — Se quer que seja assim, juro que vou respeitar. — Ele aproximou o rosto encarando-me fixamente. — Não vou falar nada. Prometo a você. — Ele beijou meu cabelo, beijou meu queixo, para minha total decepção não tocou mais no assunto. Também dei por encerrado. Fechei os olhos por alguns segundos, eternizando aquele momento.

Seis

— Você deveria ter ido com ele.

Minha mãe me deu a xícara com um dedo enfaixado. Ela usava uma touca branca com rendas na bainha, com seu nome bordado bem no topo. Ela e a nossa vizinha abriram uma página na internet e agora faziam bolos confeitados, assim… do dia para noite os pedidos começaram a chegar. Eu agradeci a Deus por isso. Via que minha mãe estava melhor do que eu mesma.

— O quê? — Aquela não era minha mãe. Não era ela que dizia aquilo.

— O moço do carro prata. Deveria ter embarcado com ele.

Fiquei boquiaberta com aquela sugestão. Como ela podia saber.

— O que fez no dedo? — perguntei tentando ser rápida na resposta que daria.

— Ah, isso. Nada demais. Apenas um corte sem muita importância na espátula da batedeira. E você. Volta ao trabalho hoje?

— É!

Ela continuou tirando ingredientes do armário enquanto eu enchia a xícara de café.

— Você é jovem. Tem força para enfrentar a vida. Deveria ter aceitado o convite dele.

— Mãe… Como sabe?

— Esse pequeno detalhe, se te conforta, ele veio até aqui e pediu que eu falasse com você.

— O quê? Eu não acredito que ele fez isso.

— Filha, foi um ato desesperado dele. Não se zangue. — Eu quase deixei uma lágrima cair.

Minha mãe parecia muito bem informada. Ela balançou a cabeça e aproximou-se da mesa.

— Eu teria feito exatamente o mesmo.

— Então, ele veio aqui mesmo? O que ele disse?

— Querida, ele só queria que você voasse com ele. Acho que perdeu uma grande chance, talvez fosse uma chance. Ele parece ser um bom homem. — Parecia querer me ver longe dali. — Eu não me enganaria, nunca. — Ela piscou para mim. — Agora, trate de correr atrás da sua vida — ela disse firme. — Quero que viva para você e não mais pra nós.

— Mãe…

— Eu vou guardar as geleias que preparei. Alcance-me esses vidros atrás de você.

Naquele dia enquanto ele embarcava rumo a Paris, eu retornava ao trabalho. Com uma imensa tristeza dentro do peito. Se antes eu já me sentia estranha e vazia, agora tudo piorara. Júlio não estava lá. Enquanto seu irmão me explicava sobre o acidente que ocorrera com ele, eu me sentia culpada por ter passado sete dias fora. Júlio deixou uma garrafa cair em cima do pé, levou uns dez pontos; havia dois dias que acontecera, os dois são irmãos, Andreo tirou férias e então estava dando uma força antes mesmo do acidente, pois a tal menina havia deixado Júlio na mão.

— Falei para ele que uma hora isso ia acontecer. Ele gira aquela garrafa como se fosse malabarista — resmunguei.

— Ele deve ter achado que isso foi praga sua — disse Andreo. — Ele falou de você pra mim, aliás, muitas vezes.

— Não. Ele falou isso? Falou que foi praga minha?

— Não… não foi isso que ele falou. É claro que não! Estou brincando. Brincadeira. Júlio jamais falaria isso de você. Conhecendo-a agora eu entendo perfeitamente. — Corei as bochechas. Andreo era um rapaz alto, musculoso, devia ter uns vinte anos, no máximo, bem viril, cabelos cacheados e olhos cor de mel. Um típico surfista. Não sei o que ele tinha feito, mas o bar estava lotado de mulheres. A maioria dos rostos era desconhecida, alguns eu já tinha visto, outros nunca e sabia que alguns eu não voltaria a ver nunca mais. Como o de John.

— É bom ver você de volta. — Pati me cutucou forte.

— Que susto me deu — respondi, virando para ela no mesmo instante que ela retirou a mão.

— Até que enfim voltou. Falávamos de você.

— Falávamos?

— É. Eu e José. — Ela apontou para ele, sentado na primeira mesa, bem perto da porta de entrada. — Senti sua falta. Só você sabe preparar meu Martini. — disse ela melancólica.

— É bom saber que em alguma coisa eu sou insubstituível — respondi rindo.

— Você está bem? Quero dizer, quer me contar aquela história de dormir na minha casa e não dormir? — disse séria.

— Não sei o que minha mãe andou lhe dizendo. Mas eu não fiz nada de errado. Não há o que contar. Só saí para dar uma volta, queria caminhar, bater perna pela cidade. Fui ao Donoch, aquele bar inglês — expliquei. — Bebi um pouco e acabei dormindo num hotel. Eu tinha brigado feio com meu pai, não queria ter que voltar para casa — menti. Eu não poderia contar a ela, não agora.

— Num hotel?

— É. Eu posso dormir num hotel, não posso?

— Pode... Mas é estranho. Você nunca fez isso. Nunca saiu vagando pela rua sozinha. — Ela cruzou os braços e me encarou. — Você devia ter me ligado. Devia ter ido de fato dormir na minha casa.

— Desculpe por eu ter inventado essa história para minha mãe, é que eu não queria que ela ficasse preocupada, que me enchesse de perguntas.

Ela balançou a cabeça. Olhou para José, que estava conversando com uma garota.

— Imagina. Não precisa pedir desculpas. — Ela piscou e mudou o foco do olhar. — Pode dizer isso a ela quando bem entender. Também pode ir passar uns dias lá em casa, se quiser.

— Obrigado, Pati. Mas já está tudo bem.

— O que foi que seu pai disse?

— O mesmo de sempre.

— Hum... Se bem que a gente já falou disso. Ele não está tão errado assim.

— Pati... Isso realmente não é necessário. Não temos que entrar novamente neste assunto, já está encerrado. — Ela fez um discreto bico.

— Tudo bem. — Ela deu passos rápidos, olhando firme para a garota loira e para José.

Sem muitas novidades os dias foram passando lentamente, quase que arrastados. Toda noite minha mãe fabricava bolos, e eu ia para o bar. A gente vê quando a outra pessoa está diferente. Acho que minha mãe via, mas fingia não notar minha ansiedade. Talvez quisesse me poupar da dor que seria falar daquele assunto. Nem tudo saíra do jeito que eu havia pensado.

Certo dia quando observei que o *outdoor* do concurso estava sendo substituído por outro. De repente caiu uma lágrima quente. Não sabia o que ele devia estar fazendo. Mas eu queria tanto saber dele, queria tanto sentir o seu cheiro de alfazema.

— Os pães, senhora. — A menina de jaleco laranja me entregou o saco marrom com os pães quentinhos.

— Obrigado — agradeci e paguei pelos pães. Nesse momento, a padaria ficou em silêncio. Me virei e vi que todos os olhares estavam em um só lugar, na TV que trazia o rosto de Hamansio, olhei para o balcão e olhei para a TV. As mulheres mais velhas cochichavam, de cabeça erguida sequei as lágrimas e sem olhar para ninguém sai de lá.

Quase dois meses depois, as coisas iam de mal a pior. Não tinha mais vontade de sair, só ia de casa para o trabalho e do trabalho para casa. Júlio não falava mais comigo como antes, parecia me detestar, tinha até arrumado uma namorada a qual fazia questão de levar até o bar todas as noites. Era como se ele precisasse me mostrar que tinha alguém. Eu achava totalmente desnecessário, mas se isso o enchia de orgulho eu não estragaria nada. As coisas não pareciam dar certo pra mim, nenhum dia. Estava varrendo meu quarto, limpando a última prateleira de livros, não que houvesse muitas, Pati já tinha levado todos que podia antes mesmo de eu os ler; eu estava parada, segurando a pilha de livros e ouvi a campainha tocar duas vezes. Quando a campainha tocou pela terceira vez, desci as escadas pulando os degraus.

Quando abri a porta, era o carteiro.

Empalideci.

— Senhorita Samantha Hensell? — perguntou.

— Sim, eu mesma.

— Pode assinar aqui, por favor. — Minhas pernas amoleceram.

Ele me entregou um envelope rosa com o fechamento em fita de seda, meu rosto não tinha expressão. Em segundos meu mundo floresceu, o chão pareceu ter sido coberto de rosas brancas. Será que era o que eu pensava? Será? Só podia ser. Afinal eu nunca havia recebido nada pelo correio. Nem mesmo um boleto que eu precisasse pagar.

Ele se despediu e eu agradeci.

Sentei no último degrau da escada, respirei muitas vezes e tremia sem parar. Dei alguns minutos para que minha mente pudesse processar aquela notícia que estava por vir. Por fim abri o envelope. Fiquei espantada com todo luxo que transcorria nas letras em que prossegui lendo.

Mademoiselle Samantha Hensell,

Viemos através deste informar que a senhorita está classificada para participar do fantástico mundo da moda em Paris: "O grandioso concurso de novos estilistas da WE". Sabendo bem do seu desejo de ser uma estilista renomada, nós convidamos a se juntar a nossa equipe nesse desafio.

Esperamos pela mademoiselle, na sede da WE Estilistas.

Abaixo segue o roteiro completo do evento com as datas definidas.

Saudoso abraço, James Hamansio

Soltei todo ar preso em meu pulmão.

Logo abaixo um guia completo da viagem, com datas das passagens e hospedagem. Um cheque no valor de 600 euros para usar na WE. Ali senti todo poder que aquele homem tinha. Li... Reli novamente.

— Ah, graças a Deus! — Levei a mão ao meu rosto, sequei a lágrima. Meu coração acelerou. Após dias de pura ansiedade, à espera de uma boa notícia, à espera de algo que me desse a certeza de que nada teria sido em vão. Enfim havia chegado. Corri pela casa gritando por mamãe.

— Aqui na varanda, querida.

Corri até ela e entreguei o envelope.

— Leia, mãe. — Apontei para o papel amarrotado de tanto eu ter lido antes.

Nessa hora mamãe ficou nervosa.

— O que é isso? O que é querida?

— Mãe... Por favor, leia.

Minha mãe sentou-se delicadamente no banco e se pôs a ler o cartão. Ela balançou a cabeça e me abraçou com ternura. Naquele instante a imagem do álbum de vestidos veio em minha memória. Mas logo se dissipou.

— Parabéns, minha querida, eu sempre soube que era talentosa. Sua estrela vai brilhar. É a sua hora. — Seus olhos lacrimejaram. — E eu estarei aqui. — Percebi que ela sufocava as lágrimas. — Esperando você voltar para casa e espero que volte realizada.

Nós duas permanecemos abraçadas por alguns minutos, em silêncio, nada era preciso ser dito. Depois da morte de Shelen havíamos nos tornado mais que mãe e filha. O amor que sentíamos era tão forte, talvez o mais forte de todos. Para minha mãe, a vida tinha lhe tirado um grande pedaço do coração, mas o outro permanecia ali, batendo por mim, mesmo que devagar, mas ali. Eu precisava muito dela. E ela desesperadamente de mim. E foi por ela, que eu nunca desisti.

— Queria que ela estivesse aqui, mãe.

— Eu também gostaria que estivesse.

— Sinto tanta falta dela.

— Eu também sinto, querida. Mas vamos falar de sua viagem, hoje vamos pensar no seu futuro. — Ela secou a lágrima que caía no canto do olho.

Foi aí que vi que minha mãe estava de volta. Havia retomado sua leveza, seu brilho.

E até seu sorriso reaparecera, com o mesmo brilho de antes. Ela me levou para a sala, onde sentamos e conversamos animadamente planejando toda a viagem. Ela provavelmente devia estar chorando por dentro.

— Vou querer que traga uns cremes.

— Mas, mãe...

— São só uns cremes, querida. — Sabia que ela falava aquilo para mostrar firmeza.

Por mais que ela tentasse, eu sabia que não estava feliz de verdade com a viagem.

Esse período de planejar a viagem durou apenas uma semana. Pois eu embarcava na semana seguinte. Cuidei de cada detalhe e tive que comprar uma mala, pois há tempos não viajava e a mala que pertencia à família era um pouco antiga e pesada.

Lá estava eu, tentando organizar minha bagagem quando papai bateu à porta. Abri apreensiva.

— Então, tudo pronto?

— Para falar a verdade, não. — Fechei os olhos num aperto. — Não sei direito o que levar. — Ele era o homem de viagens, ele sabia como e o que levar. Esperava que ele me ajudasse. E que isso nos fizesse dar uma trégua.

— Leve alguns casacos leves, que ainda faz frio em Paris! E as demais coisas que vocês mulheres gostam de usar, vestidos, botas, joias, perfumes...

Nós dois sorrimos. Eu percebi que o tom da sua voz mudou, parecia mais calmo. Era notório que esta viagem mudaria nossa relação.

Comecei a colocar tudo o que levaria em cima da cama. Ele permaneceu parado, me observando. Não tinha certeza, mas meu sexto sentido dizia que ele queria me dizer algo. Então parei em sua frente esperando que dissesse. Num gesto inesperado, ele me abraçou, apertando-me junto ao peito. Olhou em meus olhos e falou baixinho:

— Perdoe minhas intromissões em sua vida, filha. Sei o quanto faltei com você nesses anos todos. Talvez eu não tenha sido um bom pai, mas tentei ser o que eu julgava correto. Sinto muito por errar tanto com você! Sei também que tentei preencher o vazio que Shelen deixou usando você e talvez eu não tenha percebido a mulher que se tornou.

— Ou, pai...

— Não! Me deixa falar, por favor.

Enquanto ele falava, meu rosto fervia. Mas não de tristeza e sim de felicidade. Há muito tempo eu esperei por aquele momento e ele agora acontecia, e eu não sabia como reagir.

— Me perdoe, querida, quis apenas sua felicidade. Do meu jeito, mas a sua felicidade. Se eu pudesse corrigir os erros, eu corrigiria. Queria ter tido mais tempo com você. Queria ter estado ao seu lado, esse tempo todo que sofreu por esse seu namorado fantasma. — Engoli seco. — Eu não vou me perdoar por não ter ido lhe visitar na faculdade. Como eu pude ter sido tão duro? O que eu podia fazer, eu não fiz, cuidar de você.

Meus olhos estavam embargados em lágrimas.

— Não há o que perdoar, pai, eu é que peço desculpas por ter sido teimosa. Eu sempre soube o tamanho do seu amor por mim.

Ouvi seus soluços, suas lágrimas estavam ali, escorrendo como eu tinha visto apenas no dia em que Shelen fora enterrada. Ele que se queixava de tudo que eu fazia agora se permitia chorar de arrependimento, obviamente que eu fiquei feliz, explodindo de tanta gratidão.

— Filha. — Segurou forte minhas mãos. — Eu te amo tanto que não tem como medir. Saiba que eu sempre quis que se encontrasse na vida e se agora está se encontrando, eu te abençoo.

Desabei, sentindo-me feliz por ele estar ali, dizendo tudo aquilo. Ele tirou um lenço do bolso, secou as lágrimas e disse:

— Tenho que ir até o escritório. Preciso resolver um processo importante hoje; se não, passaria o dia aqui lhe ajudando. — Sua voz soava ronquidão. — Bem que eu queria ir para Paris com você.

Meu sorriso foi espontâneo.

— Eu adoraria que fosse.

— Mas estou atolado de trabalho, então, penso que o melhor a fazer é esperar que volte.

— Agradeço que esteja me apoiando nesta decisão pai, eu não poderia seguir este plano se o senhor não estivesse do meu lado.

— Filha, eu sempre vou estar ao seu lado. Mesmo quando a vida não mais permitir, eu vou estar. Posso levá-la no aeroporto, se quiser, é claro.

— É claro que quero. Ficarei feliz... Muito feliz.

— Ótimo! Agora eu tenho que ir. — Deu um beijo na minha testa, não lembrava a última vez em que tinha feito isso, e saiu do quarto.

As horas seguintes passaram voando enquanto eu colocava a roupas na mala. Lembrei-me que guardava no sótão um casaco com touca, bem quentinho, que seria uma boa serventia. Mas logo quis esquecer. Foi presente de Henry em uma viagem romântica que fizemos para o Chile na época da faculdade, sem que meus pais soubessem. Naquela época estava nevando e chegamos até a esquiar. Por um instante senti uma nostalgia e lágrimas quiseram cair. Sequei-as com raiva, jogando-as longe de mim. Prometo que quando voltar doarei o casaco — disse a mim mesma. Vou jogar todas suas lembranças no lixo, Henry.

Minhas energias esgotaram-se. Deu um cansaço arrumar mala, mas finalmente tudo ficou pronto. Ainda tinha que passar no bar e assinar o contrato da rescisão. Ao mesmo tempo em que estava feliz por estar caminhando para o que eu de fato sempre quis, também sentia uma tristeza por ter que deixar aquele lugar. Abri um largo sorriso ao imaginar que encontraria John. Eu não tinha deixado de pensar nele nem mesmo por um segundo. Peguei as camisolas e guardei na mala.

Era uma manhã fria, observei minha mãe sentada na cadeira de balanço da varanda, com o olhar perdido nas flores murchas do jardim.

— O que faz aí, mãe?

— Talvez esteja na hora de plantar flores novas — disse ela resoluta em pensamentos.

— Sim... Acho que o jardim ficaria mais alegre.

— Você não ia ao bar?

— Estou indo agora até lá, depois vou me despedir das meninas. Talvez eu demore.

— Então vá. — Ela me olhou, depois voltou seu olhar para o jardim e cruzou as pernas. Entrei no carro, acendi e apaguei o cigarro. Eu não precisava mais daquilo. Alguns minutos mais tarde, depois que já tinha assinado toda documentação, Júlio tinha me dado um abraço apertado como se meus ossos não precisassem permanecer inteiros. Bem no momento em que saí do abraço, como se fosse se virar, ele tocou meus lábios, molhando com seu hálito quente e fresco de licor, o que fez minhas pernas tremelicarem.

— Desculpe, Sam. Por muito tempo eu penso nisso. — Permaneci em êxtase. — Ninguém vai saber. Não se preocupe. — Continuei sem ação.

— É, bem... Não quero que crie expectativa, Júlio.

— Não. Eu não vou criar. Não mesmo — disse ele nervoso. — Não... Imagina. Criar expectativa. Foi só um beijo. Eu que te beijei. Você nem me beijou. — Ele chacoalhou os braços.

— Júlio... Você sabe que eu o tenho como amigo, não sabe?

— Eu sei disso. Fica tranquila. Já disse. Foi só um beijo que eu dei.

Ele passou a mão no cabelo, bagunçando.

— Tá...

Eu não tinha mais um emprego e talvez não tivesse mais Júlio, aquele beijo; o beijo me incomodou. Mas continuava vendo-o como um amigo que eu queria bem, apenas isso. Ele era um homem bom, generoso, com um coração gigante, eu via suas qualidades. Mas elas não me faziam olhá-lo diferente. Entrei no quarteirão que dava para casa de Jeni e vi que tinha muitos carros estacionados na rua. Mas isso não me fez pensar em nada.

— Gente, gente... Ela chegou. — Pude ouvir os gritos de Jeni. Antes que eu pudesse dizer algo, fui surpreendida por uma celebração de amigos e conhecidos que se reuniram para uma festa de despedida.

— Olá, Samantha! Tomamos a liberdade de preparar esta festa para homenagear alguém que nos deixará em breve por um bom motivo. Aliás, por um ótimo motivo. Tenha certeza que estaremos torcendo por você — disse Pati ao microfone, toda chorosa.

Agora todos estavam apostando suas fichas em mim, na minha capacidade de vencer. Isso me assustou bastante.

— Fizeram isso tudo pra mim? — perguntei encabulada.

— É... É. É... Ouço muitas vozes as quais não conheço bem.

— Como me sinto especial. Obrigado! Obrigado... — Naquele momento que estava sem graça, não achava as palavras certas para agradecer tanto carinho. — Quero que saibam que jamais esquecerei esta noite. — Tentei ser gentil. — Nunca me senti assim, tão importante. Obrigado, gente! — Queria saber de onde tinha surgido tanta gente, algumas pessoas eu nem tinha sequer visto uma única vez. De algumas eu me lembrava do bar, da escola e até mesmo do grupo de escoteiros que frequentei por um tempo quando ainda tinha só dez anos. Brian estava ali; tentou até se aproximar, mas o detive com meu olhar cinzento.

Pati correu em minha direção, deu um pulo me abraçando e quase caímos. Jeni fez o mesmo, só que seu abraço era mais discreto.

— Ainda não acredito que irá embora. — Pati falou melancólica.

— Eu também não acredito — concluiu Jeni.

— Meninas... Paris não fica em outro planeta, e logo estou de volta. Um mês passa voando.

— Ah, tá bom. Fala como se fosse ali, do outro lado da rua.

— Eu acho que a gente tem que combinar uma coisa. Se eu for a vencedora, eu pago uma passagem para vocês duas irem passar uns dias em "Parri".

— Aliás, devia mesmo pagar nossas passagens. Pois será uma mulher rica — resmungou Jeni.

Sentia como se não fosse vê-las nunca mais.

— Sabe aquele lugar famoso em Paris? "De La-Musique" acho que é esse o nome. Eu quero ir até lá. Quero conhecer um francês bem bonito — Pati falava em lágrimas.

Jeni sorriu e disse:

— Terra chamando. Tudo é muito bonitinho e talvez um dia a gente vá mesmo. Mas eu não gosto de sair daqui. Só de pensar em ter que entrar num avião, aquela coisa de asas que não é pássaro, já sinto calafrios na barriga. Imagina, aquele peso todo sobrevoando no céu. Se cair não tem escapatória.

Nós três rimos muito do jeito que Jeni fez a comparação do avião.

Ela balançou a cabeça e resmungou. — Avião… Nem pensar! Não… Não.

Sentamos na beira da piscina, enroladas num cobertor quentinho de algodão, até que a casa esvaziou por completo. Ficamos nós três ali, quietas, olhando para água e as recordações afloraram. Sabe aqueles momentos em que reunimos as amigas e falamos do passado? Então, foi assim que passamos o resto daquela noite, rindo de tudo que tínhamos vivido recordando os melhores e até os piores momentos que juntas passamos. Éramos amigas de longa data. No segundo dia de aula, Pati veio pedir para ser minha amiga, e Jeni era muito amiga de Shelen. Por muito tempo eu me sentia o peixinho fora da água, aos quinze anos fiquei com o primeiro garoto, Vitor, sabe o primeiro beijo, foi especial, e mais uma vez tinha o dedo de Pati nesse acontecimento. Ela sempre era a mais popular. Quando fui para a faculdade, ela foi para outra, bem longe, melhor claro, ela era muito mais inteligente do que eu, não podia negar, as notas dela eram altas e eu cheguei a tirar até cinco. Mesmo longe nossa amizade resistiu, e todas as vezes que nós nos encontrávamos, era como se nunca tivéssemos nos separado. Até mesmo quando eu não saía de casa, elas passavam os finais de semana comigo, assistindo a filmes e comendo todo tipo de porcaria possível. Confesso que minha mãe gostava de ver a casa cheia, para meu pai era um incômodo, dizia que atrapalhava nossas rotinas. Perguntava-me a que rotinas ele se referia, pois ele passava a maior parte do tempo fora de casa. Embora eu adorasse esporte, não praticava nenhum, já Pati era rigorosa com o corpo, praticava exercícios regularmente e jogou vôlei até ano passado. Às vezes costumo dar uma corrida pelo quarteirão, não vou muito longe, pois as ruas ficam desertas e eu tenho medo. Sei que estaremos torcendo pela felicidade uma da outra. Mesmo que não consigamos mais nos ver. Saberemos que em algum lugar estaremos desejando que o vento sopre coisas maravilhosas na vida de cada uma. Essa amizade eu quero levar para sempre comigo, por onde eu for.

Fiquei me coçando para não perguntar sobre José. Mas não resisti.

— E você e José, como vão?

— Ah, estamos bem. — Ela fez uma pausa. — Sei lá, não tenho visto ele faz duas semanas.

— Isso é estar bem?

— José é complicado, Samantha. Ele não atende minhas ligações.

Ela deixou cair uma lágrima de desespero. Nunca a tinha visto assim.

— Mas por que não atende? Vocês brigaram? — Foi o que passou em minha cabeça.

Ela buscou o além e quando a vejo fazer isso é porque está pensando no que dizer.

— Não... Ele só não me atende e não retorna. Simples assim — disse ela amarga.

— Querem beber alguma coisa? — A casa era de Jeni, então ela era a anfitriã, logo nos deixou a sós. Ela sabe que em momentos assim somente comigo a Pati se abre, então, a esperta da Jeni arrumou uma boa desculpa para nos deixar sozinhas.

— Agora que estamos nós duas, deixa eu te contar — disse assim que Jeni sumiu da nossa vista.

— Hã...

— Eu conheci o irmão de José, Eduardo e rolou um clima entre nós dois. — Ficou de cabeça baixa. — Você vai ficar espantada com o que vai ouvir — advertiu.

— Tudo bem. Mesmo assim, pode me contar.

— Bem. É que o Eduardo e eu. É... nós dois. Ai, você sabe? Bebemos um pouco e dormimos juntos — falou tão baixo que só escutei a parte de dormirem juntos. — Eu tentei resistir, mas não consegui. — Vi em seus olhos perversos um sinal de arrependimento.

Fiquei tão surpresa que minha expressão era visível. Incrédula talvez com tanta coragem.

— O quê? Você está me dizendo que transou com o irmão de José?

— Só uma vez.

— Você é louca!

— Mas foi uma única vez, depois disso nem nos vimos mais. Nem quero vê-lo.

Nossa, eu não acreditava que estava escutando isso da boca dela. Ela era burra, única explicação para tamanha asneira. — Você fez tudo o que não podia fazer. — Tentei não ser cruel. — Transou com o irmão do seu namorado e ainda me diz que foi uma vez só?

— Quem disse que eu não podia, Samantha? Se José tentou agarrar Jeni! Agora sim, eu estou enlouquecendo. É muita informação para um dia só.

— O que está dizendo? — Empertigo meus olhos.

— Quer saber, é isso mesmo que você ouviu. Jeni é assim, toda quietinha, mas só não o beijou porque cheguei na hora. Se não, eles teriam se beijado e sabe o lá o que mais teriam feito.

— Espera aí. — Aquilo não encaixava. — Eu a conheço. E sei que ela não seria capaz. Agora José... Ah, por favor, Pati. Você sempre foi aos mesmos lugares que ele. Ninguém precisa te dizer que ele é um tremendo mulherengo. — Tive que falar, ela estava julgando-a e defendendo José. — Poxa, nos conhecemos há tanto tempo. Não acredito que você seja capaz de duvidar dela e defender esse idiota — por fim disse irritada.

— Desculpe... Você está certa. — Ela mordeu os lábios. — Imagina... Jeni. Eu acredito nela e foi por isso que dormi com Eduardo.

— Talvez você tenha se precipitado. Poxa, o irmão do cara, é imperdoável.

— Que se dane! Ele terá que me explicar por que deu em cima da minha melhor amiga. Canalhice da parte dele. — Sua voz era calma, mas ao mesmo tempo agressiva.

— Pati, eu não sou uma especialista assim como você em assunto de homem. Mas se eu fosse homem jamais perdoaria. Então desencana. — Queria era dizer que ela tinha ido longe demais e certas palavras poderiam feri-la. — Você errou, reconheça e peça perdão a ele. Mesmo achando que ele não vá perdoar. Nada justifica o que fez. Não é traindo que você se vingaria, sei lá, acho traição a prova mais covarde de vingança, eu nunca me vingaria assim, não dessa maneira.

— Como a vida é justa. Eu sou traída e tenho que pedir perdão.

— Você não foi traída, quem traiu foi você. Houve uma hipótese e não uma traição.

— Ah, sim. Mas é claro! — Ela se irritou. — Não quero mais falar de José. — Puxou a respiração e vi que sua voz ganhava firmeza. — Vamos falar de você. — Abriu aquele seu sorriso debochado.

Foi nessa ocasião que ela mencionou o nome de John e me perguntou se eu havia telefonado. Dei uma leve tragada no cigarro. O maldito cigarro, eu não tinha parado ainda como havia prometido.

— Não lembro onde coloquei o cartão dele.

— Ah, comigo não, Sam. Acho que está dando uma bela desculpa.

— É sério.

— Eu sei, sei que é sério.

— Então por que está fazendo cara de quem não acredita?

Não acho que seja uma boa hora para contar a ela sobre John. Ela não me deixaria em paz. Iria me persuadir. E não era isso de que eu estava precisando naquele momento.

— Você se lembra da noite em que sentamos na beira do mar? Disse-me que se conhecesse alguém e que se este alguém te fizesse se apaixonar no primeiro instante, saberia que era ele — ela falou emocionada. — E se suas mãos se encaixassem, seria ele. — Vi um brilho diferente em seus olhos. — Ele seria o homem com quem passaria o resto da sua vida.

— Claro que lembro. Só que eu ainda não o encontrei. — Deixei um sorriso escapar. — Mas o que isso tem a ver?

— Tem tudo a ver. Como vai saber se ele é ou não o homem da sua vida se não telefonar?

Dei de ombros. Enquanto ela falava, eu pude pensar nas noites em que juntos estivemos e sim, nossas mãos se encaixavam perfeitamente. Eu me virei de lado, segurando as lágrimas que queriam aparecer.

— Pensa comigo, se você tivesse ligado e saído com ele e se apaixonasse, não iria para Paris!

— Talvez você esteja certa. — Pensei que ela devia ter um sexto sentido. Mas sim... eu iria para Paris. É lá que corria o risco de reencontrá-lo. Corria não, eu queria reencontrá-lo, precisava. — Talvez.

— Eu sei disso, eu sempre estou certa — disse dando um leve sorriso. Ela conseguia ser tão imprevisível, mas ao mesmo tempo era sincera.

— E sobre hoje, você sabia da festa? — perguntei com o intuito de desviar o rumo da conversa.

— É claro! — respondeu na maior cara de pau.

— Então, por que não me contou que seria uma coisa assim? — Sei que ela conseguia ser uma boa guardiã de segredos, não seria diferente hoje.

— Como poderia? Você não me perguntou. Além disso, pensei que surpresas fossem surpresas.

— Sabe de uma coisa? Eu sempre odiei surpresas. Mas devo admitir que dessa eu gostei. Muito! Obrigada, amiga, você e Jeni são importantes pra mim. E não se preocupe comigo, não será tão ruim quanto parece ficar longe por um tempo.

Depois de beliscar alguns salgadinhos e beber um copo de suco que Jeni trouxe, chegou o momento mais difícil, dar adeus a elas. Olhei o relógio diversas vezes, vi como os ponteiros se moviam rapidamente, fiquei ali por mais alguns minutos. Até que criei coragem e abracei Pati a apertando, querendo que ela não me esquecesse, por último me despedi de Jeni com um longo abraço, apertando firme. Eu me deixei emocionar. Ao chegar à porta, virei e acenei com a mão direita, dando adeus, desejando que minha vida mudasse e dali, guardasse os bons momentos como aquele!

— Boa sorte! E seja uma boa garota — gritou Pati.

Na volta para casa resolvi passar na catedral que para minha sorte estava vazia. Sentei no banco bem em frente do altar. Ali, me sentia segura. O engraçado é que se eu parar para refletir, aquele lugar sempre tem sido meu refúgio nos últimos anos. Parece que minha alma fica leve, e toda minha aflição vai embora. Isso mamãe não me ensinou, nunca fomos religiosos. Fiquei quieta por um tempo, de joelhos debruçada no banco, fiz uma prece.

Ai, meu Deus, que ansiedade. Sei que o senhor está me guiando. Mas tenho tanto medo que tudo dê errado. Prometo que vou esquecer o passado. Não permita que eu sofra por John e nem por Henry. E por onde será que anda que não me procurou? Eu sei que pedi isso. Mas tá doendo demais! Como dói sentir saudades. Parece que a dor está rasgando a minha pele. Como pude deixar isso acontecer comigo? Não entendo como em tão pouco tempo ele pôde se tornar importante. Fiz uma pausa... Mas eu vou conseguir. — Tornei a falar com Deus. — Tenho que seguir caminhando, não é? Com ou sem ele. Já fiz isso uma vez, posso fazer de novo. Agradeço por tudo de bom que está acontecendo comigo. Peço que o Senhor guie meus passos nesta nova jornada. Também peço que cuide de mamãe, não sei se ela será capaz de se cuidar sozinha. Se sobrar um tempinho, olhe por meu pai, ele é um bom homem. Ajude-o a trabalhar um pouco menos, assim ele chegará mais cedo em casa e, quem sabe, passando mais tempo juntos, eles se entendam. Será que um dia eles voltarão a ser aquele casal apaixonado? Não sei se foi a morte de Shelen que os deixou endurecidos ou se o amor que acabou. Voltei a sentar no banco e nesse momento ouvi um estrondo lá fora. E um grito me desviou a atenção. Por um instante pareciam tiros, e de repente apareceu um rapaz ensanguentado na porta. Antes que eu pudesse levantar e escapar ou até mesmo ir até ele prestar socorro, atrás de mim surgiu o padre e se pôs a gritar.

— O que aconteceu? Está ferido? — O padre passou por mim e foi ao encontro do rapaz que caiu no chão e rastejava.

— Fique parado — ordenou.

O padre foi a passos enérgicos até alcançar de vez o rapaz. Enquanto eu permanecia estática, ouvindo os murmurinhos vindos da rua. O padre agachou-se ao seu lado e passou um lenço pelo rosto do rapaz.

— Chame a ambulância! — disse me olhando assustado.

Menos de quinze minutos depois de a ambulância ter levado o rapaz, o padre Abreu continuou apavorado, fez-se um longo e tedioso silêncio. A rua ainda estava tomada de gente com o olhar atento, comentando sobre o acidente com o caminhão e o motoqueiro que não resistiu aos ferimentos e faleceu antes mesmo do socorro chegar, nos braços do padre. À noite se estendia e eu olhava com meu olhar vago para toda aquela gente que não liberava a rua. Com muito cuidado consegui tirar o carro do estacionamento, e o tempo inteiro uma voz repetia em minha cabeça: a vida é curta.

Sete

Naquela manhã papai havia acordado cedo, pelo que percebi quis ter tempo para preparar o café da manhã. Decorou a mesa com flores da estação, usou o jogo de xícara com bordas em ouro, que eram usadas apenas em ocasiões especiais. Acho que para ele aquela era uma ocasião especial. Vi o pão de mel que eu adoro. Será que é da confeitaria do centro da cidade? Passou o café e logo a leiteira apitou avisando que o leite fervia. Mamãe se espantou quando entrou na sala de jantar, tive que me esconder atrás da cortina para não ser vista.

A mesa estava como nunca tinha visto nos últimos tempos. As flores exalavam um perfume que iam além do corredor e deixava o ar agradável.

— Bom dia, Claus. Acordou inspirado hoje? — disse mamãe surpresa.

— Digamos que alegre, mas ao mesmo tempo nervoso.

Mamãe balançou a cabeça. — Não pense que ela está indo embora. Tente ver como eu vejo. Fará uma viagem a trabalho e logo estará de volta.

Ele não falou nada. Mas sua expressão fez com que mamãe percebesse a angústia em seu olhar. Estava bem próxima, então ela o abraçou como não fazia nos últimos anos. Diferente dele, ela sabia que há muito tempo eu desejava isso, era algo que não poderiam mudar. Conhecia-me como ninguém. Sabia que era um sonho e estava sendo a melhor coisa que podia acontecer na minha vida. Além disso, ela presenciou meu sofrimento, meu frustrante relacionamento com Henry. Sabia que em algum lugar no meu coração ainda estava viva a presença dele, por mais que ela não quisesse me fazer lembrar. Talvez, pensasse que era uma oportunidade para desamarrar este nó que carrego em meu peito. Mas tudo bem, mamãe não imagina que meu coração hoje está bagunçado, batendo por outro homem, com quem eu não tenho certeza se vou reencontrar.

— O importante é que ela está feliz. — Ela se encolheu na cadeira.

— Eu sei disso, só nunca pensei que a veria indo embora de casa. Eu sinto que ela não vai voltar.

— Não está indo embora. Ela vai voltar! Por que diz isso? — ela se espantou.

— Conheço a filha que tenho. Eu sei que ela não irá desistir se por acaso algo vir a dar errado. Ela vai ficar por lá até chegar aonde pretende.

— Mas querido, não é assim que você queria que ela fosse?

— Não desta forma, assim longe de casa.

— Eu sei que ela vai voltar, ela disse que volta.

— Vamos esperar que sim. — Encerrou papai voltando para a cozinha com a bandeja de frutas na mão.

Vi que mamãe ficou observando a maneira como ele despejava o café do bule na garrafa, ela estava surpresa com o fato de ele estar sofrendo por mim. Percebi que na última semana eles vinham se dando bem. Como deveria ter sido nos últimos anos. Ele estar assim ansioso era uma forma de dizer que estava preocupado, mesmo não demonstrando. Agora eu sabia o quanto ele me amava e que o medo que sentia de me perder era o mesmo que sentiu quando perdeu Shelen.

Mamãe colocou um pouco de manteiga na tigela que estava em sua frente. Ela logo percebeu que ele havia feito a barba. Olhava atenta para seu rosto. Eu também gostei, achei que ele ficou mais jovem. Mamãe logo disse:

— Gostei que tirou a barba. Ficou bem melhor.

— Obrigado, Beatriz, já era tempo de tirá-la.

Ela deu um leve sorriso e ele retribuiu.

Depois ficou pensativa por um instante.

— E como está no trabalho? — Aproveitou que a conversa fluía e engatou outras perguntas sobre o dia a dia dele.

— O mesmo de sempre, muitos processos e pouco retorno.

Disse que a levaria ao clube na próxima semana e que Ana, a mulher de seu sócio, estava aprendendo a dirigir. Que caso ela quisesse, poderia acompanhá-la e fazer o mesmo. Era uma trégua que ele estava dando a ele mesmo. Estava recuperando os sentidos, eu notara a diferença desde que soube da minha viagem.

— Eu, dirigir?

— Claro, penso que está na hora de você se tornar mais independente.

Mamãe deu de ombros e eu fiquei de queixo caído.

— E ela já sabe dirigir?

— Disse que sim.

— Mas não tirou a carteira de motorista?

— Bom, ela disse que vai ao departamento de trânsito tirar logo que acabarem as aulas. E falou que poderia ajudá-la.

— Mas eu nem tenho carro...

— Vai com o meu.

Mamãe lançou-lhe um olhar de surpresa como se ele estivesse dito algo inacreditável.

— Sério? Com o seu?

— É claro, Beatriz, você pode usar o meu carro. Aliás, o carro é nosso e terá o carro de Samantha disponível. Vou mandá-lo para a oficina. Mas se preferir pode usar o meu.

— Na verdade, eu acho uma ótima ideia. Tem algum tempo que desejo isso — enfim ela disse. E também tem os bolos, eu mesma posso fazer as entregas.

— Então tudo certo. Amanhã mesmo vou pedir a minha secretária que entre em contato com Ana e marque um local para que se encontrem.

Papai comeu uma torrada, parecia bem normal todo rumo que aquela conversa havia tomado. Estava escondida, sei que é feio ouvir conversa atrás da porta, mas os dois estavam tão à vontade, que não tive coragem de interromper. Em seguida fiz um barulho para que soubessem que acordei.

— Devo chamá-la? Ou você mesmo quer ir até lá? — ela perguntou.

— Deixe-a se aprontar, sei que logo ela irá descer. Samantha é pontual, mesmo que um pouco teimosa. Mas pontual como eu sempre fui, isso ela herdou de mim — disse todo orgulhoso

Fiquei ali por mais alguns segundos rindo, sentindo certa felicidade. E subi para pegar as malas.

— Devo reconhecer que ela herdou a sua pontualidade e sua persistência.

Mamãe olhou para escada e percebeu que eu descia carregando a mala e a bolsa, que pela minha careta, pareciam mais pesadas do que eram.

— Você precisa que eu ajude a carregar alguma dessas bolsas?

— Bom dia, mãe. Não preciso não, só parecem pesadas, mas não estão. Meus braços que não são acostumados a carregar tantas bolsas juntas — expliquei. Ao deixar a mala e as duas bolsas no canto da escada, me virei fingindo estar surpresa com o que via.

— Bom dia, papai.

— Bom dia, querida — ele falou com sutileza e aquela doçura na voz dele me alegrou.

— Vejo que vocês se preocuparam em preparar um delicioso café! — Disfarcei, fingindo surpresa.

— Não filha, eu não participei em nada. Apenas seu pai preparou tudo e com muito carinho, veja que até flores ele colheu para você.

— Tudo isso o senhor fez pra mim?

— Isso é apenas para lembrá-la que o melhor café estará aqui em nossa casa, esperando por você.

— Pai… Obrigado, nem sei o que dizer.

— Pois não diga, apenas sente e tome seu café para não se atrasar.

— Está bem, é isso que irei fazer.

— Não dá para comer tanta coisa, filha, leve os pães de mel na bolsa.

Dei um largo sorriso e então apontei em direção aos pães de mel, pedindo que papai alcançasse o saquinho que estava ao seu lado.

— Como eu vivo dizendo, você lê meus pensamentos, mamãe.

Depois de me entregar um manual com nome de ruas e lugares em que esteve com mamãe em Paris há muito tempo, ele me explicou sobre o trajeto que eu deveria fazer e os lugares que tinha que visitar antes de voltar para casa.

— Bom, acho que devemos nos apressar. Está quase na hora, vamos? — disse papai olhando-me. Tomei mais um gole do café, que estava uma delícia, em seguida levantei esticando os braços para pegar as bolsas. Ainda estava comendo, limpei a boca com o guardanapo e guardei o saco com os pães de mel na minha pequena bolsa de mão.

— Acho que podemos ir — disse ao lembrar que ainda precisava despachar a bagagem e isso tomaria tempo.

Naquele instante, as lembranças que vivi naquela casa me vieram como um trovão, fazendo um enorme barulho. Hesitei antes de fechar a porta. Sentia um aperto no peito por estar indo para tão longe. Era a primeira vez que deixaria minha casa de verdade.

— Querida, venha. Você vai ficar bem?

— Vou… É… Eu sei que vou.

— E não se preocupe conosco. Temos um ao outro — disse mamãe ao perceber que eu estava hesitante.

— Me deixe respirar um pouco deste ar fresco, mãe — falei toda dengosa.

Quando entrei no carro, sentei atrás dela. Papai fechou o porta-malas e logo entrou no carro também, deu partida e eu fiquei olhando para trás, a poucos metros, o carro foi se afastando e a casa ficava pequena. Em meu coração, era como se estivesse indo embora para sempre. Tentava parecer segura e feliz, no carro, conversando com mamãe nem vi o tempo passar.

Chegando ao aeroporto faltavam apenas quarenta minutos para o embarque, o nervosismo tomava conta das minhas mãos que tremiam.

Fiz o *check-in* e despachei a bagagem.

— Mãe… Pai. Está na minha hora. E sim, sim, eu já sinto saudades. — Meu coração apertou. — Tenho que ir. Agradeço vocês pela dedicação que tiveram comigo nessa última semana, quero dizer, por todos os anos da minha vida. Espero não os decepcionar — disse encarando-os com os olhos embargados.

— Filha, não irá nos decepcionar. — Os olhos dele brilhavam. — Não existe decepção quando nos entregamos ao que amamos. — Aquele homem tão cheio de vida, era meu pai. — Há coisas mais importantes que vencer. Nunca desistir… Isso que realmente importa — disse papai me abraçando tão forte, como se não fosse me soltar.

— Se a saudade apertar, mas só se ela apertar, pode ligar para mamãe.

— Oh, mãe, obrigado por suas doces palavras, só elas me confortam.

O embarque foi anunciado, então nos despedimos com abraços apertados, bem apertados mesmo. Minha mãe deixou lágrimas caírem em seu casaco branco, mas papai a abraçou tentando protegê-la. E vou feliz com a cena em que via diante dos meus olhos inchados. Meus pais…Depois de tantos anos estavam voltando a se pertencerem. E acho que eu tinha muito a ver com aquilo, talvez minha viagem trouxesse benefícios a toda família.

— Estou muito feliz que vocês estejam aqui comigo. Espero que fiquem assim, unidos e que lembrem que o amor é o mais importante nessa vida — eu disse, como se entendesse de verdade do que falava

— Filha, obrigado por ser minha filha.

— Pai… O que eu poderia dizer senão obrigado. Obrigado o senhor, por ser meu pai.

— Ah, por favor. Vá logo — disse ele deixando lágrimas surgirem. Há tanto tempo eu não o vejo assim, vulnerável. Senti um vazio vindo de dentro e voltei a abraçar demoradamente, pensando nesses anos em que eu havia me distanciado dele.

A luz do portão se acendeu avisando aos passageiros que iam embarcar naquele voo para entrarem no avião. Então lá fui eu. Caminhei em direção à fila que se formou. Não queria olhar para trás e mostrar a eles a tristeza que eu estava sentindo. Mesmo assim tornei a olhar. Os dois ergueram as mãos e abanaram, em seus olhos lágrimas de tristeza, mas também de um canto escondido deixavam aparecer um sorriso de certa felicidade.

O avião da companhia Air France era gigantesco, pela primeira vez viajando na primeira classe. Confesso que não tenho problemas em viajar na econômica. Mas ao menos poderia ter uma poltrona larga e comprida para esticar minhas pernas. O pessoal que vai de primeira classe recebe um tratamento diferente. É notável. Temos cafezinho e suco à disposição e há aqueles que bebem até champanhe. Por um momento as lembranças de John surgiram em minha frente. As comissárias de bordo só faltavam lustrar o chão que passamos. Isso chega a ser ridículo. Não que eu não goste de ser bajulada, como eu disse. Não entendo o porquê de tanta diferença. Mas vamos lá. Sentei na segunda poltrona e o melhor, na janela. Que vista tinha ali de cima. Conseguia ver tudo bem pequenininho lá embaixo. Coloquei o fone, apertei o botão e começou a tocar uma música. Hum... Isso eu conheço. Eu me deixei cair na poltrona inclinada, refleti sobre os últimos acontecimentos. Ouvia algumas vozes que conversam animadas, desci a poltrona até o limite e virei para o outro lado, encolhida de frio estiquei a manta até cobrir meus pés. Nas três horas seguintes eu devo ter dormido e babado muito. A comissária me ofereceu um chocolate quente, eu recusei.

Conforme as horas passavam minha ansiedade aumentava e a fome sumia. Por outro lado, eu explodia por dentro, estava tendo uma chance de ser a estilista que tanto sonhei e corria o risco de reencontrá-lo. Ah, isso me entorpecia a alma. O que podia ser previsível me assustava. Fazia muito tempo que eu não saía de Gramado.

O voo era longo, então fui até o banheiro, mas antes calcei o tênis. Enquanto caminhava pelo pequeno corredor, passei pelas vozes que ainda não tinham se calado. Um deles me deu boa noite, eu apenas mexi a cabeça. E senti que o olhar dele me acompanhava. Na volta passei pelo outro lado, sentei, tirei o tênis e me acomodei. Dormi por algumas horas. O rapaz que tinha me olhado antes me deu um olhar furtivo ao passar, ele era bem bonito por sinal. Ele me ofereceu um chocolate, aceitei, comi um pedaço e depois vesti meu tênis, arrumei meu cabelo, fechei o botão da minha calça *jeans*.

Um tempo depois abri a cortina e talvez estivesse chegando. Não demorou muito até que o piloto pedisse para que colocássemos a poltrona na posição vertical e travássemos os cintos, pois o avião iria aterrissar. Estiquei-me na poltrona, alongando meu corpo que parecia empedrado. Respirei bem fundo, puxei o ar até preencher meus pulmões e, naquele momento senti meu coração palpitar de medo. Travei meus dentes e minha mandíbula doía.

Por fim cheguei ao aeroporto Charles de Gaulle em Paris. Era tudo tão grande e bonito que fiquei perdida por um bom e longo tempo, olhando atenta ao redor, a arquitetura era em forma circular e isso me chamava a atenção, havia tanta beleza naquele lugar e passava despercebida diante de milhares de olhares diariamente. Nunca cheguei a acreditar de fato que isso aconteceria, então estava ali, talvez eu fosse vê-lo em breve, era o que eu mas queria, mesmo que tentasse desviar meu pensamento, mesmo que não quisesse pensar nele, era só o que eu tinha feito esse tempo todo. Tudo que eu vinha fazendo, era pelo desejo louco de estar nos braços dele. O desembarque foi um pouco tumultuado porque dois passageiros teriam extraviado suas malas, e eu rezando para que a minha viesse logo. A esteira deu umas cinco voltas até eu conseguir identificar minha mala; também, mala preta é a que mais tem por aqui, mas eu tinha amarrado uma fita rosa na alça, dica do meu pai. Deu muito certo, enfim peguei minha bagagem. Tanta gente indo para todos os lados, era uma loucura, tinha até pistas de carros que davam acesso aos pisos superiores; de longe podia ver as imensas lojas, o cheiro de café misturado com cheiro de perfume atravessava o saguão, olhei para trás e avistei uma chocolataria, não resisti, comprei alguns tabletes e enfiei na bolsa. Estava tão deslumbrada com tudo que quando dei por mim, tinham se passado mais de duas horas. Não precisei caminhar muito até encontrar um táxi disponível. Entrei e o motorista me pediu o endereço. Droga... Será que deixei em casa? Procurei o cartão em minha bolsa. Vi que ele estava impaciente. E pensei que talvez fosse melhor ligar para John, mas logo desfiz meu pensamento.

— *Où vous* — falou em francês. Depois repetiu em inglês, então eu pude entender bem.

— Para onde, senhora? — Fiquei agitada, fuçando na bolsa, jogando tudo que tinha dentro em cima do banco, o olhar dele me fitava e eu ficava ainda mais nervosa.

— Um momento, por favor — pedi usando meu inglês intermediário.

Ele bateu os dedos no volante e me olhou pelo retrovisor. Seu olhar era de enfurecido. Vi que já havia ligado o relógio que marca o tempo da corrida e finalmente encontrei o bendito cartão.

— Avenida Montaigne, altura 123, no centro de Paris, por gentileza.

Ele olhou pra mim. Ah, merda, será que ele não entendeu? Ele apontou para o cinto de segurança. Foi aí que entendi o que ele queria, coloquei o cinto. De repente o carro arrancou; senti um frio danado ao abrir a janela, a brisa do vento que batia em meu rosto era de congelar o corpo inteiro. A primeira coisa que me chamou atenção foi o cheiro que vinha do ar, cheiro de flores não consigo imaginar cheiro melhor. O trajeto era curto, mas permitiu que eu visse todo encantamento que havia nas ruas, nas construções e nas pessoas.

Ao chegar ao Edifício da WE, me admirei com a arquitetura do prédio que mais parecia um palácio, tomava conta de quase todo quarteirão da Avenida Montaigne, suas janelas com acabamento em ouro destacavam-se de todos os outros edifícios ao redor.

Eu me apresentei na recepção. A loira alta que atendia por nome de Daiane me entregou um envelope rosa, pesado. Dei uma rápida espiada, eram revistas e algumas folhas em branco. Tinha também um guia com todos os detalhes do evento. Do aeroporto até chegar à WE, o taxista pisou fundo, o que me fez chegar cedo ao local. Arrastei minha mala por um corredor apertado e bem iluminado, teto de vidro, o sol brilhava radiante. Ao entrar, olhei ao redor e vi que estava sozinha, peguei o telefone e telefonei para papai. Veio em mente a despedida antes do meu embarque. Pensei que se não pudesse ter mais aqueles momentos, seria aquele dia que eu guardaria em minha memória. Como a melhor lembrança. Do outro lado da linha ninguém atendia, então deixei o recado na secretária eletrônica.

Pai. Cheguei em Paris. A viagem correu bem, posso lhe dizer que estou encantada com um pouco do que vi. Já estou na WE, sentada no auditório que é enorme e com estofados vermelhos de camurça, creio que mamãe iria querer uma dessas cadeiras na nossa sala. Tudo aqui é muito charmoso, o senhor adoraria fotografar as construções. Já sinto falta de casa, espero que estejam bem. Qualquer novidade eu volto a telefonar. Irei manter meu celular sempre ligado. E não se preocupem, ficarei bem. Ah, só mais uma coisa, está um pouco gelado aqui, os casacos serão úteis.

Fiquei em silêncio, até que finalizei dizendo "amo vocês".

Aos poucos as cadeiras foram sendo ocupadas, logo entrou o James Hamansio. Senti náuseas ao vê-lo. Juro que não queria, mas eu não era capaz de sentir nada melhor. Ele se apresentou como quem estivesse aqui não soubesse quem ele era. Olhei para o palco e lá estava aquela mesma loira que esteve em Gramado. Vestida com um elegante tubinho preto, com um salto alto fino e com um coque bem feito no topo da cabeça.

— *Bonjour, Mademoiselles*... — Ele se curvou. — Agora, peço que cada uma de vocês diga seu nome — ele usou um tom desafiador.

A primeira fileira então começou com as apresentações. Quando chegou a minha hora, fiquei sem graça, pois me apresentar em público me causava um pouco de pavor. Quando disse meu nome e de onde vim, ele penetrou seu olhar carrancudo em mim. Não esperava que ele fizesse aquilo, mas ele veio de fato até onde eu estava sentada.

— *Bonjour, Mademoiselle* Samantha. — Seu sorriso se abriu benevolente, ele usava o francês parecendo um deboche suave.

Ele estava mesmo ali, na minha frente e lembrava de mim? Ele balançou a cabeça solenemente. Olhei rapidamente em volta e todos os olhares apontavam para mim.

— Senhor James — cumprimentei com um aperto de mão bem brasileiro.

— Nada de senhor, apenas James. Por favor. — Ele agora falava em inglês.

— Ok, James.

— Fico feliz que veio.

Parecíamos melhores amigos.

— Então não está zangada comigo por ter dado seu telefone a John, está? — Seu sotaque francês não escondia certa prepotência. Não acreditava que ele queria falar daquilo naquele momento! Justo ali. Ele só podia estar zombando.

— Não estou. — Tentei parecer sincera.

— Ufa! Isso é muito bom, *mademoiselle*. — Piscou pra mim. Pensei em perguntar sobre John, apenas fiquei com o pensamento.

De repente com um suspiro voltou a atenção para o público e retornou para o palco. Seguiu-se todo aquele planejamento que estava no guia, James continuou com as apresentações das vinte quatro candidatas.

Ouvi as meninas na minha frente cochichando: — Como ele a conhece? Quem é ela? — Parecia que eu tinha virado assunto.

— Sei que todos aqui devem estar cansados da viagem, então por hoje é só. Podem ir para o hotel e tenham uma agradável noite em Paris. — Ele correu os olhos até mim, levantando a mão com um pedido de espera.

Eu também corri os olhos até ele e assenti com a cabeça. Permaneci ali sentada, enquanto ele guardava toda papelada que carregava em uma pasta de couro azul. Ele era tão elegante, vestia uma bata branca com um *jeans*, um tanto charmoso até para um homem grisalho. Não que me interessasse por ele. Jamais. Mas não posso deixar de notar que ele era um homem bonito. Alguns minutos se passaram, minha perna sacolejava na cadeira e enfim ele se aproximou.

— O que quer? — perguntei sem conseguir disfarçar a desconfiança que sentia.

Ele me deu um daqueles sorrisinhos sarcásticos.

— Gostaria de jantar comigo?

Estiquei meus olhos até a altura da minha franja que, por sinal, estava solta e devia estar horrorosa. Fiquei estarrecida com o convite, ele não tirava seus olhos de mim, esperando uma resposta. Fiz uma longa pausa, tentando avaliar aquele convite.

— Obrigado pelo convite, mas é que estou cansada da viagem. Pretendo ir direto para o hotel e dormir.

— Estamos hospedados no mesmo hotel. Poderíamos jantar por lá mesmo. O restaurante é um dos melhores de Paris, garanto.

O que ele estava querendo? Não conseguia entender. Ai não! Não acreditava que estava no mesmo hotel que ele. Que baita sacanagem ter que ver aquela cara amarga pela manhã. Imagina se eu me sentaria à mesa com ele. Já estava me arrependendo de estar ali.

— Bem, se der tempo, quem sabe — Fui bem seca na resposta.

Era evidente que eu estava dando uma desculpa. Aquilo não estava cheirando nada bem. Por que ele me convidou para jantar? O que pretendia? Não... Ele não se atreveria. E até acho que ele é *gay*.

Fomos andando pela calçada, atravessamos a rua e quando chegamos ao hotel, meu tênis estava coberto de água, chovia bem fino, mas tinha molhado e muito meu tênis branco de camurça. Eu fiquei calada, embora ele falasse o tempo todo, eu não tinha prestado atenção em uma só palavra, ele falava rápido e era impossível entender, mesmo que o inglês dele tivesse muitas palavras em português no meio. Na medida em que os minutos passavam, eu parecia mais consternada.

— Eu tenho um presente para você.

Avermelhei.

— Para mim? — Eu media exatamente cada palavra que dizia a ele. Não queria errar, ser corrigida, não por ele.

— Sim. Eu vou lhe dar mais tarde, no jantar.

— Mas...

— E tome um banho, você está pálida.

Deixei-o subir, fui até a recepção e entreguei meus documentos. A recepcionista me olhou como se me conhecesse. Falou algo em francês que eu não entendia. E não abri o dicionário para decifrar, apenas concordei balançando a cabeça. O mensageiro tirou a bagagem da minha mão, colocando-a no carrinho, deve ter sido isso que ela disse; peguei a chaves do quarto e fui em direção ao elevador. O saguão era todo decorado com flores vermelhas, o corrimão da escada era dourado com um tapete vermelho que deslizava sobre o corredor. A porta do elevador se abriu, entrei e apertei o décimo quinto andar. Devia ver meus olhos no espelho, eles brilhavam muito. Cheguei mais perto e examinei meu rosto fino, com algumas marcas leves ao redor dos olhos, quem sabe aquelas eram as minhas primeiras rugas. Pensei em John, no presente que James teria para me dar. Só podia ser dele. O elevador subiu sem interrupções. Ao parar, vi um corredor longo e coberto de lamparinas. Segui por aquele imenso corredor, procurando pela numeração 1505. Enfim cheguei ao meu quarto, quando vi na porta um protótipo de uma boneca em forma de bruxa. Logo abaixo vinha o meu nome. Isso me pareceu um pouco sarcástico, mas tudo bem. Logo que abri a porta, já fui tirando o tênis encharcado, me joguei na cama. Alonguei meu pescoço e liguei a TV, permaneci deitada por uns minutos tentando absorver cada palavra dita por James. Como se ele fosse uma criatura diabólica, planejando algo contra mim. Não sei o que, mas não podia ser bom; eu nunca o vi com uma namorada nas revistas, ele só podia ser *gay*. Então por que havia me chamado para jantar.? Nossa... Será que tem mesmo um presente para me dar, ou foi desculpa? — Ah, cale a boca, Samantha — gritou meu subconsciente. Era ridícula toda aquela história. Francamente, detestava o jeito dele, não suportaria me sentar à mesa com ele. Olhei para meu celular e não vi nada de novo, me ocorreu um desejo súbito de mandar uma mensagem para ele, John, será que ele ainda usava o mesmo número? Disquei o número, desliguei. Disquei novamente… e mais uma vez. Arremessei o telefone longe. Quando abri a porta do banheiro gostei do que vi, uma bela banheira à minha disposição. Coloquei para encher, peguei meu *kit* de banho, só que tinha tantos cremes bons ali que nem abri a *nécessaire*. Molhei a ponta do pé na água que estava na temperatura ideal, mergulhei meu corpo todo naquela espuma. Ai, que delícia de banho. Levantei as pernas apoiando meus pés no topo da banheira. Revivi meu dia, e em minha cabeça planejava uma caça a John. Meus músculos estavam tensos; fechei os olhos, desligando meu pensamento do mundo lá fora.

Eu me assustei com a batida suave na porta. A pessoa era persistente, bateu três vezes até que abri. Estava enrolada com o roupão. O quê? Ele estava ali no meu quarto? Ele só podia ser louco. Quê? Quem ele pensa que é?

— Está pronta? — ele perguntou me encarando.

— É. O que está fazendo aqui?

— Vim buscá-la para o jantar. Já fiz os pedidos.

Fiquei perplexa. Que folgado! Bater na porta do meu quarto!

— Não sei o que você pretende. Mas não vou descer para jantar com você — disse retraindo meus músculos.

Ele abaixou a cabeça, depois voltou a me encarar.

— Eu não posso cancelar o pedido, senhorita Samantha. Peço que venha comigo, será um inenarrável prazer ter sua companhia — falou com seriedade.

— Por quê?

— Pelo simples fato de você ser a mulher por quem meu melhor amigo se apaixonou. — Sua voz ganhou um tom grave. — A não ser que me diga que não sente o mesmo por ele, então eu irei embora.

Fiquei sem palavras.

— Eu não quis conhecê-la quando John me falou de você. Porque a achei um pouco sem sal. — Fiz cara de raiva, "Sem sal"? — Mas quando eu a vi entrar com ele naquela noite no hotel entendi o que ele sentiu ao vê-la. Foi quase o mesmo que eu senti. Só que eu a vi com olhos diferente. Não de um homem apaixonado como ele.

Aquela conversa toda estava mexendo comigo. Ele continuava falando de John e sua expressão era tão reconfortante. Aquele cara com quem eu estive em Gramado, parecia ter sumido de vez.

— Então, você vem?

— Espere, vou colocar uma roupa. Acredito que este traje não esteja à sua altura — eu disse com um sorriso forçado.

Que droga. Por que não tento ser gentil com ele? Ele também merecia uma segunda avaliação. Podia ser que fosse um cara realmente legal. Por que eu não usei aquela palavrinha mágica "Obrigado, senhor"? Mas que maldita boca eu tenho!

— Ok. Eu a espero aqui fora — disse Hamansio.

— Ok... — falei com antipatia.

Fechei a porta. Agora, o que devo vestir? Estava tentando entender o porquê daquele convite. Algo não cheirava bem. Ele não era assim bonzinho. Ninguém podia mudar de repente. Vesti um vestido qualquer com um sapato preto de bico fino, coloquei uma tiara no cabelo e passei um lápis bem preto nos olhos. Borrifei perfume no pescoço e estava pronta. Deixei o celular para trás, então abri a porta e lá estava ele na frente do elevador à minha espera.

Nem eu nem ele falou qualquer coisa até chegar ao térreo, onde ficava o restaurante. Estava tudo escuro, ele me estendeu a mão. Fiquei realmente sem ação. Não sabia se segurava sua mão, ou se jogava minha bolsa sobre ele e saía correndo sem olhar para trás. Mas ele era tão incisivo, que quando percebi já estava segurando minha mão, firme. Conduziu-me pela escuridão. Ao fundo ouvia uma música tocar, parecia violino.

— É violino? — perguntei.

— Sim... Conhece bem!

— Para onde estamos indo? — Parecia aflita? Imagina se não.

— Calma, estamos quase lá — ele falava paciente.

Então vi um homem alto, de terno cinza, travei. Minha memória trouxe John. Ele estava parado em frente à mesa, iluminada com a luz de velas. Só a mesa estava iluminada. Fiquei sem ação, travei a língua, não saía nenhuma palavra de minha boca. Era apenas uma visão da minha consciência imaginária, foi o que me veio.

— Está aí o seu presente. Agora é com você! — disse James largando meu braço. — Espero que tenha uma linda noite, senhorita Samantha.

Fiquei gélida com o que meus olhos avistavam, era mesmo ele que estava ali, meu corpo parecia pedir por seu toque rápido. Um desejo súbito percorreu meus lábios, ansiava pelo beijo dele. E voltei a abrir um sorriso, sem entender aquela tramoia, mas muito feliz. Feliz demais... Na verdade, eu estava transbordando de felicidade. Esperei. Sonhei. Imaginei. Em silêncio, eu imaginei cada segundo ao reencontrá-lo.

— Obrigado, meu amigo — ele agradeceu, antes de James fechar a porta atrás de mim.

Ele me olhou rapidamente, me deu um breve sorriso e saiu em seguida. Fiquei tão desconcertada que não conseguia dizer nada. Estaquei exatamente no ponto que cheguei.

— Está linda — disse ele me encarando com seu olhar intenso.

Eu sempre quis tudo isso, pensei. Eu quis reencontrar você, meu amor. Eu não respirava havia meses. Não tivera forças para isso. As lágrimas começavam a cair. Ele chegou bem perto e tocou meu rosto com seus dedos quentes. Olhei em seus olhos e deixei que visse minha felicidade por detrás daquelas lágrimas que insistiam em cair.

— Samantha... — Que saudade! Você está linda. — Seus olhos pararam nos meus. — Não vai dizer nada?

— John... — Meu peito se estufou. — Está mesmo aqui? — Eu me belisquei.

— Estou!

— É você! Finalmente! — Quase surtei de tanta felicidade, seu rosto me atraía, ele piscou e encostou os lábios nos meus. Eu o abracei tão apertado, mas tão apertado que sentia como se não entrasse nem mesmo um sopro de vento entre nós dois. Naquele momento senti meu coração pulsar tão forte que podia ouvir suas batidas. Ele me abraçou demoradamente, aquele abraço tão forte, aconchegante, eu me perdi naquele abraço. E aquela angústia, aquela saudade, aos poucos foi se dissipando. Ficamos parados, olhando um para o outro, em silêncio, como se nada precisasse ser dito. Nada... Ele acariciava meu rosto, eu tocava sua pele macia, deixava mais lágrimas caírem. Por frações de segundos eu revivi a cena que eu havia implantado em minha mente por dias e noites a fio.

— Esperei tanto por esse dia. Sonhei. Contei os segundos para tê-la aqui, em meus braços — por fim ele disse. — Eu quis ligar tantas vezes. — Os olhos dele azuis estavam embargados de emoção. — Mas eu fui forte e respeitei o seu pedido, mesmo que descabido. Eu respeitei.

Franzi a sobrancelha e limpei as lágrimas que escorriam pela minha boca. Ele me puxou para seu peito, me segurou com tanta força que senti meus peitos serem esmagados. Sua boca então alcançava novamente a minha e então nos beijamos. O beijo era avassalador, era doce e ao mesmo tempo intenso. Demasiadamente, estava apaixonada.

— E você agora está aqui — ele dizia enquanto me beijava.

Gostei de ouvir aquilo. — Por que armou tudo isso? — o interrompi.

— Queria que fosse surpresa.

— Bem, se queria me surpreender, conseguiu! — Devolvi-lhe um beijo de repente.

Minutos depois, ele pegou minha mão e me levou até a janela. Estava uma noite linda, as estrelas despontavam sobre o céu escuro como se quisessem enfeitar nossa noite.

— Senhor, senhora. Posso servir o jantar? — perguntou um homem de terno preto que surgiu do meio do nada.

— Sim, por favor — John respondeu com simpatia.

Sentamos à mesa e o violino continuou a tocar.

O jantar foi servido. Nossa telepatia era tão intensa que quando pensávamos em dizer algo, repetíamos as mesmas falas.

— Quero que fique comigo essa noite. Quero que fique comigo para sempre.

— Eu fico. Fico para sempre, John. Eu fico!

— Não me deixe outra vez. Nunca.

— Não deixarei. Mas acho que precisamos conversar. — Tinha que ser eu a estraga prazeres.

— Tudo bem, iremos conversar, temos muito tempo para falar tudo que quiser, meu amor. Mas fique comigo, lhe peço.

Putz, ele falou "meu amor". Será que foi o que ouvi? "Amor"? Ele me chamou de amor.

— Você não tem ideia de quanto esperei por isso, esses quase três meses que fiquei sem ouvir sua voz foi doloroso. Eu cheguei a contar os dias, sabia?

Aquilo tudo parecia tão clichê, mas sendo ou não eu queria mesmo que ele falasse daquele jeitinho que fazia me apaixonar ainda mais. Se é que era possível.

— Espero que esteja feliz, pois eu posso dizer que estou me sentindo o homem mais feliz do universo.

— Estou... Eu estou.

— Então por que ficou calada?

— Não sei, talvez porque nunca alguém tenha feito para mim nada parecido com isso. Estou surpresa. — Ele observava eu colocar minhas mãos embaixo das pernas sobre a cadeira.

— Eu posso fazer muito mais por você. É só permitir.

— Estou confusa, nervosa. Sei lá... Várias sensações estranhas. — Meu sorriso se espalhou.

— Relaxa. Vou pedir uma bebida para você.

— Não, por favor. Eu não quero beber. Quero ficar consciente — brinquei.

— Ok, você que sabe — ele não insistiu.

Ele esticou seus pés por baixo da mesa até alcançarem os meus. Tirou o sapato e passou seus dedos no meio da minha perna. Senti calafrios pelo corpo inteiro. Seus olhos estavam brilhando e sua boca vermelha era o que me chamava atenção. Eu me perdi naqueles lábios.

O jantar saiu como de fato ele havia planejado, tudo perfeito.

— Desculpe-me por ter deixado você voltar para Paris sem uma certeza.

— Eu não voltei sem a certeza.

— Não?

— Não... Eu sabia que você e eu tínhamos muito mais coisas para viver do que aquelas noites em Gramado.

— Então por que não me ligou?

— Porque você me pediu para não ligar. E eu respeitei.

— Senhor, com licença. Podem recolher a mesa? — o garçom interrompeu.

— Depois, por favor. — O garçom se afastou da mesa. — Não fique zangada por eu não ter ligado. Achei que quisesse assim.

— Não fiquei zangada. Mas não devia ter me ouvido. Eu senti muito a sua falta — admiti.

— Ah... se eu soubesse, teria te buscado bem antes.

Abri meu sorriso envaidecido.

— Vamos subir? — Esticou a mão e eu a segurei com firmeza.

Por mais estranho que parecesse, queria muito estar nos braços dele. Ele passou sua mão em volta da minha cintura, nos encaminhamos para o elevador e subimos para o 12º andar. Vi que não estava no mesmo andar que o meu. Talvez ele tivesse escolhido aquele quarto longe do meu para não correr o risco de ser visto, até que pudesse me reencontrar.

— Eu faço isso. — Ele se jogou na minha frente antes que minha mão alcançasse a maçaneta. — Primeiro me dê sua bolsa — pediu ao entrarmos.

Ele jogou minha bolsa sobre a mesa e começou a me beijar. Meu coração devia estar dando saltos. Ele era tão gentil e me queria. E eu o queria tanto que chegava a prender a respiração. Era um tipo de feitiço, só podia. Foi a única explicação que encontrei.

— Ah, Samantha, como eu esperei por isso. — Ele me beijava, ia beijando meu pescoço, fiquei toda arrepiada. Será que ia ser sempre assim? Ficaria sempre nas nuvens. Ele ia me conduzindo devagar até a cama. Deixamo-nos cair sobre ela.

Ele desabotoou meu vestido enquanto olhava para meu corpo. O clima ia esquentando, lentamente, ia subindo sua mão pelo meu corpo e naquele momento eu só queria ser dele. Não queria pensar no amanhã. Nem queria pensar como vamos ficar depois, se eu tivesse que voltar pra casa.

— Ah, meu amor, diz que é só minha.

Balancei a cabeça concordando. Ele ia tirando meu vestido e suas mãos continuavam no vai e vem pelo meu corpo inteiro. Não conseguia disfarçar o desejo que tomava conta de mim. Minha respiração estava ofegante, a dele também.

— Está quente aqui? — Ele ligou o ar-condicionado.

— Muito... — concordei.

Rolamos na cama. Ele me puxou novamente em direção ao seu peito.

— Foi impossível não pensar em você. Na sua boca, na sua pele macia.

— Eu também — sussurrei bem baixinho. — Pensei em você todos os dias. — Eu tinha que admitir, era tão fácil ser livre com ele e eu não queria pensar se iria ou não dar certo, eu só queria viver aquele momento.

— O seu cheiro ficou em mim, não pude deixar de imaginar seu corpo.

Nossa... Ele me amava? Será que me amava? Sentia meu coração disparar. De repente, ele interrompeu nosso clima.

— Estou apaixonado por você, Samantha.

Permaneci quieta, respirando ainda mais ofegante.

Ele ergueu a sobrancelha. — Eu gosto de você — ele continuou. — Gosto quando está comigo. Eu não me imagino sem você. Não vou permitir que saia da minha vida novamente. — Seu olhar ficou triste.

Naquele momento eu me desmontei.

— Você é muito linda. Mas não é só linda por fora. Sinto que encontrei a mulher que esperava. Você é o que me faz querer viver. Entende? — Os olhos dele estavam vermelhos.

Ele me beijou e senti algo que não se comparava com nada que eu tivesse vivido antes.

— Quero que fique comigo. Fica? — Ele não me deixava falar.

Coloquei minha mão em sua boca, fazendo com que ele se calasse. O olhar dele era penetrante, eu perdia meus sentidos, não conseguia ser firme com ele. Mesmo que eu precisasse, naquele momento eu não queria ser.

Ele me beijava com tanto vigor, como se fosse devorar minha boca. E eu gostava daquela sensação, gostava do desejo que sentia. Então esqueci minhas dúvidas. Estávamos enlaçados um no outro, o coração chegava a bater tão desesperadamente acelerado que eu não conhecia as batidas que ele poderia dar. Fizemos amor duas vezes. É, foi amor. E eu nunca fiz amor assim. Talvez eu nunca tenha amado Henry. Como pude achar que ele foi meu grande amor esse tempo todo? Pela primeira vez, achei que estivesse amando de verdade. Muita coisa começava a fazer sentido. Depois que acabamos, deitamos juntos, encolhidos. Ele ficou imóvel atrás de mim com seus braços envolvendo meu peito. Permanecemos calados, só ouvindo nossa respiração. Nem vi a hora em que adormecemos.

Quando abri os olhos ainda estava escuro. Vi que ele estava dormindo, todo enrolado na coberta. Desliguei o ar quente. Ele conseguia ser ainda mais lindo dormindo. Fui até o banheiro, quando olhei no espelho não me reconheci. Não sei exatamente o que, mas em minha face vi uma mulher diferente. Do que o amor é capaz de provocar em uma mulher, milhares de sensações. Sentei para fazer xixi, ao lado vi a revista dele. Curiosa, comecei a folhear, cheguei à página que falava sobre o concurso.

— O que faz aí?

— Desculpe. Não queria acordá-lo. — Levei um susto.

— Não me acordou. Vi que não estava ao meu lado, pensei que tivesse fugido. Então vi a luz acesa.

— Ah, desculpa. Eu devia ter fechado a porta.

— Não se preocupe.

Dei um sorriso bobo.

Ele permaneceu estático na porta, sem roupa, totalmente nu. Ele era mesmo um baita homem, em todos os aspectos, tão forte... Descontraí, não conseguia me concentrar na revista e nem sair do vaso. Queria poder dizer o quanto o achava bonito nu. Mas essa coragem ainda me faltava.

— Tenho dificuldades de fazer xixi na frente de alguém — disse encabulada diante de tanta intimidade.

— Oh, desculpe, já estou saindo. — Saiu tapando os olhos com a mão.

Terminei o que eu estava fazendo e levei a revista para cama. Ele acendeu a luz da cabeceira.

— Está tudo bem?

— Sim.

Ele me olhou como se me idolatrasse.

— Vai ler agora? — Franziu o cenho.

— Ah, não. Iria pedir emprestada. Vi que tem uma matéria sobre o concurso.

— Pode levar para você. Fui eu quem escreveu a matéria, espero que goste.

Larguei a revista sobre a mesinha ao lado da cama e me joguei em cima dele. Ele segurou meu rosto com as mãos e me beijou. Encarei-o dando um sorriso. Ele ficou me olhando, parecia me examinar, talvez estivesse observando minhas sardas, sem nem disfarçar. Estiquei os braços e apaguei a luz. A escuridão se fez por inteira, e o que sentíamos era o calor que vinha do nosso corpo. E mais uma vez eu me perdia nos braços dele. Era tão enlouquecedor sentir seu beijo quente. Sentir que seu corpo me pertencia. Era algo que não dava para explicar. Fizemos amor intensamente, como se fosse a primeira vez.

— Durma bem, meu amor — disse baixinho saindo de cima de mim.

Fechei meus olhos, mas o sono não vinha; então virei para ele e fiquei ali, olhando o jeito dele dormir, ele tinha um rosto lindo, umas marcas de expressões leves contornavam seus olhos, tinha uma boca carnuda e um nariz perfeito.

Se eu adormeci, não vi, pois quando olhei pela janela o dia estava clareando. As luzes que vinham através da cortina iluminavam quase toda a cama. Eu me estiquei, alongando o corpo, ele ainda dormia, então saí da cama procurando por minhas roupas. Como não encontrei, peguei uma toalha e me enrolei nela. Fui para o banheiro, joguei água no rosto para acordar de vez. Olhei no espelho, o que vi eram meus cabelos totalmente alvoroçados, como uma espiga de milho. Procurei no *nécessaire* dele que estava sobre a pia um gel, um creme de pentear, mas não encontrei. Então o que me restou era fazer um coque. Voltei para o quarto, ele ainda estava dormindo. Peguei a revista e fui para a pequena cozinha que ficava em frente à varanda. Abri a porta e deixei o ar entrar. Estava uma linda manhã de primavera e o aroma que vinha da rua trazia recordações da minha infância. Para ser exata, me trazia o cheiro da casa da vovó. Voltei a pensar nela por um instante: — Como será que ela está? Devia ter ido visitá-la antes de vir para cá, como eu andava desnaturada.

Abri a revista na mesma página que fechei no dia anterior, deixei a ponta dobrada. Quando comecei a ler sobre o que John escreveu, me distraí olhando ele dormir. Naquele exato momento eu sabia o que de fato queria. Queria ele todos os dias.

Oito

Por duas vezes abri minha bolsa para olhar meu celular, depois o deixei no silencioso. Eu ouvia as palavras dele e pensava nele vinte quatro horas do meu dia, agora havia mais uma razão para me perguntar se algum dia ainda eu tinha amado alguém de verdade.

Desvencilhei-me de James naquela tarde e fui mais cedo para o hotel. Eu não queria saber de nada daquilo. Só queria dormir, dormir e colocar meu pensamento em ordem. Precisava muito de uma cama quentinha, tirar os sapatos, aqueles sapatos malditos que esmagavam os meus dedinhos, esticar minhas pernas e tomar meu chá de maçã.

Mais tarde entrei no hotel de cabeça baixa, tremi por dentro, rezando para que não encontrasse com John. Não queria que ele me visse daquele jeito. E por outro lado eu sabia que se ele aparecesse, eu não saberia dizer não, pelo terceiro dia eu iria direto para o seu quarto, depois de horas fazendo amor, quem sabe eu voltaria para o meu quarto e finalmente dormiria. Era o que eu devia fazer. Só dormir. Também tinha a parte que eu podia me machucar mais uma vez. Afinal estávamos indo rápido demais. Só que aquilo estava me fazendo tão bem que eu não queria ter que para pensar e no mais… eu queria mesmo era aproveitar cada segundo com ele. E o melhor de tudo era que com ele eu não tinha que ser ninguém, apenas eu.

— Ou… Samantha. — Ouvi alguém gritar por meu nome. Aquela voz não era estranha.

Não! Aquilo não era verdade. Limpei os olhos. Era Pati? Não pode ser! Devia estar tendo uma alucinação, só podia. Ela não faria isso. Não!

— Não vai me dar um abraço?

— Pati... É mesmo você?

— Mas é claro que sou eu.

Corri pelo corredor do hotel em câmera lenta, me joguei em seus braços.

— O que faz aqui? — perguntei saindo do abraço.

— Ué. Vim para tomar conta de você! — disse ela em um tom autoritário.

Dei de ombros.

— Quando acho que você é louca, supera minhas expectativas.

— Não posso deixá-la sozinha numa cidade cheia de homens bonitos. Eu não me perdoaria — disse ela com certo charme.

— Apesar de eu achar loucura, eu fico muito feliz em vê-la aqui. — Abracei-a com ternura. — Mas como me achou?

— Ah, isso foi moleza. Convenci sua mãe a me dar o endereço.

Não era de se estranhar, pois Pati sempre conseguia o que queria.

— Mas e a passagem? Onde arrumou grana? — Sabia que era muita grana para Pati desembolsar.

— Ah, essa parte foi a mais fácil. Pedi um adiantamento no meu trabalho e quinze dias de férias. E se quer saber, nem sei se pretendo voltar.

Fiquei pasma com o que ouvi. Afinal, ela estava naquele emprego há anos e era dele que sobrevivia.

Ela franziu a testa.

— Será que pode me ajudar com a mala? Estou cansada da viagem e faminta.

Olhei para ela começando a me dar conta de que realmente era ela quem estava ali.

— É claro, ajudo.

Levantei o cabo da mala e carreguei em direção ao elevador.

Rezei para não encontrar nem John e nem James.

Assim que entramos no quarto ela correu para o chuveiro. Foi jogando as roupas que tirou no chão. Até comecei a me sentir em casa.

Sentei-me no vaso na frente do boxe, assim podíamos conversar.

— E aí me conta. Como está sendo o concurso? Já conheceu alguém?

Ah merda, lá vem ela com suas inquisições.

— Não tem muito que contar, estou aqui há seis dias apenas. Quase nem saio do hotel.

— Samantha, como alguém pode estar em Paris e ficar no hotel? Devia sair todos os dias, aproveitar cada segundo. Imagina! As ruas são convidativas, do aeroporto até aqui eu parei umas cinco vezes, só para tirar fotos. Não diga que nem foto tirou!

Por que Pati via tanto problema naquilo? Será que não podia aceitar que éramos diferentes?

— Ainda não tive oportunidade.

— Sei... Tem planos para hoje à noite? — perguntei.

— Até o momento não.

— Agora tem. Preciso comer, ou minha barriga vai afundar de tanta fome. Podíamos ir a um bar, quem sabe.

— Acho melhor não.

— Hei... Por que não?

— Estou cansada, tive um dia cansativo. Estava chegando no hotel quando te encontrei.

— Nada disso. Não vim de tão longe para dormir. Vamos sair sim!

Pati continuou falando enquanto colocava a roupa.

— Tudo bem, podemos até sair. Mas nada de agito. — Eu me rendi.

— O que você sugere então?

— Estava pensando em jantar aqui no hotel mesmo. — Logo me ocorreu que poderia encontrar John.

— Jura?

Ergueu a sobrancelha me encarando.

— É que seria mais prático.

— Não quero o prático. Aliás, não devia gostar de coisas práticas. Não combinam com você. Você vai tomar um banho, colocar sua melhor roupa e vamos sair.

Arregalei os olhos e me joguei na cama. Tudo que eu não queria era sair. Fazia muito frio lá fora. E meus pés estavam pedindo descanso.

— Ah, não faz essa cara. Não tem ideia da viagem que fiz para chegar até aqui. Que falta de empolgação é essa? Você vai deixar que eu saia sozinha?

Conhecia bem suas artimanhas. Ela sabia me convencer como ninguém.

— Tudo bem. Vou até meu quarto trocar de roupa e já desço.

— Espera, estou quase pronta. Vou com você.

Enquanto ela se maquiava, perguntei como estava com José.

— Por favor, não me fale dele.

— Mas por quê?

— Por que não existe mais José; este é meu lema: viver solitária...

Senti em sua voz amargura. Vi que seus olhos se encheram de lágrimas, então percebi que mais uma vez ela sofria por amor. Ela conseguia se apaixonar tão fácil ou eu que não tinha percebido o quanto era fácil se apaixonar por alguém? Ela estava ali porque estava fugindo e não por mim, como dissera.

— E você? Não conheceu mesmo algum francês? Ou está escondendo o jogo?

— É claro que não. Já disse que mal saio do hotel.

— Porque é boba! Devia sair e conhecer as pessoas, isso lhe faria bem.

Passei a mão no cabelo tentando me controlar. As lembranças das noites com John surgiam repentinamente, despertando saudades.

— Estou ansiosa para conhecer um francês bem gato. Quero tirar fotos e postar no meu *blog*. Só para que José veja o quanto estou bem.

— Depois diz que não existe mais José.

— Ele morreu. É, ele morreu, *baby*.

— Morreu nada! Deixa de drama. Por que quer colocar ciúmes nele então?

— Não são ciúmes. Quero que ele veja que estou bem melhor sem ele.

— Sei... Pensei que José era o homem da sua vida.

Ela balançou a cabeça negando.

— Eu até achei que era. Mas não é! Eu também posso me enganar, sabia?

— Eu sei disso.

— Já amei muitas vezes. Acho que a vida é isso, você descobre o amor, só que de maneiras diferentes. Um dia vai acontecer com você, espera — disse com propriedade.

Se eu dissesse a ela que já aconteceu? Tenho certeza disso. Naquele dia não estava em condições, mas no dia seguinte eu contaria tudo a ela.

Atravessamos o corredor que levava ao elevador e então subimos.

— Nossa, que susto!

— O que foi? — perguntei dando gargalhadas de sua reação ao ver a bruxinha pendurada na porta.

— Ah, esse vodu, ele não é de Deus!

— O que posso fazer? Não fui eu quem colocou isso aí. Tentei até tirar, mas desisti.

— Parece que está colado — disse ela tentando arrancar a boneca da porta. — Mas que pessoa decora uma porta com um vodu?

— Isso não é vodu. Parece mais com uma bruxa.

— Claro que é vodu, sei que é. Já fiz um tipo de magia que usava vodu.

— Você fez magia?

— Ah, esquece. Vamos entrar logo.

Franzi a testa, então abri a porta.

— Hum... Que luxo de quarto, Sam... Nossa, vou me mudar para cá! — afirmou.

— Não sei se poderia. — Eu não a aguentaria falando por horas no meu ouvido.

— Mas ninguém precisa saber. Olha o tamanho disso! — Ela percorreu a mão pelos móveis, admirando cada um com calma e sutileza. — Olha a vista! — Ela estava de cotovelos apoiados na janela. Certamente admirando a linda avenida, fechada por arbustos bem verdinhos, e sentindo o cheirinho das flores. Costumava ser sensível a certas coisas, assim como eu.

— De quem é isso?

Ela pegou a camiseta branca dele pela ponta do dedo, ainda tinha o cheiro dele da noite anterior. Aquela era Pati, a mocinha dos olhos verdes mais farejadores impossíveis.

— Ah, isso é do meu pai. Eu durmo com ela. — Ela cheirou.

— Percebe-se — disse largando a camisa sobre a poltrona.

— E então, vamos? — eu disse.

— Mas já?

— São quase vinte três horas, quero voltar cedo.

— Vai assim? — disse com desaprovação.

Ela tinha esse costume de querer escolher a roupa que devia usar.

— Por que, não gostou?

— Ah, até gostei, mas porque não coloca um vestido?

— Está frio lá fora, sabia?

— Para que servem as meias?

— Não trouxe meia. Vamos logo.

— Ok... Sua chata!

Assim que saímos do hotel quase congelei, a noite parecia ainda mais gelada, mas o céu iluminado por uma imensidão de estrelas. Enquanto caminhávamos pela avenida, Pati falava sobre a viagem, contando fatos engraçadíssimos sobre os passageiros. Seu jeito alegre fez com que eu esquecesse John por alguns minutos. Verifiquei meu celular e coloquei no modo silencioso. Continuamos caminhando pela rua, olhando as vitrines, lindas, como eu via nas revistas. Ela me cutucou quando nos deparamos com uma fila enorme que ocupava quase toda a calçada. Olhamos na placa luminosa "Café de La-Musique".

Era muita coincidência, o café que ela queria tanto conhecer.

— Vamos entrar? — ela perguntou quase que impondo.

— Mas olha a imensa fila. Não entraremos aí nunca.

— Espere aqui — disse e saiu como louca entrando no meio de todos. Foi até o segurança.

Mordi os lábios tentando imaginar o que ela pretendia. Ela pegou no braço dele, fazendo com que se abaixasse. Disse algo em seu ouvido, não sei o que podia ser. Mas logo ela me chamou. Abaixei a cabeça e não olhei para o lado, até chegar onde ela estava.

— O segurança liberou nossa entrada. Vem. — Ela me puxou tão rápido que não deu tempo de responder se eu queria ou não entrar. Não que eu pudesse escolher.

Por dentro era incrivelmente lindo, tudo feito em tora de madeira bruta, uns lustres pendurados com cordas grossas que davam ao ambiente um aspecto rústico. Havia uma escada feita de troncos de árvore que levava ao segundo piso. Fiquei encantada com o lugar. Sonho em ter minha casa neste estilo. Se é que um dia eu terei uma casa! Na subida da escada, tinha placas que indicavam mesas de jogos, as poltronas e o toalete.

— Que lugar incrível! — comentei.

— Verdade. Muito bonito... Os franceses têm bom gosto.

— O que disse ao segurança para que liberasse nossa entrada?

— Ah, nada demais. Só disse que você é a nova pupila de James Hamansio.

— O quê? De onde tirou essa ideia?

— Esqueceu que sou boa em mentiras?

— Ah, isso é verdade.

— Pensa comigo. Este concurso deve ser famosíssimo aqui, temos que tirar vantagem disso.

— Quando acho que não vou mais me surpreender com você, descubro que vou e muito.

Caminhamos por um corredor escuro que levava à escada. Subimos e entramos em uma sala espaçosa, com mesas tradicionais antigas. No canto, sofás e poltronas muito confortáveis. Sentados e apoiados sobre o balcão do bar, dava para ver que tinha muitos casais conversando, rindo e bebendo.

O bar estava lotado, ficava difícil nos mover. A música era tão alta que meus tímpanos pareciam que iam explodir. Pati foi até o balcão e pegou uma garrafa de champanhe para nós duas.

— Não quero beber.

— Deixa de ser careta, por favor.

Eu pensei em John. Se eu devia ou não avisar a ele onde estava. Pati se apoiou em uma mesa alta e sentamos nas duas banquetas estofadas. Na segunda taça parecia que não estava totalmente no controle do meu corpo.

— Ai, amiga, acho que exagerei — disse meio zonza.

— O quê? — Pati gritou baforando aquele hálito de champanhe.

— Eu acho que estou bêbada — falei quase que soletrando e em um tom alto para que ela entendesse.

— Ah, relaxa. Estamos longe de casa. — Deu de ombros. Ela deu um sorriso de deboche.

Nos minutos seguintes minha cabeça girou e girou. Eu me virei e vi John parado no último degrau da escada; arregalei os olhos e dei um gole no champanhe. Era mesmo ele. Não quis acreditar no que meus olhos viam.

— O que foi? — Pati perguntou ao notar minha expressão.

— É ele...

— Quem?

— Hã? — Neguei com a cabeça.

— Ele quem?

— John. O cara do bar — me escapou.

— Que cara, Sam? Que bar? Ou... Está me dizendo que é o cara que deu carona para você. Aquele tal de John que Júlio me contou que não tirou os olhos de você. Aquele ali? — disse ela virando meu rosto em direção à escada.

— É — respondi.

— O que ele faz aqui?

— Ué, eu que sei? — menti descaradamente.

— É mesmo, Samantha... Você acha que acredito em mágica. — Ela franziu a testa.

Conhecendo bem Pati, a cara que ela fez. Hum... Naquele momento já fantasiava toda história em sua cabeça. E lá estava ele me olhando, me encarando.

Fingi não o ver e de repente ele veio em minha direção. Senti meu coração gelar. Droga, como ele estava bonito, de camiseta branca e um *jeans*. Ele poderia estar sem roupas, voou meu pensamento insano. Fiquei paralisada, pensando no que dizer. Os olhos de John pousaram em mim. Cenho franzido. Ele então falou:

— Você por aqui?

— É. — Eu me aproximei dele dizendo.

— Que surpresa!

— Boa? Ou ruim? — perguntei num tom desafiador.

— Boa, é claro.

Tentei parecer normal, pois não estava me sentindo normal.

— Não pode imaginar o quanto esperei sua ligação hoje — disse ele.

— Desculpe por não ter ligado. — Empalideci quando vi a cara consternada de Pati nos encarando sem entender nada.

— Ei, Samantha, eu estou aqui, viu — disse ela com ironia.

Sem responder, olhei para ela fixamente.

— Ah, permita-me nos apresentar. Sou John e este é Albert, meu irmão — disse esticando sua mão para ela, que ficou toda sorridente.

Ele tinha um irmão? Albert é um homem bonito como ele, cabelos escuros, alto, com rosto vigoroso e sorriso alegre.

— Prazer... Pati. — Ela se derreteu toda, isso era nítido. — Pelo jeito você e Samantha já tinham se encontrado? — Era bem persuasiva.

— Sim, já nos encontramos — respondi atropelando as palavras de John, antes que ela pudesse começar o interrogatório.

Pati beliscou minha cintura. — A senhorita vai me explicar direitinho o que está acontecendo aqui.

— Acho melhor buscar uma cerveja — disse Albert, certamente percebendo o clima, querendo nos deixar a sós.

— Vou com você. — Pati me lançou um olhar desafiador.

Conheço bem ela. Sei o quanto estava curiosa e com raiva por eu não ter contado nada. E eu nem precisava dizer que estive com ele. Ela já sabia, era esperta demais para deixar se enganar.

John pegou na minha cintura e me puxou para perto dele.

— Não esperava encontrá-la por aqui — indagou.

— Eu também não.

— Vim encontrar meu irmão que chegou hoje.

— Hã...

— Está fugindo de mim, Samantha?

Senti minha cabeça rodar, me apoio no ombro dele; era o efeito do álcool que penetrava em meu sangue devagar.

— Não, por que diz isso? — minha voz saiu chiada.

— Por que não atendeu meus telefonemas hoje e não respondeu minha mensagem. Até deixei um recado na recepção.

— Desculpa. É que minha amiga chegou de surpresa. Fiquei ocupada — falei tropeçando nas palavras.

— Você bebeu? — Fez cara de desagrado.

— Só um pouco — disse envergonhada.

— Vou te levar para o hotel. — Ele parecia estar bravo.

Eu ri.

— Vem. Vou tirar você daqui.

— Não precisa.

— Não seja teimosa, você não está bem — disse autoritário.

John me abraçou como se fôssemos namorados. Bem, se fosse olhar pelo ponto em que nos encontrávamos, de fato éramos um casal, já tinha dormido algumas vezes com ele, então era quase um namorado. Minha cabeça dava nó, não conseguíamos nos mexer. A música estava alta demais. Fomos até a mesa lá fora e sentamos. Quando percebi, éramos só nós dois. Tentei evitar ficar muito próxima dele, não queria que ele percebesse que eu estava tremendo. Meu coração acelerava, me sentia flutuando, não devia ter bebido assim. Ele tinha um sorriso encantador e os olhos azuis como o mar. Sentia meu rosto corar, fiquei fora de controle, queria beijá-lo. Pisquei diversas vezes e sorri sentindo minha cabeça girar. Estava me sentindo quente, o coração parecia que ia explodir. Tentava me manter mais normal possível, por alguns minutos até conseguia. Não suportei a ideia de ele estar ali, acho que estava com ciúmes.

— Eu preciso ir ao banheiro. — Fiz birra, e de repente me veio aquela menina de 8 anos que eu fora.

— Eu levo você.

— Tudo bem — assenti mexendo de leve a cabeça. Tinha uma fila imensa.

— Acho melhor sairmos daqui. Não estou legal. — Na verdade, o que eu queria mesmo era não estar pagando esse mico na frente dele. Bêbada! Nossa...

O que ele iria pensar? Minhas mãos não obedeciam aos meus comandos. Tentei me manter de pé. Sem sucesso. Sentei novamente; cheguei a me sentir ridícula.

— Você não está mesmo legal. Espere aqui — ele falou tão bravo, me largando na cadeira. Fiquei ali olhando para o chão, minhas forças foram sucumbidas, não conseguia mover o dedinho do pé.

Lá veio ele com um segurança.

— Vamos, Samantha.

— Hã?

— Venha. — E ele me carregou pela cintura. — Abram caminho — disse ele, empurrando a multidão, amparado pelo segurança. Fui tropeçando em meus próprios pés. Sentia tanta vergonha que queria sumir.

Depois de um banho frio e três xícaras de café eu me sentia renovada.

— Desculpe. — Entrei em silêncio, como um cachorro abanando o rabo.

— Desculpar o que, Samantha? — Ele estava sentado perto da janela, me encarando.

— Pelo papel ridículo que fiz no bar.

— Não se preocupe. Todos passam por isso. Só acho que bebeu demais. — Ele não parecia contente. — Não deve fazer isso quando estiver sozinha — falou firme. — Eu também gosto de beber. E acho muito bacana a mulher acompanhar. Mas tem que conhecer seus limites.

— Eu sei. Desculpe se o fiz passar vergonha.

— Não foi vergonha, e sim me preocupei com você.

Fiquei olhando para ele e me aproximei.

Passamos alguns minutos olhando para o nada, apenas olhando pela janela, ouvindo o barulho dos carros que cruzavam a avenida. O vento soprava forte e posso ouvir o zumbido que ele fez ao entrar pela fresta da janela.

Mas aquele silêncio todo estava me incomodando. Eu tinha tantas perguntas que ainda não tinham sido feitas. E não sei por que, mas parecíamos estar discutindo nossa relação, talvez fosse a hora certa. Respirei fundo: queria que ele me dissesse que não tivera nada a ver com eu estar ali participando do concurso. Se ele que havia me trazido até ali era por que eu não era boa em nada que fazia. De repente eu me senti impotente, frágil, incapaz de ser uma boa mulher para ele.

Ele pegou minhas mãos e levou até seu peito quebrando o silêncio. Segurou elas com tanta vontade que chegava a doer de tanto que apertava.

— Samantha, eu sei que tem milhares de perguntas para me fazer.

Meu inconsciente queria gritar "Sim, John, diga o que tem a ver com minha vinda para cá!" Mas minha voz ficou sufocada.

— Seus olhos não me enganam. Mas antes de qualquer coisa, quero que saiba que está aqui por que foi James que a escolheu.

— Mas… Não foi você que pediu a ele?

— Não, Samantha. Não fui eu! — Seu tom era baixo. — Você sabe que foi por você que eu vim, mas não foi por mim que você veio.

Por fim soltei a respiração. Nessa hora não sabia se ficava feliz ou se chorava de raiva. Quer dizer que ele não intercedeu por mim?

Balancei a cabeça, assentindo com o que diz.

— O que você acha que está fazendo aqui? — perguntou.

— Confesso que nem eu sei — mal conseguia falar.

— James escolheu você pelo seu talento. Não porque eu estou apaixonado pela mulher mais incrível que já conheci.

Fiquei cabisbaixa, sentindo vergonha.

— Samantha. — Sua voz era tão suave que sentia meu corpo inteiro amolecer. — Você conhece pouco de mim, mas não tire conclusões erradas a meu respeito. E não suma. Não faça mais isso. Se duvida de mim, se não confia no que digo, pergunte a James. Questione e reclame. Pode dizer o que quiser, meu amor. Só não se afaste de mim.

Não tinha coragem de encarar seus olhos azuis.

— Não estou me afastando — disse com o olhar perdido.

— Claro que está. — Ele levantou meu rosto. — Na noite passada, ao mesmo tempo em que parecia ser minha, você também ficou a maior parte do tempo calada. Parecia que não estava ali. Sumiu o dia todo, não me atendeu. Está arrependida? Prefere que eu fique longe de você?

Eu queria gritar para o mundo todo ouvir o quanto eu estava apaixonada, mas e os meus planos? O que eu ia fazer com eles? Não podia decepcionar papai. Queria mesmo era que ele não me causasse esse descontrole.

— Por que está me evitando? — ele insistiu em me perguntar.

Não consegui responder, permaneci quieta. Ele me puxou com força, tocando meus lábios com seus dedos, bem devagar, me causando arrepios pelo corpo inteiro. Passei a mão eu seu ombro e nele me deitei.

— Eu não estou evitando você, ao contrário.

— Eu quero ficar perto de você. Quando James me falou que você havia sido escolhida, não pensei duas vezes. Larguei meu trabalho e me hospedei aqui, para poder estar com você. Não pensei em mais nada a não ser vê-la — disse com a voz suave atrás de minha orelha. — Samantha, eu preciso que seja honesta comigo. Se for ruim para você, eu posso ir embora.

Ele parecia sentir minha relutância. Olhei em seus olhos. Tinha sua atenção inteira em mim naquele momento.

— Não é isso, eu estou muito feliz, John. Confesso que você foi a melhor coisa que aconteceu na minha vida nos últimos seis anos. Mas é que eu tenho tanto medo. É difícil acreditar que um homem como você possa ter interesse em alguém como eu.

Ele me lançou um olhar duvidoso e sua expressão mudou na hora.

— Como assim, alguém como você? Acha que não é boa o suficiente? É isso?

— Ah, é que quando te vi pela primeira vez, eu não queria me envolver. — Não que ele não fosse interessante. — Eu tentei não querer porque sabia que podia me machucar. Você é o tipo de cara que chove mulher em cima e eu não sou um tipo de mulher que os homens caem em cima.

— Ao contrário do que pensa, você é sim uma mulher bem interessante, devia se olhar no espelho mais vezes. — Ele sorriu bem perto da minha boca, senti seu hálito fresco de menta.

Engoli a seco depois de ouvir atenta cada palavra. Toquei de leve seus lábios. Mas parei e abaixei novamente a cabeça. E nessa hora senti raiva de mim mesma por ser tão idiota, um homem maravilhoso na minha frente e eu ficava me fazendo de difícil, não era o que eu queria, mas o que parecia.

Entre um beijo e outro fomos trocando confidências.

— Eu estou apaixonado por você, Samantha, e quero você nos meus dias, para sempre.

E foi naquela hora que falei demais. — Eu também estou sentindo algo bom por você e eu não sentia isso há muito tempo. A não ser quando meu ex me deixou. — Na mesma hora em que falei me arrependi.

— Espera aí, você tem um ex que te deixou? Como assim, te deixou? Era casada?

— Não... Não era casada.

— Certo. — Sua boca se contraiu e ele se inclinou para trás.

— Eu tenho um passado, John, e acredito que você também tenha. Eu sofri muito por este homem que foi embora e nunca mais voltou. — Fiquei vermelha. — Ele disse que voltaria que daria um jeito, que sempre estaria perto de mim. Mas não foi o que aconteceu! Ele foi me deixando devagar e isso foi me fazendo desacreditar no amor. Porque ele não soube ser sincero comigo e tinha minha mãe… E quando eu percebi, já tinha se passado tanto tempo. E meu pai sempre me cobrando algo que eu não poderia dar a ele — falei com ressentimento. — Comprometimento com o escritório que trazia o nome do vovô. Sou muito complexa, John. Não sei se seria uma boa companhia para você. Acho que ainda dá tempo de repensar.

— Não tenho o que repensar — falou me olhando sereno.

— Então você e James são parceiros nessa empreitada?

— Do que está falando?

— Do concurso.

— Não. Eu só estou aqui por você. E faço fotos, apenas.

— Entendi.

— Tenho um trabalho essa semana, mas acho que dá para infringir as regras e levar você.

Olhando pela janela, eles haviam parado a rua de um lado por onde passava exatamente naquele instante um caminhão comprido, com um tecido roxo de cetim cobrindo o que pareciam ser quadros. Ele se esticou e sentou no parapeito da janela e me chamou para fazer o mesmo. Tremi, mas sentei ao lado dele, segurando bem firme sua mão quente. Logo abaixo dos nossos pés havia um pequeno espaço do apartamento, era uma pequena varanda que se estendia em degraus. Então não estávamos em perigo como parecia. Tirou um cigarro do bolso e ascendeu, me dando um em seguida.

— Então você está melhor?

— Acho que sim.

À medida que se aproximava da minha boca, fiquei calada, cada vez mais calada, e calculava o que ele estava prestes a fazer. Mas antes:

— Minha mãe disse que conheceu você.

Ele olhou para mim e me deu um sorriso rápido e inseguro.

— Suponho que ela tenha lhe dito o que eu fui fazer lá. — Ele mordeu os lábios.

— Sim.

— Olhe, eu não quis que fosse ela que me atendesse. E você não estava aquela tarde, então ela serviu um chá com um bolo de laranja muito gostoso, eu acabei não resistindo. Dois minutos depois ela já havia me conquistado, e eu só disse a ela o que pretendia, era trazer você comigo. Ela pareceu gostar da ideia. Só isso.

— Mas por que não disse nada naquela noite? Por que não disse que tinha ido até minha casa?

— Não achei que devia dizer. Só isso. Você parecia vulnerável, fiquei com medo da sua reação. Talvez fosse pensar que eu era um desses perseguidores.

Comecei a rir. Uma chuva fina despencava do céu de repente, respingando nossas pernas, e a água corria pelos cantos da parede.

— Acho que devemos entrar — sugeriu.

— Também acho.

Ele me perguntou se eu estava guardada em algum lugar, bem escondida para que ninguém pudesse achar antes dele.

— Ah, para de bobeira.

Ele apontou para a fotografia no porta-retratos no aparador. Quando vi meu rosto lá, abri meu sorriso. O tipo de riso mais inocente que já dei. O braço dele me envolveu em volta da barriga.

— Sou eu?

— É.

Por um instante não sabia o que dizer.

— Como tirou essa foto?

— Da maneira mais fácil.

— Não! Ah, não vale. Eu estava desprevenida. De calcinha.

— É só seu rosto que está ali.

— Ai, você não fez isso.

— Fiz.

Ele começou a rir, rir alto.

— Que vergonha.

— Do quê? Ninguém sabe o que estava fazendo. Só eu.

— John…

Fiquei vermelha.

— Outra coisa. — Ele tirou uma mecha de cabelo dos meus olhos. — Não quero falar do seu ex-namorado, mas ele foi um babaca ao deixar você escapar!

Ele balançou a cabeça enfaticamente.

— Eu já nem me lembro do nome dele — disse confiante.

Ele fez uma pausa.

— Deve ser por isso que lhe encontrei. — Ele me beijou suave. — Para fazer com que lembre apenas do meu nome.

— Poxa, que presunçoso!

Rimos.

— Uma vez eu li num livro que o amor é assim, chega devagar, não escolhe a hora para chegar, ele vem sem avisar e quando nos damos conta, invade nossa vida e faz morada. E muda tudo que havíamos planejado. — Sua voz estava embargada. — E eu, eu estou amando... Amando você — ele sussurrou perto da minha boca.

Aquela palavra "amando" entrou em meu coração derrubando tudo pelo caminho. Foi avassalador. De repente eu sentia o mesmo, balancei a cabeça... Incapaz de qualquer reação que lhe dissesse o quanto sentia o mesmo por ele.

— Como eu queria ter poderes. — De repente a expressão dele ficou diferente, parecia desolado. Mas ele logo se refez, sorriu com seu lindo olhar azul, que me fazia lembrar do oceano.

— Poderes?

— Todo mundo deseja ter poderes. Eu queria ter um. Apenas um.

— Qual?

— Da vida.

— Da vida?

— Não queria morrer, nunca!

— Ah. Bem, eu também não.

Estávamos abraçados, olhando para o teto. Respirei o ar puro que vinha da janela, batia em meu rosto. Refleti sobre meus últimos dias. E pensei nas palavras dele. Será mesmo que o amor chegava sem avisar? O que Pati acharia de tudo isso?

Ele apertou seus braços em minha cintura e me cobriu de beijos no pescoço. Puxou minha cabeça para trás, se inclinou e me beijou. Só que agora parecia querer devorar minha boca.

Era noite de lua cheia. Ultimamente tem sido minhas melhores noites.

— Decidiu? — ele perguntou afoito.

— O quê?

— Sobre nós?

Enrubesci e ele me olhava inquieto.

— Estou pensando.

— Não pode dizer apenas que sim?

— Eu não sei. — A ansiedade se concentrava em meu estômago.

— Samantha, eu quero namorar você. Quero me c....

Poxa, como ele dizia isso assim, sem ao menos me preparar antes? Ele não poderia simplesmente querer me conhecer melhor?

— Eu não encontrei a resposta ainda — o interrompi. — Sei que vim para cá por outro propósito. Mas por outro lado, não quero deixá-lo nem por um momento. Tenho medo de que isso mude meus planos.

— Não precisa mudar seus planos. — Ele deu um cheirinho em meu pescoço. — Só diz que aceita. Quero cuidar de você. Deixa eu te ajudar? Não quero que me veja como algo ruim em sua vida — disse baixinho, apertando-me contra seu corpo.

Olhei novamente para a janela. Não queria perder esta chance de ficar perto dele, e meu desejo era mais forte que meu objetivo. Pus a mão na cabeça e queria dizer a ele que sim. Então puxei o ar bem forte, tão forte que meus pulmões chegaram a falhar.

— Eu digo... Digo sim — cuspindo as palavras praticamente. — Mas vamos com calma, com muita calma.

Antes mesmo que eu pudesse parar de falar, ele me girou rapidamente segurando minha cintura e me beijou, fazendo com que eu me calasse.

Gostei disso! Gostei do jeito que ele me segurava. Eu me sentia protegida, desejada. Ouvi a música bem no fundo tocar suavemente. Aquele clima romântico invadiu o quarto.

— Vai dar tudo certo. Confia em mim. — John sorriu, deixando seus dentes brancos reluzirem.

Permaneci em silêncio. No entanto, meu coração pulava descontrolado, estava apaixonada por cada centímetro dele.

—Agora é eu que preciso tomar um banho. — Foi tirando a roupa, quando o percebi estava nu. — Vem comigo? — disse levantando de repente.

— Eu? — disse acanhada.

— Só tem nós dois aqui. — Ele franziu o cenho, me levantou, me puxou para perto de seu corpo. Fiquei encarando ele, sem piscar. Sua pele era macia.

— Por que você não tira essa roupa? — Chegou bem perto da minha orelha, fazendo arrepiar meu corpo inteiro.

— Não tenho outra calcinha aqui.

— Bem, isso não é problema. Fique sem.

Tentei fugir, mas vencida pelo desejo que tinha de sentir a suavidade da pele dele, fui. Morria de vergonha de ficar nua com luz acesa e estava branca, ele ia me reparar. Sabia que ia.

— Venha. — Ele sorriu docemente me puxando pela mão.

— Vai indo, que já vou.

Ele me soltou e caminhou em direção ao banheiro. Sem pudor algum, deixou o bumbum à mostra. Que bumbum mais durinho! Senti inveja, nem o meu era assim. Abaixei a cabeça apoiando na palma da mão e dei uma bela risada.

Com certeza eu devia entrar naquele chuveiro com ele. E então cocei a cabeça, estava nervosa. Mordi tanto meu lábio que sentia gosto de sangue. Relutei, mas meu corpo pedia pelo dele. O que ia vestir depois? Pensei em algo que pudesse me cobrir. Mas acreditava que ele devia ter planejado cada passo até o banheiro. Nem uma toalha pelo caminho. Apareci na porta toda nua. Cadê meu pudor? Foi sucumbido no caminho. Pois nem com a mão eu me cobria. Ele dava um sorrisinho me olhando dos pés à cabeça. Sem disfarçar. E quando percebi estava embaixo do chuveiro.

— Você é perfeita. Linda... Quero você — sussurrou com a voz rouca. — Muito... Muito, Samantha.

Ele era mesmo enlouquecedor, tinha ombros largos e um peito bem desenhado. Entrei de mansinho no chuveiro e me deixei ser enlaçada por seus braços. Suas mãos percorreram todo me corpo. Joguei minha cabeça embaixo da água, tentando controlar aquele calor que sentia minha pele.

— Eu amo seu cheiro — ele murmurou me prensando na parede.

Sua mão desceu por minha cintura, apalpando meu bumbum, senti um furacão me invadindo. Na verdade, acho que não sentia mais nada, estava flutuando. Gostava do jeito que ele puxava meu cabelo, não doía, mesmo puxando com força. Não sentia dor e sim uma sensação gostosa, algo que me deixava querendo mais. Passei minha unha por suas costas, sem arranhar, claro, fazendo movimentos em zigue-zague. Fechei meus olhos, tentando manter minha respiração sob controle, mas todas minhas tentativas eram inúteis, pois perdia o controle quando estava com ele. Beijei todo seu corpo, ia descendo devagar e o fiz gemer de tanto prazer.

— Gosto tanto de você — ele disse todo carinhoso. — Eu só quero você, cada vez mais!

— Eu também quero. — Assumi mesmo que o queria.

Subi beijando sua barriga e deitei minha cabeça sobre seu peito molhado. Fechei os olhos mais uma vez.

— Passaria uma eternidade com você — disse ele. — Fazendo amor todos os dias.

Rimos juntos. Aquilo causou um efeito enlouquecedor sobre mim, imaginei nós dois velhinhos. Ele me agarrou tão forte, que senti meus ossos estralarem. Não conseguia me mexer e gostava do espaço pequeno que estávamos, pois estávamos colados um no outro, sentia ele tão perto que pedi a Deus para que aquele momento não terminasse. Nunca!

Nem vi que horas eram quando saímos do banho. Jogamo-nos sobre a cama, nus; logo pegamos no sono. Algum tempo depois, quando abri os olhos e vi que o dia estava claro, dei um pulo da cama. Ele me olhou assustado, mal conseguia abrir os olhos.

— Aonde vai?

— Já é dia.

Ele mexeu a cabeça concordando.

— Preciso ver onde está a minha amiga. Não foi nada gentil da minha parte ter deixado ela sozinha.

— Ela está com meu irmão, relaxa, não está sozinha!

— Ai, John, que péssima amiga eu sou. Poxa, ela chegou ontem e eu passo a noite fora. Deve estar se sentindo abandonada por mim. — Senti remorso por aquilo.

— No que percebi, não foi esse sentimento que ela demonstrava.

Naquela hora passou em minha memória o beliscão que ela havia me dado. Sabia que deveria estar enfurecida comigo!

— Fica tranquila, ela está muito bem, Albert está cuidando dela. E depois eu avisei a Pati que traria você para o hotel.

— Avisou?

— Sim.

— Ai, que bom, assim fico mais aliviada.

— Então volte para a cama. — Ele bateu a mão no colchão.

Entortei a boca, dando uma risada, e subi em cima dele. — Estava me sentindo poderosa. Só que eu estava em pé, apoiei um pé sobre seu peito e ele me encarou com aquele sorriso sarcástico, fazendo cara de mau, que ele sabia fazer bem quando estava com má intenção. Isso eu já sabia identificar.

Ele conseguiu, de uma forma tão rápida que nem percebi, me jogar na cama e vir por cima de mim. Aquela mulher, plena, cheia de vontade, era eu. E me surpreendia a cada minuto.

— Vou te ensinar algo que precisa saber sobre sexo.

— O quê...?

— É, tem coisas que nós homens gostamos.

Fiquei assustada com aquilo, mas curiosa para saber o que seria.

— Porém, não será hoje — disse, querendo me torturar.

— Ah, não vale. Agora que começou terá que terminar.

— Curiosa, você? Bem curiosa!

Fiz aquela expressão para obter sua atenção.

— Relaxa, amor. Tudo vai ser no tempo certo.

— Vai fazer jogo comigo? — Nem sei por que disse aquilo, talvez houvesse uma força natural desconhecida me forçando a dizer aquelas coisas, assim, com tanta liberdade.

— Não, mas acho que você está brincado com fogo. Se arriscando muito sendo assim persuasiva.

Ele me deu uma mordida no queixo.

— Quer mesmo saber hoje?

— Tenho o dia livre — disse bem maliciosa, aquela coragem toda não parecia vir de dentro de mim.

— Terá que passar o dia aqui comigo então.

Ele levantou, fechou as cortinas e deixou o ambiente bem escuro. Foi até a bandeja de bebidas e trouxe um copo cheio de uísque, era o que imaginava.

Eu continuei deitada, um pouco nervosa. Logo pensei que bom que tinha escovado meus dentes, já que íamos continuar ali na cama. Ele jogou suas pernas por cima de mim, sentou sobre meu quadril, colocou o dedo dentro do copo misturando o gelo e a bebida, lambeu o dedo fazendo um gesto obsceno. Jogou um pouco na minha barriga, que me arrepiou até o último pelo, e subiu lambendo.

— Bebe um pouco — sugeriu.

Peguei o copo e dei um bom gole, que quase sequei o copo.

— Quer me embriagar?

— Não, quero que se solte.

Segurou minhas mãos e foi beijando todo meu corpo. Chegou à parte que não gostava, não sabia se não gostava. Fiquei envergonhada, travei as pernas.

— Relaxa as pernas — pediu com carinho.

Ai, meu Deus, o que ele quer? Por que tinha que ser isso? Eu não conseguia...

— Não dá para deixar alguém beijar no meio das minhas pernas — disse encabulada.

— Se solta, amor. É bom, é muito bom.

— Ai, eu não consigo.

— Consegue sim. Relaxa... Deixe seus desejos livres. Deixa eu te mostrar o quanto é bom!

Mordi meus lábios. Respirei bem fundo e fui me soltando. Ah... Nossa! Que sensação boa. Pensei por que não tinha feito isso antes. Deixei que ele fizesse como queria e meu desejo mais obscuro surgiu, senti raiva de mim por ter perdido tanto tempo.

Ele desceu devagar, beijando minha perna, foi até a ponta do meu dedo do pé e colocou na boca. Fiquei me perguntando que tipo de pessoa apreciava pés. Ele... E voltou, beijando meu corpo, até chegar à minha boca.

— Viu como é bom?

E eu achando que só Pati era capaz de tanta loucura. Até conhecer ele. Então eu era capaz de coisas piores.

— É, devo admitir. — Apertei os olhos com timidez, ele se aconchegou do meu lado.

— Promete que vai deixar que eu faça sempre isso?

— Preciso mesmo prometer?

— Não, ha ha ha. — Ele acariciou meu rosto. Ficamos ali nos olhando por mais alguns minutos.

— Quer ir tomar café? — O telefone dele tocou. — É James, vou atender. Agora? — Foi o que consegui ouvir.

— Minha linda, preciso encontrar James. Não se importa de tomar seu café sozinha?

— Tudo bem, vai lá — respondi. — Fazer o quê? O dever em primeiro lugar. — disse, detestando a ideia.

— Vou jogar uma água rápida no corpo. Vem junto?

— Melhor eu ir depois.

Ele mexeu a cabeça concordando.

Saiu do banheiro enrolado na toalha e eu entrei. Liguei o chuveiro e me lavei com o sabonete líquido que ele acabou de usar. Sentia seu cheiro no meu corpo. Me sequei rapidamente e fui à procura de minhas roupas. Quando o vi já estava pronto, de camiseta branca e uma calça *jeans* bem justa. Ele conseguia ficar ainda mais bonito.

— Já estou saindo, James está lá embaixo me esperando. Desculpe, minha linda. — Ele me deu um beijo apertando minha cintura. — Fica aqui me esperando?

— Não, vou tomar café. E depois vou levar Pati para um passeio.

— Ok, mais tarde ligo para você. — Tascou outro beijo e se foi, deixando para trás o cheiro forte de sua colônia.

Nove

ACHO QUE AQUELA TINHA SIDO A NOITE MAIS LONGA DA MINHA VIDA. Quando peguei o elevador encontrei com James. Desejei-lhe um bom dia com um humor sutil e fiquei quieta. Ele sorriu. Eu sabia que ele não sabia o que eu tinha feito na noite anterior e mesmo assim eu queria enfiar minha cabeça em um balde de gelo e gritar até que a voz fosse petrificada. O meu estômago roncava compulsivamente, mas antes de enfrentar Pati precisava tirar aquela roupa que cheirava tudo, menos detergente. Quando parei na frente da porta, vi um bilhete pendurado na fechadura com uma fita de cabelo vermelha. Ao ler, entendi porque John insinuou que ela havia ficado feliz. Não fugindo do contexto dela, estava com Albert no quarto.

Até tentei, mas não consegui deixar de ser maliciosa em meus pensamentos.

— Nossa, ela mal o conhece e já foi dormir com ele. Se bem que meu caso não estaria sendo muito diferente — falei ao lembrar que dormi com ele na primeira noite, censurando-me pela minha atitude nada ingênua.

Literalmente eu não pretendia entender nem questionar Pati. Mesmo que minha língua coçasse, não tocaria no assunto, não tinha o direito de intervir em suas atitudes. Mesmo que eu não concordasse ou mesmo sabendo o que aquilo poderia causar nela.

Quando entrei no quarto, me deixei cair na cama pensando naquela noite. E descobri que estava bem mais envolvida do que poderia pensar. Era paixão... Sabia que àquela altura nada mais poderia ser feito para impedir. As indagações surgiam e eu procurava respostas. Mas quer saber? Não cheguei à conclusão alguma. Parecia que um caminhão tinha passado por cima de mim. Meu corpo parecia estar com os ossos fora do lugar. Precisava descer e tomar o café, mas rolei de um lado para o outro na cama e meu cérebro desligou. — Devo ter cochilado por uns minutos — pensei ao despertar assustada com o celular vibrando. Atendi e ouvi aquela voz suave.

— Só para lhe desejar um bom dia!

— Hum... John? É você? — falei com aquela voz de quem acabara de acordar.

— Já reconhece minha voz, é! Isso é um bom sinal.

— Que horas são agora? Espera! — Quando olhei na tela do celular, dei um pulo. — Nossa, são dez horas.

— Quase, por quê?

— Ainda não tomei café.

— Não? Achei que já tivesse tomado.

— Que nada, vim trocar de roupa e acabei pegando no sono.

— Então pede no quarto.

— Acho que não, vou descer, fica aberto até as onze, não é?

— Isso, amor.

Senti meu coração pulsar mais forte quando ouvi ele me chamar de amor. Era tão íntimo e ao mesmo tempo tão estranho.

— Quer almoçar comigo depois?

— Acho que seria bom.

— Acha?

— Quero, sabe que quero — disse abrindo meu sorriso do outro lado da linha.

— Ah, assim ficou melhor. Então vai tomar seu café, precisa se alimentar depois do porre de ontem.

— Ok, senhor John — respondi com pouco de ironia, mas de brincadeira.

— Até depois.

— Até.

Eu poderia passar o dia inteiro deitada nessa cama macia que não conseguiria repor minhas energias. Meus músculos pareciam enfraquecidos. Sentia como se nunca tivesse exercitado um deles. Eu nem mesmo fazia exercícios regulares, salvo algumas vezes que conseguia correr na rua de casa. E eu estava longe de casa para pensar em exercícios. Eu me espreguicei como uma lagartixa e levantei, abri a mala à procura de uma roupa. Perdi alguns minutos tentando encontrar algo que me deixasse mais sexy. Talvez essas roupas que eu trouxera não fizessem o tipo garota de Paris. De repente, eu senti vontade de comprar roupas novas. Confesso que não gosto de ir às compras, não sei por que eu não herdei esse prazer de mamãe, ela tem tanta roupa e quase nunca sai de casa. E eu também não, então nem comprava. Putz, era para eu ter mandado uma mensagem para Pati, como será que ela estava? Devia estar furiosa.

Eu me olhei no espelho, fiz algumas caretas exercitando minha face, eu estava tão diferente, era outra mulher que me encarava satisfeita. Olhei para meu cabelo, até pensei em lavá-lo, estava horroroso, mas com o frio que fazia, ele continuaria assim. Enrolei-o dentro da toca e me joguei embaixo da água, que de tão quente chegava a arder a pele. Lavei meu corpo rápido, enquanto a água corria sobre meu rosto, sentia minha boca abrir dando um sorriso ao lembrar-me da noite com John. Fiz que não com a cabeça, querendo recusar meus pensamentos maliciosos, mas o que estava sentindo por ele, me fazia esquecer o motivo que me trouxera até ali. Saí do banho tremendo, me enrolei na toalha, passei-a no espelho espalhando o embaçado do vidro, abrindo um espaço para que eu pudesse me ver. Mandei beijinhos para o espelho, bem coisa de menina apaixonada, parecia que eu tinha meus dezenove anos novamente.

Antes de vestir a roupa, liguei para Pati. Ela não atendeu. Insisti mais uma vez e sem sucesso. Resolvi lhe enviar uma mensagem de texto.

Para: Pati

Bom dia... Está no hotel?

Espero que esteja bem! Vou tomar café só agora, se quiser, e caso não tenha tomado o café da manhã, me encontre lá.

Aperto "Enviar".

Vesti uma calça *jeans* bem justa, um suéter preto. Saí e bati a porta, depois voltei para pegar o celular que havia esquecido sobre a mesinha. Em outra época eu o deixaria para trás, mas agora ele fazia parte dos meus interesses. Coloquei-o no bolso da calça e desci para o café, estava faminta.

Da mesa avistei aquela loira totalmente descabelada, era Pati, logo atrás dela estava Albert. Acho que a noite foi selvagem. De longe, acenei com a mão direita, rezando para que ela não viesse até ali junto com ele.

Enchi meu prato com muitas frutas, pensando nas minhas medidas. São tantas opções, olhei ao redor e só via tortas, tortas de todo tipo, morango, maçã, uva... Nossa, eu ganharia uns cinco quilos se passasse uma semana comendo um pedaço por dia. Mas consegui resistir à minha gula e passei direto pela mesa. Peguei uma xícara de café e um copo com suco de laranja, o meu companheiro de toda manhã. Resistia às tortas, mas aos queijos não pude resistir. Hum... Era minha perdição total. Adoro queijos. Por fim, peguei uns pãezinhos e voltei à mesa com a bandeja cheia. Senti até certa vergonha ao atravessar o corredor e ver que algumas pessoas me olhavam. Não sei se pelo prato que carregava ou por minha cara entregar o que eu tinha feito na noite passada. Talvez só eu achasse aquilo!

Vi que Pati me acompanhava com o olhar. Com certeza devia estar se perguntando por onde anda John ou querendo saber se passei a noite com ele. Se bem a conheço, devia estar quase surtando de curiosidade.

Albert era todo carinhoso com ela, afagava seu cabelo e descia sua mão pelo seu delicado rosto. Isso me fez lembrar de John, acho que por serem irmãos deviam ser muito parecidos. Os dois conversavam animadamente, mas ela continuava com os olhos vidrados em mim. Ele se levantou da cadeira, ela também, então os dois deram um abraço demorado, logo ele tascou um beijo nela de arrancar o fôlego. — Que família de homem atraente! — pensei. O salão do café estava cheio e quase todos observavam com certa inveja de Pati. Até eu senti inveja dela naquele momento. Ela esticou os ombros, deu aquela alongada no pescoço, pegou sua bolsa e veio em minha direção, balançando o cabelo. Bem estilo patricinha de Beverly Hills, o que tinha tudo a ver com ela.

— Aí está você. Cadê o bonitão? — ela perguntou destilando sua ironia.

— Em reunião — respondi mastigando o pão que estava em minha boca. Ela se sentou na cadeira bem ao meu lado.

— Desculpe por ter deixado você sozinha no bar — disse querendo mostrar arrependimento. — Mas é que Albert é piloto de avião e não estará aqui nas próximas semanas. Eu não pude deixar de ter uma noite maravilhosa com um gato desses. Dizem que a sorte não bate duas vezes na mesma porta — concluiu sorrindo com aquela cara de menina levada que só Pati tinha.

— Não precisa se desculpar. Eu nem lembro direito da noite de ontem — rebati.

— Lembra sim, Samantha, nem vem não... Não pense que vai mudar o rumo da conversa. Pode começar a falar.

Merda, parece que teria mesmo que ter aquela conversa com ela. Não que eu não fosse ter, mas não queria que fosse agora, não naquele momento. Voltei a encará-la.

— Bem, John me trouxe para o hotel e dormimos juntos.

— Isso eu já sei — ela debochou. — Vejo só pelo brilho da sua pele.

— E então, o que quer saber? — Fiquei inibida ao ter que falar da minha vida para ela.

— Como o que eu quero saber? Eu sei que o encontro de ontem não foi coincidência. Sei que vocês já estiveram juntos outras vezes. Eu vejo isso em seus olhos.

— Se sabe, por que precisa ouvir de mim?

— Nossa, Samantha, você escondeu isso de mim. Logo eu, que torço para que arrume um cara legal. Achei que fôssemos amigas!

Fiquei nervosa.

— E somos amigas. Melhores amigas! Só achei que não seria uma boa hora para lhe falar — Meu tom de voz era completamente culpado.

— Não era a reposta que eu esperava ouvir. Você sabe o quanto fico na expectativa, esperando o momento de ver você com alguém e me diz que não era uma boa hora. — Sua voz parecia estar com raiva. — Não seja patética comigo — ela disse friamente.

Fiquei extremamente boquiaberta com a decepção que causei nela, não imaginava que seria tão ruim assim.

— Tudo bem, talvez eu tenha errado. Devia ter lhe contado desde o princípio.

— Quer dizer que estou certa? Está mesmo com ele?

— Não é bem assim. Mas sim, eu estou saindo com ele.

— Hã... Que legal. — Sua expressão mudou. — Vocês estão namorando e eu sou a última, a saber?

— Não é namoro. — Logo me arrependi de não assumir, era namoro sim.

— Samantha, é uma relação. E toda relação vira namoro.

— Claro que não.

— Tudo bem, se quer se enganar. Não acredito que não me contou.

Notei que sua raiva havia ficado contida e o efeito que eu tinha causado foi de desconfiança.

— Me perdoe. É que tudo foi acontecendo tão depressa, não tive tempo. Foi ele que me achou. Ele que me ligou. Quando eu vi, já estávamos juntos.

Pati deu um grito, todos nos olharam.

— Não importa quem ligou, o que importa é que você escondeu de mim. Não foi honesta comigo.

Talvez ela tivesse razão, eu não tinha sido honesta com ela, e nem comigo.

No momento em que ela falou, eu afirmei mexendo apenas a cabeça, fiquei sem ação, com vergonha de encará-la.

— Está com raiva de mim?

— Não… Não é raiva. É como se você tivesse me dado um tapa pelas costas.

— Pati, por favor, me perdoe. Sei que não fui sincera. Mas eu não tive intenção de esconder nada de você. Eu só quis esperar o momento certo, sei lá. Só quis que fosse algo importante para então dividir com você. Quis ter certeza.

Ficamos em silêncio absoluto por alguns minutos.

— Ele está de quatro por você — disse ela com a voz seca.

— Como assim?

— Estou dizendo que ele gosta de você.

— Como sabe disso?

— Eu sei. Eu sempre sei quando um homem está caído por uma mulher — disse ela com certeza na voz. — E ele gosta muito de você. Pelo menos já esteve com ele e agora você pode saber se é capaz de gostar dele.

Dei de ombros. Abaixei a cabeça, na esperança de que ela parasse de falar ou mudasse o rumo daquela conversa. Ela franziu a testa esperando alguma reação de minha parte. Para minha surpresa, ela pegou minha mão.

— Não sei o que levou você a esconder este fato tão importante. Mas saiba que fiquei feliz. Gostei de ver você com ele. Vejo que ele está te fazendo bem, você está com um brilho diferente nos olhos. Pode ser que eu esteja enganada, mas se seus olhos acendem quando está perto dele, então algo me diz que estou certa. Parece ser outra mulher! Sei lá… Está mais leve! — disse, com os olhos embaçados. — Engraçado que notei você diferente quando cheguei, mas não cogitei nada naquele momento e juntando agora os acontecimentos, entendi. Há algo que mudou em você.

Deixei me emocionar e quase chorei.

— Sam, tem que me prometer que vai ficar com ele. — Ela jogou minha lágrima para longe.

— Como assim, prometer?

— Finalmente eu vejo você feliz com alguém. Então tem que ficar com ele. Uma pessoa como você deveria agarrar ele e nunca mais soltar — disse com ternura.

— Uma pessoa como eu? — perguntei. Pensei sobre o que ela queria dizer com "uma pessoa como eu".

— Ah, você tem um jeito frágil de ser, é toda melosa, chora por qualquer coisa, é sonhadora e, para piorar, é romântica. Você entende o que estou falando?

— Entendo — respondi fazendo careta. Não sei se tudo o que ela acabara de dizer sobre mim eram qualidades ou defeitos, mas preferi não perguntar.

— Sem neura entre nós duas, ok? — ela voltou a sorrir.

Dei de ombros.

— Pretendo esquecer essa parte, essa em que você escondeu algo tão bom de mim. Mas com uma condição.

Senti um frio na espinha. — Que condição? — Sabia que não ficaria imune.

— Vamos sair nós quatro.

— Quem?

— Eu, Albert, você e John, quem mais poderia ser?

— Mas por que quer isso?

— Por quê? Porque somos amigas e eles irmãos. Seria conveniente, não acha?

Ela deu uma piscadela para mim.

Eu daria tudo que tenho, todo dinheiro, roupas, sapatos, até mesmo daria a ela minha única joia, o anel de noivado da vovó, só para não ter que passar por isso. Sabia o que ela pretendia. Ia investigar cada passo do passado de John e, pelo que conheço, haveria interrogações desde sua infância. Ela era ardilosa, poderia ser detetive, mas também não tinha paciência com nada, sabia que logo ia sacar que já existiam sentimentos dentro de mim. Confesso que isso me incomodava, por que ela iria infernizar meus dias até que eu lhe contasse todos os detalhes e eu não queria contar.

— Até podemos fazer isso. Mas não posso esquecer o que me trouxe aqui.

— E o que a trouxe a Paris, Samantha? — perguntou de um modo descabido.

— Como assim o que me trouxe? Eu estou aqui pelo concurso e não para me apaixonar. — Tentava acreditar na mentira que acabara de dizer. — Os romances estão em meus livros no momento, apenas em meus livros. — Mentia na cara dura.

— Isso é muito bonitinho, mas tem uma coisinha que preciso te dizer. O que parece é que você veio sim viver um romance. Você não quer se apaixonar? Já se apaixonou!

— Nem sempre o que parece é.

— É isso que digo a você.

— Se é o que está pensando, eu não combinei com ele de vir para cá, ele veio por livre e espontânea vontade. Eu não sabia que estaria aqui. Juro que não sabia!

— Quer que eu acredite nisso... Quer mesmo? Acha que acreditarei que foi coincidência?

— Não, não foi coincidência — respondi secamente.

De repente fiquei nervosa e comecei a gaguejar.

— Mas não é óbvio?

— Não... — Fiquei fora de controle. — Ele trabalha com James.

— Quem é James?

— É o diretor do concurso da WE.

Ela ficou de queixo caído ao ouvir minhas explicações.

— Quer dizer então que ele achou seu nome em uma ficha de inscrição?

— Sim.

— Nossa, estou pasma. Que fissura esse cara tem em você. É muita loucura para eu absorver em um dia só. — Pati mordia os lábios diversas vezes.

Dei um gole no café.

— Não sei porquê, mas talvez ele possa estar em seu destino. Já parou para pensar nisso?

— Sim. Ele vive me dizendo exatamente o mesmo.

— Olha que não sou nada religiosa, mas começo a acreditar que Deus existe. Ele colocou esse homem lindo no seu caminho no momento certo.

Fiquei admirada ao ouvi-la falar em Deus.

— E conta como foi sua noite com John — ela perguntou dando aquele sorrisinho malicioso.

Agora sim, era ela em ação de novo.

— Bem, apesar do fiasco que foi eu ter que sair de lá carregada, depois daquele champanhe todo que eu e você bebemos no bar, passamos horas admirando as estrelas e conversando.

— Não digo que você é delicada. E sobre o que conversaram?

— Ah, falamos tanta coisa. — Meu telefone tocou. — É ele, preciso atender. — Saí em direção à porta.

— Já acabei a reunião com James. Posso ir pegar você? — perguntou.

— Pode — respondi agradecida por ele me salvar daquela conversa.

Tudo que mais queria era sair dali. Meu coração estava palpitando em pensar que teria que contar os detalhes a Pati. Desliguei o celular e voltei para a mesa.

— O que ele queria?

— Ele está vindo me pegar.

— Pode até ir, mas não vai escapar de me contar o que rolou entre vocês. Nem tente... Aonde vão? — perguntou com olhar curioso.

— Vamos almoçar. E talvez eu ainda passe na WE.

— Para quê? Cê não parece estar empolgada com o concurso.

— Para de dizer isso!

— Sei lá, mas é que até agora não me falou nada do concurso. Absolutamente nada. E conhecendo um pouco você. — Ela frisou um pouco, porque agora achava que não me conhecia. — Se isso fosse sua prioridade como diz, estaria enlouquecida, concentrada em todos os detalhes. Quem sabe até não estaria aqui sentada agora — zombou.

— Eu estou deixando transparecer assim?

— É. Está.

Minha cabeça parecia dar mil voltas, sem chegar a lugar algum. O resultado disso tudo, tinha um nome. "John".

— Estou confusa. — Franzi a testa. — Estou tendo dificuldades para me concentrar. Tem ideia do que seja isso?

— Pior que tenho!

— Eu quis tanto isso? Implorei a Deus que me ajudasse e agora que estou tão perto me sinto longe. Tanto tempo sonhando com isso, e agora nada parece fazer sentido.

— Você está me preocupando, sabia?

— Estou odiando me sentir assim.

— Mas o que tanto vem afligindo você? Está em uma ótima fase, talvez a melhor de sua vida. Olha ao seu redor. Veja aonde chegou. Depois de tudo que desistiu. Olha só, está acontecendo... Juntando todos os fatos, encontrou um grande amor. Por que vê problemas nisso?

Contraí o cenho.

— É a primeira vez que sinto isso. De verdade. Sei lá, mas é diferente. Eu sei que já disse isso antes. Mas é pra valer. Pela primeira vez, penso em alguém o tempo todo e acho que não vou saber conduzir duas coisas tão importantes juntas.

— Como não saberá? Ambas caminham juntas, Sam. Ainda mais que John trabalha nesse meio. Isso te dá uma vantagem enorme, diante das outras candidatas.

— É isso aí, você chegou exatamente onde eu queria.

— O quê?

— Eu não quero tirar vantagem.

— Mas por que não?

— Porque não acho correto. Não quero ser interesseira. Quero vencer por meu mérito.

— Correto? Quem pensaria no correto em um concurso? É uma disputa.

— Eu... Eu pensaria.

— Ai que chata, Sam, para de ser assim. Você é muito certinha. Aproveita essa chance. Quebre as regras pelo menos uma vez na sua vida. Quem se importa com o mérito? O grande negócio é ser a vencedora, assinar um contrato exclusivo e ganhar muito dinheiro. Sem falar que ficará famosa, sairá até nas revistas.

— Eu não vejo assim. Desculpe, mas não consigo passar por cima das pessoas. Não sei ser injusta.

— Amiga, isso não é injustiça. Vejo como justiça! Poxa... Olha a circunstância em que a vida te colocou. — Sua maneira de expressar era dramática. — Se fosse outra pessoa no seu lugar, não pensaria duas vezes.

— Acho que seria falta de ética da minha parte.

— Ah, Sam, por favor, que se dane a ética. Tenta avaliar de outra forma, é uma chance que o destino está lhe dando. Não vejo interesse nisso. Vejo que a vida te deu uma grande oportunidade e vai ser muito burra se não agarrar. Está em Paris. Nunca estaria aqui se não fosse por este homem. Até quando vai se enganar. Ou você acha que terá outra chance dessas?

Estava sentada ao lado dela, comendo os pães que restavam no prato, medindo esforços para entender o que ela queria com aquilo tudo, se era me ajudar ou me confundir ainda mais.

— Tudo bem, eu sei que isso é uma decisão que cabe só a você. Mas seja cautelosa. Não se precipite, por favor, deixe as coisas acontecerem. Entendeu?

— Tudo bem... Irei pensar em tudo que disse. — Foi só o que eu consegui dizer.

Lá no fundo eu queria aceitar, queria vencer. Mostrar para meu pai que eu conseguiria e a minha mãe também. Queria aceitar, só de pensar que isso me traria felicidade.

— E você, o que vai fazer enquanto eu não estiver aqui? — perguntei. Eu não podia carregar ela comigo como se fosse minha bolsa de mão.

— Não ficarei trancada no hotel, não se preocupe. Albert foi ao escritório, depois me levará para almoçar antes de entrar naquele avião que o levará para longe de mim. — Os olhos dela brilharam, refletindo emoção.

— Hum... Vejo que a relação é séria.

— Engraçadinha.

Então sorrimos, depois de toda aquela conversa constrangedora.

— Espere aí, já ia me esquecendo. Sua mãe mandou uma carta para você.

— Carta?

— Sim.

Ela revirou a bolsa procurando pela carta. Logo tirou e me entregou o envelope, todo amassado, mas ao menos estava lacrado. Fiquei pensando o que será que trazia aquele papel. O que mamãe queria me dizer, que não disse enquanto eu estava lá. A hipótese de ela estar sentindo minha falta me deixou fragilizada. Guardei na bolsa.

— Escuta, que horas pensa em voltar?

— Não sei, mas acredito que volto cedo. Só quero pegar minha pasta que deixei no armário. Se ele não tiver outros planos, eu volto logo. Quem sabe até possamos jantar juntas. Mas nada de balada — adverti.

— Se quiserem, podemos sair nós quatro. — Ela era mesmo persuasiva.

No instante em que ela fala entendo, ela quer que eu cumpra a tal condição.

— Claro, vamos falar disso mais tarde. Não vá se perder por aí!

— Bem que eu queria me perder em Paris.

Ela podia ter todos os defeitos. Mas ela tinha uma leveza na alma que me fazia querer ser um pouco parecida com ela.

— Não deixe de levar o celular, se precisar, sabe meu telefone — disse e me virei em direção à porta.

— Pode deixar, mamãe — disse ela, zombando dos meus cuidados.

Quando finalmente John apareceu na porta, todo aquele constrangimento se esvaiu. Ele me esperava com um belo sorriso no rosto e com um arranjo de flores na mão. Estremeci ao encará-lo. Ele balançou a cabeça cumprimentando Pati e voltou seu olhar pra mim.

— Parece que o bonitão chegou. — Ela me cutucou.

— É, parece que sim.

— Não é de surpreender, mas ele lhe trouxe flores. — Ela sorriu.

Fiquei sem reação e também lhe retribuí o sorriso.

— Acho que você deve ir.

— É. — Fiquei vermelha, lhe dei um abraço meio desajeitado ainda sentindo vergonha.

— Ei. Aproveite seu dia.

— Obrigada, amiga. Você também aproveite. Por favor, peça desculpa a Albert por ontem e diga que mandei um abraço.

— Ah, para o seu cunhadinho. Pode deixar! Mando sim. Melhor, eu dou. — Senti uma pitada de ironia. — Tome conta dela — disse com a mão chacoalhando tão alto que deu para ver a alça do seu sutiã.

Ele acenou com a mão, educado, e Pati estava de olho fixo nele.

Dez

Flores das mais belas enfeitavam minha mesa, claro que ele tinha cuidado daquele detalhe. Passaram-se dez dias e eu não conseguia fazer nada que não fosse com ele. A cada dia que passava, meu coração sentia um vazio, um vazio de saudade quando eu não o tinha por perto. John estava em Amsterdã, parece que foi fazer uma matéria sobre a cidade para a revista. Eu estava ali, sentindo falta dele. Existe a Samantha antes e depois de John, e essa depois é a que mais me agrada. Com ele não tinha tempo ruim e desde que ele viajou, eu estava sentindo um tédio. Queria ter ido com ele, ficar agarradinha, dormir deitada em seu peito e sentir o cheiro que vinha da sua pele. Ai meu Deus, era eu que já estava de quatro por ele. Balancei a cabeça e pensei que não poderia desistir do concurso. Papai jamais me perdoaria.

— Acho que vou indo, James — disse tirando ele de sua concentração extrema. — Não se importa?

— Tudo bem, pode ir. — Ele passou os olhos pelo relógio. — Já são cinco horas, nem deveria mais estar aqui, senhorita Samantha.

— Também acho. — Avermelhei. — Então, já vou indo. Até amanhã.

— Até, senhorita — disse ele no tom de puro egocentrismo, sem ao menos se dar ao trabalho de me dar um aceno. Eu nunca sabia o que esperar dele.

Vesti meu casaco e saí em direção à porta. Não havia no céu uma gota de chuva, mas o céu cinza trazia uma brisa fria, mas não chegava nem perto do frio que estava meu coração com a saudade que sentia dele.

Deixei meu pensamento voar para bem longe, em John. E de repente me senti exageradamente livre, como nunca fui a minha vida inteira. Talvez, fosse assim se minha irmã ainda estivesse aqui. Não sei, mas a falta que ela me fez mudou algumas coisas, as quais eu jurava saber, achei que saberia exatamente como seriam os meus próximos passos. Mas não tinha sido assim. Por que nunca tinha sido assim? O amor vem acompanhado de tantas outras coisas: desejo, cumplicidade, intimidade, amizade. Tantas coisas descrevem o amor. É tudo tão louco. É como se o meu corpo não mais me pertencesse. Tendo em vista meu passado romântico frustrante, nada mais me assustava. Eu sabia que ele era um homem bom, sabia que meu coração não me enganaria.

Caminhei pela rua observando as pessoas. Vi que havia tantos rostos que nos enganavam. Que havia tanta tristeza escondida atrás de cada sorriso. Por um instante em minha mente me veio Pati, sempre tão destemida. Por sua vez, vivia um faz de conta. Talvez ainda não tivesse se encontrado como achava. E talvez toda aquela armadura que ela vestia estivesse enferrujada. Só que ainda não havia percebido. Cuidou tanto tempo da minha vida, que se esqueceu da sua. Ela foi atrás de Albert, como era tinhosa, não aceitou o convite da viagem e depois ficou choramingando pelos cantos. E eu a ajudei mais uma vez, lhe enviei um torpedo o pedindo que voltasse logo ou que a levasse para junto dele, ou ela me deixaria louca. Foi exatamente o que ele fez. Àquela hora ela deveria estar deitada naquelas cadeiras longas em uma das praias de Miami, ou olhando as vitrines das lojas. Sabe que até sentia falta dela falando o tempo todo.

Eu me deitei na cama e tapei os olhos com as mãos para bloquear a claridade que ultrapassava as cortinas. Devo ter ficado ali por mais de uma hora, quando já não havia mais claridade, levantei e tirei todas as roupas sujas da mala. Pedi uma sopa e depois fechei a janela, não se ouvia nenhum barulho a não ser da minha respiração. Separei as roupas que levaria até a lavanderia na manhã seguinte. Tirei as cobertas e me estiquei na cama, só de calcinha e sutiã. O quarto estava um pouco frio, puxei o cobertor e peguei meu celular. Nenhuma mensagem dele.

Dormi um sono agitado aquela noite. Sonhei com vovó, com suas dores nas pernas, sonhei que ela estava sentada numa cadeira de balanço na varanda, balançando as pernas endurecidas do frio. Já se foram dez anos e a ausência de vovô ainda parecia uma ferida aberta no seu corpo. No seu rosto a figura triste não conseguia ser encoberta, nem mesmo com um sorriso puro. Pensei nela e o quanto eu não estivera presente nos últimos anos.

Na manhã seguinte deixei as roupas na lavandeira e fui caminhando. Fui pela rua mais florida, havia pouca gente na rua naquele horário. Uma senhora de cabelos bem brancos me cumprimentou com um gesto de cabeça. Chegando a WE eu empurrei a porta. Mas não havia ninguém lá dentro. Esperei do lado de fora até que a loira que trabalhava na recepção chegasse para abrir a porta. Ainda era cedo e por sorte James não estava na sala. Separei algumas folhas, tirei cópia das quais ia precisar e em seguida me despedi da loira, Gema, que estava usando um fone de ouvido, nem havia prestado atenção no que eu acabara de falar.

— Por favor, avise a James que estive aqui, caso ele apareça — gritei bem perto de seu ouvido. — Gema... Avise a James que estive aqui.

Aquele não era um dia bom para James, ele sempre dizia que sexta não era um dia bom. Imaginei que ele ainda estivesse em casa, dormindo com seu gato de estimação. Era a única companhia que ele tinha. Ele até que não era um homem ruim como eu pensava. Pode-se dizer que nós dois evoluímos muito nessas duas semanas juntos, ao menos era o que parecia. O fato de ele ser amigo de John ajudou muito, não que aquilo significasse que eu gostasse dele, ainda não poderia dizer que sim. Ele ainda precisaria aprender a tratar bem as pessoas, ter mais paciência e ser tolerante. Talvez simpatia não fosse seu ponto forte, precisava evoluir um pouco mais para então eu poder dizer enfim que gostava dele.

— Oi. — Ouvi aquela voz *sexy* ao atravessar a porta assim que coloquei meus pés para fora.

Eu me virei e era ele, era John. Abri um sorriso e ao mesmo tempo fiquei espantada.

— O que faz aqui? — perguntei com o coração pulando.

— Bom, eu vim ver você — respondeu num tom alegre.

Senti meu rosto pegar fogo.

— Mas não viria só no domingo?

— Na verdade sim, mas senti falta de você. — Esboçou seu lindo sorriso.

— Eu também — sussurrei, querendo pular em seu colo de tanta felicidade.

— Isso é para você — disse ele esticando sua mão com um lindo arranjo de flores.

— Sério, pra mim? — exclamei surpresa e agarrei com as duas mãos. — São lindas! Obrigado. — Nunca recebi tantas flores, quer dizer só da vovó, em meu aniversário ela sempre me trazia flores.

— Não mais lindas que você — completou.

Literalmente eu pulei em seus braços e ele me apertou contra o peito.

— Senti tanta saudade. — Ele me abraçou forte cheirando meu pescoço.

— E eu senti muito mais — respondi juntamente. O cheiro dele invadiu minha alma, deixando um rastro de felicidade. Senti alívio ao estar em seus braços e a angústia que estava sentindo havia se dissipado.

— Eu estava pensando em levá-la para almoçar ao ar livre. O que acha?

— Adoraria — respondi sem entender o que ele quis dizer com ar livre.

Ele me puxou para perto dele antes de abrir a porta do carro, me dando um beijo. Eu me derreti toda, quase que deixei as flores caírem. Ele era o tipo de homem que toda mulher sonhava.

John acenou para Gema, que agora estava de pé em frente à porta nos observando com seus os olhos negros curiosos. Depois ele seguiu para se sentar ao meu lado e lá estávamos nós de novo, juntos, dentro do seu carro, de sua confortável Mercedes. A música não era a mesma, mas era ainda melhor. Coloquei as flores em cima do banco de trás.

— Vejo que você já conhece meus gostos musicais!

— Quase nada, ainda estou tentando decifrá-la, Samantha. — Ele me olhou com o canto do olho, prestando atenção na estrada.

Fiquei tímida. Descansei a cabeça no encosto do banco. Então me veio como uma ligeira lembrança as palavras de Pati. Ele passou seu braço em torno da minha perna, estava tão elegante naquele dia. Usava um terno preto e uma camisa branca, com detalhe rosa na gola, como gostava de vê-lo vestido assim. Acho que nunca tinha conhecido um homem assim, vaidoso.

— Chegamos — disse ele parando o carro na frente de um porto, sei lá como chamar aquele lugar. Só sei que parecia mágico.

— É aqui?

— Sim, vamos almoçar no navio — respondeu ele.

— Naquele navio? — Apontei para o navio atracado.

Ele se virou pra mim.

— Tem medo de navio?

— Não... — Pisquei olhando para aquele gigantesco navio, encantada.

— Que bom, porque hoje eu vou raptar você e não sei se pretendo devolver.

Meu sorriso se abriu espontaneamente.

— É que eu nunca andei de navio. — Mordi os lábios.

— Nunca?

— Não, nunca.

— Ah, para tudo tem a primeira vez — disse ele, com a voz *sexy*. Estremeci.

Passei os olhos em mim e me lembrei da roupa que estava usando, nada que estivesse à altura dele.

— Espere — disse ele enquanto eu puxava a trava para abrir a porta.

Ele desceu do carro, veio até a minha porta e abriu me estendendo a mão. Reconheço que ele é um grande cavaleiro. Em todos os encontros, sempre gentil. Ele me puxou do banco, eu ria à toa. Ele esticou seus braços para que eu grudasse nele, me levou perto do seu peito. Por um momento permiti que meus pensamentos pousassem apenas nele. Ele me apertava tanto que sentia meus ossos estralarem.

— Vem. — John pegou minhas mãos e caminhamos por uma passagem de madeira, que me lembrava um trapiche que eu pulava na praia quando adolescente.

Paramos na frente do enorme navio. Fiquei abismada com o que via, nunca havia visto um tão de perto, chegava a ser emocionante. Era lindo, rodeado de vidro. Imaginei-me no Titanic.

Olhei para ele, ele me lançou um sorriso de arrancar suspiros. Puxou minha mão e me conduziu pela escadaria. De repente, estávamos dentro do navio e aquele suspense todo terminou. Fiquei deslumbrada com tanto luxo que meus olhos enxergavam, me sentia uma celebridade, se não fosse por um detalhe, a roupa!

— Meu Deus, como é lindo — disse olhando em toda direção.

— Também acho.

— Já esteve neste navio? — pergunto.

— Sim. Mas com alguém especial é a primeira vez.

Engoli seco.

Dois homens altos de terno branco vieram em nossa direção, deveriam ser os marinheiros. Cumprimentaram-nos e um deles entregou a John uma chave. Fiquei curiosa e mordi os lábios.

— Obrigado — ele agradeceu.

— O que é essa chave? — perguntei curiosa.

— Isso já seria revelar demais. — Ele sorriu misterioso. — Agora vem comigo. — disse, me puxando pelos braços em direção ao corredor.

De repente parou e abriu em silêncio a porta a nossa frente. Minhas pernas estavam bambas novamente, era a ansiedade que tomava conta de mim. O que será que íamos fazer ali dentro? Foi então que percebi que era um quarto.

— Samantha, eu tenho uma surpresa para você. Tomei a liberdade de providenciar uma roupa para que usasse hoje. Como já deve ter percebido, sou um homem que gosta de fazer surpresas. — Ele sorriu. — Então, se quiser provar o vestido e os sapatos que comprei para você. — Ele apontou em direção ao banheiro.

Franzi a testa, fiquei pasma com o que ouvia, ele havia pensado absolutamente em tudo.

— Você comprou um vestido?

— Ah, hoje é um dia especial. Sabia que não estaria preparada, então comprei. Pensei que ficaria feliz.

— Não... Quer dizer, eu estou feliz. Mas sei lá, você me traz aqui, compra uma roupa sem me dizer nada. Me pegou de surpresa, não sei se me sinto à vontade com isso. — Tentei parecer desinteressada, quando na verdade estava me roendo por dentro, querendo provar logo o tal vestido.

— Não gosta de surpresas?

— Eu gosto... Mas é que às vezes você é tão misterioso que chega a me dar medo.

— Eu, misterioso? — ele falou dando uma risada. — Medo? Por quê? Não quero que sinta medo. — Ele virou a cabeça para a varanda, olhando longe, como se buscasse palavras. — Eu a trouxe aqui para ficarmos juntos, esses dois dias que fiquei longe senti demais a sua falta, Samantha — advertiu ele. — Não quero mais sentir isso, quero ter você todos os dias.

— Sei disso. Eu também quero.

Levantei a sobrancelha, olhei em direção ao banheiro.

— Então vamos aproveitar esse dia. Vai lá provar o vestido — murmurou e começou a beijar meu pescoço, seguindo até minha boca. — Se não servir, culpe Pati. Foi ela que escolheu — finalizou.

Franzi o cenho e senti meu rosto corar, fiquei nervosa só de imaginar os dois juntos.

— Ela escolheu? Quer dizer, que ela esteve com você?

— Sim. Ela que escolheu, e não, não esteve comigo. Está com ciúmes da sua amiga?

— Não... — neguei mexendo a cabeça, franzindo a testa de raiva. — Claro que não!

— Tudo bem, por um segundo me pareceu que ficou incomodada. Ela passou na loja e reservou para mim, apenas isso. E hoje antes de ir encontrar você, passei e peguei. Fiz mal pedindo para ela? — Ele ergueu a sobrancelha.

— Não! — assegurei. — É claro que não. — Não queria que passasse em sua cabeça nem por um minuto que eu poderia vir a ter ciúmes de Pati, de fato eu não estava. — Eu adorei a surpresa. — Passei minha mão por seu rosto. — Desculpe meu jeito, vou provar. — Dei um beijo estalado em seus lábios desfazendo aquela tensão.

Ele veio atrás de mim, enganchou sua cabeça junto ao meu pescoço agarrando minha cintura, aspirando o ar que vinha do meu cabelo.

— Samantha, quero que se sinta feliz comigo como eu me sinto com você. — disse ele.

— Eu fico feliz. Gostei de verdade, gostei da surpresa. — Tentei consertar a burrada. — É que Pati é meio metida às vezes. E também é muita coisa boa acontecendo comigo. Não sei se mereço tanto.

Ergui o olhar para ele e o dele encontrou o meu.

— Pode ter certeza de que merece. Merece muito. — Percebi que ele sorria de novo.

Quando vi o vestido tive vontade de gritar de tanta alegria, pois ele era simplesmente deslumbrante. Cheguei perto e passei minha mão pelo vestido de seda, macio e cheiroso. Aquele cheirinho de roupa nova. Não sei o que passam para ter este cheiro, mas sei que é muito bom. Virei e vi o decote bem cavado nas costas. Nossa… Era vermelho com uma etiqueta enorme escrito Chanel. Fiquei boquiaberta quando vi aquela etiqueta. Não tenho uma peça tão cavada em meu guarda-roupa e menos ainda sendo um Chanel, aquela seria a primeira e talvez a única. Não que decote não me agradasse, mas não sei por que eu nunca havia comprado nada parecido. Putz, eu sou uma tremenda mulher de sorte. Um homem lindo, gostoso, romântico e com bom gosto. O que mais uma mulher poderia querer? — Logo pensei em Pati, me lembrei de que ela havia ajudado na escolha, com certeza já pensando em pedir emprestado depois.

De repente ele bateu na porta interrompendo meus delírios.

— Ei… Está tudo certo aí dentro?

— Sim, estou quase pronta — respondi.

Não consegui fechar o vestido, me virei para o espelho tentando enxergar o fecho, mas era inútil! Senti que precisava retocar o batom vermelho. Só que minha bolsa estava no carro. Olhei ao redor e vi uma caixa cheia de maquiagem. Aí sim que enlouqueci. Nossa… Ele pensou em tudo. Será mesmo que isso tudo era pra mim? Mordi os lábios, levei as duas mãos até a boca, fazendo aquela carinha de felicidade. Olhei mais de perto e vi que realmente precisava de um retoque, então prendi o cabelo num coque, passei uma água no rosto e agora sim me sentei. Tentando descobrir qual daquelas maquiagens todas seria própria para aquele vestido. Li a embalagem até achar a base. Então com um pincel, espalhei-a no rosto que ia ganhando uma cor diferente. E gostava do que via, continuei com a sombra, clarinha, por fim apliquei aquela máscara poderosa nos cílios. Finalizei com um batom vermelho, bem mais vermelho do que costumo usar. É isso aí, garota, você está elegante. "Deixou de ser careta", disse meu subconsciente. Finalmente calcei os sapatos e abri a porta fazendo aquele suspense.

Por um segundo ele me olhou como se eu fosse a mulher mais linda do mundo. Segui dando passos pequenos até chegar a ele.

— Ficou perfeito. — Minha voz saiu sussurrada.

— Eu sabia que ficaria perfeito em você. Sabia que não teria erro, você está desenhada em minha mente.

Senti meu rosto novamente corar, devia estar vermelha como a cor do meu batom.

— Pode fechar pra mim? — pedi, virando de costas.

Ele me surpreendeu dando um beijo em minha nuca. Subiu o zíper bem devagar, puxou a caneta que estava enrolada no meu cabelo, deixando-os soltos.

— Pronto — disse, me girando para ele e me tascou um beijo suave. — Gosto de ver suas bochechas rosadas, parece uma menina.

— Só pareço, não é?

— Bem, você é uma menina! — Ri de ver que os lábios dele estavam rosa, manchado do meu batom. Limpei, com meus dedos gelados. Ele olhou pra mim, se divertindo com meu sorriso tímido. Será que devia comentar sobre as maquiagens? Achei que não tinha percebido que havia usado!

— Vamos — disse ele, esticando seus braços para mim como um cavaleiro. — A propósito, a maquiagem deu um brilho a mais em sua beleza.

— Percebeu?

— Não era para eu perceber?

— Não, quer dizer… Era, mas é que usei e nem sabia de quem eram. Mas foi tentador vê-las ali, implorando para que eu as usasse.

— Se estavam lá é por que eram para você. — Fiquei sem palavras. — E não pense que não gosto de você sem maquiagem. Mas hoje queria você ainda mais linda.

— Eu fico até sem graça.

— Mas não é para ficar. Só quis que estivesse ainda mais linda, se é que isso é possível.

Enrolei meus cabelos na mão.

— Não prenda — disse ele tirando minhas mãos do meu cabelo. — Deixe solto, vai por mim.

—Tudo bem, eu deixo. — Dei uma piscadinha me soltando.

Parecia que estávamos vivendo um conto de fadas e eu estava gostando tanto que tinha medo de acordar de repente. Ele pegou minha mão e nós saímos. Seguimos pelo imenso salão, cumprimentamos um casal, que acredito serem amigos dele. Uma loira bonita beijou sua bochecha com tanta intimidade, que me causou certo incômodo. Talvez eu estivesse sentindo ciúmes. O moreno alto que se chamava Alex me deu dois beijos na face mantendo-se discreto e educado. Não gostei dela, era bonita, alta e magra, até magra além do que julgo bonito, devia ser uma das modelos que ele fotografava. De repente o som do violino ao fundo tocando chamou minha atenção.

— Por aqui, senhor — disse o mesmo homem de terno branco.

E lá fomos nós, como diria mamãe, "vai e arrasa". Então, caminhei como se estivesse desfilando, aquele belo vestido permitia que eu me sentisse assim. Uma deusa! Sentamos em uma mesa discreta na área da piscina, serviram-nos um drinque com pimenta. Fiquei com medo de experimentar, não gosto de pimenta, mas, John garantiu que era bom, disse que devia provar que não me arrependeria, então provei. Realmente eu nunca havia bebido nada igual e depois do primeiro gole eu bebi mais dois copos. Por todo tempo ele permanecia segurando minha mão, seus dedos longos encaixavam-se nos meus. Naquele momento lembrei-me do que mamãe me disse certo dia, que quando duas mãos se encaixam é porque encontramos nossa alma gêmea. Ela sempre me dizia que existia nossa alma gêmea e que essas duas mãos estariam acorrentadas a viver juntas por toda vida. Nunca pensei desta forma, mas os últimos acontecimentos haviam mudado minha maneira de pensar. Segurei uma lágrima que vinha tentando cair. Respirei fundo, o ar estava agradável e o vento que soprava em meu cabelo, assoviava. O navio percorria pelo Rio Sena, lentamente, como nos contos de fadas, sentia uma felicidade eterna.

— Que paisagem mais linda — disse, com um sorriso de orelha a orelha. Aquilo tudo era incrivelmente a coisa mais divina que eu já tinha visto.

— Então você ainda não viu nada — disse cheio de mistérios.

— Senhoras e senhores — o comandante do navio, vestido de marinheiro, nos interrompeu. — Agora estamos passando em frente à Torre Eiffel, queiram admirar essa bela escultura que é o cartão postal da cidade — disse o comandante. — Espero que tenham um lindo passeio e aproveitem nossos serviços de bordo.

Ele segurou minha mão e seguimos até a beira do navio para ver a torre mais de perto. A paisagem era deslumbrante. Senti uma vontade de subir até lá, parecia tão misteriosa. É o marco da linda Paris e o símbolo da França.

Aquela brisa suave do vento balançando meu cabelo me dava a sensação de liberdade. Sabe quando o ar que entra limpando sua alma? Era bem assim que eu me sentia. O navio foi parando e o capitão avisou o tempo que permaneceria parado. A primeira parada era na Catedral de Notre-Dame.

— Quer desbravar Paris? — perguntou ele, apertando de leve minha mão.

— Ai, gostaria muito, claro, se você também quiser.

— Eu quero, claro que quero, foi para isso que a trouxe — disse sem tirar seus olhos de mim.

— Senhoras e senhores, por favor, não se esqueçam do horário que o navio sairá — por fim finalizou o comandante.

Na minha frente vi a imagem mais fascinante e magnífica. Tirei fotos da fachada gótica da Catedral de Notre-Dame e do imenso relógio, que paira no esplêndido Museu de Orsay, é uma antiga estação de trem de Paris que foi transformada em museu. Fiquei muito encantada com a construção. Ao entrar me apaixonei ainda mais com as esculturas, as obras de artes que via. John me explicou a história do museu.

— Este era um prédio por onde passava a estação de trem, os trens eram elétricos, por isso puderam construir esse teto de vidro, não tinha impacto — falava com propriedade. — Mas com o passar do tempo apenas circulava por aqui os trens suburbanos, o que fez com que o lugar fosse se perdendo. Então, depois de muito discutirem sobre o que seria este local, decidiram criar o museu. É um monumento histórico e fica bem pertinho do Louvre, aonde iremos também.

— Estou na mão de um bom guia turístico.

— Diria que o melhor — ele disse com um ar sutil, mas brincando, é claro.

O museu era imenso, não conseguimos ir a todas as galerias, se não perderíamos o dia ali. Então estivemos onde ficavam as esculturas e depois fomos até a galeria das pinturas. Que para mim foi a mais impressionante. Pena que não pudemos tirar nenhuma fotografia, não era permitido, apenas o relógio que fica do lado de fora podia se fotografar.

Da mesma forma ficamos pouco tempo no museu do Louvre, vimos as estátuas gregas e romanas depois passamos pelas estátuas egípcias e terminamos na Mona Lisa, o que de fato me chamou mais atenção, e com certeza eu jamais esqueceria tudo que meus olhos estavam vendo naquele dia.

Quando voltamos em direção à catedral, observei os parisienses que perambulavam pelas ruas, sentamos no primeiro bar e bebericamos uma taça de vinho e estava terminando nosso honroso passeio. Já passavam das três horas da tarde e eu ainda nem havia almoçado. Mas estava sem fome, tínhamos beliscado uns aperitivos no barco. O que eu levaria daquele passeio... é que não importava a época do ano ou a hora do dia, sempre era uma boa hora para se visitar Paris.

John começou a disparar *flashes* em minha direção.

Meu sorriso se abria com tanta facilidade.

— Excelente. Agora tenho o que queria, uma foto sua de verdade. Vou mandar emoldurar e colocar em minha cabeceira. — disse sorridente.

Fiquei vermelha., percebi que ele tinha uma paixão por fotografia, é como se tivesse conectado com tudo ao seu redor. Eu me lembrei das palavras de Pati "Ele gosta de você". Quando me dei conta, estava rindo para ele feito criança quando ganha um doce. Quando ele voltou seu olhar no meu, fiquei tímida.

— Vem, minha linda. — Ele esticou suas mãos me chamando, pendurando a câmera no pescoço.

Tudo era tão luxuoso que mal consigo descrever. Estávamos andando em direção à catedral, passamos por uma pequena praça, um tanto convidativa e ele pediu para que eu fizesse uma pose. Fiquei sem jeito, tímida.

— O que estava achando? — ele perguntou, entusiasmado.

— Nossa, estou adorando. É tudo tão bonito. Como se cada construção fosse um pedacinho de Paris.

— E é. Por trás de tudo tem uma história.

Continuamos caminhando.

— Você é a mulher mais linda — ele sempre dizia isso, com ternura, me abraçando no meio da rua. Seu cheiro já me era familiar.

— Você também é um homem muito bonito, John.

— Não! Eu não sou.

Putz, e agora o que eu falaria? Entreguei todo o jogo, dizendo que o achava o cara mais lindo do planeta, parecia um pouco exagerado, não é? Mas eu achava… Achava-o mais lindo.

— Sabe que é bonito. Deve ter tido muitas mulheres que já lhe disseram isso.

— Acredite, Samantha, não tive.

— Pensei que fosse o tipo conquistador — falei naturalmente.

— Esquisito você pensar isso — disse ele fazendo uma ligeira pausa. — Eu não sou o tipo conquistador! — afirmou.

— Sabemos que os homens são conquistadores.

— Não… Vocês mulheres dizem que somos. Isso não quer dizer que somos.

Ele moveu seus longos dedos, mexendo no cabelo, que teimava em ficar sobre seu olho, com o sopro do vento.

— Ok. Vamos deixar a parte da conquista de lado. Posso fazer uma pergunta?

— O que quer perguntar?

— Mas aqui no meio da rua?

Ele me puxou para o banco bem atrás de nós, me colocando sobre seu colo. E minha primeira pergunta foi:

— Você já foi casado?

— Não.

— Tem filhos? — Precisava saber se tinha filhos. A maioria dos homens na idade dele tinha filhos, eu que era a estranha sem marido e sem filhos.

— É… — Seus olhos encheram de brilho. — Não!

— Mas já namorou?

— Está na terceira pergunta — disse ele cauteloso.

— Desculpa, me empolguei.

— Não tem problema. Vamos lá, pode continuar.

— Então, namorou?

— Sim, também quer saber com quantas? — Senti um pouco de incômodo na sua voz.

— É, seria bom.

— Tive quatro namoradas e algumas foram apenas um caso e nada mais.

Ergui a sobrancelha diante daquela confissão. Eu poderia considerar namoro o que eu cheguei mais perto disso apenas uma vez, e ele quatro e vários casos. — Engoli seco, lógico que não esperava ser a única, mas a terceira quem sabe.

— Com alguma delas pensou em casar?

— Sim, eu pensei. — Ele foi direto.

Meu coração palpitou, eu e minha curiosidade idiota. Por que estava querendo saber disso tudo? Já estava ficando com raiva dessas ex-namoradas.

— Por que ficou calada? Falei algo que não gostou?

— Não... Não que eu lembre.

— Samantha, tem certeza que quer saber do meu passado? Eu devo alertá-la que não me orgulho dele.

Dei de ombros.

— Quero conhecer você. Saber seu passado é o primeiro passo.

— Acha mesmo que seja necessário?

— Não. Mas você disse que eu poderia perguntar.

— E pode. Só não entendo por quê.

Encarei seus lindos olhos azuis.

— Acho que para um relacionamento começar bem, devemos saber onde estamos pisando. É o tipo meu passado não me condena, sabe — brinquei. — Mas se não quiser falar, não precisa, pulamos essa parte.

— Continue — disse firme.

— Com qual pensou em casar? — Sou teimosa e bem curiosa.

— Com Sara, minha última namorada. — Ele respirou fundo. — Ela ficou grávida. — Sua expressão mudou bruscamente. — Chegamos a morar juntos por quase um ano. Tivemos um bebê que nasceu e logo depois morreu. — disse ele, enchendo seu pulmão de ar e naquele instante eu senti muita pena dele, a fisionomia do seu rosto mudou tão bruscamente, uma queda de alegria para um grande abismo. — Então não tinha mais nada que segurasse nossa relação e foi aí que entendi que não era ela. — Ele ficou em silêncio, eu respeitei e esperei ele se recompor. — Não era com ela que eu queria passar o resto da minha vida. Não depois de tudo — finalizou.

Aquilo foi como se uma faca entrasse em meu coração. Não sabia de que forma deveria conduzir aquela conversa.

— Então teve um filho. Ele morreu? Como isso aconteceu? — Fiz aquela pergunta com calma pegando em sua mão, apertando como se ele pudesse sentir meus sentimentos.

— Ah, foram tantas coisas juntas. — Seus olhos azuis estavam brilhando, não de alegria, mas cheio de lágrimas prontas para caírem. — Ela bebia, fumava... Chegou a usar drogas. Ele nasceu com Down e com problema no coração, eu sabia que a qualquer momento eu ia perdê-lo.

— Poxa, que triste. Desculpe, sinto muito. — Não queria ter causado aquela dor nele. Eu e minha patética curiosidade.

— Não se preocupe. Já o enterrei dentro do meu coração.

— Como se chamava?

— Bernard, o nome do meu avô. — Sua voz fica sufocada.

Abracei ele, tentando confortar aquela tristeza que causei.

— Ai, desculpe, John — murmurei bem baixinho. — Eu não queria trazer essas lembranças tristes. Me perdoe!

— Samantha, eu só havia chorado no dia em que minha mãe morreu. Até o dia em que tive meu filho em meus braços. — Ele desabou em lágrimas.

Naquele momento estávamos sentados em um pequeno banquinho de madeira, à beira do rio. Minha reação foi deitá-lo em meu colo, tentando ampará-lo, afinal, eu havia causado toda aquela tristeza. Queria arrancar toda sua dor, mesmo sabendo que o tipo de dor que ele sentia não poderia ser arrancada dele, eu queria arrancá-la. No entanto, continuei ali, firme, tentando parecer sua fortaleza.

— Eu estou aqui. Não fique assim, por favor, Deus sabe o que faz. — Tentei consolá-lo.

— Sabe de uma coisa — disse ele em lágrimas. — Isso tudo me fez não querer mais viver. Mas depois que te conheci, eu aprendi a valorizar muita coisa em minha vida. Eu tive que perder algo que amei muito, para olhar para dentro de mim. — Sua feição me causava piedade. — Essa perda tão cruel me deixou grandes marcas. Talvez, tão profundas, que nunca irão cicatrizar.

Ele se encolheu e naquele instante em que o vi assim tão vulnerável, senti como se nós nos pertencêssemos, pois eu também me sentia assim. Deixei que ele chorasse, que jogasse fora toda aquela angústia que sentia. Fiquei quietinha, ali abraçada a ele, esperando que ele voltasse a falar. Uma mistura de alegria e tristeza pairava no ar. Estava feliz por estar ali com ele e ao mesmo tempo sentia certa tristeza por ter trazido as lembranças de seu passado nada alegre.

— Temos que voltar pro navio — disse, secando as lágrimas, erguendo a cabeça, tentando esconder a tristeza.

Concordei, assentindo com a cabeça.

Dei adeus àquele lugar como se nunca mais fosse voltar. Lugares inesquecíveis assim, você costuma passar uma vez só na vida.

— Você quer ficar comigo esta noite? — Vi que voltou a sorrir. — Fica comigo o resto da vida?

Fiquei perplexa com aquele pedido.

— Não tenho muito dinheiro, mas o que basta para eu viver longos anos com você — acrescentou.

— Que planos teria para gente, hoje? — perguntei tão rapidamente, mostrando minha ansiedade, que nem deu tempo de parecer natural.

— Pensei em ficar no navio até o jantar, depois podíamos dormir juntos, no hotel. Ou até em outro, se quiser, é claro.

Sua expressão era de desespero, como se implorasse para que eu não o deixasse só. Isso me afligiu. Eu quis saber os planos que ele teria para o nosso futuro. Porém, não fiz mais perguntas.

— Posso até ficar, mas amanhã tenho que estar cedo no ateliê. — E eu tinha mesmo.

— Que bom!

Voltamos para o navio. Ele parecia um tanto chateado.

— Acho que quando estamos juntos, o tempo voa — disse ele.

Olhei para o céu e vi que a noite começava a cair. Então entendi o que ele quis dizer, estava quase na hora de voltar.

Ele se virou pra mim, ficou me olhando com atenção. — Vai ser difícil um dia ter que deixá-la ir.

— Não precisa deixar. —Entreguei meu desejo de ficar com ele. Queria ficar com ele aquela noite e todas as outras. Sem parecer que estava conquistada. Quer saber?! Que se dane o depois.

— Hum... Tudo que eu queria ouvir era isso. — Ele me beijou, mordendo meus lábios. Isso me enlouqueceu de um jeito que desconhecia.

Naquele momento esqueci todo meu compromisso com o dia seguinte e jurei que passaria a noite com ele.

— Aceitam uma bebida? — disse o garçom que passava por nós a cada dez minutos com a bandeja cheia de copos e garrafas.

Aceitei a bebida, não que quisesse me embriagar, mas confesso que um copo talvez me desse um pouco de coragem. Como diria Pati, eu fico alegrinha.

— Obrigado — disse ele pegando uma também. — É uísque que pegou, você sabia?

Embora não soubesse, franzi a testa. — Qual problema?

— Nenhum problema. É que é uma bebida forte para você — disse com um tom preocupado.

— Tudo bem, já fiz isso antes. — Minha memória que nunca falhava em me lembrar da vergonha que passei da última vez que bebi. Então deixei o copo de lado, mas sem que ele percebesse. Dei uns goles, quase não engolindo nada, até o momento de largar o copo de vez.

Não sabia onde exatamente estávamos, sabia que bem distante do ponto de partida. O rio Sena desemboca no mar. E olhando ali de cima, era muito mais bonito do que eu poderia imaginar. Ele tirou mais fotos, só que dessa vez eram nossas. Ele acenou com a mão direita, no intuito de chamar o garçom, pediu para que tirasse uma foto de nós dois e ele me puxou para sua frente fazendo tipo uma concha. Abraçou-me apertado, aconchegou seu rosto sobre meu ombro e paralisamos por um segundo para que a foto fosse tirada.

— Aqui está, senhor — disse entregando a câmera.

— Obrigado — agradeceu com um sorriso.

Ele virou a câmera para nós e mostrou a foto. Parecia que fomos feitos sob medida, um para o outro. A foto entregou toda a minha felicidade, o sorriso preenchia quase todo meu rosto. Como ele podia ficar ainda mais bonito? E eu fiquei terrível com meu cabelo esvoaçante.

— Você ficou linda — disse ele. — Um casal perfeito, não concorda?

— Gostei do casal perfeito — concordei. — Preciso usar o banheiro.

— Você sabe onde fica?

— Vou naquele da cabine mesmo. — Ele estica a mão, entregando a chave.

Lá fui eu caminhando pelo vasto corredor até que ele desaparecesse da minha vista. Rememorei a confissão dele, ele tivera um filho. Entrei no quarto, jogando os sapatos que estavam esmagando meus dedinhos, fui correndo para o banheiro. Estava com a bexiga gritando. Esvaziei e fiz aquela cara de aliviada. Ai, como é bom fazer xixi. Quando olhei no espelho, não havia do que reclamar. Minha pele estava um pêssego, os cabelos, bagunçados. Pensei em prender, mas logo me lembrei do seu pedido "Deixe solto". Lavei as mãos, retoquei meu batom, fazendo o contorno da boca bem vermelho. Ao fechar a porta atrás de mim, ouvi risos. Quando me virei, era um casal de velhinhos que me cumprimentou gentilmente. E naquele momento senti saudades de casa. Deixei que as lembranças viessem e então veio vovô e vovó, como nos velhos tempos. Sacudi a cabeça como se quisesse sair daquele meu devaneio. Quando avistei John, notei que não estava sozinho. Senti aquele frio na barriga, meu coração começou a palpitar. Parecia ser aquela loira que cumprimentamos ao chegar. Chegando mais perto, confirmei, era ela. Corei. Mas vamos lá, Samantha, controle seu instinto selvagem.

— Tudo bem por aqui? — perguntei com certa ironia.

— Está. — A resposta dela foi curta.

John passou sua mão ao redor de minha cintura, me puxando para perto dele. Ela sorriu com certo desdém e ficou desconfortável com o clima que criei. Passou em minha cabeça o fato de ele ser fotógrafo, já devia ter tirado fotos dela, ou até, quem sabe, ter tido um caso com ela. Sim porque ela era uma mulher e tanto, isso eu não podia negar. Com tantas suposições, aumentou meu desespero. Por que ficava insegura com uma mulher perto dele?

— Essa é Rebeca — disse ele tentando tornar aquilo natural. — Pelo pouco tempo que me conhece, deve ter sentido que não fiquei confortável.

— Já nos apresentamos antes — disse secamente.

— É verdade, quando vocês chegaram, John — ela falou sorridente. Diria que ela debochava de mim. — Lindo seu vestido. — Ela parecia querer mesmo me cutucar.

— Obrigado. — Apertei forte meus dentes. Retribuí sua ousadia de me reparar dos pés à cabeça, ela não ficava muito atrás, vestia um belo vestido branco de seda, com um decote um tanto ousado que ia até a altura do umbigo. — Vejo que é observadora — disse mostrando simpatia, fechando em seguida os botões do casaco.

Ela deu um gole na bebida que tinha em seu copo. E me olhou novamente dos pés à cabeça. Devia estar sentindo inveja por eu estar com ele, talvez quisesse estar no meu lugar, vi a cara que fez quando olhou para ele.

— Um vestido desse chama a atenção. — Engoli a saliva. Como ela era intrometida, audaciosa, impetuosa, era uma vaca. — Devo admitir, você tem bom gosto, Samantha — ela disse me olhando dos pés à cabeça, depois voltou sua atenção para John.

— Retribua isso a John, foi presente dele. —Agora sim eu que estava debochando.

— Hum... — Ela deu um gole na bebida, mas demonstrou indiferença no que eu acabei de falar. — Bom, eu vou deixar o casal a sós, mas estarei aqui do ladinho. — Ela piscou várias vezes. — Se quiserem se juntar a nós, será um prazer, John. — Putz, que desgraçada, o convite foi para ele, não para mim. Mas fiquei quieta, com a cabeça erguida, a encarando, mas quieta.

— Obrigado, Rebeca, já temos uma mesa. — Ele esticou o braço apontado em direção à mesa. Virou de costas para ela, que saiu rebolando em seguida.

Minha voz parecia estar suave, mas meu coração estava gritando. Queria sair correndo dali.

— Amor, percebeu que ficou nervosa? — ele falou com voz suave e me entregou uma taça com champanhe, dei um gole, estava bem gelado.

— Nervosa? Eu... Imagina! Eu, nervosa. Por que ficaria? — Estava meio tonta, era o efeito do álcool.

— Também acho que não tem motivos. É apenas uma amiga e nada mais. — Negou com cabeça.

Como poderia dizer para ele que para ela não era só amizade? Nós, mulheres, sabemos quando a outra está desejando nosso homem. Coisa que só mulher vê! E eu tenho um faro bem aguçado.

— Já me disse isso. — Bebi outro gole do champanhe.

— Então não fique assim. — Ele me segurou pelo queixo, beijando a ponta do meu nariz. — Seu rosto está um pouco pálido. Quer sentar?

Balancei a cabeça concordando. Aquela mulher sacolejava meu subconsciente, não parecia nada com aquela mulher que Pati descrevera.

A escuridão da noite já havia tomado conta de todo o navio. Ele planejou tudo detalhadamente. Agora na mesa havia velas acesas. Então realmente me senti em um conto de fadas, jantar à luz de velas, no rio Sena. Será que poderia existir algo mais romântico? Fiquei deslumbrada com a paisagem. Paris toda iluminada, a linda Paris.

Vi que Rebeca não tirava os olhos dele e continuava bebendo, enchendo um copo atrás do outro.

— Bem, você disse que gostava de lagosta, então pedi. Daqui a pouco devem estar servindo.

— Não estou com tanta fome. — Perdi o apetite depois daquela cena com Rebeca.

— Ah, mais vai me acompanhar. — Ele levantou e colocou sua cadeira encostada na minha. — Prefiro ficar assim, agarradinho com você — disse me beijando a bochecha.

Ele pegou uma taça, encheu a minha e a dele de champanhe e bateu as taças. Acho que foi um gesto de brindar a nós.

— Samantha, saiba que você está num grau elevado em minhas escolhas. Não precisa ficar insegura quando uma mulher se aproximar de mim.

— Eu não fiquei. — Droga, ele percebeu que fiquei enciumada. Droga, droga, Samantha!

— Tudo bem se não ficou. Assim é melhor, mas preciso que saiba disso. — Seus olhos brilhavam. — É importante você saber que eu amo você… É. Eu amo! Não trocaria você por nada. Entendeu, amor? Nada, me agradaria mais nesta vida do que simplesmente ter você ao meu lado.

Putz, isso é avassalador. Como esse homem pode me amar tanto assim? Ele me conhecia há tão pouco tempo. E eu, o que dizer? Era recíproco, mas não queria entregar tudo assim. Não sem ter certeza desse amor que ele dizia sentir, vai que é platônico. É estranho alguém como ele me amar assim, mas ele parecia tão verdadeiro que sentia vontade de me entregar. Quer dizer, já estava entregue. O que mais precisava entregar?

Deitei minha cabeça sobre seu ombro, ele me acariciou a orelha. Permaneci em silêncio, não tinha as palavras certas. Nem sei se existem palavras certas para serem ditas.

— Não estou só fazendo uma confissão de amor. — Ele me entregou uma caixa vermelha. E aí sim, naquele momento minhas pernas ficaram bambas. A caixa era aveludada, no formato de coração. Imaginei uma joia. Fiquei completamente desconcertada com o que vi ao abrir.

— É um anel? — Não queria acreditar no que supunha que fosse.

— Não é apenas um anel. É um anel que vem com um pedido.

— Que pedido? — Senti meu rosto corar, fiquei tão quente que a ponta do meu nariz parecia ferver. Devia estar da cor de um morango.

— Casa comigo?

Ele levantou, estendendo sua mão em minha direção, tirando o anel da caixa. Sinto que não vou aguentar de tanta emoção. Olhei discretamente ao redor e vi que todos, exatamente todos, pararam de conversar e ficaram nos olhando, na expectativa do que estava para acontecer.

— Você quer casar comigo, senhorita Samantha?

Deixei lágrimas escorrerem em minha face, lágrimas de felicidade, de emoção. Sou uma manteiga derretida e este gesto me emocionou. Mordi os lábios, e as lágrimas continuaram a descer. Ele ficou parado em minha frente, naquela posição com o anel na mão. E agora? O que faria? Mal começamos a namorar e já me pedia em casamento. Era loucura total! Será que queria mesmo que eu fosse sua esposa? E se eu aceitasse? Ele ia morar comigo em Gramado? Será que queria conhecer meus pais? Todas dúvidas possíveis passaram em minha cabeça e ele esperando uma resposta, que certamente não o envergonhasse diante de tanta gente. Mas seu eu dissesse sim, e dali a alguns dias ele terminasse tudo? Como eu ficaria? Mas a ideia de não estar com ele me convencia a aceitar.

— O que eu posso dizer? Acho que sim, John... É, sim! — respondi totalmente fora de mim. Não conseguia saborear aquele momento. Ele colocou o anel no meu dedo direito, mas não era apenas um anel, era algo mais forte que isso, era uma relação que estávamos assumindo, selando um compromisso.

O quê? Vou casar? Que loucura foi essa, garota? A mulher insegura que Henry havia abandonado me encarava cheia de dúvidas. Loucura? Talvez a melhor de todas que já vivi. Não entendi a rapidez com que isso aconteceu. Nem mesmo fazia questão de entender. Não importava o tempo que nós nos conhecemos, o que importava era o que sentia. Ele beijou minha mão, levantei e o abracei demoradamente. Eu me estiquei, o encarando e voltei a lhe beijar, tão apaixonada que não estava reconhecendo a mulher que havia tomado conta do meu corpo e da minha alma. Abri um largo sorriso que preencheu meu rosto inteiro. Nossa reação era idêntica. Demos as mãos e sentamos juntos, muito próximos, quase que colados.

Ele parecia aliviado.

— Sei que parece loucura, porque tudo está acontecendo rápido. Não estranhe. quando se tem certeza do que se quer, devemos lutar por isso.

Nossa... será que além de inteligente, ele lia pensamentos?

— Pensei que íamos namorar por longos anos — questionei.

— Podemos namorar por longos anos, mas estando casados.

O garçom interrompeu nossa conversa, trazendo os pratos que John havia pedido. Ele fez uma cara de paisagem, mas acho que não gostou muito de ter sido interrompido. Sendo educado, ele agradeceu e pediu outra garrafa de champanhe.

As lagostas eram tão grandes que ocupavam quase a mesa inteira. Ele pareceu não levar muito jeito com elas. Meu sorriso escapou.

— Do que está rindo? — disse ele desajeitado.

— Acho que elas não estão obedecendo você.

— Sabe comer isso?

— Ué, sei...

— Ah, então, por favor, me ensine.

— Nunca comeu lagosta?

— Confesso que nunca!

— E por que pediu?

— Por que disse que gosta.

Voltei a sorrir.

— Eu não sigo as instruções corretas de como segurar. Gosto de pegar com as mãos. — Ele franziu a sobrancelha. — Nada elegante, não é?

Deu de ombros. Ele passou a mão no cabelo, jogando todo seu charme.

— Esquece os talheres. Era o que eu pretendia fazer, comer com as mãos. — Ele fez exatamente igual.

— Com licença, senhor — disse o garçom. Colocando a garrafa de champanhe no balde, depois de encher nossas taças. Ele nos olhou espantado, devia ser por ter nos pegado no flagra, com a mão na lagosta. Rimos

Nem havia percebido que Rebeca nos fitava constantemente, ela estava com o celular na mão e parecia estar enfurecida. Por dentro eu estava rindo de felicidade, ela assistiu ao pedido de casamento e sua expressão não foi nada alegre. Fui tomada por um sentimento de competição, me sentindo vitoriosa. Que tolice! Não era esse o sentimento que devia ter. Ele não teria feito o pedido se tivesse algo com ela, não, ele nunca teve!

— Quer sobremesa?

Eu me lembrei do nosso primeiro encontro, da promessa de largar os doces, via que ainda não tínhamos nos livrado de nenhum de nossos vícios.

— Estou com a barriga explodindo. Nem pensar — recusei, que milagre.

— Então vem cá. — Ele limpou os dedos no guardanapo, esticou aqueles braços compridos, esperando que eu o alcançasse.

Pegamos apenas as taças e seguimos em direção a um divã, que ficava rodeado de coqueiros plantados em vasos quadrados brancos. Deitamo-nos ali, sobre a luz da lua, que proporcionava um clima mais romântico.

— Durante algum tempo, eu cheguei a pensar que não encontraria mais você — revelou ele tão passível.

Ergui as sobrancelhas para ele.

— Procurou por mim?

— A vida inteira! — Ele estava olhando para o céu, parecia estar perdido em seus pensamentos. — Eu lhe procurei a vida inteira. Cheguei a pensar que não viria para Paris.

— Sabia desde quando que eu havia sido selecionada?

— Ah, não lembro exatamente. Mas foi bem no dia que James a selecionou, porque lembro que ele me ligou, dizendo que minha namoradinha tinha sido escolhida.

— Namoradinha?

— É o jeito que ele tem de falar.

— Acho que ele não gosta muito de mim.

— Por que não gostaria?

— Ele está sempre carrancudo.

— Está enganada a respeito dele. Ele é um grande cara. Você terá chance de conhecê-lo melhor.

— Não sei se é uma boa ideia. Não quero misturar as coisas.

— Acredite, meu amor. Ele tem um bom coração.

— Será mesmo que estou enganada?

— Certeza que sim! Já estou há oito anos trabalhando com ele e talvez eu esteja diante da nova estilista da WE — falou me felicitando. — De todas as candidatas, você é a mais intensa. E é isso que ele gosta — ele disse colocando para trás do meu ombro os fios que teimavam em cair sobre meu rosto. — Você coloca alma no que faz.

Alma? Ninguém tinha me dito isso.

— Acha mesmo que posso vencer? — perguntei um tanto entusiasmada.

— Você tá perguntando isso ao seu futuro marido. Eu não diria o contrário. Mas como profissional, eu acho!

Nossa! Aquilo me fez trancar a respiração. Ele ia ser meu marido.

Talvez ele já soubesse do resultado, mas não quis confirmar. Ou não podia revelar, pois seria falta de ética dele.

— Não é simplesmente vencer, é um longo trabalho que terá pela frente. — Ele ficou sério.

— Eu não sei se vencer me importa tanto. Só de ter vindo a Paris já valeu pra mim. Estou ganhando experiência e conhecimento. Isso ninguém poderá tirar de mim. Vou levar para vida. — Nossa, estava tendo o prazer de conhecer tanta gente da alta classe, dessas que só via em revistas. — Ainda tive a sorte de reencontrar você! Se há chance ou não, nada disso importa. — Senti que aquilo realmente não importava mais. — Tenho você e neste momento é o que me importa. — Deixei meu coração falar por mim.

— Está se declarando para mim, Samantha?

Fiquei vermelha e pensei que mesmo que eu não saísse vencedora, estava participando do maior evento de moda do mundo. E John era o que valia no momento. Minha vida havia mudado tão de repente… Estava com o homem dos meus sonhos, ia casar… "Como explicaria aos meus pais?", lembrou meu consciente. Eu o encarei, buscando coragem.

— Talvez meus planos tenham mudado, John. — Engoli a saliva tentando parecer natural. — Não sou boa em fazer declaração de amor. Se considerar isso uma declaração, é sim. Não sei o que está acontecendo em minha vida. — Precisava dizer eu te amo. — Você me pediu em casamento — suspirei. — Se para você é simples dizer, para mim não. Mas eu também amo você. — Aquilo saiu de uma forma inesperada, mas senti certo alívio. — Não sei como aconteceu tão rápido. Mas eu o amo. Amo. — Deixei as lágrimas escorrerem sobre meu rosto.

Lembrei-me do amor que senti por Henry, que não foi nada parecido com o que sentia por John. Até hoje não havia conhecido um sentimento melhor. Talvez eu estivesse arrependida por ter sofrido tanto por um homem que não amei como achava que amava. Mas eu não poderia saber, jamais saberia se não tivesse encontrado ele. Como fui burra, como perdi tanto tempo da minha vida.

— Eu te amo — falou com um olhar puro. — Te amo, senhorita Samantha. — Ele estava com aquele seu olhar penetrante. Isso me deixava desconcertada.

Logo minha consciência me julgou "Sua burra, este homem está te amando". Poderia ter acontecido antes, perdi tanto tempo. O amor era indescritível, era puro, era sedutor, era algo que nem eu mesma estava sabendo explicar. Só sabia que era o melhor sentimento do mundo.

Ao sentir o calor de suas mãos, percebi que estava brotando não só amor, muito mais do que isso, cumplicidade era a palavra que descrevia aquele sentimento. No que entendi, a vida tinha lhe sido um pouco dura, ele parecia amargurado. Mas eu sentia sinceridade em suas palavras.

Ele me beijou. Beijou minha boca, meu pescoço, e minha boca de novo, com a respiração audível.

— Acho que seremos muito felizes — murmurou bem baixinho ao pé do meu ouvido.

A muitos quilômetros dali, papai e mamãe deviam estar sentados na sala, ela assistindo TV enquanto ele folheava o jornal. Pensei na maneira mais fácil de dizer a eles que ia me casar, só que eu não encontrei. Saí de casa para participar de um concurso e não para arrumar um marido. Vi papai chegando do escritório após uma reunião cansativa, abatido e esquivei meu pensamento. Depois de entender que aquilo tudo não era de brincadeira, lembrei exatamente do jeito que John me olhava dias atrás, do mesmo jeito que ele me olhou ainda há pouco, nos olhos, com todo seu mais puro amor. Percebi que John também estava com o pensamento um pouco distante. Aconcheguei-me em seu peito e estiquei minha perna por cima da dele, ele me olhou e deu um beijo acompanhado de paixão.

Onze

Na manhã seguinte depois de ter passado horas na cama com ele, perdida nos braços do homem que agora tinha todo o meu corpo e pensamento sob controle. Naquela manhã o que eu mais queria era ficar de preguiça, mas tinha que me vestir e encarar o frio que fazia lá fora. Em Paris é assim, de um dia para o outro o clima parece sofrer uma mudança brusca. Levantei e tomei aquele banho quente, o banheiro ficou enfumaçado, brinquei de escrever no vidro do boxe nossos nomes dentro de um coração, coisas de jovem quando está apaixonada.

Não enrolei muito para me vestir, coloquei o vestido de Pati de manga longa, peguei sem pedir, mas sabia que ela não se importaria. Agora suas coisas estavam em meu quarto, tinha dado um jeito de trazê-la para o quarto sem que percebessem, assim ela encerrou a conta do quarto que estava. Calcei minha bota de onça que era meio cafona. Antes de sair, deixei escrito com batom vermelho no espelho "Amei nossa noite. Amei os presentes. Amei a surpresa. Milhões de beijos " e beijei o espelho deixando a marca dos meus lábios. Então peguei minha bolsa, meu casaco e encarei a rua.

Aquele dia seria um tanto chato, estavam terminando as amostras dos croquis que venceram os concursos anteriores. Logo após todas nós inscritas saberíamos o que os júris esperavam ver nas próximas duas semanas. Tinha descoberto muita coisa que em quatro anos de faculdade não tive conhecimento e até vinha sendo bem produtivo, mas também desgastante, com James zunindo em nossos ouvidos. Nem eu sabia que conhecia tanto de moda. Teríamos as duas próximas semanas para criar, montar, escolher os tecidos e, por fim, o último e tão esperado dia, a grande final. No fundo eu ainda não fazia ideia do que criar, mas tinha certeza de que a inspiração apareceria. Aí pensei que só ela poderia usar minha criação, e foi aí que me veio à mente Pati. Todas as candidatas teriam que ter uma modelo para apresentá-las. Meus nervos davam pulos ao lembrar que na plateia estariam artistas famosos, assim disse James. Fiz uma rápida análise das candidatas, todas eram mulheres. James era perspicaz, gostava de trabalhar com as mulheres, dizia que nelas encontrava mais delicadeza, sempre deixou isso bem claro em suas matérias para a revista *Moda*.

Já era meio-dia quando saí para almoçar.

— Que bom que acabou, achei que não nunca sairia daí. — Eu me assustei ao dar de cara com Pati na saída do auditório.

— Ai, que susto!

Ela me esperava do lado de fora com uma linda bolsa pendurada. Deve ter comprado, pensei. Uma Chanel? Meus olhos arregalaram.

— Ei, é Chanel? — perguntei apontando para bolsa.

— Gostou? — disse ela se exibindo.

— Chiquérrima.

— Também achei. Ganhei... Ganhei de Albert — ela acrescentou, abrindo um sorrisinho.

Fiquei babando pela bolsa e pelo que acabara de falar. Eles voltaram na noite passada, ela chegou toda pomposa, como se já fosse esposa dele.

— Ganhou? — Franzi a testa. — Que presentão!

— Digamos que eu mereça. — Toda se gabando.

— Ele foi bem generoso com você.

Ela jogou a bolsa por cima do ombro, saímos caminhando de braços grudados, andando meio torta, com um salto agulha que parecia ter mais de 12 cm, vinha se apoiando em mim. Assim era bem fácil andar de salto, pensei, em qual momento ela tira o salto, será que até na hora do "s..."?, afastei meus pensamentos insanos. Nunca pensei que eu pudesse querer ter um pouco do seu estilo e de uns tempos para cá estive querendo ser um pouco como ela.

— Que tal irmos num restaurante que tem aqui perto, La Parmenn, serve comidinhas caseiras, foi papai que me indicou. Disse ser o melhor que visitou quando esteve em Paris.

— Por mim pode ser, desde que tenha comida. Estou faminta.

— Isso é normal, você sempre está com fome.

— Mas você sabe onde fica?

— Não exatamente, mas se eu olhar o mapa eu encontro. — Retirei o mapa todo amassado da minha bolsa, que era pequena e não cabia nada. Nessa hora senti inveja da bolsa de Pati, pensei por que John não havia me dado uma.

— E hoje não irá almoçar com o bonitão? — disse ela me empurrando com o quadril para o lado.

Dei uma boa risada do jeito manhoso que ela fez. — Hoje não.

Logo encontramos o restaurante, que ficava a três quadras da WE.

— Devemos entrar com o pé direito para dar sorte — disse.

— Você e suas superstições, mas tudo bem. Vamos lá. — Ela colocou o pé direito e me olhou esperando que eu fizesse o mesmo.

Então nós duas pisamos com o pé direito e entramos. Seguimos em direção à última mesa que estava vazia e ficava bem no fundo. O ambiente era aconchegante. Hum... Aquele cheirinho de comida me deixou sentindo saudade de casa. Pati nada discreta avançou nas entradas que o garçom trouxe, acho que era uma cortesia de boas-vindas. Abriu o cardápio, e logo levantou a mão esquerda estralando os dedos. Esses modos que ela tem de tratar as pessoas não me agradam. Peguei o cardápio e comecei a folhear. Dei uma espiada, ela continuava com a mão para cima. Vi que ninguém dava a mínima para seu gesto.

— Acho que não é assim que se pede aqui. Temos que esperar eles virem até nossa mesa.

— Esperar? Mas estou faminta.

— Não irá morrer de fome se esperar alguns minutos. Acabamos de sentar. — disse a repreendendo, cutucando seu pé embaixo da mesa.

— Ok... — Ela deu de ombros.

— Já escolheu? — perguntei.

— Vou pedir qualquer um que acompanhe arroz, massa e salada.

— Já olhou todo o cardápio?

— Não precisa. Vou pedir este primeiro.

— Mas é que todos vêm com esses acompanhamentos.

— Todos?

— Sim, o que muda é a carne. — Vi que ela nem havia lido nada.

— Qual você vai pedir? — ela perguntou.

— O número nove. Massa com molho de ervas, salmão, tomate italiano e acelga, e ainda acompanha aqueles pãezinhos tipo brioche. — Lambi os beiços.

— Acho que vou copiar você. — Ergueu as sobrancelhas.

— O prato é pequeno, depois não vai reclamar que foi pouca comida.

— Ah, isso não posso garantir. — Sorrimos juntas.

Pati tem algum problema com a comida. Não sei para onde vai tudo que come. Sua cintura parecia diminuir a cada ano que passava, e seu bumbum não sabia o que era ter celulite. Certo que ela vive na academia, eu ainda não tinha retomado esse lado de minha vida, mas em breve voltaria, era um objetivo. Já estava pedalando às vezes e isso era um começo. Fugia dos doces, que é minha perdição, se comesse a metade do que ela come, eu acho que explodiria.

— Gostariam de um café? — Fomos interrompidas pelo garçom.

— Eu… — respondi rapidamente. — Estava louca por uma xícara de café.

— Para mim não. Quero só fazer os pedidos. — Pati usava certa antipatia sem ao menos olhá-lo.

— Ah sim, senhorita. Um momento, por favor.

Ele me serviu, enquanto examinava Pati com um olhar insinuante.

— A propósito vocês são daqui? Nunca as vi por aqui antes?

De repente ela parou seu olhar nele, se inclinou para frente.

— Aposto que ele gostou de você — falou baixinho para que só eu a ouvisse.

— Não. Nós viemos pelo concurso de moda — respondi recolhendo meu sorriso.

— Ah sei, o concurso da WE. Outras moças estiveram aqui esta semana. Sempre que acontece este evento, o restaurante recebe as mulheres mais belas.

Peguei meu café.

— Vocês servem tortas também? — perguntei desviando o assunto.

— Ah desculpe, senhoritas. Eu não quis parecer intrometido nem nada. Mas olhando assim, duas moças bonitas sozinhas eu só quis ser gentil. — Ele ficou sem graça. — Servimos tortas, sim — tentou ser formal. — A propósito, querem fazer o pedido?

— Sim, por favor, poderia anotar? — Pati falou. — Pode trazer os dois juntos. — Ela mordia o dedo enquanto falava com ele, apoiando o cotovelo sobre a mesa, deixando seu decote à mostra. — Quero um uísque com três pedras de gelo. — Ele anotou cada pedido, sem ao menos olhar no papel. Seus olhos estavam fixos no decote de Pati, fiquei sem saber para onde olhar com aquela cena. Será que ela estava se insinuando para ele? Será mesmo que era o que eu estava vendo?

— Licença. — Ele pegou sua bandeja e saiu.

— Ei, espera. Não vai se esquecer do meu uísque. — Ela deu um sorriso com a boca torta, aquele sorriso fatal. Ah, essa cara que ela fazia era sedutora e, me causava certa inveja.

— Está seduzindo ele?

— Claro que não, imagine se eu, com um deus troiano como Albert, seduziria o garçom. Bem que ele é um gato, mas não! Eu só quis deixá-lo nervoso, o achei entediado.

— Coitado, acho que conseguiu. E se ele anotou o pedido errado?

Ela fingiu não se importar. De repente ele voltou com a bandeja cheia.

— Senhorita, seu uísque.

Àquela hora do dia ela bebendo uísque, seu grau de alcoolismo de fato me preocupava.

— Como é seu nome? — ela perguntou com rispidez.

— Amadeu, senhorita — ele respondeu de cabeça baixa.

— Bonito nome, Amadeu — falou com firmeza, tentando parecer discreta. Ou talvez quisesse consertar a gafe que fez. — Obrigado. — Ela deu um gole no uísque.

— De nada, senhorita. Com sua licença — disse, se retirando.

Quando vieram os pedidos, outro garçom que trouxe. Esse era mudo, nem para falar um oi. Deixou tudo sobre a mesa e se retirou. Foi tão rápido que não sei nem descrever sua fisionomia. O cheiro do macarrão dava água na boca. Sou brasileira, mas como uma boa italiana, que não sou, adoro massas. Lá em casa, desde bem pequena, me lembro das macarronadas que minha mãe fazia aos finais de semana. Mas só aos finais de semana! Ela mesma preparava a massa. Com muito queijo e com aquele molho de tomate bem vermelho.

Pati colocava um garfo atrás do outro na boca, parecia nem respirar. Achei cômica toda sua gula.

— Podíamos almoçar e jantar aqui todos os dias — disse ela com a boca cheia. — É uma delícia esse macarrão. Nunca comi nada igual.

— Eu disse que era bom.

— Você não. Seu pai disse!

— Estão satisfeitas, senhoritas? — veio Amadeu nos perguntar.

— Meus cumprimentos ao *chef* pela comida maravilhosa — disse ela limpando a boca com o guardanapo de pano. — Diga a ele que voltaremos mais vezes.

— Pode deixar, senhorita. — Deu um olhar daqueles para ela. Sabe aquele tipo de olhar que diz "ai, se eu te pego", fiquei rindo por dentro.

— Pode trazer outro café pra mim, por favor — pedi com a intenção de quebrar aquele clima erótico. Imaginei de que ele devia partir corações com aquele olhar.

— Fiquei sem ar agora — disse toda derretida.

— Para ser sincera, eu também.

— Nossa, cheguei a sentir excitação — sussurrou.

— Só com você mesmo, quis seduzir e acabou sendo seduzida. — Como uma rata, ela caiu na própria armadilha.

— E olha que isso quase nunca acontece. Mas que garçom charmoso — disse se abanando.

— Não entendi nada. Achei que você havia ficado espantada tanto quanto eu por ele ter sido tão ousado assim!

— Que nada. Deixe-o. Não sabe o perigo que correu.

— Vejo que você não mudou em nada, continua atirando para todos os lados. A velha e boa Pati em ação.

— Quê? Mas qual mulher não gosta de ser paquerada? Ah, Samantha, não faça essa cara de quem não adoraria que te paquerassem assim. Todas nós mulheres, mesmo as mais santinhas, desejam isso todos os dias.

— Pode até ser, mas ele não me convenceu, achei ele bem atrevidinho. Estamos almoçando e aqui é o trabalho dele.

— Ah, é sério? Isso lhe incomodou?

— Claro que não, estou brincando. Enfim... Vamos deixar para lá e espero que ele se lembre do meu café.

— E o pedaço de torta, não vai pedir?

— Será que peço?

— Achei que havia dito que não comeria mais torta. — Ela estava me testando, danada!

— Também não foi assim. Disse que não comeria mais torta todos os dias e tenho cumprido! Só que adoro um doce depois do almoço e uma torta então. Tem mais, vou aproveitar que estou longe de casa e pedir um pedaço de torta daquelas de chocolate bem recheada — disse.

— Seria puro egoísmo de minha parte deixar que você engorde sozinha. Vou te acompanhar!

Gargalhamos tão alto, que todos nos olharam com cara de espanto.

— Leu a carta da sua mãe?

— Hã? Esqueci! Iiiii, foi mal, esqueci totalmente.

— Imaginei. Foram muitos acontecimentos em sua vida nos últimos dias, não é mesmo?

— Senti um pouco de ironia nisso, mas pode deixar que abro ainda hoje. — Que mancada. — Por isso que ontem quando me ligou, parecia querer falar algo, mas eu não consegui falar com ela direito. Só agora que você falou que me toquei. Só pode ser sobre a carta.

— Ela deve estar achando que eu não entreguei, Samantha.

— Isso não, porque ela me perguntou se você havia chegado bem e se eu havia recebido a carta.

— Ah, então ela sabe que eu fiz minha parte. — Fez uma pausa e voltou a tagarelar. — Você tem uma mãe nota dez, queria que a minha fosse um pouco parecida com a sua.

— É, fui abençoada. — Percebi que sua expressão mudou, seu sorriso havia se transformado em tristeza ou raiva.

— Eu não tive sorte de ter uma mãe como a sua.

Fiquei sem palavras. Realmente ela não teve sorte com sua mãe, foi abandonada ainda pequena, mas seu pai fazia muito bem os dois papéis.

— Ah, amiga, não fala assim. Você tem seu pai, que é um grande homem. Ele é como se fosse pai e mãe ao mesmo tempo.

— Mas não é mãe, Samantha. Mãe é diferente. Você não conta pro seu pai quando você transou com o primeiro cara. Não fala que pulou a janela para ir naquela festa. Esconde que ficou mocinha, por achar vergonhoso ter sangramento.

— Vendo desta forma, até pode ser — disse tentando tornar menos duro.

— Eu me sentia rejeitada, todas as meninas da escola tinham suas mães e eu não. Quem sempre estava me esperando no portão era meu pai, e nunca minha mãe. Ele que sempre participou das apresentações do dia das mães e no dia dos pais. Ele teve vida dupla. Até poderia respeitar as escolhas dela, mas ela sumiu, sumiu e nunca tinha me procurado. E agora depois que sou uma mulher feita ela vem fazer o papel que não cabe mais na minha vida. Não gosto de pensar que fui injusta com ela um dia, mas não a quero por perto.

— Então ela veio procurar você? Que dizer, agora, depois que cresceu?

— Sim... — Ela esticou os ombros para falar. — Diz que sente minha falta e que se arrepende de ter me abandonado.

— Você devia procurar saber o que a levou a abandoná-la. Não sente falta dela?

— Levei um tempo para aceitar e agora a falta que ela me fazia já não faz mais. Aquela dor já passou, não preciso de uma mãe agora. A culpa é dela que não teve amor por mim, abandonou nossa família para ficar com um desconhecido. Não consigo perdoá-la. Nunca perdoarei.

— Não jogue a culpa nela, isso apenas faz de você uma vítima. Eu sei que deve ser difícil e doloroso. Nunca passei nem perto disso para saber o que é não ter amor de mãe, a minha mãe sempre esteve e está comigo nos melhores e nos piores momentos. Mas acredito que as pessoas mudam e se ela procurou por você, significa que ela quer recuperar o tempo que perdeu. Se ela se arrepende, é porque te ama. Talvez queira se desculpar! Acho que devemos perdoar, dar uma nova chance e se for preciso perdoar novamente e sempre será assim. Temos que passar por cima de tudo que nos fez sofrer, esquecer mágoas e olhar em frente, o passado passou, não vai voltar para vocês consertarem as coisas. Mas o futuro pode ser diferente, se você permitir que seu presente seja bom — falei com propriedade, como se eu tivesse amadurecido uns dez anos. E aquelas palavras eram as delas já usadas comigo.

— Olha pode até ser que realmente ela tenha se arrependido, Mas como ela pretende recuperar o tempo perdido? Não tem como, eu não sou mais aquela menina de oito anos. — Havia um brilho em seus olhos verdes.

— Sei que não, mas vocês podem começar daqui pra frente. Sabe, a conviver como mãe e filha. Não deixe que a raiva ou os ressentimentos decidam por você. Poxa, cadê aquela minha amiga que certa vez me disse para aproveitar as oportunidades da vida. E você está tendo a oportunidade de ter sua mãe perto de você.

— Não sei... Não creio que sou capaz de tamanho sentimento. Meu pai acha que ela quer voltar para ele, eu também cheguei a pensar.

— E ele voltaria?

— Acho que agora não. Não é fácil ser rejeitado e esquecer que foi trocado por outro. Mas estou certa de que um dia eles acabarão juntos. Vejo que ele ainda a ama, mesmo que tenha sido abandonado, nunca deixou de amá-la nem por um dia de sua vida.

— Olha, Pati, eu fico muito feliz por você ter dividido comigo esse assunto, sei lá... É tão pessoal, é sua história. Sei o quanto é reservada quando se trata de família! Mas saiba que pode contar comigo, para qualquer coisa! Sinto muito por tudo que passou de ruim, mas cada um tem uma dor que carrega dentro do coração. Somos humanos e devemos sempre perdoar, porque um dia, pode ser que seja você quem precise ser perdoada por alguém. Então se deseja o bem, faça o bem.

— O bem... Nossa, obrigada — advertiu irritada. — Parece ter mesmo mudado.

— Então aproveite e mude também. Acho que não existe ninguém que te ama mais no mundo do que seu pai e sua mãe. E hoje você é adulta e pode saber o que a levou te abandonar.

— Eu já sei, foi um homem.

— Uma paixão, Pati. Ela se apaixonou. Poxa, você já se apaixonou perdidamente e quis largar tudo, não foi?

Ela assentiu com a cabeça.

— Então... Ela também tinha esse direito. Ela não cometeu nenhum crime, ela só se apaixonou! Tinha você, mas seu pai não permitiu que ela a levasse. Acho que ela errou em não procurar por você. Mas de ir embora, eu não acho que ela tenha errado. Pior seria se ficasse com seu pai estando apaixonada por outro.

— Sei que ela quis me ver e meu pai proibiu. Nossa, rolou na justiça por um bom tempo, tive que falar que não queria ficar com ela.

— Teve processo judicial? — Enfim pude entender a história e ter pena de sua mãe. — Pati, ela é inocente nessa história. Ela foi proibida de ver você?

— Foi... Foi colocada uma barreira entre ela e eu — dizia ela mexendo nos dedos. — Mas isso não justifica ter desistido de mim.

Apoiei meu cotovelo sobre a mesa, com a mão pousada sobre meu rosto e fiquei ouvindo o que Pati dizia.

— Lembro-me da noite em que meu pai chorava na varanda lá de casa, eu espiei pela janela de meu quarto após ouvir soluços, e avistei-o sentado na cadeira de balanço olhando o álbum de fotografias. — Por um momento eu pude ver que uma lágrima descia de seus olhos. — Quis descer e abraçá-lo naquele instante. Mas me passou que ele quisesse ficar sozinho, então, não deixei que soubesse que eu tinha o visto chorando por ela. Teve um tempo em que ele permaneceu em silêncio. Eu até trouxe Edu para tentar ajudá-lo. Achei que sendo o filho homem, poderia ajudar. Parecia que ele estava doente, pois só falava o necessário. Perguntava da escola, do vôlei, se havia me alimentado direito naquele dia. Coisas da rotina de uma família. Mas eu sabia que algo estava errado com ele, porque seus olhos entregavam a tristeza que carregava no coração. Ele sempre tinha sido tão transparente. Foi nessa época que a mãe de Edu veio a falecer, e foi aí que ele veio morar com a gente. Ele ajudou a cuidar de mim. Papai teve uma fase bem depressiva, tomou muito remédio. Até hoje ainda é dependente de alguns.

— Talvez pudesse ser saudade que ele estivesse sentindo da mulher dele.

— Mas por qual motivo não dividiu comigo essa tristeza? Eu já estava com dezoito anos quando percebi uma melhora, e desde então ele voltou a ser aquele homem alegre, para cima, sabe. Ele foi até no meu baile de formatura. Meu pai é um homem bonito, mesmo parecendo ser um pouco velho para a idade que tem. É alto e com um cabelo acinzentado que muitos invejam. Até tentei arrumar uma namorada para ele, mas todas as tentativas foram fracassadas. Até minha professora de matemática eu chamei para jantar, mas não deu certo. Ele nunca a esqueceu!

— Eu não teria essa coragem. Imagina arrumar namorada para meu pai. Nunca pensei! Acho que os pais são como exemplos em nossas vidas. Eles tentam parecer fortes, corajosos, que não choram e nunca ficam doentes, só para se manterem invencíveis diante de nossos olhos. Deve ter sido uma situação um tanto engraçada, você arrumando uma namorada para ele.

— Foi só naquela época. Eu queria vê-lo feliz, sei lá. Ver ele deprimido me deprimia também. Queria que ele casasse ou só tivesse alguém para lhe fazer companhia.

— Sabe de uma coisa. Seu pai é um vencedor, quis te proteger. Apesar de eu não concordar com ele ter proibido sua mãe de lhe ver. Eu não posso julgar. Reconheço que ele foi vencedor, criou você com todo zelo. Teve momentos de fraqueza, isso todos temos, afinal somos seres humanos.

— Me orgulho dele e vou cuidar dele até ele ficar bem velhinho.

— Ah, isso vai demorar. Ele ainda é bem novo. Se ele e sua mãe se aproximarem, se resolverem ficar juntos, não impeça.

— Tenho plena consciência que nunca dará certo, Samantha. Nunca. Prefiro que ele nem tente.

— Como você mesma disse. Ele precisa ter alguém e só ele tem todo direito de escolher quem.

— Pode até ser, mas ela está fora de cogitação — disse com os olhos vermelhos, severa.

— Para com isso, Pati. Eu não sei o que passa em sua cabeça, mas está errada. Deixa que ele decida o que fazer, caso ela venha pedir reconciliação. Ela ainda nem disse nada, não foi?

— Ainda não. Mas tá rondando ele e isso é estranho. E ele tem defendido ela.

— Viu. Ele que sofreu a humilhação perdoou ela.

Ela mordeu os lábios e fazia isso quando estava nervosa.

— Eu a quero longe de mim. — Pareceu determinada. — Da nossa casa, só isso.

— Tudo bem, não vamos mais falar disso.

— Isso. Prefiro que mudemos de assunto. — Ela estava amargurada, sei que nada do que eu dissesse iria mudar o que pensava, não naquele dia.

— Sinto muito pela vida sofrida que você teve. Sinto muito mesmo. — Tentei amenizar seu sofrimento.

— Não se preocupe, eu sobrevivi, não sobrevivi?

Estávamos tendo pela primeira vez o que parecia uma conversa adulta. Só que eu não podia continuar a defender Laura, sua mãe. Então engatei outra conversa.

— E ontem, o que fez?

— Como o que fiz? Esperei por você. — Ela ainda estava com fogo nos olhos. — Albert que me avisou que você não voltaria. — Ela esticou o beiço.

Expliquei toda situação, embora eu não me sentisse culpada.

— E foi assim que ele me pediu em casamento. Diante de todos que estavam lá.

Ela ficou de boca aberta, tão surpresa com o que acabara de ouvir que sua expressão chegou a me assustar.

— Como assim, ele te pede em casamento? — Fez cara de espanto total.

Estiquei a mão lhe mostrando o anel de brilhantes.

— Merda! — Ela praticamente gritou. — Putz, amiga, é sério mesmo? Como ele é louco. Espera, mas você aceitou na hora?

— Ué, aceitei.

Fiquei sem graça diante de tanto espanto.

— Mas vai mesmo casar assim? E se ele for de mentira? É. Se for um desses maníacos? Sei lá. E se ele for *gay*?

— Pati!

— Mas você o conhece há pouco tempo. Você nem conheceu a família dele e nem ele a sua. Não tem referências dele. Ele é lindo, tudo bem. — Ela não parava nem para respirar, e ia despejando todas as hipóteses. — Parece ser um *gentleman*. Talvez o homem mais bonito que você já teve. Só que isso não quer dizer que deve casar com ele. — Ela quase se jogou em cima da mesa.

— Não entendo você. Até poucos minutos atrás estava me jogando para cima dele.

Ela me interrompeu. — Sim, mas está falando de casamento. Não de uma relação, de namorico, um caso...

— Casar faz parte de ter uma relação.

— Hã...

— Talvez você tenha razão. Mal o conheço. Mas já percebeu que não escolhemos, e sim somos escolhidas pelo amor. A gente não controla os sentimentos, eles surgem, nascem de repente.

— Quem escuta pensa que você está amando. Você está? — Ficou encabulada.

— E se eu tiver?

Ela se irritou.

— Eu só vou dizer uma coisa a você, que provavelmente nem se deu conta. Você está aceitando um pedido de casamento, que é um passo muito importante na vida, por um simples capricho. Está querendo fugir do seu passado! Porque sei que bem aí no fundo, bem aí, ainda está presa nele.

Fiquei perplexa com o que ouvi.

— Talvez ache que eu não seja a pessoa mais indicada a falar isso para você, pois eu nunca me casei. E nem quero mesmo casar. Mas começou uma relação há o quê? Três semanas? E acha que está pronta para casar? Precisa saber tudo dele para depois tomar essa decisão. — Ela iria engasgar se não diminuísse o ritmo. — Não é um conto de fadas, é vida real. Casamento não é sorte. Já se perguntou se é capaz de apagar todo seu passado? Ou é mesmo o que acho, que está fugindo?

— Posso falar agora? — eu a interrompi.

Ela fez cara feia.

— Nós não nos conhecemos direito. Nisso tem toda razão, mas sinto como se o conhecesse há muitos anos. Nós temos afinidades. Não sei como, mas aconteceu. Estou tentando ter uma vida. Não foi o que queria que eu fizesse? — Ela fechou os olhos por um instante. — Achei que estivesse fazendo a coisa certa. Você acha que eu já não me perguntei se quero mesmo casar com ele? Acha mesmo que ainda penso em Henry? — Fiz uma pausa. — Não tenho ideia do que ele gosta de comer, não sei que tipo de filme gosta, se gosta de ação, comédia ou romance. Não sei... Nem sei qual a cor preferida da sua roupa. — Amadeu, trouxe minha torta e deixou sobre a mesa, e saiu, Pati não levantou a cabeça para olhá-lo, continuou na mesma posição. Soltei o ar. — Sei que a vida é complicada e o que está acontecendo comigo é incrível. Você não imagina tudo que eu vivi com ele em tão pouco tempo. E antes mesmo de vir para cá, há três meses, quando saímos pela primeira vez, ele já havia me conquistado. Só que eu não sabia! Não é essa sua filosofia. "Quando o amor chegar, você saberá"? Ele chegou. Chegou pra mim. — Deixei uma lágrima teimosa cair sobre minha face. — Eu sei que é minha amiga e se preocupa comigo. Mas sei o que estou fazendo. Por mais que pareça estranho, eu sei. Não preciso conhecê-lo mais um ano para saber que é ele.

De repente ela se levantou e veio do meu lado. Levantei na mesma hora, nós nos abraçamos e permanecemos paralisadas.

— Não tenho ideia do que está acontecendo. Talvez demore um pouco para cair a ficha. Mas, ai dele se fizer você sofrer. Ai dele! — Ela se afastou, mas permanecemos em pé, segurando as mãos uma da outra.

De algum jeito ela sabia me fazer rir.

— Nunca achei que você casaria. Mesmo não concordando com a rapidez que esteja acontecendo, devo reconhecer que ele está lhe fazendo bem! — Ela tentou ser durona, mas logo deixou o sorriso estampar seu rosto. — Estou feliz por você. Muito feliz!

— Obrigada, amiga. — Fiz beicinho. — É verdade, também achei que nunca casaria!

Franzindo a testa, ela olhou por cima dos seus lindos cílios e vi que estava branda.

— A torta está com uma cara ótima — disse ela com um tom de apreciação, voltando a se sentar. Fiz o mesmo.

Na saída compramos um guarda-chuva já que o céu havia escurecido tão de repente, trazendo um forte pé d'água. Caminhamos apressadas e discretas, olhando na direção das belas vitrines das lojas. Pati exibia sua bolsa, cuidando para que não molhasse. Durante todo trajeto conversamos animadamente. Contou-me sobre sua gloriosa noite com Albert. Percebi que aflorava entre eles uma forte paixão.

— Espero que não saia machucada dessa história. — Por fim dei minha opinião.

Ela continuava a falar sobre Albert, ignorando o que eu acabara de dizer. Mas ela sabia que esse conto de fadas podia acabar de repente. Ele ia voltar ao trabalho e ela, para casa. Eu, já não sei para onde iria. Toda aquela loucura do pedido de casamento havia me tirado muitas certezas. Olhei para o anel em meu dedo, admirando o brilho da pedra rosa.

— Vamos nos encontrar hoje, ele viaja na terça-feira. — Sua voz quase sumia. — Vai para Miami. Disse que eu poderia ir junto, mas não quero parecer grudenta. Sabe aqueles tipos de mulher que cola? Não sou este tipo. — A expressão dela mudou e sua ansiedade era visível. — Ele é perfeito, mas não sei se quero ir tão a fundo.

— Você é muito fácil de ser amada, até mais do que imagina, Pati. — Medi as palavras para não a magoar. — Se quiser, mergulha nessa paixão, vai fundo, mas sem esperar nada em troca! Agora, se acha que pode se ferir, pula fora.

— Eu sei disso, amiga. Obrigado. Ele é tentador, sabia?

— Por mais tentador que ele seja, se não é seguro, não se envolva tanto. Você mesma acabou de dizer que ele saiu de um casamento há dois meses. — Só ela não percebia que já estava apaixonada, pulando de felicidade feito criança quando falava nele.

— Estava só pensando em ir para aproveitar o passeio — acrescentou rapidamente, ficando vermelha. Achei bem estranho ela ficar vermelha.

— Quer fazer isso por aventura, faça! Só não deixe se enganar, não entregue que está apaixonada. Faça antes ele se apaixonar por você.

— Nossa... Você parece experiente. — Ela deu uma risadinha. — Não conhecia esse seu lado feminista. — Ela franziu a testa, parecendo não entender muito o que falei. — Não pensei que pudesse dizer isso, mas acho que estive enganada sobre você este tempo todo, você é boa nisso, devia ser psicóloga.

Isso me fez rir

— Você está diferente! Tá segura. Está até filosofando. — Parecia apreciar essa nova mulher em mim! — John está lhe fazendo um bem danado, mas ele ainda precisa me conquistar. — Colocou um tom de ironia. — Já subiu um pouco no meu conceito, só que precisa um pouco mais!

— Você e sua pretensão. — Seguimos sorrindo por todo o trajeto.

Doze

Era tanto detalhe que eu estava a ponto de surtar, achei que Alberto percebeu e foi então que me convidou para tomar um café, e claro que aceitei. O céu continuava cinza e o cheiro do café atravessava a esquina. Alberto se sentou com muito cuidado na cadeira, puxou o ar e demorou a voltar à sua respiração normal, como se atravessar a rua tivesse sido muito esforço; sentei-me de frente para ele. A confeitaria era bem parisiense como pesquisei na internet, uma vasta vitrine com pãezinhos tão apetitosos que nem pensei no meu quadril.

— Boa tarde, senhor Alberto — cumprimentou a moça que veio nos atender. — O que vai querer?

— O de sempre, Micha — respondeu Alberto educadamente. — A senhorita Samantha ainda vai escolher. — Ele olhou pra mim, minha expressão era de quem não estava entendo nada, pois eu não estava mesmo. Quando ele falava devagar eu conseguia traduzir tudo. Mas assim, tendo dois franceses falando ao mesmo tempo parecia algo impossível. Pensei em pegar o dicionário, mas só pensei. Passei os olhos ligeiro no cardápio:

— Eu gostaria de um café expresso com bastante leite e um sanduíche com queijo branco — falei em inglês e ela me olhou atenta enquanto anotava meu pedido com facilidade, ela era jovem e muito educada. — Ah, e esse doce aqui. — Apontei para o cardápio.

— Sim. *Croissant* — disse ela com firmeza.

— Isso!

— Micha, traga o que é feito à base de manteiga, sim?

— Claro, senhor Alberto. — Ela colocou o bloco no bolso. — Trago em cinco minutos. Com licença — disparou ela com um inglês perfeito, fiquei boquiaberta.

— Que moça bonita e educada — disse com sutileza.

— Ah, ela é um doce. — Ele sorriu com afeto. — Você já provou o café daqui? — perguntou.

— Não!

— Então hoje irá conhecer o melhor café de Paris — disse ele parecendo mais animado do que hoje cedo. — Se não, o melhor do mundo.

— Hum... Adoro café. Quero ver se é bom mesmo. — Apoiei o cotovelo na mesa cobrindo minha boca com a mão enquanto bocejava.

Alberto é o dono do ateliê onde as candidatas confeccionavam as peças. Não sei o que tivemos em comum, mas desde o primeiro instante nos tornamos amigos, parecia que tínhamos afinidades. Ele é durão, no começo, se mostrou um pouco retraído, mas eu fui a única que foi conquistando sua confiança e no terceiro dia já estava me ajudando a cortar o tecido. As outras garotas me olhavam de canto. Ele deve ter quase a idade da vovó. Só que é sozinho, não teve filhos e nunca foi casado. Como ele dizia, dedicou-se ao trabalho e deixou sua vida pessoal passar em branco. E hoje, ficava enfurnado naquele ateliê, apenas sobrevivendo. Chego a ter dó dele por viver sozinho, eu não imagino como deve ser. Ele foi um costureiro muito famoso e guardava as revistas que traziam sua história. Ele era muito requisitado, costurava para a classe alta das mais altas mesmo. Mas quando adoeceu, foi perdendo a clientela. Hoje ele ainda costura, mas quase nada, dizia que seus dedos já não o obedeciam mais. Sua assistente era que fazia as costuras delicadas. Ele moldava e recortava e, claro, colocava seu conhecimento. Isso vale muito. Talvez dali a algum tempo ele já não pudesse mais fazer isso. Sua visão estava comprometida.

Penso que a vida foi injusta com ele. Bem, eu sempre acho que a vida é injusta. Sei que tudo tem explicação, mesmo assim eu não concordo com algumas maneiras que a vida termina. Dedicou-se tanto e, agora no fim da sua caminhada não poderá mais fazer o que tanto ama. Não era justo, bem que ele podia ter uma família, é tão bom ter família. Deve ter sim aquele tipo de pessoas que gosta de ser sozinho, só que esse não era o caso de Alberto. Ele era carente, bem mais no que parecia, e adorava uma companhia.

— Senhorita Samantha. Está aí? — Ele bateu com a palma da mão sobre a mesa.

Estava distraída.

— Desculpe, estou aqui sim. — Abri um sorriso torto. — Eu estava pensando no vestido, o quanto ainda tinha que trabalhar nele.

— O café chegou. Tome — disse ele com seu tom meio autoritário. Mas era só o jeito dele.

Dei um gole no café e queimei o céu da boca. Estava pelando, mas o sabor era bom.

— Nossa… Terei que concordar — disse. — É o melhor que já tomei.

— Nós franceses sabemos fazer um bom café. — Ele se gabou e tossiu duas vezes.

Quando Micha passou pela mesa, pedi que me trouxesse o *croissant*. Ela pediu para que eu aguardasse enquanto retirava os pratos sujos.

Alberto não disse mais nada e eu também fiquei em silêncio, respeitando o seu. Não era um homem de muitas palavras, mas era um homem de bons sentimentos e bons atos. Ele sorriu pra mim com carinho.

— Você não está confiante, não é?

Fiquei olhando seus olhos vazios me olharem com certa dolência.

— O quê?

— Disse que não parece confiante com a sua escolha.

Meu Deus, ele também lia pensamentos! O que sentia era vergonha de dizer a ele que talvez aquela escolha tivesse sido um erro desde o início, porque de fato não estava feliz como devia estar. E por ele gostar tanto do que fazia poderia ser uma afronta.

— Você não é a única pessoa que se arrepende, Samantha — ele disse diante do meu silêncio. — Há muito mais para você se arrepender se não agarrar certas oportunidades, menina.

Olhei para ele sustentando seu olhar dolente.

Ironicamente a vida parecia saber o que fazia. As lágrimas começaram a escorrer pela minha face e de repente ele me entregou um lenço.

— Você não tem de fazer isso para provar a alguém de que é capaz. A vida vive nos dando provas de que somos capazes. E o tempo. Ah, o tempo é curto quando queremos fazer tudo junto. Na verdade, o tempo, ele não existe. Não… Não. Ele não existe, menina Samantha. — À medida que ele ia falando meus olhos iam ardendo em chamas. — O medo de se sentir no vazio acaba afetando a vida de muitas pessoas, que saem desesperadas à procura de algo que as preencha e lhe traga satisfação. E vão contra seus próprios desejos. Não que você não devesse fazer algo para si própria, mas aí está, faça algo para si própria, não para alguém. — Eu o olhava com atenção e acho que ele também me ouvia. Ouvia meu pensamento, meu desespero.

— Alberto. — Ele havia pedido para que eu não o chamasse de senhor, eu respeitei. — Engraçado, você dizer tudo isso. É, eu não disse nada. Nunca!

— Certas coisas não precisam ser ditas.

Engoli seco.

— Nem sei o que dizer.

— Não precisa dizer.

— Obrigado, do fundo do meu coração, agradeço por suas sábias e puras palavras. Vieram na hora certa.

— Que bom. — Ele deu o último gole no café já frio.

De repente ele se fez em silêncio. Eu fiquei mentalizando tudo o que acabara de ouvir, perguntando-me como ele poderia saber da minha angústia, que estava presa dentro de mim. O medo de estar errando não era só pelo concurso, tinha John e se ele não fosse nada daquilo? Percebi que não era a única com problemas, do outro lado do mundo também havia pessoas sofrendo, frustradas, infelizes... Eu não deveria mais reclamar. Afinal, a vida me fora muito grata.

Terminamos o café e ele pagou a conta, não permitiu que eu abrisse a bolsa, fiquei meio sem graça, mas não tive escolha. Caminhamos de volta para o ateliê. Seus passos eram lentos e suas pernas pareciam tropeçar uma na outra. Perguntei se não estava na hora de ele parar de trabalhar. Por um instante ele ficou chateado e respondeu com rispidez. Mas depois desfez aquela carranca. Ele era orgulhoso e não admitia que estivesse no seu limite. Dizia que ia trabalhar até o dia em que não pudesse mais levantar da cama. Eu me calei diante da vergonha que senti ao dizer a ele que estava velho, não tinha usado essas palavras, mas não precisava. Ele sabia que eu queria dizer, mesmo que eu não quisesse.

— Estou cansada. Importa-se se pararmos por hoje? — pedi.

— Ah, menina Samantha, iria pedir-lhe exatamente o mesmo — disse com a voz faltando. E eu podia ver o quanto estava cansado, pois lhe faltava fôlego.

Peguei minha pasta, guardei todo meu trabalho e fui pro hotel. Mas antes que eu pudesse sair, eu lhe dei um beijo na testa e ele entregou sua felicidade com meu gesto.

Estava estirada na cama, meu celular deu sinal de vida. Então recebi dez mensagens de texto.

De: John
Oi amor,
Por onde anda que não responde?
J

As mensagens seguintes foram todas exatamente iguais.

Antes de responder, peguei o telefone do hotel e liguei para Pati que agora estava em Nova York, e eu achava que ela tivesse vindo por mim. Que nada! Bastou o primeiro homem aparecer, para ela me trocar. Isso me fez pensar que ela queria fugir de José.

— Alô? — disse ela com voz animada.

— E aí, como está?

— Oi, Samantha. — Demonstrou surpresa. — Estou bem, mas sozinha. Albert está voando e eu fiquei para fazer compras.

— O que não é nenhum sacrifício para você — disparei.

— Mesmo não! Mas estou sentindo falta dele. Ele é muito gentil... Ainda bem que amanhã ele já estará de volta.

— Entendi — disse com o telefone longe da orelha.

— Estou com saudades de você também, mocinha. — Senti ternura em sua voz. — E por aí, como estão as coisas? — Por fim ela queria saber de mim.

— Ah, tudo bem. Estou confeccionando meu vestido.

— Espero que fique lindo. E John?

— Estamos indo bem. Ele está em Miami desde ontem, mas também volta amanhã.

— Se soubesse que ele só iria viajar, não teria deixado você sozinha. — Cheguei a pensar que se sentiu culpada.

— Imagina, não... Que nada! Aproveita. Não se preocupe comigo. Estou inspirada. Talvez se ele ou você estivessem aqui não estaria concentrada no que estou fazendo.

— Ok, acho que me convenceu disso.

— E você volta quando? — perguntei com certo interesse, queria falar com ela sobre o concurso.

— Não sei exatamente o dia. Ah, deixa eu te contar. Conheci a ex-mulher de Albert. — Sua voz parecia sumir. — Ela era tão bonita, que me senti feia perto dela, e...

— Difícil acreditar que ela seja mais bonita que você — disse a interrompendo.

— Para... Você não vale. É minha amiga e sei que fala isso só para me agradar.

— Claro que não, Pati. Você é linda, é maravilhosa.

— Tudo bem... — então ela me interrompeu. — Vou tentar acreditar — disse ela irritada. — Ela parecia uma modelo, era bronzeada, com cabelo castanho claro ondulado. Ai, a desgraçada era linda.

— Espera um pouco. Como você a conheceu?

— Ela estava no mesmo restaurante que jantamos ontem à noite.

— E você fala assim, com essa calma?

— Ah, eu não quero parecer uma louca, ciumenta. Mesmo querendo arrancar meus cabelos, mantive a classe.

— Nossa, você é fria. Eu já não sei se agiria da mesma forma.

— Você não viu nada, Sam. Posso te dar um conselho? Os homens são como gatos, detestam ataques surpresas. Então, me fiz de boazinha, de menina delicada. Você sabe que gosto de comandar. Mas deixarei isso mais para frente.

— Então está tudo bem? — não hesitei em perguntar.

— Por que não estaria? Jamais darei esse gostinho para ela — respondeu ela secamente. — Depois te conto mais detalhes.

— Vou me lembrar disso quando encontrar Sara. — Ela deu uma risada do outro lado da linha.

— Avise-me quando voltar.

— Sim. Até o evento final estamos aí.

— Dependendo de como for, sei que precisarei de você — falei choramingando.

— Ai, não fala assim, que me sinto culpada por ter deixado você sozinha.

— Não fique, estou bem.

— Ok. Mas estarei ao seu lado sempre.

— Eu sei disso. — Queria chorar mas segurei as lágrimas. Estava sentindo uma solidão. — Tenho que desligar.

— Ok, se cuida. Um beijo. — Ela se despediu.

— Um beijo. — Desliguei o telefone.

Talvez ela nem soubesse que estava para acontecer dois casamentos. Ela era bem adulta para saber que isso estava se tornando muito mais sério do que planejava. Não era milagre, mas talvez Pati estivesse tomando juízo. Isso me confortava.

Ao invés de enviar mensagem, telefonei para ele, que atendeu no segundo toque.

— Oi, John — minha voz era serena.

— Oi, meu amor... Que bom ouvir sua voz. Por que não ligou antes? — a voz dele era tão atraente.

— Desculpe. São tantas coisas, que acabo esquecendo o celular.

— Eu sei disso, por isso não fico chateado. E como foi seu dia?

— Ah, foi bastante produtivo — falei com desdém.

— Está com a voz triste. Aconteceu alguma coisa? — Podia ver seus olhos arregalados me olhando com preocupação.

— Não... Deve ser cansaço. — As palavras de Alberto, perambulavam por minha mente.

— Quer sair para comer alguma coisa?

— Bem que eu queria.

— Então vamos.

— Como? Se você está aí, longe.

— Já estou de volta e quero ver você.

— Já? — Senti uma alegria no fundo do meu coração.

— Não ficou feliz?

— Claro que fiquei, é que achei estranha a viagem ser curta. — Não sei, mas algo não me convencia muito daquilo. As viagens dele não pareciam ter um roteiro. — Eu também quero ver você... — a forma que disse entregava que estava implorando para vê-lo.

— Que horas você desce?

— Me dá uns trinta minutos, tempo de tomar um banho e colocar uma roupa.

— É por isso que voltei correndo. Para sentir seu cheiro — ele revidou.

— Que bom — falei sorrindo.

Desliguei e corri para o chuveiro.

Apressei-me ao me vestir. Olhei a calça *jeans* que trouxe, sem intenção alguma de usá-la. Lembrei que era ela que eu usava na noite em que o conheci. Também me ocorreu que ele havia elogiado meu corpo. Então para ser um tanto provocativa, coloquei exatamente a mesma roupa. O *jeans* e uma blusa branca de seda, não a mesma blusa, mas uma bem parecida.

Quando desci, ele já me esperava apoiado no balcão.

— Aí está você — disse ele me abraçando. Ele me deu um daqueles beijos demorados, percebi o quanto estava com saudades. Apertou-me sobre seu peito. Aspirei forte, sentindo o cheiro do seu perfume. O cheiro dele já era familiar. E como gostava daquele cheiro de lavanda, que só ele tinha. E como sempre, ele estava vestido impecavelmente. Com um paletó azul e uma calça *jeans* clara bem justa. Marcava bem suas pernas torneadas.

— Vamos — disse ele pegando firme minha mão.

Entramos no carro, que já esperava na frente da porta principal.

John arrancou com o carro. Logo a música começou a tocar. Parecia que já conhecia todo contexto. O carro ligou, a música tocava e ele me olhava. Ah, cheguei a suspirar! Como eu senti saudades dele. São tantas coisas que eu queria dizer, mas acabei não dizendo nada. Ele apertou meus dedos, vi que estava pensativo. Ele parou o carro repentinamente e ficou em silêncio durante alguns segundos.

— Qual o problema? — perguntei desconfiada e com medo da resposta.

Ele estava me olhando nervoso. Parecia agitado. Estendeu o braço, pegando minha mão.

— Irei fotografar Sara amanhã. — Soltou o ar.

— O quê? — disse me ajeitando no banco.

— É, amor. Sei que é chato, mas eu precisava te falar.

Merda! Mordi meus lábios.

— Tudo bem, por mim tudo bem. — Eu precisava dizer que estava tudo bem, mesmo morrendo de raiva por dentro. — Você acha que ficará tenso?

— Não sei se tenso, mas não está me agradando. — Parecia mesmo estar incomodado.

— Então por que não recusa? — disse como quem não quer nada.

— Não posso, é trabalho. — Ele começou a girar o anel que estava em seu dedo. Parecia mesmo que estava nervoso. Mas não sei o que causou isso nele, se foi o fato de ter que fotografar sua ex ou se ficar cara a cara com ela poderia mexer com ele. Essa última opção não me agradava muito. — Não ficará chateada? — ele perguntou todo encabulado.

— É claro que não, John. Não! — Ele apertou minha mão, só que mais forte. — Fique tranquilo. Como você disse, é um trabalho.

— Eu sei que não se incomoda, amor, é até bom que eu fique cara a cara com ela mesmo. Assim ela perceberá que não temos mais nada e desiste de ficar me telefonando na madrugada, chorando e pedindo que eu volte. — Esse detalhe eu havia esquecido. Putz, essa mulher seria problema. Sentia isso no ar.

— Ela vem fazendo isso ainda? — perguntei com desinteresse.

— Não só tem telefonado como insiste em dizer que ainda somos namorados. — Nesse momento senti meu rosto corar, não de vergonha e sim de raiva. Poxa, que desgraçada. — Desculpe fazer você passar por isso, meu amor. — Ouvindo falar assim, me deixava mais segura. — Não quero esconder nada de você. — Ele segurou minha mão e me olhou com seus lindos olhos azuis. — É com você que estou, nada mudará isso. — Podia sentir a veracidade nas suas palavras.

— Por isso voltou antes?

— Foi. Precisava que você soubesse.

— Ela é perturbada. — Dei de ombros. Não achei que Sara fosse este tipo de mulher, não era o que passava quando a via na revista. Mordi os lábios de raiva ao pensar que ela saía nas revistas, diria que minha concorrente era forte. Ela sempre parecia tão segura. Ela podia se sentir segura, porque era linda. Não parecia ter essa frustração. Dentro de mim, todos os músculos endureceram, como se quisessem explodir de tanta raiva.

— Nem tudo que aparece nas revistas é de verdade. Quase nunca é.

— Isso é lamentável.

— Quando assumi meu compromisso com você, foi porque eu quis. Eu sempre tive aptidão por vagabundagem — ele falava sem preconceito. — Tive muitas mulheres antes de você, Samantha. — Meus olhos aumentaram com aquela revelação. — Mas com você é diferente. Você me faz ser diferente. — Tenho que admitir que gostava disso. — Antes parecia não ter sentido, as mesmas pessoas, as mesmas festas, era tudo repetido. Nunca estive tão envolvido. E é tudo tão bom. — Seus lábios tocaram os meus. — Quero ser sempre sincero com você. — Ele franziu o cenho. — Eu amo você, sei que também me ama, sinto. — Aquilo era instigante. — Não só eu, assim como a maioria dos homens de hoje em dia. — Ele se afastou. — Ninguém quer se amarrar, até porque acredito que as mulheres também não querem compromisso — disse ele batendo seus longos dedos sobre o volante. Quase gritei que eu queria compromisso, eu sempre quis um compromisso. — Mas quando encontrei você. — Ele buscava meus olhos. — Mudei todo aquele conceito e passei a acreditar que existia a mulher ideal, e foi aí que entendi que ela era você. — Ele apertou minha mão que estava sobre minha perna e voltou a tocar meus lábios. — Se eu soubesse que iria encontrar você, teria feito tanta coisa diferente. — Seus olhos ficaram embargados.

E eu estava com tanta saudade dele, do beijo, que me entreguei. Esqueci toda raiva que surgiu e fiquei ali, por alguns segundos, em seus braços. Só querendo beijá-lo.

— Está tudo bem — disse quando notei que ele estava quieto.

— Estou com medo que Sara fique de marcação com você, e que isso a afaste de mim.

— Acha que ela faria isso? — Tinha a sensação de que minha testa endurecia.

— Não sei o que esperar dessa mulher descontrolada. Eu não queria envolvê-la nisso. Perdoe-me!

— Já estou envolvida e sei me defender. — "Talvez eu precisasse praticar luta livre", pensei. — Não se preocupe.

— Podemos pegar a estrada então? — ele perguntou.

— É uma boa ideia, pois estou faminta. — Contive aquela insegurança que só crescia dentro de mim.

Chegando ao restaurante, ele desceu e abriu minha porta. Aquele cavalheirismo dele de sempre, colocou uma mão no bolso e a outra segurava firme na minha, e assim, seguimos até a mesa que ele havia reservado. Sempre pontual e elegante. Passou a mão no cabelo jogando para trás e voltou a transparecer aquele ar alegre, todo sorridente e seguro de si. Sentamos e logo ele pediu uma garrafa de vinho.

Senti um cheiro delicioso de comida. Estava com tanta fome que ouvi o ronco da minha barriga. John já havia feito os pedidos e logo o jantar seria servido. Enquanto jantamos, ele me contava como foi sua viagem, estava alegre com a novidade da revista em abrir uma sede em Santa Maria. Quando ouvi aquilo tive que engolir toda comida e voltar a respirar. Ele sorriu ao ver minha expressão.

Perguntei sobre o que ele acabara de falar. Então entendi o motivo da viagem. Uma notícia boa! Ao menos uma. Não sei por que ele está fazendo isso, talvez seja pelo fato de que pretende mesmo casar comigo, mas não falamos mais sobre isso. Será que ele pretendia se mudar. Será? Isso me animou. Acho que não quero ter que deixar mamãe. Iiii... Lembrei-me da carta dela. Terminamos e logo o garçom retirou nossos pratos. Bebi mais uma taça de vinho e criei coragem, que só após ingerir álcool teria.

— Quero que você me prometa que vai ficar longe dela — falei deixando meu lado inseguro à mostra.

Ele me encarou, sua expressão mudou.

— Não está confiando em mim?

— Só quero que me prometa isso — disse apoiando meu cotovelo sobre a mesa.

— Se quer, eu prometo! Mas eu preciso que confie em mim. Eu sempre conto a você tudo que acontece. Quando ela me liga. Enfim... Se algo acontecer, você saberá.

— Eu sei, eu confio em você. Só que uma parte de mim é insegura e não confia nela. Sei que você estará lá trabalhando. Mas, ela vai estar ali, bem na sua frente, pousando para você. — Ele permaneceu me encarando. "Fica fria, Samantha", meu subconsciente tentava me acalmar.

— Sei que é uma situação embaraçosa para você, mas logo isso vai mudar. Eu não vou mais fotografar! Prometo que não.

— Não quero interferir no seu trabalho. — Ele parou em pé na minha frente e me levantou, puxando-me contra seu peito.

— Não está interferindo no meu trabalho. Não se preocupe com isso. Só preciso que confie em mim. — Levei minha mão até seu rosto e afaguei seus cabelos. — Ele esticou seu pescoço procurando por minha boca e beijou delicadamente meus lábios. — Você é tudo pra mim — sussurrou baixinho. — Eu amo você, Samantha. — Sabe aquela cena de filme, que ao ser beijada a mocinha levanta uma perna? Foi exatamente o que fiz. — Prometo nunca a magoar.

Uau, essa palavra era mágica e mudava toda a cena.

— Eu também te amo! — Por fim deixei que essas palavras fossem quase que cuspidas de minha boca. Beijei-o profundamente. Fazia tão pouco tempo que eu o conhecia e, no entanto, parecia que era uma eternidade.

Sua expressão mudou rapidamente após minha declaração, parecia estar mais alegre, não sei exatamente como, mas seus olhos ganharam um brilho diferente.

— A conta, senhor — interrompeu o garçom. — John afastou seu rosto do meu, mas continuava abraçado à minha cintura, entregou o cartão ao garçom, que colocou sobre a mesa a máquina e passou o cartão, pedindo a ele que digitasse a senha.

Ele digitou bem rápido.

— Obrigado, senhor — agradeceu o garçom. — Tenham uma boa noite — se despediu.

— Grato — ele respondeu educadamente.

Seguimos pela avenida que nos levaria ao hotel, mas antes de estacionar o carro, ele parou e me tascou mais um beijo, daqueles de tirar o fôlego. Tanto que deixei um gemido escapar. Descemos do carro e seguimos direto para o quarto, e lá fui eu mais uma vez me perder em seu corpo.

Antes que o elevador pudesse parar, ele me pressionou sobre o espelho, beijando meu pescoço. Senti um calor subir por minhas pernas, mas fui me contendo. Ele era muito fogoso, se eu permitisse, transaria comigo na escada, no elevador. Até fiquei surpresa por não ter tentando nada no carro. Homens adoram transar no carro. Lembrei de uma experiência infeliz que tive com dezesseis anos, Vitor queria de qualquer forma tirar minha roupa dentro do carro, depois daquela tentativa dele, eu nunca mais quis vê-lo. E foi com Henry minha primeira vez. Penso que os homens têm fetiches um tanto ousados. Antes que eu entregasse meu desejo, as portas do elevador se abriram, me salvando literalmente. Senti ele me puxar pela cintura ligeiramente, me levando pelo corredor imenso. Abriu a porta e me ergueu no colo, empurrando a porta com o pé para fechá-la. Como era de se imaginar, pensei em filme. Eu deveria ser romancista, sempre achei que minha vida parecia um filme.

Ele foi me largando devagarzinho sobre a cama, tirou meu sapato, foi subindo e parou. Parou exatamente onde eu não queria. Beijou minha barriga toda e foi abrindo o botão da minha calça, que era apertada e ele não conseguia. Então eu mesma fiz isso. Ele puxou minha calça devagar, até tirá-la por completo. Ao menos estava de calcinha. Sei que ele já viu tudo que podia ver, mas ainda ficava retraída com a luz acesa. Virei e alcancei o abajur, desligando-o. Então consegui relaxar e aquela tensão toda foi embora. Passei minha mão por seus ombros e tirei sua camisa. O paletó, ele mesmo tinha feito questão de tirar. Eu nunca sei o que fazer direito, então ele comandava.

— Você tá muito tímida — sussurrou, passando seu braço em volta de minha cintura e apertando, na intenção de me trazer para perto. Senti o cheiro do seu corpo, mistura de suor e de lavanda, que me levava às nuvens. Ele sorriu pra mim calorosamente. Por fim me esqueci de tudo que havia lá fora.

— Ah, Samantha. Você me enlouquece. — Ele me beijou ofegante, ele segurava em meu cabelo, ao mesmo tempo em que voraz também suave. E eu gostava daquela sensação que me invadia inteira.

Então fizemos amor como se fosse a primeira vez, com tanta intensidade que quando vimos já eram duas da madrugada. Ficamos ali, sem conseguir adormecer. Jogando conversa fora, abraçados, nada mais era preciso. Conseguia ouvir a batida do seu coração e sua respiração acelerada. Eu apertei meus braços, me deitando em seu peito. Fiquei quietinha, sem mexer um só músculo do corpo. Só memorizando os últimos acontecimentos.

Depois de alguns minutos, ele se sentou e me olhando disse:

— Eu sei que não conversamos sobre isso, mas acho que está na hora de falarmos.

— O quê? — Senti meu coração apertar.

— Se vamos mesmo casar. Temos que decidir onde iremos morar.

— Ai, é isso. — Respirei aliviada.

— O que pensou que fosse?

— Num instante cheguei a imaginar que me deixaria.

Ele balançou a cabeça negativamente.

— Por que a deixaria, Samantha? Pense qualquer coisa, menos isso, pois jamais a deixarei. — Seu olhar era crucial.

Ele tirou meu cabelo dos olhos, beijou meus lábios e voltou a falar.

— Eu quero que diga, onde quer morar? — Ele me lançou aquele olhar azul, indeciso.

Fiquei pensativa, fazendo certo suspense.

— E agora? — disse.

— Me diga, onde?

— Bem, você sabe que eu gosto da minha cidade…

— Sei, mas aonde quer mesmo viver Samantha? — Ele olhou pra mim com apreensão.

— Acho que gostaria de ficar perto de casa. — Fiz cara de dúvida. — Por outro lado, morar aqui, em Paris, é um sonho.

— Amor, olha só. Eu preciso que seja honesta, de coração. Que me diga, quer morar em Gramado ou aqui comigo? Ou até ir para outro lugar do Brasil. O "acho", tem muitas suposições, não é algo concreto. Eu estou lhe dando o poder de escolher. Irei com você para onde quiser.

Fiquei vermelha e meu subconsciente não parecia me ajudar. Mas fiquei feliz, ele ia comigo para onde eu quisesse.

— Quer um tempo para pensar? Quer decidir depois de falar com seus pais? — Ele falou em falar com meus pais?

— Quer conhecer meus pais?

— É claro, que quero conhecê-los. São seus pais, minha futura esposa. — Não conseguia para de sorrir, sentindo felicidade. — Eles precisam saber que a filha vai casar e dar a benção. Temos que seguir a tradição, não é mesmo? — ele finalizou com leveza.

Chegava a me dar calafrio, agora começava a levar mesmo a sério o pedido. Se ele queria falar com meus pais, significava que o pedido era mesmo sério.

— Samantha… O que foi? — Ele me trouxe de volta.

— Ai, desculpa. Por um momento parece que saí de mim. — Pensei no pedido de Henry cinco anos atrás. E então estava me encaminhando para o que recusei e sendo que em minha vida nada havia mudado. Isso me afligiu.

— Mas você está bem?

— Estou. Desculpe, meu pensamento apenas divagou. — Tentei parecer confiante.

— Isso não é muito bom. Quer uma bebida? — perguntou intrigado.

Meu estômago dava voltas, de tão aflita.

— Não, obrigado, sobre o que falávamos?

— Hã? — Ele franziu o cenho. — Sobre eu conhecer seus pais. Podíamos viajar no final de semana, ir visitá-los e aproveitamos para comunicar a eles que vamos casar. — Ele era tão seguro que não questionava meus pensamentos.

Fiquei ali, paralisada, olhando para ele e ele sem entender minha atitude.

— Vou fazer isso, marcar as passagens. Tudo bem para você? — Ele continuou com seu olhar vidrado sobre mim.

— Sim, pode ser! Será ótimo vê-los. — Ele abriu aquele sorriso largo, mostrando suas covinhas. Parecia estar ainda mais encantada com esse homem, ele pretendia conhecer minha família. Quer dizer, pedir permissão para casar comigo.

Ele me deu um beijo rápido e saiu da cama, Foi em direção ao *notebook* que estava sobre a mesa.

Várias dúvidas pairavam sobre minha cabeça. Até vinte dias atrás eu estava lutando por um sonho, que agora parecia não fazer sentido. Será que mais uma vez iria desapontar meu pai? O que iria pensar sobre isso tudo, com a notícia que levaria a ele? Eu esperava que ficasse satisfeito e não enfurecido por mais uma vez decepcioná-lo.

Ele trouxe o computador para cama e sentou ao meu lado, abrindo a tela. Me deu um beijo na nuca, senti calafrio pelo corpo inteiro. Assim que a tela acendeu, apareceu minha foto. Ele usava minha foto na tela principal, me senti maravilhada. Esse homem me amava de verdade!

— Quero que veja isso. — Ele clicou na pasta que logo me mostrava centenas de imagens com decorações de festas. De grandes festas. — O que acha? — perguntou.

— Achei tudo encantador. Mas por que está me mostrando?

— Samantha, é decoração de casamento. Achei que gostaria de planejar o nosso. — Eu me senti pressionada, nossa, ele estava querendo tudo muito rápido.

— Sério?

— É.

— Assim, rápido? Calma, John! Assim você está me assustando de verdade. Por que quer tudo tão rápido? Estamos nos conhecendo, quero dizer, já estamos em uma relação. Só que, sei lá, eu quero conhecer sua família, seus amigos. Temos tanta coisa para fazer antes de casar. — Despejei toda minha angústia.

— Achei que estava feliz.

— E estou. Só que não podemos ir assim tão rápido. O que nossos pais irão dizer? No mínimo achariam que estou grávida. — Ele deu um sorriso.

— Minha mãe é falecida. Só tenho meu pai e meu irmão, tenho poucos amigos. Mas eu posso apresentá-los a você quando quiser — ele falou, sua expressão era ilegível.

— Desculpe, por mais uma vez lhe trazer essas lembranças. Você nunca havia me dito nada sobre sua família. — Ele segurou minha mão me encarando.

— Bem, Albert você já conhece. Cuidei dele desde muito pequeno. Meu pai, bem ele nunca foi muito presente. Casou-se logo depois e não deixei que levasse Albert. Eu era maior de idade, podia ficar com ele..

— Então foi criado por seu pai?

— Não, como disse, ele logo se casou e não deixei que levasse Albert. Eu era maior de idade, disse que daria conta. E dei.

— Mas sozinho?

— Sim, cuidei dele sozinho.

— Albert é mais jovem que você??

— Sim, ele tem trinta e três.

— Você parece mais jovem que ele. — Pensei em talvez perguntar a idade dele, mas não levei adiante. Minha mãe sempre dizia que perguntar a idade das pessoas era muita invasão de privacidade.

Ele sorriu agradecendo o elogio.

— Eu não tenho tanto tempo assim.

— Por que diz isso? — Fiquei retraída.

— É... — Ele mordeu os lábios. — Estou com quarenta anos. — Juro que sua idade pesou um pouco, quer dizer, eu gosto de homens mais velhos, mas eu não o imaginava com quarenta, dava uns trinta e cinco anos. — Meu tempo é um pouco curto perto do seu. — E lá estava ele rodando aquele anel no dedo. Notei que só fazia isso quando ficava nervoso.

— Que nada, se for por causa da sua idade, não tem nada a ver. Você é jovem ainda — disse. — Tem muito tempo pela frente.

— Eu quero casar e com você. Logo! Se não pretende, me diz. Não irei suportar ter que esperar, e como faremos? Você volta para Gramado e eu fico aqui, sozinho? — Ele falava tão rápido que atropelava as palavras. — Você quer isso? Vai conseguir ficar longe de mim? Porque eu não. — Ele era bem melhor do que eu para argumentar.

— Você... — Balancei a cabeça, pensando o quanto ele era pragmático.

— O que tem eu?

— É convincente. — Não me imaginava longe dele. Não sei como será a vida a dois, mas não queria ficar sem ele, não sobreviveria a mais uma perda.

— Faremos assim, no próximo fim de semana vamos visitar sua família e até a sua avó. Já estávamos esquecendo dela — ele falou num tom alegre. — E durante a semana visitamos meu pai. Porque no próximo será o encerramento do concurso. — O bom era que ele era assim, prático, planejava tudo com determinação, e pronto. Gostava disso. É, gostava da atitude dele, ele ia e fazia, não esperava. Desejava, quem sabe um dia, agir assim.

— O que acha, pode ser dessa forma?

— Por mim, tudo bem... Pode — concordei. — Assim está ótimo. — Coloquei meu dedo na boca, mordendo o cantinho da cutícula. Estava um tanto nervosa com tudo isso. Como seria a recepção do papai? Sabia que mamãe ficaria feliz, mas e ele?

Ele largou o computador e deitou me puxando para cima dele.

— Vem cá. — Beijou minha orelha. Ai, isso me deixava extremamente arrepiada. Não conseguia controlar a risada, parecia que fazia cócegas. — Você fica linda assim, toda despenteada.

— Ah, despenteada. Será que o senhor pensa que está diferente? — Ele mexeu no cabelo. — Mas não se preocupe, está lindo. Gosto que fique assim, despenteado. Solto, só de cuecas. — Ele voltou a morder minha orelha e me virou, ficando por cima.

— Espero que esteja lhe fazendo tão bem quanto você está fazendo a mim. — Então ele ficou sério.

— Você... Está! Faz-me muito bem. — Ele segurou meu queixo e me beijou intensamente.

Tão intenso que logo nossos corpos pegaram fogo e nosso suor se misturou. Ele acariciava todo meu corpo com sua mão direita, com a esquerda segurava meu rosto e continuava ali, beijando minha boca. Cheguei a ficar sem ar. Perguntei-me por que o destino nos uniu, como um homem desses podia me amar? Sei que tenho minhas qualidades. Mas ele é tão intelectual. Eu lia livros de romance, ele deve ter lido todo tipo de literatura. — Ei! — Ele apertou meu bumbum. Minha intuição me mandava fazer o mesmo. Dei uma risada e ele também sorriu. Acho que estava rindo do meu jeito tímido de apertar seu bumbum, com as pontinhas dos dedos.

Acho que acabamos adormecendo ali, agarrados, após um sexo meio selvagem, como nunca tínhamos feito. O sol atravessava a cortina, estava reluzente, olhei o despertador que ficava na cabeceira e já passavam das oito horas. Tirei o braço dele de cima da minha barriga, ele não acordou, parecia estar cansado. Peguei minha roupa e corri pro banheiro. Quando olhei no espelho, a minha cara de uma noite pós-sexo selvagem até que não era das piores. Pensei no que Pati diria se me visse assim. Logo ela que vivia se gabando que fazia sexo selvagem. Que é o melhor! Não podia imaginar do que eu era capaz de fazer. Nem eu imaginava! Olhei-me naquele imenso espelho que tinha atrás da porta. Meu corpo não era de todo ruim, meu bumbum ainda estava em forma, e a barriga era bem de leve que notava uma elevação. De resto, tudo estava em perfeita ordem. Os seios pareciam que ainda tinha dezoito anos. Gosto deles. Estalei os dedos, de volta à terra, Samantha. Entrei debaixo do chuveiro, deixei a água escorrer durante alguns minutos, só rememorando a noite que tivemos.

Quando saí do banheiro, ele já estava sentado à beira da cama, com o computador no colo.

— Bom dia, minha linda.

— Oi, bom dia.

— Pedi um café para nós.

— Eu estava tomando um banho — me expliquei.

— Tudo bem, me deixa responder este último *e-mail* e já falamos.

— Ok. — Gostava de ver ele enrolado no lençol, ficava *sexy*. — Eu vou terminar de me arrumar então.

Voltei para o banheiro após pegar minha escova de dente na bolsa.

A campainha tocou, ele correu para atender, enrolado no lençol, que caiu no caminho, observando-o pelo espelho do banheiro eu dei uma risada. Ele juntou e enrolou novamente, agora segurando com uma mão. Então abriu a porta. Eu fiquei apoiada na porta, espiando seu jeito nada jeitoso de pedir que entrasse com o carrinho de café. O rapaz observou a cena e fez aquela cara de pervertido, como quem diz "Ah, o senhor estava fazendo safadezas". John explicou — É que minhas roupas estão todas sujas. Sobrou-me o lençol. Acredita? — O rapaz deu de ombros e pediu licença ao sair do quarto.

— Acho melhor colocar uma roupa — disse ele. — É uma afronta contra a moral e os bons costumes.

Esperei ele vir para mesa para que eu pudesse começar a comer. Ele pediu um cardápio caprichado, veio até omelete. Lá veio ele se juntar a mim, colocou uma camiseta branca e um *short* bem curto, que parecia mais uma cueca. Continuava *sexy*. Pisquei para ele, encontrando seus lindos olhos azuis, tão azuis como a água do oceano. Despejei o suco em nossos copos, ele serviu o café. Comi um pouquinho de cada coisa, (morango, queijo de búfala, uma tortinha bem gostosa de maçã), comi bem rápido para não me atrasar. Havia marcado as onze horas no ateliê com Alberto.

— Vai ficar por aqui comigo até o almoço?

— Nem que eu quisesse, poderia ficar. Marquei com Alberto no ateliê. — Ele fez aquela carinha de cachorrinho abandonado e eu quase amoleci. — Não posso desmarcar, seria falta de profissionalismo da minha parte. — Bem que me ocorreu uma vontade louca de ficar só de preguiça naquela sexta-feira.

— Esse Alberto vive roubando você de mim.

— Você fica muito fofo fazendo essa carinha de pidão. Mas não posso, e no mais você tem trabalho.

— Ah, mas está marcado para as duas horas. Tenho todo tempo para a senhorita desfrutar de minha companhia.

— Não faz assim. Isso é maldade. — Ele veio para perto de mim, me puxando pela cintura para perto do seu corpo, fungando em meu pescoço.

— Não é muito de meu feitio dizer isso, mas vou dizer mesmo assim. Você foi extraordinariamente gostosa essa noite. — Senti meu rosto corar. — Foi sedutora. — Não queria que ele parasse de falar aquilo, afinal nunca alguém havia mencionado isso a meu respeito. — Quero repetir sempre.

— É?

— Acho que podíamos começar a repetir agora. — Ele foi me empurrando para cama e eu fui resistindo.

— Tenho que ir, não posso ficar. — Assim que caímos na cama levantei rapidamente.

Treze

PRIMAVERA, A ESTAÇÃO DO AMOR

ERA UMA TARDE LINDA DE PRIMAVERA, NÃO MUITO LONGE PODIA OUVIR o cantar dos pássaros, talvez aquela fosse a estação mais bela do ano, pretendia ir logo para o hotel e me sentar na beira da sacada e observar a rua, o vai e vem das pessoas, o som das vozes se misturando e as flores que enfeitavam as centenas de janelas. Aquela era a Paris tão buscada por mim, o impressionante era que eu parecia estar em casa.

— Algum problema, Samantha? — Alberto perguntou receoso.

— Não, está tudo bem. — Talvez eu parecesse um pouco confusa. Era muita informação para aquela tarde tão cheia da manhã ainda, meus pensamentos estavam longe dali.

— Precisa se concentrar, senhorita, há muito que fazer aqui hoje — disse ele me dando um baita sermão. Concordei e abri um sorriso me desculpando, eu não conseguia nem mais disfarçar.

JÁ ERA FIM DE TARDE QUANDO SAÍ DO ATELIÊ E VI UMA MENSAGEM DE TEXTO, abri para ler e era de John, pedindo-me para ir até o estúdio encontrá-lo. Logo abaixo vinha um mapa com o endereço. E todo meu cansaço se desfez, sem nem mesmo pensar entrei em um táxi e fui até ele.

— Parece que chegamos, senhorita — disse o taxista parando o carro. Tinha se tornado fácil pegar um taxi, bastava falar antes que ele perguntasse.

Olhei bem, até que avistei o letreiro com o nome do Studio: "WE Estúdio".

— Ah, sim. Obrigado — agradeci, paguei e desci do táxi.

Quando entrei logo me deparei com James. Ele parecia nervoso, caminhava de um lado pro outro com o telefone na mão. Ele me cumprimentou educadamente e me mostrou onde John se encontrava. Mas fiquei de longe, observando como ele se comportava. O local era pequeno, mas bem luxuoso. Havia um cenário montado com um divã vermelho e muitas luzes, que irritavam meus olhos.

— Vejo que está bem ocupado, acho que ficarei lá fora esperando que termine. — Enviei uma mensagem para seu celular.

Ele levantou a cabeça e me procurou. Veio em minha direção, dando aquele beijo que arrepiava minha pele, abraçou-me com ternura.

— Senti sua falta — disse com doçura.

— Eu também — ele completou.

Dei um sorriso largo que tomou conta de todo meu rosto.

— Quer comer alguma coisa?

— Não, obrigado. Já tomei um suco.

Ele esticou a mão e pegou com firmeza na minha e me levou para uma sala que tinha todos seus equipamentos de trabalho, uma mesa com frutas, também uma arara com algumas peças íntimas penduradas no cabide. Parecia ser um camarim. Acho que é! Percebi que Sara não estava por ali. Voltei minha atenção para aquela arara. Será que ela tinha usado aquilo para as fotos? Já fiquei irritada com essa suposição.

— Pode sentar, meu amor — disse ele.

— Mas você ainda vai demorar? — perguntei.

— Nem trabalhei ainda. Sara não apareceu! Desculpa não ter avisado, eu fiquei sem sinal. E quando percebi você havia chegado.

— Quer dizer que ainda não fez as fotos?

— Ainda não.

Admito que aquilo tinha me deixado aliviada, ao menos eu estaria ali, assistindo a tudo.

— Consegui falar com aquela cachorra! — gritou James. — Ela deve chegar dentro de cinco minutos.

John franziu a testa pra mim.

— Quer ir pro hotel? — me perguntou.

— Prefiro esperar por você — disse, cruzando os braços.

— Vai ser rápido. —Ele me deu um beijo. — Fica bem à vontade, se quiser comer algo ou beber. Vou começar a montar os equipamentos. — Me deu mais um beijo.

James me trouxe um copo com água. Agradeci e bebi quase tudo.

— Mais? — James perguntou bem gentil.

— Não, obrigado — respondi esticando o copo em sua direção.

John pegou uma câmera e saiu com ela como quem carrega um bebê. Será que ele andava por aí com ela assim? Sentei como quem espera ansiosa para sua primeira consulta ao ginecologista. E eu estava! Preocupada como iria reagir diante dela ou como ele iria reagir diante das duas. Sei que ele me disse que não queria nada com ela e que me amava. Mas mesmo assim me sentia insegura.

Eu me virei e a vi entrar com cabeça erguida. Merda, como ela estava bonita, chamava atenção por seu corpo magro e alto, e para melhorar tem olhos verdes e cabelos pretos. Parece uma boneca Suzi. Eu me ajeitei na cadeira, tentando parecer um pouco mais alta. Ela era tão metida, passou e fingiu que não me viu. Mas como gosto de ser gentil, acenei com a mão direita lhe cumprimentando. Como sempre, um ato desses é de quebrar qualquer tipo de arrogância, sem saída, ela se curvou me dando um sorriso forçado. E eu gostei daquela sensação! Eu me sentia superior a ela. Eu respirava e inspirava, mantendo meu equilíbrio.

Eu me concentrei alguns minutos no livro que estava lendo, tentando focar em algo que me afastasse dela. A bagunça se formou logo após sua chegada, era gente andando de todos os lados. James ia enfartar se continuasse naquele ritmo acelerado. Ele e John conversavam, sobre o que, não sei, pois não conseguia ouvir. Voltei minha concentração para o livro, mas quem disse que conseguia? Eu o guardei na bolsa e fiquei à espreita só observando como ela se comportava. Eu não conseguia parar de olhar para ela. No momento em que ela estava sendo maquiada, o silêncio se fez. Fiquei com aquela vontade de levantar e ir até John. Mas permaneci uma estátua. Parecia que havia congelado meus movimentos, não conseguia ter reação. Engoli seco quando a vi de *lingerie*. "Era para ela mesmo todas aquelas peças que estavam lá penduradas", pensei. Senti que John ficava incomodado com a maneira com que Sara se sentou ao seu lado. Ele disfarçava, mas me olhava como quem pedia desculpas.

Dei de ombros, me lembrando do que ele dissera, que não tinha e nem queria ter mais nada com ela, o que não deveria o incomodar naquela situação.

Todas aquelas dúvidas desapareceram, tive a certeza de que nunca ele a amara, naquele instante em que ele estava na frente dela; e ao meu lado era onde ele queria estar, pois seus olhos não disfarçavam.

— Olá, John — disse Sara fitando seus olhos.

— Oi, Sara — ele respondeu seco.

— A propósito, ontem fui à sua casa e vi que não estava — ela disse. Estiquei meu pescoço e conseguia ouvir tudo perfeitamente. Como ele não disse nada, ela continuou: — Preciso de uma bota minha, Lúcia não encontrou. Posso passar lá hoje à noite? Preciso das minhas coisas que ficaram no seu armário.

— Por que você foi à minha casa sem me avisar? — ele perguntou com um tom ameaçador.

— Antes de ir, eu até telefonei, mas como suas atitudes comigo não vêm sendo legais, imaginei que não quisesse me atender.

John ficou calado por alguns segundos, depois disse:

— Eu já coloquei tudo em uma caixa. Não estou em casa. Irei pedir para alguém entregar para você amanhã.

— Como assim, você já colocou tudo em uma caixa? Por que fez isso?

Aquela conversa estava me deixando desconcertada, parecia que ela estava cobrando algo dele, como se ainda tivessem alguma coisa em comum.

— Só antecipei o que você deveria ter feito. Não vejo problemas nisso.

— Não gosto que mexam em minhas coisas, sabe disso. Não foi legal de sua parte, John, não foi legal.

— Ah, Sara, para de drama. Não acho que eu tenha agido errado, apenas arrumei o que você havia deixado em minha casa. Não foi nada educada! Acha que tem liberdade de invadir minha casa em busca de suas coisas? A casa é minha, entra quem eu convidar e você não é minha convidada. — Ele me olhou intrigado.

— Sente-se melhor agora? — ela falou com desdém.

— Está certo. Não vou entrar no seu jogo. Desde o momento que terminamos você já deveria ter pegado suas coisas. Tive receio que você pudesse achar que ainda ficaríamos juntos, pois vejo que foi uma forma que você achou de voltar à minha casa, deixando seus pertences por lá. E não gosto de abrir meu armário e ver que nele tem objetos de alguém que não faz parte da minha vida. — Nossa ele foi decisivo. Eu me senti orgulhosa do meu homem. Como é bom falar isso: meu homem.

— Tenho pensado muito nisso, para ser franca, você é um babaca. Você não merece me ter. Nem qualquer outra mulher. Eu que não quero mais nada com você.

— Então foi melhor mesmo nos encontrarmos para que tudo fique esclarecido. Saiba que estarei aqui se precisar de um amigo, quero que seja feliz, Sara. Não desejo seu mal e espero que não deseje o meu. Tudo que aconteceu com a gente é passado. Toca sua vida e para com essa mania de me ligar, mandar mensagem. Não sou seu salvador. — Ele parecia bem irritado. — Tenho minha vida e você está atrapalhando.

— Você mudou mesmo, John — ela falou com um olhar triste, que até eu tive pena. — Se é isso mesmo que quer. — Deu de ombros.

Seu olhar encontrou o meu, me encarou com prepotência. Será que ela não sabia que eu era a noiva dele. Será? Mas já havia nos visto juntos.

— Tentarei entender. Não tivemos culpa do que aconteceu, foi uma fatalidade. Mas como você acabou de dizer, ficou no passado e a vida segue. Foram as circunstâncias que nos separaram — disse Sara num tom rude.

Ele concordou; eu senti um aperto no peito, sabia que nos olhos dela ainda existiam sentimentos, talvez ela ainda o amasse.

James veio trazendo um rapaz moreno, de cueca. Quase caí dura ao ver aqueles músculos todos. Pediu que se posicionassem para que começassem o trabalho, pois já estavam atrasados e teriam que terminar aquela campanha ainda naquele mesmo dia.

Fiquei pensando na sua casa que ele mencionara. Ele não havia me dito nada que tinha uma casa. Passou alguns pensamentos hostis em minha cabeça naquele momento. Ele parecia estar um pouco longe dali.

John hesitou um pouco, mas foi até ela pedindo que deixasse seus cabelos caírem sobre seus seios, dando à cena uma imagem *sexy*. Dirigia-se a ela como profissional. Quando ela tentava se chegar com intimidade, falando deles, ele então se fazia de rogado e continuava seu trabalho deixando um espaço entre os dois. O rapaz que James trouxera era o modelo que estava fotografando com Sara. Ele a abraçava tentando parecer íntimo, isso é o que precisava para que as fotos ficassem naturais, mas Sara não conseguia passar naturalidade, ela tirava a mão do modelo, fazendo cara de insatisfação. Pensei como ela era bonita e irritante.

James não estava gostando da cena que estava vendo, mandou que cortassem.

— Chega... Vamos dar um intervalo. Sara você está nervosa? Preciso que se solte mais, deixa que ele pegue na sua cintura, precisamos de um casal hoje aqui, ok? Precisam passar intimidade!

— Estou parecendo nervosa? — ela falou ironicamente.

— Está! E acho que não só eu percebi. Todos aqui perceberam que falta naturalidade de sua parte. Até Samantha percebeu.

— Quem é Samantha?

Quando pensei em responder ele fez isso por mim.

— É minha noiva.

— Noiva?

— É, minha noiva — ele afirmou, apontando em minha direção.

Ela olhou com desdém, parecia que estava rindo de mim. Levantei a mão a cumprimentando com simpatia. Ela franziu a testa e se virou para John, mostrando indiferença com minha presença. Pensei que não devia estar ali!

— Deixe que Edgar a segure firme. — James apertou sua cintura mostrando como devia fazer. — Deixe se envolver pela cena, o clima é de paixão. — James concluiu.

Ela ficou silenciosa durante alguns segundos, depois disse:

— Preciso de uma taça de champanhe, por favor. — Mordeu os lábios e bufou.

Parecia não estar alegre com a novidade que acabara de ouvir. John tinha uma noiva. Parecia que eu via essas estrelinhas girando ao redor de sua cabeça, cheia de perguntas e de rancor.

— Ok, podem liberar o champanhe para ela — James então disse.

— Ai, obrigado, meu diretor querido. — Ela deu um beijo em sua bochecha. — Vou imaginar tudo que tenho que fazer. Após um gole estarei me sentindo mais leve. Prometo!

— Assim espero, não estou reconhecendo você hoje — disse James um tanto insatisfeito. — Em quinze minutos voltamos, produção. Estão liberados para um lanche. — Pediu para que John ficasse.

— Quero hoje de você o profissionalismo — James o repreendeu.

— Estou sendo o mais profissional que posso, mas é quase impossível fotografá-la, pois ela só sabe me provocar, irrita o jeito que ela me olha, cara.

Fiquei bufando de tanta raiva, ouvindo James falando como se ele estivesse com ciúmes dela.

— Sei que é chato, mas você tá entrando na onda dela. Não estrague seu trabalho, cara. Posso lhe pedir, por favor! Tenta ignorar. Deixe pensar que você tem carinho por ela, sei lá. Algo assim. Para que ela fique segura, acredito que ela vai fazer nosso trabalho render.

CHEGA! Não precisava estar ali escutando aquilo. Parecia ser uma intrusa e eu era! Não fiquei para ouvir o resto. Para completar dei de cara com ela na porta de saída. Sua expressão ao me ver indo embora parecia ser triunfante. Não olhei para trás, não lhe dei este prazer de achar que fui derrotada. Será que ela ia continuar se insinuando para ele? Fiquei chateada diante da ideia, mesmo assim segui. Pra mim já chegava de humilhação em um único dia.

Acho que ele nem percebeu o momento em que saí do estúdio. Já eram 8 horas da noite, eu estava tão cansada, e acabei perdendo meu tempo assistindo aquela cena ridícula de ex-casal. Caminhei um pouco até um taxi passar por mim. Fui direto para o hotel. Estava me sentindo um lixo, parecia que meu mundo havia desabado. Ela conseguiu o que vinha querendo há dias, me perturbar.

Alguns minutos depois, o telefone tocou e era ele. Apertei o silencioso. Não atendi! Naquele momento se eu atendesse seria capaz de mandá-lo para o inferno.

Passavam das dez horas quando ele chegou. Como eu sabia? Ele ligou no meu quarto, tinha atendido, pois não sabia que era ele. Não quis vê-lo, precisava ficar sozinha, precisava digerir tudo que havia acontecido..

Acendi um cigarro na varanda, no fundo não pretendia continuar com aquele vício, estava me livrando aos poucos. Mas naquele instante era o que de fato me acalmaria. Fiquei com o telefone na mão, esperando que ele voltasse a tocar. Era a quarta vez que eu olhava na tela e nada acontecia. A insegurança que eu estava sentindo era estranha, há tempos não me sentia assim. Será que estava sofrendo por amor? Rolou uma vontade de estar nos braços dele, sentir o seu perfume, tocar seus cabelos, queria estar com ele sozinha. Lembrei que na noite em que o conheci eu não havia lhe dado o menor crédito. E agora ele era dono do meu coração. Engraçado que em tão pouco tempo ele tinha se tornado essencial pra mim.

Apagando o cigarro, fiquei imaginando se ele estaria deitado nu ou apenas de cueca. Do jeito que ficava quando estávamos juntos. Como era burra, claro, por que não pensei nisso antes? Coloquei aquela camisola que ele me deu, a rosa, soltei meus cabelos, passei um batom e enchi meu corpo de óleo de amêndoas.

Vesti meu casaco de veludo que ia até o joelho por cima, calcei uma sandália com um salto bem alto.

Meus planos saíram exatamente como eu havia planejado. Ao chegar à sua porta, toquei a campainha. Mordia os lábios de nervosismo, não era uma tarefa nada fácil posar de mulher fatal quando você não era uma mulher fatal.

Quando ele abriu a porta, para minha surpresa, ele estava de cueca branca. Aquelas cuecas que fazem o contorno do bumbum e deixa suas pernas torneadas à mostra. Ele estava aqui na minha frente, e eu ficava sem reação. Estática, não sabia como devia fazer. Acho que ele deve ter percebido minha insegurança, porque eu freei.

Boquiaberto ele disse: — Você está uma deusa, meu amor. — Passou seu braço ao redor de minha cintura, me puxando para dentro. Beijou-me com voracidade. Isso aflorava ainda mais meu desejo.

— Bem, então só me beija.

— Que surpresa mais ousada. — Ele continuava me beijando, me jogava sobre a cama. Mas jogava mesmo. Eu o puxei, não deixando que ele tirasse minha sandália. Fui por cima dele e beijei cada centímetro do seu corpo, fazendo com que ele suspirasse de desejo. Ouvi seu gemido.

— Você me enlouquece. — Ele continuou delirando de prazer. Eu consegui causar o efeito que queria nele. Estava em seus braços e ali era onde eu queria permanecer até que cansássemos um do outro. Se é que um dia seria possível.

— Quero fazer amor com você — disse ao chegar perto de sua orelha. Ele puxou meu cabelo para trás e me encarou.

— Por que te desejo tanto? — Em seus olhos vi o brilho do mar. — Você me deixa louco. — Ele sorriu, pedindo para que eu não fizesse mais aquilo. — Não saia sem me avisar. — Eu lhe dei um beijo, quase que engolindo sua boca, de tão intenso e quente. E naquele beijo me entreguei. Na verdade, cada minúsculo pedaço do meu corpo, até minhas unhas, pertencia a ele.

Depois de estar embriagada de tanto fazer amor, deitamos abraçados, lado a lado, olhando um no olho do outro, como só os apaixonados fazem. Sabe aquele momento em que você fica quietinha, olhando, pensando, analisando tudo que se passa? Foi assim que ficamos. Eu e ele, pensando um no outro, procurando ler nossos pensamentos.

— Perdoe o que fiz você passar hoje? — ele foi explicando.

Eu hesitei em falar.

— Não esperava que ela agisse daquela maneira — continuou a explicação. — Quer dizer, eu não imaginava que ela atrasaria. Desculpe fazer você esperar tanto. Nem deveria ter pedido para que fosse até lá. Sei o quanto foi desagradável, eu sei. Peço-te desculpas, meu amor. — Ele jogou meu cabelo atrás da orelha, em seus olhos vi que dizia a verdade. Como minha avó sempre diz, quando a pessoa olha em seus olhos, ela está falando a verdade; se ela ficar olhando pro alto, buscando qualquer outra direção que não seja você, é porque ela mesma não acredita no que diz. Isso sempre tem dado certo. Vovó é uma mulher incrível e superinteligente, sabe muito da vida e muito mais dos homens.

— John, prefiro não tocar nesse assunto. — E eu não queria mesmo. — Não precisamos nos lembrar desse ocorrido. — Ele rodou o anel no dedo, sabia que estava nervoso. Respirei fundo e disse: — Por que não disse que tinha uma casa?

— O quê?

— É, por que não me falou que tinha uma casa? Uma casa onde morou com ela. Onde ainda tem as coisas dela.

— Eiii, é a minha casa amor. Não falei por falta de oportunidade, sei lá. — Fiz cara de insatisfeita. — Eu não pensei que fosse importante. Não pensei mesmo! Minha casa fica a uns 30 quilômetros daqui. Podemos ir até lá amanhã se quiser. — Para ele parecia normal o que tinha feito.

— Eu quero. — Apertei os dentes.

— Você ficou chateada por causa da casa?

— Talvez chateada não, mas não entendi por que não falou que tinha uma casa. Pensou que eu fosse interesseira?

— Claro que não, meu amor. — A expressão dele mudou. — Para de falar isso, imagina!

— Ah, vai saber.

— É que é tanta coisa acontecendo. E tudo tão rápido. Cheguei a pensar que podíamos até morar lá, estava esperando decidir onde queria morar. Mas como eu disse, se quiser amanhã mesmo te levo lá. Aí você conhece a casa, o meu cachorro, até Lucia e Noel, os caseiros — ele falava sem culpa. — Até podemos dormir por lá. — Franzi o cenho.

— Não sei se quero morar onde Sara morou com você.

— Depois a gente fala disso, tudo bem?

— Ok.

— Quando James me disse que você viria, até pensei em hospedá-la, mas não sabia como seria sua recepção comigo.

— Mas você foi para o hotel e fez aquela surpresa toda.

— James fez tudo, ele armou tudo, claro que eu topei e quis muito, ajudei. Mas a intenção veio dele.

Naquele instante meus olhos travaram e me arrependi de avaliá-lo tão mal.

— Quer dizer que James foi o responsável. Você não teria feito isso.

— Claro que eu teria feito, mas ele foi o gênio. Achei que não quisesse mais me ver.

— Foi por isso que nunca me procurou.

— Você não quis, lembra.

Eu me calei, lembrei e me arrependi, pois passei dias sentindo falta dele, querendo ouvir a voz dele, um sinal, qualquer coisa.

— Você está aqui agora, comigo. Isso é o mais importante. Não sei por que, mas algo em você me faz querer viver. — Os olhos dele me fitavam com desejo.

— Você também é importante pra mim — disse, quebrando aquele clima tenso.

— Samantha, um tanto louco, mas eu te amo e aconteça o que acontecer, sempre vou te amar e isso não vai mudar. Onde eu estiver eu irei te amar.

— Do jeito que está falando parece que vai se afastar de mim.

— Não que eu queira. Mas, se acontecer, já saberá o quanto eu a amo.

— Para de falar isso. — Abracei ele bem apertado. — Me deixa arrepiada só de pensar. — Senti como se um vento frio tivesse invadido o quarto, me encolhi em seu peito. — Não esqueça que me pediu em casamento.

— Eu jamais esqueceria — disse ele beijando minha testa. — Jamais... Minha doce, Samantha. — Nossas bocas se encontraram e nos perdemos em nossos corpos tão quentes, cheios de desejos, agora eu era uma mulher solta, completamente solta, na cama do homem mais lindo e sedutor de toda Paris. Ele parecia surpreso com minha desenvoltura na cama, cheguei a pensar se alguém devia ter ouvido meus gritos.

Não conseguia pensar em mais nada que não fosse nele. Parecia que quando estávamos juntos o tempo parava de passar. Mesmo sabendo que ele não para. Se pudesse eu pediria para ele parar. Não queria ficar mais nenhum minuto longe dele. Sabe aquela sensação de perda que invade nosso coração? Eu fui invadida por ela e senti medo de não sobreviver longe dele, eu não saberia mais não ter ele. Pensei em Shelen e meu coração se inundou em tristezas. Eu o abracei com tanta força, querendo sentir ele perto de mim, querendo garantir que ele nunca mais saísse do meu lado.

Quatorze

Tinha passado aquela noite remexendo de um lado para o outro na cama e assim que a luz do sol entrou pela cortina, acordei John, queria logo que fôssemos até a casa dele. Aprontei-me em menos de quinze minutos, tomamos o café em ritmo acelerado, eu realmente o apressei. Ele se espantou com a forma que minha expressão estava talvez ansiosa e um pouco nervosa, eu falava sem parar. Ele, por sua vez como era de costume, calmo, paciente, ele parecia ter vinte anos a menos que eu. Ou deve ter sido criado por uma freira boazinha, dessas que castiga com cinquenta pai-nossos e cem ave-marias. Albert e Pati vieram em silêncio, com a boca colada uma no outra.

Ao parar o carro vi que na porta de entrada alguém estava de pé. Imaginei que fosse a governanta, senhora Lúcia, que ele havia falado. Uma mulher alta e magra, aparentava ter uns sessenta anos, ou quem sabe um pouco menos, estava muito bem conservada, diria que até mais do que minha mãe. Ela me lembrou uma daquelas camponesas, com aquelas roupas todas que vestia. Descemos do carro deixando as bagagens para trás.

— Senhorita. — Ela esticou a mão me cumprimentando formalmente.

Eu estendi a minha e apertei a dela, ela sorriu, mas pareceu estar me avaliando. Acho que ela era desse tipo de governanta que tinha que se manter formal ou talvez eu estivesse só impressionada com tanta formalidade. Pati veio logo atrás e parecia ter se dado muito bem com ela, pois ela até lhe deu um beijo na face. Percebi que Lúcia não agiu muito bem ao beijo, mas deu um sorriso forçado mesmo assim.

A casa era linda, a fachada lembrava aquelas casas históricas da velha Europa. Presumia que ele era um homem bem abastado. A casa era um tanto luxuosa.

Quando entramos, tirei meu sapato no *hall* de entrada, pisei no tapete felpudo vermelho.

— Não tire.

— Gosto de andar descalça. — usei meu francês que estava quase perfeito, eu já entendia tudo.

O rosto de Lúcia estava transbordando de insatisfação, eu podia perceber. Reparei que o chão era de laminado, aqueles pisos que imitam madeira. Gosto do jeito com que ele me olhava. pediu que eu o acompanhasse, foi mostrando-me todos os cômodos do andar debaixo. Pati seguiu com Albert em direção à escada. Logo meu pensamento se poluiu, os dois já queriam achar um quarto para toda aquela esfregação que vinham fazendo no carro. O que me impressionou foi a sala de jantar, com uma enorme mesa de vidro com cadeiras estofadas na cor vermelha. Perguntei-me para que uma mesa com oito cadeiras se ele era sozinho. Talvez costumasse receber amigos em casa. Havia também algumas poltronas espalhadas pelo ambiente e um aparador rústico, super a minha cara, com vários porta-retratos com fotografias e numa delas um bebê, que me remeteu à memória curta que eu tinha de seu filho. Eu me vi curiosa e dei uma leve espiada por cima dos ombros, olhei mais algumas fotos dele na neve, outra dele e de Albert. De repente meu pescoço estava se contorcendo. Ele segurou minha mão e foi me conduzindo. Passamos por um vasto corredor, onde repousavam muitos quadros de obras valiosas, reconheci um, parecia ser de Da Vinci. Será que era mesmo original? Se fosse original suponho que ele fosse muito mais rico do que eu havia pensado. Sou aquele tipo que admira uma boa obra de arte, que não as compra, acho muito dinheiro para algo que vai ficar escondido. Não tenho coragem de investir tanta grana, mas se me dessem um, eu penduraria em minha sala de estar. No dia que eu tiver uma sala que seja minha, é claro. Deixarei bem à mostra. A cozinha fica ao fundo da casa, os armários são azuis, até me lembrou a casa da vovó. Nada ali era contemporâneo. Até nisso éramos parecidos. À direita havia uma porta gigante de vidro, que levava para a piscina, um homem com cabelos grisalhos limpava. Imaginei que fosse Noel. Quando nos viu, deixou o que estava fazendo e caminhou até nós, dando-nos boas-vindas. Ele já aparentava ser um senhor idoso, não queria ser deselegante em perguntar sua idade para John, mas acredito que tivesse uns sessenta anos ou mais.

— Não sei se o senhor ficará, mas preparamos os quartos. Está tudo do jeito que o senhor gosta — disse Noel após nos cumprimentar com simpatia.

— De alguma forma vamos ficar, Noel. — Retraí meu cenho, ele me olhou dando uma piscadinha. Isso não estava em meus planos. — Muito obrigado. Poderia pedir a Lúcia que prepare o almoço. Ah, Noel, se der tempo, vá até o Rouxinol e traga algumas bebidas. — Imaginei que Rouxinol devia ser um bar, um mercado, algo deste tipo.

— Deixe comigo, senhor John — disse, pedindo licença e nos deixando a sós.

Noel parecia um homem sofrido, parecia que a vida tinha lhe tirado anos. Caminhava lentamente tropeçando em suas próprias pernas. Cheguei a imaginar como ele conseguia dar conta de todo aquele jardim.

John sorriu enquanto me analisava. Agarrou-me pela cintura, puxando em direção ao seu peito. Quis perguntar se ficaríamos mesmo para o fim de semana, mas deixei que tudo acontecesse naturalmente.

— Quer conhecer o quarto? — ele falou com sedução.

— Agora?

— Bem, acho que daria tempo suficiente até para sentar na cama — falou me dando um beijo estalado na bochecha. Eu lhe dei um sorriso idiota. Ele me olhou tão impressionado, que me perguntei se eu não tinha entendido errado.

— É, pode ser. Noel é quem cuida do jardim? — perguntei. Preocupei-me com aquele senhor.

— Não, quem cuida é Lyon, o jardineiro. Por quê?

— Por nada! Não quero parecer intrometida, me pareceu que ele tem dificuldades para caminhar, pois tropeça nas pernas.

— Ele deu um desses derrames cerebrais no ano passado, ainda está se recuperando. — Falava dele com certo amor nos olhos. — Como viajo muito, ele e Lúcia cuidam da casa, nem sei o que fazia limpando a piscina. Mas ele gosta. Não é ele que faz os serviços pesados, ele é como se fosse da família, está comigo desde que vim morar sozinho com Albert. — Por um segundo sua expressão mudou, parecia que tinha ficado preocupado. — Mas ele ficará bem, não se preocupe, Lúcia está cuidando bem dele.

— Coitado. Tomara que se recupere logo.

— Vai sim! — disse convicto. — Gosto desse seu lado humano, nem todos se importam com as pessoas, sabia? — Ele me fitou com os olhos. — Você vive me surpreendendo. — Olhei para ele, agradecendo o elogio. — Quer conhecer meu cachorro? — Ele apontou em direção ao jardim.

Assenti, balançando a cabeça. Quando menos espero, veio o cachorro que atendia por Fox correndo em nossa direção. Minha expressão era de medo, imagina tamanho do cachorro pulando em John, chegou a derrubá-lo no chão, lambeu seu rosto inteiro. Eu ri daquilo. Ele estava todo vermelho ao se levantar.

— Fox, senta. — Não é que ele obedecia, fez uma carinha de pidão e John tirou do bolso um biscoito.

Eu me aproximei com um pouco de receio, mas lhe fiz um carinho, deixando minha mão sobre sua cabeça. Porém, antes eu deixei que ele me cheirasse. Dizem que cachorros conhecem quem gosta deles pelo cheiro, e não foi por menos que ele deixou que eu me aproximasse. Tenho um pouco de receio de cães grandes, mas gosto muito de cães.

— Amanhã quero que conheça o lago que tem aqui perto — disse ele, me beijando a testa. Ele era sempre carinhoso e atencioso.

Mais tarde quando estávamos esperando pelo almoço, após a curta apresentação que ele me fez ao seu quarto, se é que eu poderia dizer que era um quarto, diria que era quase do tamanho da minha casa. Tinha uma banheira no terraço com uma linda vidraça, com vista para o jardim. Olhei de cantinho, desejando usá-la com ele. Albert e Pati estavam no quarto ao lado, olhando pela janela. Não tivemos chance de sentar na cama, como ele pretendia. Albert estava atrás dela, abraçado, olhando a vista. Imaginei que eles estariam naquele momento nostalgia. Em silêncio. Só ouvindo o barulho da natureza. John foi bem rápido ao me mostrar onde ele costuma passar suas noites. Ao descer as escadas, vi que os dois vinham logo atrás. Eu me deixei cair sobre uma poltrona e alcancei uma revista, enquanto ele se sentou ao meu lado, Albert também se sentou. Pati foi para cozinha chamando por Lúcia. O clima parecia tenso, senti que queriam ficar a sós, então, me retirei.

Depois de uma longa semana fora, Albert e Pati voltaram a Paris naquela madrugada que passou. Vieram passar o fim de semana conosco. Imagina se ela perderia essa chance. Eu me sentei no escritório dele que ficava bem ao lado da sala de estar. Continuei folheando a revista, mas não pude deixar de ouvir sobre o que conversavam. Ele estava com quarenta anos e sentia que o tempo estava passando e seus amigos casando e ele envelhecendo sozinho. Talvez fosse a chance de ter alguém para acordar ao seu lado todos os dias, alguém que o fizesse querer dormir todas as noites cedo, ao invés de ficar até as cinco da manhã trabalhando em suas fotografias ou até mesmo passar a madrugada fora de casa para não ter que ficar sozinho sentindo solidão. Queria poder tomar o café da manhã sentado à mesa, que não fosse sozinho. Sentir aquele cheirinho de bolo saindo do forno quentinho, isso o fazia se lembrar de sua mãe. Talvez passasse o dia deitado na cama assistindo filme, todos os filmes de romance que gostava, e claro, abraçado com alguém. — Era isso que ele queria, era isso que eu havia acabado de ouvir. Albert parecia surpreso com aquela revelação. Meu coração palpitou ao imaginar tudo o que ele descrevera ainda pouco.

— Você mesmo disse que nunca iria casar! O que fez com que mudasse de ideia? — Albert perguntou bruscamente.

Quando voltei minha atenção para ele, ele estava olhando minha fotografia que era o fundo de tela do seu celular.

— Ela me fez mudar de ideia — respondeu com alegria, mostrando a ele minha foto.

Nossa, aquilo teve efeito sobre mim, e uma lágrima escorreu em minha face.

— Nunca desejei ser pai e fui. — Os olhos dele avermelharam. — Apenas por alguns dias, mas fui! E isso aumentou ainda mais meu desejo. Nunca planejei casar até agora, mas sempre quis ter filhos. — Albert concordava com a cabeça. — Eu sei que eu queria filhos sem que precisasse casar, mas ela é uma mulher que é para casar, ter filhos, formar uma família. Meu pensamento era diferente, mas ela chegou e mudou tudo! — Fiquei perplexa com que ouvi. — Poderia muito bem ter filhos, com uma mulher que não precisasse viver junto. Você sabe que tem muitas mulheres disposta a fazerem isso. Mas quando conheci Samantha, parece que meus planos sempre foram esses. Casar e ter uma família. — Senti meu coração dar cambalhotas. — Tudo ao contrário do que eu ditava por aí. Talvez soe estranho para você, que convive comigo, mas no momento é tudo o que mais desejo, é ela que desejo. Cara ela é a mulher ideal para mim — ele falou com os olhos brilhando.

— É, meu irmão, acho que você está amando de verdade. Pela primeira vez. De verdade! E ela está me dando bons motivos para gostar dela — concluiu Albert com um sorriso largo.

Dei uma boa risada ao ouvir.

— Imagina que ela me deu milhões de motivos para me apaixonar por ela.

— Se está fazendo bem para você, faz pra mim também. Fico feliz.

— Foi por isso que veio hoje, queria se certificar que estou bem?

— É. Foi por isso também.

— Acha que nossa mãe ficaria orgulhosa? — revidou John.

— E como não ficaria? Até eu estou orgulhoso de você. — Ele esticou a mão apertando a de John como os homens fazem desejando muitas felicidades. — Mas...ela sabe?

Aquilo me fez prestar mais atenção. O que eu tinha que saber?

— Não... — Ele fez um suspense. — Não é preciso! — Fiquei intrigada. O que eu não sabia que não era preciso saber?

— John, tem certeza?

— Albert, eu sei o que estou fazendo. Está tudo bem.

Noel chegou à sala e interrompeu aquela conversa que estava tomando um rumo muito preocupante. Vou sempre me lembrar disto, esse homem me amava de verdade. Não sei o que fiz para merecê-lo, quem pode saber? Mas o que será o que ele não queria que eu soubesse? — indaguei.

Após o almoço, que foi servido na beira da piscina, com muita classe e tudo estava divinamente delicioso. Lúcia tem mãos de fada. Nunca havia comido uma torta de banana tão boa, eu até repeti. Pati fez questão de lembrar que ajudou Lúcia a preparar o almoço, sendo que ela detesta cozinhar. Mas sei o que pretendia com essa ajuda, ganhar elogios de Albert, ela não dava ponto sem nó e eu estava gostando dessa nova Pati.

— A farofa eu fiz sozinha — disse ela com a mão na cintura. — Não é, Lúcia?

— Sim, senhorita.

Não acreditava que ela tivesse conquistado Lúcia. O que será que eu tinha de errado?

John elogiou a farofa e a gentileza de Pati, fiquei um pouco enciumada. Queria ter feito o mesmo, ter ajudado na cozinha, mas senti que Lúcia não me deu abertura.

Albert nos convidou para ir até o *shopping*. Relutante, quis dizer não. Mas acabei cedendo. Pati queria comprar um biquíni. Eu é que não ia colocar minha bunda naquela água fria. Era final de maio, ainda estávamos na primavera. Não havia gostado muito da ideia. Mas pensando bem, eu precisava fazer umas compras. Precisava de absorventes, de uma pinça e de um hidratante labial, meus lábios estavam rachados e isso não dava a eles um aspecto legal. Sempre que John me beijava, dava uma leve mordidinha em minha boca. Chegava a tontear.

— Vou me trocar. — Pati também me acompanhou.

— Já leu a carta de sua mãe? — perguntou de repente tirando o vestido. Vi a *lingerie* atraente que ela vestia, uma calcinha com renda vermelha, bem pequena, e o sutiã combinando. Quando eu ainda usava calcinha com bichinhos, me senti um pouco ridícula, diria. Troquei apenas a blusa, bem rápido para que ela não visse meu sutiã cor da pele, sem graça. Continuei com a calça *jeans* e amarrei o cabelo bem alto.

— Ah, sim, Pati. Já li — respondi.

— E o que dizia?

— Nada demais. Ela está fazendo aula de direção e quis me contar a novidade. — Ao contrário do que eu dissera, na carta, mamãe implorou para que eu me desse uma chance e fosse atrás daquele homem tão bonito e gentil, ela se referia a John.

— Sério? Já era mesmo tempo de sua mãe dirigir.

— Também acho. O bacana é que foi meu pai que a incentivou. — Fiquei pensativa por um instante, lembrando da cena que vi na sala no dia em que viajei, os dois abraçados como era nos velhos tempos. — Ela precisa ser mais independente, isso será muito bom — afirmei balançando a cabeça.

Naquela tarde fomos ao *shopping* mais luxuoso de Paris, Bercy Village. Há quase um mês na cidade maravilhosa e eu ainda não tinha tido coragem de entrar em nenhum dos *shoppings*, e fazia bem. Só de olhar as vitrines já me sentia endividada, e nem gostava de fazer compras, pois minha maldita consciência ficava me lembrando que eu não ganhava tão bem assim para gastar com roupas de grife, ou até mesmo não poderia comprar um daqueles vestidos com o que ganhava. Mas sentia que naquele dia não conseguiria sair ilesa dali. Passei adiante, vi a Chanel, e imaginei que Albert devia ter comprado a bolsa de Pati ali, e o meu vestido devia ter sido nessa mesma loja. A vitrine se passava em dois cenários, praia e neve. Aquilo me enfeitiçou. Pus minha mão no bolso, enquanto Pati teimava em querer apontar para as vitrines tão belas que puxavam nossos olhos. Fiz um esforço para não entrar nas lojas, mas logo me livrei daquela tensão e me puxou junto com ela.

— Está vendo, os homens gostam disso — ela disse com vaidade.

— O que está dizendo?

— Olhe lá para eles. Veja como eles nos observam felizes. — Ela balançou as pontas dos dedinhos alegremente para Albert.

— Sei...

— Sério! Veja só como os homens adoram mulheres que gostam de fazer compras. — Pati falava tentando parecer meiga. — Aprenda comigo, amiga. Não tem como dar errado!

Eu menosprezava esse lado fútil dela, no fundo sabia o que estava querendo. Queria que Albert entrasse e pagasse a conta. Lembro bem como fazia com Samuel, seu ex-ex-namorado rico. Quer dizer muito rico. O carro que ela tem, uma Mercedes conversível, foi presente dele! Depois que ela deu um pé na bunda, ele tentou agradá-la com esse mimo. Ela até voltou para ele, mas não durou uma semana e estavam separados outra vez, e ela linda e loira de carro novo, desfilando pela cidade. Pati não conseguia guardar dinheiro, gastava tudo em roupa, vivia com seu limite estourado. Imagina que já se viu tão apurada a ponto de pedir dinheiro emprestado pra mim.

— Não acho isso não. Cada um pensa de um jeito, Pati. — Franzi a testa. — Se Albert é assim, acredito que os dois sejam bem diferentes — retruquei.

— Ah, vem. — Ela me puxou em direção ao provador ignorando minhas palavras. Estava com um biquíni preto nas mãos, quando percebi já estávamos dentro do provador. Ela foi jogando a saia no chão, tirou a camisa de botão azul e ficou nua. Ajudei a amarrar o biquíni atrás.

— E ai, ficou bom? — ela perguntou, se exibindo como de costume.

— Sim — respondi sem dar muita credibilidade.

Pati ficou toda animada, achou o biquíni perfeito, quer dizer, tudo ficava perfeito em seu corpo. Eu não sabia se estava disposta a colocar um biquíni e desfilar minha brancura. Ela não tem esse problema, a praga tem a pele morena. Falando assim parece que não gosto dela, não é isso, é que ela é tão bonita que sua beleza chega a me ofuscar. Talvez eu tenha que deixar de ser invejosa, é ruim sentir inveja da própria amiga. É uma inveja branca, se é que exista inveja boa.

— E você, não vai provar?

— Hã... Acho que não.

— Ai, claro que vai, anda vai lá, pega um biquíni. — Usou um tom autoritário. — Vamos aproveitar o fim de semana. Do jeito que as coisas andam, não sei quando teremos chance de vir às compras juntas. Nem sei até quando estarei aqui. — Ela me abraçou com ternura e vi que a velha Pati estava de volta. Ela tinha estado tão metida nesses últimos dias com Albert, achei que não a veria mais desse jeitinho dela. Toda metida, mas sendo minha amiga. Ela me olhou impaciente, enquanto passava os dedos por toda arara e nada me agradava. Bufou e veio até mim, só de biquíni. Quando olhei para trás, John abaixou a cabeça, disfarçando. Albert estava de pé com cara de bobo só olhando ela desfilar seu corpo pelo corredor da loja. Foi de um lado pro outro e veio com uns quantos biquínis na mão.

— Vem, vamos provar — disse toda animadinha.

— Vai provar mais? — Meu tom foi meio insolente.

— Eu não, mas vou ajudá-la escolher um.

Fiz cara de rogada, mas entrei no provador e fui logo largando a bolsa. Aquele espelho não me ajudava, cadê minhas curvas? Passamos alguns minutos até que decidi por um. Não era o que eu esperava, mas Pati garantiu que era o ideal pra mim. Pelo fato de eu a considerar a mulher mais bem vestida que conheço, então soube que não teria erro. Levei o biquíni de listras azul e branco que ela havia escolhido. Dei uma espiada rápida no meu bumbum e percebi que minhas corridas estavam fazendo uma tremenda falta. Até minha silhueta havia aumentado. Não pretendia usar só ele mesmo, então peguei uma saída de praia junto. Uma longa na cor branca para combinar com o biquíni, com duas fendas, deixando a peça mais *sexy*. Sempre quis uma dessas quando via nas revistas. O biquíni era da coleção nova, então não corria perigo de parecer ridícula.

A vendedora então disse o valor total das peças e nessa hora meu queixo quase chegou à altura do balcão. Jamais pensei em pagar duzentos euros por um biquíni e uma saída de praia. Quando Pati se ofereceu para pagar a conta, recusei, não podia deixar que gastasse seu dinheiro suado comigo. Mesmo assim, ela insistiu e eu acabei cedendo, pois naquele instante eu queria deixar as peças ali e sair da loja. Fiquei surpresa quando ela abriu a bolsa e tirou o cartão, espiei com o canto do olho. Pois ela não costuma usar cartões, pelo menos não nos últimos tempos, e até onde sei, ela não podia ter um! Uma maneira saudável de se controlar. Ela era esperta, fez questão de me mostrar o cartão, fiquei ainda mais abismada em ver que não lhe pertencia, por um segundo não acreditava no que via. Era o nome de Albert que estava lá. Ela está usando o cartão dele? Putz, quanta intimidade! Estavam mais íntimos do que eu poderia imaginar. Patrícia

Corjel estava encantada com ele e com todo seu dinheiro, isso me assustou um pouco. Tinha medo por ela, vai que ele se cansasse de pagar tudo para ela? Não que eu não quisesse um homem me enchendo de presentes e pagando todas as minhas contas. Talvez fosse até bom, mas, eu não conseguia agir assim, aquilo parecia tão invasivo. Não sou careta, ou talvez até seja. Só que em minha opinião a mulher tem que ser independente, ou até quem sabe ser mais discreta. Já de primeira ela fez assim, pegou o cartão dele e saiu gastando sem se preocupar com o valor. Aquilo pra mim não era certo! Talvez eu seja muito antiquada! Talvez!

Saímos da loja e lá estavam os dois à nossa espera, com um sorvete na mão. Bem, isso também eu gostava de fazer, tomar um sorvete e lambuzar a boca toda. Eu e Pati nos olhamos e demos uma boa risada. Eles pareciam duas crianças esperando por suas mães.

John me ofereceu, mas recusei. Pati logo se sentou no colo de Albert e deu uma lambida no sorvete. Puxa vida, como eles têm afinidades. Nunca pensei que pudesse dizer isso, mas eu queria ser igual a ela, descolada! Essa é a palavra. Acho que eu não conseguia ser assim, queria ter essa mesma atitude, chegar e fazer o que se tem vontade, sabe, sem receio. Ficava sempre pensando o que iriam pensar ou dizer sobre minhas atitudes. Chega a ser patético. Quando vou criar coragem de me jogar assim? Fazer o que me der vontade sem controle algum? Ainda não sabia a resposta. Ela afagava o cabelo dele com carinho e percebi que seus olhos se encheram de brilho. Ela estava caída de paixão por aquele homem, até arrisco dizer que ele estivesse sentindo o mesmo, parecia que estavam na mesma sintonia.

— Samantha, meu amor. — Eu me derreti de tanto carinho que ouvi na voz dele. — Vem — ele me chamou para acompanhá-lo.

— Onde?

— Vem me ajudar a achar uma bermuda, ro…rosa. — Dei uma risada e o deixei sem graça. Ele cruzou os braços me encarando todo tímido.

— É que eu achei engraçado o jeito com que disse bermuda rosa. Como se o rosa não pudesse ser dito — expliquei.

Ele assentiu.

— Você tem uma leveza e consegue ser engraçada. Acho que todos deviam ser assim. — Ele disse que tenho leveza? Será mesmo que tenho? Achei que eu era antiquada e chata. — Acho que eu devia sorrir mais, assim, a vida parece ficar mais leve e você está sempre sorrindo. Isso é uma virtude linda.

Franzi a testa e meus olhos se espremeram no largo sorriso que se abriu.

Entramos na primeira loja masculina, que era nada mais que Giorgio Armani.

— Gostaria de provar uma bermuda clara — disse ele. Eu o interrompi, pedindo que a vendedora trouxesse as bermudas nas cores rosa. Ele me olhou dando um lisonjeiro sorriso com o canto da boca, agradecendo.

— Qual tamanho? — ela perguntou.

— Tamanho quarenta e dois — respondeu ele me dando uma olhadela.

Bem, agora sei qual tamanho de roupa ele usa.

Ela trouxe duas peças dentro do que havíamos pedido.

— Vem comigo até o provador, amor? — Como gostava de ser chamada de amor. Isso soava como música para meus ouvidos.

Esperei sentada na poltrona do lado de fora, até que ele abriu a porta e me mostrou. Percebi que a vendedora observava de canto de olho. Aí mesmo que mostrei o quanto ele era meu. Pedi que ele desse uma rodadinha, levantei e dei um apertão no bumbum dele. O que me levou a ser ousada? Talvez o momento.

— Ficou ainda mais gostoso — disse beijando seu ouvido. A vendedora disfarçou e olhou para a TV em que estava passando um clipe da Jennifer Lopez.

— Gostou? — perguntou inseguro.

— Perfeita! Mas prova a outra também.

Ele deixou a porta aberta e tirou a roupa assim mesmo, estava de cueca branca. Como gostava de ver esse homem de cueca branca. Coloquei a mão no olho, fechando minha visão, brincando com ele, é claro, eu jamais perderia a oportunidade de vê-lo seminu.

Vestiu a bermuda, deu uma rodadinha, mas continuei sentada. Não me atreveria a chegar perto dele ao perceber uma leve saliência que ficava visível sobre a bermuda.

— Eu achei que a primeira ficou mais *sexy* — disse com segurança, não a mesma que tenho quando compro roupas pra mim!

Abaixei a cabeça e fiquei cheirando o cabelo, deixando-o um pouco mais à vontade para se trocar. Ele foi muito prático como sempre, pegou a que opinei e logo se vestiu. A moça que nos atendeu parecia conhecê-lo.

— Deu certo? — perguntou a vendedora.

— Sim, iremos levar essa daqui. — Mostrei a bermuda e ela nos indicou o caixa.

— Olá, John — a moça que estava no caixa o cumprimentou mostrando os dentes.

Fiquei corada e sem perceber apertei seus dedos que seguravam os meus.

— Oi, senhorita Bel — ele respondeu receoso.

Até o nome dela ele sabia. Isso queria dizer que se conheciam fora daqui, foi o que passou em minha cabeça. Ele conhecia muitas mulheres lindas.

— Essa é Samantha, minha noiva — ele me apresentou. Assenti com a cabeça lhe sorrindo, ele me apresentou como noiva para uma linda mulher. Pensei como uma mulher daquela podia ficar escondida atrás de um balcão. Quer dizer que meu pensamento mais uma vez estava errado, não era nenhum caso que ele tem ou teve. Enfim... Perguntei ao meu subconsciente por onde ele andava? Fiquei sem graça diante de tanta gentileza que ela teve conosco. Ele fez o pagamento no cartão. Virei para o outro lado esperando que ele colocasse a senha, não sei porque virei, talvez para que ele ficasse mais à vontade ao digitar a senha, sei lá!

— Pensou que eu não iria lhe apresentar, não é mesmo?

Senti meu rosto corar novamente.

— Claro que não — respondi num tom tranquilo.

— Ah, agora sei que estou lhe conhecendo. Você fica vermelha, Samantha, fica vermelha quando está nervosa — ele falou dando um sorrisinho. — E foi isso que vi em sua face quando ela falou comigo.

— Não fiquei vermelha. — Dei de ombros. — Por que ficaria? — Oh, meu Deus, ele ia pensar que era uma ciumenta possessiva.

— Ela é apenas uma conhecida. Nada mais! — afirmou com tom másculo.

— Nem passou pela minha cabeça que ela pudesse ser umas das suas ex — falei num tom sarcástico.

— Umas?

— Ué, e não é?

— Acho que devemos procurar por Albert e Pati — disse ele num tom desaprovador.

Pensei que aquele meu ciúme estava indo longe demais, não queria me tornar obsessiva e chata. Seguimos de mãos dadas pelo corredor, sem falar nada a respeito do que havia acontecido. Não foi preciso ir muito longe para encontrá-los, Pati estava com mais uma sacola e Albert também carregava outra. Estávamos tendo nossa primeira briga de verdade. Para Pati isso seria um piti, no meu vocabulário era uma ridícula cena de ciúmes. John apresentava uma expressão desapontada, eu devia tê-lo decepcionado, não era para menos depois de ouvir a conversa que ele teve com Albert. Óbvio que ele nem imaginava que eu ouvira tudo que disseram. Tentei me desculpar, abraçando seu quadril. Ele respondeu no mesmo instante, agarrando minha cintura. Saímos do *shopping* e seguimos pela rodovia, estávamos na caminhonete de Albert, ficamos agarrados, abraçados um ao outro, como aquele casal de colegial, que fica toda hora segurando na mão e acariciando os cabelos. Pati estava se sentindo a primeira dama, andando no banco da frente, com as mãos sobre a perna de Albert. Parecia que se conheciam há muitos anos, de tão íntimos que se tornaram. Eu gostava de vê-la assim, só não sei até quando aquele conto de fadas dela iria durar, esperava que não se machucasse. Porque uma hora sabia que ela ia cansar dele, e até porque faltavam menos de duas semanas para voltar para casa. Só não sei como ela iria se separar dele, esperava que ela tivesse sorte e que passassem longos anos juntos. Os dois formavam um lindo casal.

— Ah, eu e Samantha viajamos para Gramado na sexta.

— Mas o que irão fazer lá? — perguntou Pati antes mesmo que ele pudesse terminar de falar, não parecendo que um dia pretendia voltar.

— Vou pedir a mão de Samantha em casamento — ele disse tão sério que quase cheguei a acreditar que ele faria. — Vou conhecer meus sogros e conversar sobre nossa decisão.

— Mas é sério mesmo esse lance de casamento? — perguntou parecendo irônica. — Vão mesmo subir no altar? — Não dei o menor crédito a ela. Deixei que ele continuasse a responder suas inquisições. Putz, como ela conseguia ser tão desagradável, parecia até que torcia contra.

— Claro que é sério. Vamos até lá para falar com os pais de Samantha. Eles fazem parte da vida dela e agora da minha. Queremos que sejam os primeiros a saber, e a nos abençoar. — Fiquei tão feliz com a resposta que me deitei em seu ombro e dei um sorriso alto.

Pati continuava a interrogá-lo. Tudo que ela mais desejava nesses últimos dias estava tendo a oportunidade de fazer hoje. Permaneci deitada em seu ombro, mas com o ouvido bem atento a qualquer barbaridade que ela viria a cometer. Sei bem como ela é ardilosa. Quando ela disse que achou que era apenas um namorico, agi imediatamente.

— Podemos falar um pouco menos de mim e prestarmos atenção na estrada? Albert precisa de atenção não é mesmo, Albert?

Albert entendeu logo minha chateação com Pati.

— Sim, a falação está me tirando o foco. — Ele interrompeu as perguntas seguintes.

A ÁGUA DA PISCINA ESTAVA DE BATER O QUEIXO DE TÃO GELADA, MESMO ASSIM me joguei e fiquei junto deles, até que meus lábios começaram a arroxear e finalmente criei coragem e perguntei se queriam sair. Acho que estavam esperando que alguém fosse em frente e saísse daquela água gelada. O vento que soprava estava tão gelado que a água parecia paralisar meu sangue. Quando a noite começou a cair, todos saíram naquele instante em que falei, foi até engraçado, Pati e Albert correram para o chuveiro quente; eles ficaram agarrados por longos minutos, colados, como se fossem um só. Os dois estavam se dando tão bem, que eu cheguei a pedir a Deus que aquilo durasse e que, se possível, Pati criasse juízo e mudasse mesmo toda a sua vida, já que ela estava ali, não custava tentar. Os beijos que trocavam eram calorosos, chegava a provocar certo constrangimento em mim e em John, que olhava com o canto do olho. Talvez se perguntasse por que eu não era assim, liberal. Mas eu o beijava assim, talvez não igual, só que Pati exagerava, colocava a mão no bumbum de Albert e apertava sem ter nenhum pudor. Tenho vontade de ser um pouco mais assim, ousada, menos recatada. Eu tinha mudado muito desde que ele entrou na minha vida, nem de longe parecia a mesma, só que ainda estava longe de ser o que talvez ele pretendesse.

John vestiu um casaco de moletom com capuz e foi preparar o churrasco. Senti-me tão em casa quando o vi na churrasqueira, era exatamente como papai fazia, dispondo os bifes sobre a grelha. Por fim, descobri que em qualquer lugar do mundo, onde quer que eu estivesse, churrasco era churrasco. Enrolei-me na toalha até que a água escorresse e depois vesti a saída de praia que custou um dinheirão. Sentei e fiquei o observando, imaginando como seríamos casados. Acho que assim, como ele estava, preparando um churrasco no fim de semana, bem coisa de família, depois viriam os filhos e ficariam correndo ao redor da piscina, jogando bola ou empurrando um carrinho de boneca. Opa, filhos? Nunca havia me perguntado quantos filhos eu queria ter ou até mesmo se quisesse um dia tê-los. Não sei o que aconteceu com meu lado materno, parecia ter aflorado com a chegada de John em minha vida. Talvez estivesse tendo minha primeira crise de consciência.

— Queria ser uma borboleta para voar perto do seu pensamento e tentar ouvi-lo — ele disse ao se aproximar, beijando minha bochecha.

— Quem disse que estou pensando?

— Seu olhar disse. — Ele fez uma pausa. — Eles sempre dizem. — Ele me estendeu a mão.

Como ele era perspicaz, eu sei por que meu coração o escolhera. Ele era inteligente, era leve, era gentil, educado, era o homem da minha vida e tinha o dom de me fazer feliz.

— Ok, você venceu — eu disse passando meus braços ao redor de sua cintura. — Estava aqui pensando como seria nossa vida em família. Digo, com filhos!

Ele me puxou tão rápido que a cadeira chegou a virar quando alcancei seus braços.

— Estava mesmo pensando nisso? — ele perguntou com a voz embargada.

— Assim... eu nunca quis ter filhos. Nunca mesmo! Desde criança eu dizia que não. Mas não sei por que agora me veio esse pensamento. — Mordi os lábios. — Por quê? Não gostou?

— É claro que gostei, amor. — Ele me abraçou forte e ficou em silêncio por alguns segundos, com a cabeça apoiada em meu pescoço, eu sentindo o ar quente de sua respiração.

A sensação que tive era que falar de filho o deixava triste. Dei uma bela mancada. Então puxei outro assunto. — Vamos mesmo para Gramado na próxima sexta?

— Vamos! — Sua voz ficou lenta. — Já marquei as passagens. — Ele me olhou, acariciou meu rosto, dando um beijo leve em meus lábios e voltou para a churrasqueira.

— Que horas será o voo?

— Tenho que confirmar, mas acho que às oito horas da manhã, amor. — Ele virava os bifes com tanta prática.

— Preciso terminar o vestido até quinta, então... É melhor deixar pronto e viajar tranquila. Não é algo que posso deixar para última hora.

— Você vai conseguir. Tenho certeza disso! — ele disse com firmeza.

Tirei as sandálias, ergui minhas pernas apoiando na cadeira bem ao seu lado. Ele mantinha seus olhos fixos em mim.

— John... Preciso de sua opinião.

— Que opinião? — disse confuso.

— Estou pensando em colocar Pati como modelo.

— Mas James não lhe ofereceu uma?

— Ofereceu. Mas eu posso usar uma minha, caso eu queira escolher. Assim ele disse!

— Bem, se ele disse, não vejo problema. Acho até bacana, vocês são amigas. Acho que será perfeito.

— Exatamente isso que pensei. Eu conheço o gosto dela, então se imaginar ela usando o vestido, o resultado com certeza será melhor.

— Então o que está lhe impedindo? — Aquela pergunta nem eu mesma sabia responder.

— Nada... Eu só não havia pensando nela. E hoje quando a vi provando o biquíni, me deu um estalo. Imaginei-a usando o vestido, acho que ele estava sendo desenhado em seu corpo.

Ele concordou com a cabeça com os olhos fixos nos bifes.

— Fico feliz que pode escolher sua musa inspiradora.

— É. — Fiz uma pausa. — Só hoje entendi que foi ela minha inspiração, desde o começo era ela.

— Vocês parecem boas amigas.

— Somos sim.

— Então tem que ser ela. — Ele colocou um pedaço do bife em minha boca.

Fiquei pensando com meus botões se Pati aceitaria, ela não era o tipo de garota que se expunha diante de um grande número de pessoas. Mas se for pensar no lado de interesses seria ideal, ela gosta de fama, de fotos, gosta de ser elogiada e teria tudo isso! Ela era a modelo certa. Fiquei ansiosa para saber se ela aceitaria o tal convite.

— Agora, aquela conversa que a gente estava tendo sobre filhos — ele sussurrou. — Acho que futuramente devíamos nos aprofundar nesse assunto. — Beijou de leve minha orelha, arrepiei até o último pelo do corpo e fiquei olhando para ele. — Você é a pessoa certa.

Quinze

AQUELES DIAS ANTES DA VIAGEM FORAM MOVIMENTADOS, ANDARA COMprando roupas novas, pares de sapatos e também um perfume. Podia-se dizer que eu estava falando o francês quase fluentemente. Não era habilidade, mas eu tinha sim facilidade em aprender qualquer língua. Pati andara comigo por dois dias à procura de roupas, nada muito espalhafatoso, mas eu queria umas que de fato causassem certo brilho nos olhos dele ao me ver. Comprei também alguns objetos domésticos, eu podia guardá-los na casa de John, onde eu morava provisoriamente.

ÀS CINCO E MEIA DA MANHÃ ABRI UM OLHO SONOLENTA, JOHN ESTAVA COM O rosto enterrado em meu pescoço.

— Bom dia, meu amor — sussurrei em seu ouvido. Ele se mexeu mas não deu nenhum sinal de que queria sair daquele sono tranquilo em que se encontrava.

Eu tirei sua cabeça de leve de cima de mim, me espreguicei, olhei para ele ao meu lado e pensei como era bom ter essa primeira imagem todas as manhãs. E de fato me sentia realizada.

Depois de uma boa ducha, voltei enrolada na toalha e puxei os pés dele.

— Está na hora de levantar, seu preguiçoso. — Ele balançou a cabeça concordando, mas seu corpo continuava imóvel. E antes que eu pudesse me afastar da cama ele me deu um golpe rápido, me jogando na cama, ficando por cima de mim. A toalha foi arremessada para bem longe da cama.

— Vamos perder o voo — sussurrei com a voz abafada, com sua boca grudada na minha.

— Ah, minha Samantha. — Beijou meu corpo e foi descendo, a sensação era de puro prazer. Ele deslizava de leve sua mão macia sobre minha pele arrepiada, o que me deixava à beira de um orgasmo. Mas segurei meu grito de prazer e deixei que ele chegasse lá. Levantou a cabeça e me lançou um olhar avassalador. — Quero você assim, sempre. Na minha cama todos os dias. — Mordeu meus lábios e aquela foi a fagulha que precisava para eu chegar ao ápice do desejo.

Por fim embarcamos para visitar meus pais, aquela não era uma visita qualquer, o que me assustava, seria anunciado que eu me casaria e eu sequer fazia ideia de qual seria a reação de papai. Bem, se é que ele teria qualquer reação. Já mamãe daria pulos de felicidade, pois seu sonho era me ver entrando na igreja vestida de noiva. Não daria tempo de convidar minha tia, que mora no Rio de Janeiro. Ela tinha manias e mesmo eu enviando o convite, sabia que não viria; diria no mínimo que fui deselegante em convidá-la em cima da hora, mas acho que talvez eu devesse enviar mesmo assim.

Como me esqueci de comprar os cremes para mamãe? Antes de embarcar, entramos numa dessas lojas chiques que tem no aeroporto e comparamos uns chocolates e alguns cremes, não o que ela havia pedido, mas os quais eu sabia que ela iria gostar. E carregava na mala um pote de doce de leite feito por Lúcia, papai que era louco por doce ficaria feliz e se sentiria valorizado.

John valia a pena, papai soube disso assim que colocou os olhos nele, pude perceber em seu comportamento, era melhor do que ele esperava. Então ele abriu a porta do carro para que eu descesse, toda a tensão que eu sentia se evaporou quando examinei a expressão de papai. Não precisava conhecê-lo muito bem para ver que estava feliz.

— Como é bom tê-la de volta, filha. — Ele me deu um abraço tão forte que fiquei sem ar.

— Ah, ai está você — disse mamãe me abraçando em seguida.

— Pai... Mãe. Este é meu noivo, John — enchi a boca para falar.

— Como vai o senhor? — perguntou ele para papai, que olhou pra mim de relance e esticou suas mãos finas, na altura da cintura dele, que a apertou com firmeza.

— Estou bem. — Sacudiu a cabeça. — E como foram de viagem?

— Um pouco longe, mas foi tranquila, papai.

— Vocês alugaram um carro? — Seu tom de voz foi irônico. Papai inclinou sua cabeça olhando para dentro do carro.

— Sim — respondeu John encabulado.

— Poderiam usar o meu. — Sua expressão foi rancorosa.

— Pai... Creio que não se incomodará com isso, não é mesmo?

De repente ele abriu um sorriso, afastando aquela expressão rabugenta que só eu conheço bem. Sinceramente, até achei a recepção dele bem calorosa. Só depois que nos acomodou mamãe serviu o jantar. A conversa entre papai e John fluía naturalmente, assim pude ajudar mamãe a dispor os pratos sobre a mesa. Tinha preparado um banquete, bolinhos de bacalhau de entrada, o que fez John lamber os dedos várias vezes. Além da farofa de frutas secas que é meu prato favorito, tinha batatas em rodelas, um arroz com cenouras, e um filé de salmão assado no molho de maracujá. Mamãe passou por trás de mim e juntou-se a nós na mesa. O jantar correu bem, papai e John trocaram experiências no ramo de contabilidade. Enquanto isso eu mostrava as fotos que tiramos em Paris para mamãe e falava a ela do casamento. Ele também falou das tortas maravilhosas que fabricara. Deixei transparecer o amor que crescia em meu coração desordenado, lembrei a ela que ele era o homem daquela noite que tive um encontro, quando usei seu sapato, ela ficou boquiaberta. Ela também me contou sobre sua experiência como motorista.

— Devia ter feito isso antes, pareço até ter rejuvenescido dez anos — dizia ela alegre. — Só agora percebo quanto tempo eu perdi.

Enquanto ela falava, eu podia perceber o quanto parecia mudada, envaidecida, dona de si. Ali na minha frente era outra mulher. Cheguei a me perguntar se não era eu quem estava atrapalhando a relação dos dois.

— Você está muito bonita, mãe. — Ela levou a mão ao cabelo, ajustando o coque arrumado no alto da cabeça, ela tinha jeito para fazer penteados.

— Obrigado, querida. — Seu sorriso tinha um brilho diferente. — Devem ser seus olhos. — Rimos.

Dissera que ela e papai agora costumavam sair aos sábados, independente de ter algum evento ou não. Papai a levava para jantar, o que ela adorava, contou que papai reparara em suas roupas e em sua aparência, sempre elogiando. Era difícil imaginar papai exercendo esse papel, era algo que não se via nos últimos anos, mas havia mudado algo entre eles, seus olhares tinham se encontrado novamente.

— Samantha irá sentir falta de casa — disse mamãe com voz chorosa interrompendo a conversa entre os dois.

John esticou as sobrancelhas.

— Ela vai continuar visitando vocês, não é mesmo, amor? — Ele jogou a bola para mim.

— Na verdade ainda não decidimos onde iremos morar. — Troquei com ele um olhar cúmplice. — Mas não irei ficar longe, mãe. A senhora sabe que independente do que decidirmos, eu virei sempre visitá-los.

— Eu sei como ela é, John. — Pude ver seus olhos brilhando. — Não vive sem minhas comidinhas — ela acrescentou satisfeita.

— Ah, querida, a Samantha tem que sair debaixo da sua saia. Já é bem grandinha — interrompeu papai. — E até onde eu sei, John parece ser um bom homem e fará nossa filha feliz. Ou ele se verá comigo. — Tentou parecer durão, mas, sua carranca se desfez deixando aparecer um sorriso verdadeiro.

Sabia que naquele momento, John, queria fugir daquela conversa.

— Isso eu posso garantir — disse ele, bebendo o vinho que restava na taça.

Naquela noite engatamos uma conversa atrás da outra. Falamos do casamento, de como seria a cerimônia. Contei-lhes das aventuras que eu e John tínhamos feito em Paris, também disse que tinha visitado a Catedral de Notre-Dame e os museus e que de fato tinha me encantando. Sentia que ao mesmo tempo em que mamãe mostrava felicidade, contraía seu cenho com preocupação. Já era tarde quando ela serviu o chá com biscoitinhos de araruta, feito por ela mesma. John ajeitou-se na cadeira e pude sentir seu toque com a perna, fazendo uma leve pressão no meio da minha, provocando um súbito desejo. Olhei repentinamente ao redor, com vergonha de que meus pais vissem aquela cena. Tirei minha perna em seguida, mordendo o canto da boca. Como um gesto implorando para que ele parasse com aquilo, fui ajudar mamãe a lavar a louça. Lá fora havia desabado um temporal, podia ver pela janela os galhos sacudindo, a brisa que entrava trazia o cheiro de terra molhada, fazendo com que eu me sentisse em casa novamente. Olhei para mamãe que me analisava sorridente. Passei a mão delicadamente em seu rosto, sentindo as leves rugas ao redor dos seus olhos.

— Filha, é isso mesmo que você quer? — perguntou com a voz rouca.

—É sim, mãe — assenti com a cabeça. — É meio maluco, não é? Em tão pouco tempo eu me casar.

— Não é para se livrar de nós, é?

— Mãe… Claro que não! Imagina. Por que iria querer me livrar de vocês? De onde tirou isso?

— Ah, filha, eu fico apreensiva com essa sua decisão. Acho estranho querer se casar tão rápido. — Segurei firme na mão dela e a fiz lembrar de que foi ela que havia me dito que o dia que encontrasse o homem da minha vida, eu saberia. Saberia porque a vida ia dar sinais.

— Eu o encontrei, mãe.

Pelos olhos de mamãe passou um brilho nunca visto antes. — Quero que seja muito feliz! Eu vou rezar todos os dias pedindo a Deus que lhe abençoe. E que John seja um homem generoso com você. Que lhe traga flores e faça massagem nos seus pés… — Rimos. Ela fez alguns interrogatórios que toda mãe faria. Embora estivesse cada vez mais curiosa, deixou aquelas perguntas de lado e preparou o café.

No sábado pela manhã quando levantei pisei devagar sobre o tapete da sala, não queria acordar John que dormia no sofá. Não poderia ser diferente. Jamais meus pais permitiriam que eu e minha irmã dormíssemos com um homem em nosso quarto. O rapaz podia até passar a noite em casa, mas bem longe de nossas camas. E com John não foi diferente. Estava chovendo, nuvens escuras deixaram o dia cinzento, os arbustos do jardim sacolejavam com força, batendo no vidro. Liguei a chaleira elétrica, enquanto a água fervia, coloquei a mesa. Fiz tudo exatamente como mamãe faria, usei as louças mais bonitas que tinha no armário. A mesma que papai usou em minha despedida, o jogo de café com bordas em ouro. Peguei os talheres de prata, e também guardanapos de pano. Tentei fazer o mínimo de barulho possível. John acordou às nove e quinze, se espreguiçou no sofá. Logo pensei que devia estar todo dolorido, pois o sofá era bem duro. Nenhum sinal de papai e mamãe. Ele pegou na mala um estojo e foi até meu banheiro. Enquanto isso, eu tentava partir o pão caseiro de milho que vovó havia feito no fogão a lenha, papai trouxe no dia anterior quando a visitou. Foi até lá verificar se ela precisaria de algo da cidade para o dia seguinte, quando iríamos almoçar lá. John apareceu logo depois de eu ter terminado de cortar o pão.

— Você quer um café? Perguntei falando bem baixinho.

Ele olhou para a mesa.

— Assim... Querer, eu até quero. Mas penso que seria melhor esperar seus pais.

Era tão bom estar em casa de novo.

Concordei. Lá em cima, o barulho ia aumentando e finalmente eles desceram. Mamãe vestia um vestido azul, era novo, nunca tinham visto antes, seus cabelos estavam presos no alto, enrolados em um coque, deixando à mostra um brinco em forma de ponto de cristal, bem discreto. Ela estava elegante, com um ar jovial. Dei um sorriso revelando minha admiração. Papai seguiu o mesmo estilo, vestia uma calça de sarja bege com uma camisa de botão branca, estilo bata. Eu acho que devo ter perdido uma grande mudança no guarda-roupa dos meus pais. Eles estavam vestindo-se tão estranhos, quer dizer, não que as roupas fossem estranhas, mas eram modernas, não se pareciam nada com aquele casal que eu tinha convivido durante esses vinte e seis anos. Recostei-me na cadeira, aquilo tudo parecia muito bem aos meus olhos.

— Bom dia... — disse mamãe animada. Depois foi meu pai que repetiu a frase.

— Bom dia — eu e John respondemos juntos. O engraçado é que era a primeira vez que aquela cena acontecia. E parecia que era tão familiar.

Uma longa pausa enquanto tomávamos o café.

— O seu quarto. Já chamamos alguém para reformar. — O barulho da chaleira fervendo interrompeu meu pai.

— Vão reformar meu quarto?

— Sim, querida. Vamos colocar uma cama de casal e pintar as paredes — disse mamãe.

Fez-se outro silêncio.

Antes que eu pudesse dizer algo papai acrescentou:

— É que você e John não precisam dormir separados quando vierem nos visitar.

— E se a gente decidir morar aqui perto? — John me lançou um olhar incerto.

— O quarto será útil em algum momento — meu pai finalizou.

— Acabei de fazer outro café novinho, alguém quer?

Minha mãe tinha mesmo um dom inacreditável de quebrar climas tensos.

Após o café, a torrente de chuva não diminuía, mesmo assim saímos para visitar vovó. Acabamos indo no carro de papai, ele fez questão. Como ele disse, os levarei em meu carro como um bom "anfitrião". Papai foi tagarelando a viagem inteira, sem dar chance para qualquer um de nós falarmos. Os 12 km nunca tinham sido tão longos. Desci do carro e fui abrir o portão, a chuva havia dado uma trégua, então me pus a gritar como fazia quando criança. Vovó… Vovó… Segui correndo pelo trilho de grama. E lá apareceu minha velhinha mais linda, com os cabelos finos e brancos como algodão. Vovó esticara os braços e eu me aconcheguei. Não gostava do fato de ela viver ali solitária, mas sempre que perguntava ela fazia questão de lembrar que vivia muito bem sozinha e que ali viveria até sua morte. Mas ela falava de uma maneira que não me convencia. Papai, John e mamãe enfim entraram. Vovó ficou parada, esperando que todos a cumprimentassem. Quando fora a vez de papai, ela afagou seus cabelos, lhe dando um beijo na testa.

— Você está parecendo mais magro, querido. — Papai franziu a testa.

— Só pareço, mãe — respondeu com educação.

—Vovó, este é meu noivo, John. — Ela o encarou, olhou para o chão e voltou a encará-lo.

— Isadora — disse ela franzindo a testa enrugada.

Ela o abraçou, o que me fez ficar ainda mais feliz. Era o primeiro namorado que eu trazia para ela conhecer. Lembro vagamente dos momentos que tivemos algum tipo de conversa sobre homens e nesses momentos ela sempre fez questão de dizer que eu devia me guardar para o homem que eu casasse. Toda mulher deveria casar virgem, não seria possível, mas ela não precisava saber desse pequeno detalhe. Enquanto caminhávamos, vovó nos apontava suas flores, usava um imenso chapéu de palha, não tinha sol, apenas alguns pingos de chuva que ainda caíam lentamente. Ela colheu um ramo de flores e deu para que eu carregasse. Certamente iria colocar num vaso, não me lembro de um dia que ela não tivesse flores no vaso. Andamos por aquele imenso pasto, John parecia estar deslumbrado com aquela imensidão de terra verde. Vovó cria galinhas e também alguns patos. Percebi o quanto se esforçava para se levantar. Tomara que ela decida logo morar na cidade, vai ter um momento em que ela não poderá mais cuidar de tudo isso. Ela chegou a ter uma empregada, o que durou apenas algumas semanas. Vovó dizia que ela era desastre em tudo que fazia. Sabíamos que trabalhar para vovó não era uma tarefa fácil. Há mais de cinco anos o casal que minha avó decidiu dar abrigo, eram conhecidos do meu avô, viviam aos fundos da casa, numa pequena casa de madeira, cuidavam da pastagem e também do quintal, quando vovó permitia. Ela que cuidava da casa e até da cozinha. Acho que ainda deveria tratar os bichos, gostava de mexer na terra, então havia sempre novas mudas de flores. Ela transformou aquele lugar num paraíso, ela fazia questão de lembrar, vovô devia estar orgulhoso.

Continuamos caminhando pela imensidão de pasto, enquanto vovó mostrava com alegria suas plantas. Seguimos uma pequena trilha que levava a um riacho com água clarinha e areia fina branca o contornando, o paraíso escondido. Dava para ouvir, cigarras, corujas e todo tipo de pássaro cantando, aquele barulho que vinha da natureza trazia uma sensação prazerosa de paz. Vovó continuava firme, mas eu percebia que trocava o peso de uma perna para outra. Ela cantarolava, andando na frente, como se fosse nossa guia, conhecia melhor que ninguém aquele lugar, vivera ali há mais de quarenta anos. Acreditava que sua missão era cuidar de tudo, manter tudo vivo. Estava com setenta e cinco anos, tinha uma saúde invejável, mas eu sabia que não viveria eternamente e chegaria uma hora em que teríamos que cuidar daquele lugar. Não sei se seríamos capazes de cuidar tão bem quanto ela, esperava poder levar meus filhos lá. Engraçado, lá estava eu pensando em filhos, era estranho como vinha mudando certos conceitos e o responsável estava logo ali na minha frente, lhe mandei beijos quando ele me olhou por cima dos ombros.

Respirei bem fundo e deixei aquela brisa gostosa entrar em minhas narinas, me trazendo doces recordações. John caminhava abrindo os braços, como se elevasse as mãos ao céu, papai deixara-se cair sobre aquele pasto verdinho, mamãe juntara-se a ele, os dois deram as mãos. Eu fiquei sem jeito quando fui pega de surpresa os olhando, desviei meu olhar e segui até onde John colhia ervas com vovó.

— John, está aqui dizendo que gosta de chá. — Vovó passou o braço por cima dele e apanhou mais folhas. — Vou arrancar algumas mudas para que leve, plante num vaso pequeno e sempre terá chá fresquinho — disse dando ordens com seu jeito doce.

— Não precisa, vovó, lá tem esses chás todos para vender em qualquer farmácia — falei.

— Pois deve ser tudo porcaria. Onde se viu vender chá em farmácia? — disse ela irrequieta.

Era inútil eu fazer com que vovó entendesse que os chás eram vendidos em folhas secas e nem por isso deixariam de ser naturais. Ela continuava arrancando as mudinhas, ignorando o que eu dissera. Será que ficou zangada por eu ter dito que não precisava? Não... Vovó não era o tipo que ficava ofendida, ela era aquele tipo mulher que vivia no mundo só dela, era difícil se abalar com certos acontecimentos, meio durona, diria.

Assim que a chuva voltou a cair, todos correram para dentro da casa. No fogão a lenha tinha um bule de café com aquele cheirinho que só o café da vovó tinha. Nossa... não sei por que mas de repente me veio à lembrança a antiga cozinha da vovó, do fogão a lenha feito de cimento e coberto com uma pintura brilhosa, nele havia um forno que vovó fazia pães e brioches. A chaleira de ferro parecia pesar toneladas. A mesa ficava aos pés do fogão, lembro-me dos dias frios, passávamos horas ali sentadas ao redor da mesa esquentando as mãos próximas do fogão. Algumas vezes coloquei até lenha, de metida que era, pois era pequena. Mas gostava de ficar enfurnada na cozinha, observando vovó preparar a comida, ela fazia uma pasta de amendoim, a melhor do mundo. Ah, teve um dia em que a vi matar uma galinha, a forma com que ela fez foi tão rápido e sem sentir piedade do bichinho. Aquilo me fizera não querer comer nenhum pedacinho que fosse. Nossa casa ficava aos fundos, uma casa de madeira bem pequena, naquela época era comum a casa ser de madeira. O chão era ladrilhado, e aos sábados mamãe encerava e eu ia com um blusão de lã velho, esfregando com os pés para dar brilho, Shelen era menor e sentava no pano para que eu a puxasse até que deslizasse em zigue-zague. Quase não tenho recordações da nossa casa, mas da casa de vovó... parece estar bem viva em minha memória. Mamãe trabalhava e vinha só a noite para casa, dava tempo de colocar Shelen e eu para dormir, quando não tínhamos dormido na casa de vovó. Naquela época lembro ainda de papai chegar tarde da noite, depois de um dia longo de trabalho e depois ainda de ter ido para sua pós na faculdade. Eu quase nunca o via, mas aos finais de semanas ele nos levava para passear a cavalo, também íamos à praia e por vezes podíamos o acompanhar até o supermercado, onde ganhávamos um doce. E quando mudamos para a casa nova, foi uma fase ruim ter que se acostumar sem a vovó.

— Querem tomar um café? — vovó perguntou, mas já estava pegando as xícaras. Aquele cheirinho de bolo de fubá invadiu a cozinha assim que tirei o pano que cobria a forma.

Mamãe mostrava a John minhas fotografias que tinha espalhadas pela casa. Dela quase não tinha, sobre a lareira havia a fotografia minha com Shelen de mãos dadas, em frente à praia, no cavalo. Lembro bem como se fosse hoje,

Shelen olhando o mar e contemplando o arco-íris que aparecera naquele fim de tarde, sentávamos na areia e fazíamos um buraco para enterrar papai. Eu tivera muita sorte na vida.

— Vai mesmo se casar? — Aquela pergunta veio inesperada.

— Vou, vovó — respondi sem graça.

— Foi no fim de maio que seu avô morreu. Já sei que pretende se casar em maio. E não estou contente por ser assim da noite para o dia. — A expressão dela era triste. — Mas casem antes da data do seu avô querida, é só o que peço — disse lúcida.

Nenhum de nós teve qualquer reação. Eu não acreditava naquilo, a data estava marcada exatamente para o mesmo dia em que meu avô havia falecido. Aquele detalhe me entristeceu, nem eu mesma pudera lembrar a data.

— Não temos a data ainda, vovó, mas não vou marcar neste dia, prometo. — John se curvou ao meu lado, ia dizer alguma coisa, mas teve a impressão de que era uma hora ruim.

Ela pegou a bandeja no balcão, recolheu nossas xícaras e foi para a cozinha, mamãe a seguiu.

— Não podemos falar a data. — Cutuquei John.

— Eu sei. Entendi.

— Pai... Por que foi falar a ela do casamento?

— Achei que ela gostaria de saber.

— Mas podia deixar que fosse eu, não? Eu queria dar essa notícia a ela.

— Trouxe uma rabanada. — Vovó adentrou a sala de jantar. Olhamo-nos assustados, pensando se ela pudesse ter ouvido algo.

— Vou preparar o almoço — resmungou.

Ela pegou uma rabanada e antes de se virar deu uma piscadinha. Definitivamente aquela era minha avó, serena. Minha mãe estava lá para ajudar no preparo do almoço, ela não gostava muito da comida de vovó, dizia que ela botava muito alho e suas carnes ficavam gordurosas. Eu sou suspeita a falar, adoro alho e comida bem temperada. Papai me parecia animado, sentou na varanda com John, apoiou no chão a garrafa do vinho Francês que bebiam, uma das que ele trouxera de presente para papai, que como ele era um bom apreciador de vinhos. Juntei-me a eles, peguei uma taça esticando o braço para que John a enchesse, a conversa fluía enquanto ouvíamos o barulho dos pingos na chuva baterem no telhado e caindo na calçada. John deixou escapar que no último ano havia ganhado muito dinheiro, pude ver os olhos de papai acenderem como um vaga-lume, papai era um homem vivido e sabia quando podia ter oportunidades de obter lucros ou até de ter um novo cliente. Ao que me pareceu, seu interesse era na revista em que ele trabalhava. A conversa estava ficando chata, só falavam de negócios, deixei-os sozinhos e me enfiei na cozinha. Vovó e mamãe cochichavam e quando perceberam que eu estava por perto, se atrapalharam e mudaram de assunto, mas não souberam disfarçar.

Franzi a testa desconfiada, mamãe por sua vez não soube segurar a língua. Dois dias antes quando havia contando a novidade, a notícia havia se espalhado como pólvora. Até o pai da Pati estava sabendo do casamento. Então vovó já sabia de todos os detalhes, só não sabia a data, eu não tinha nenhuma novidade para contar, mamãe já tinha feito isso por mim. Sentei na mesa apoiando meu cotovelo sobre a mesa, peguei um pedaço do bolo, enchi mais uma vez a xícara com café, fiquei encafifada, talvez falassem de mim. Sei o que vovó pensa sobre casamentos apressados, no mínimo pensava que estava prenha, como ela dizia. O que me confortava era saber que mamãe pensava diferente. Fiquei ali por uns minutos, encarando-as, esperando que dissessem algo. Meu pai estava feliz pelo fato de eu ter arrumado um bom homem, eu casando ele não teria mais preocupação com meu temido futuro. Esse talvez fosse o motivo mais forte de ele estar mesmo alegre.

A noite já se estendia, era a hora triste, hora de se despedir. Meu coração se apertou pela possibilidade de estar longe dela, longe demais. E quando nos despedimos de vovó, não sei, mas eu pressentia que algo com ela não ia nada bem. Seus olhos estavam embargados em lágrimas, eu conhecia muito bem vovó, sabia que ela gostava de ter a casa cheia, mesmo que só no fim de semana, quando eu e mamãe vínhamos e dormíamos com ela e nos últimos meses eu quase não tinha estado ali. Papai era o único que vinha toda semana, me sentia envergonhada por a ter abandonado, pedi desculpas por ter faltado com ela tanto tempo, estivera ocupada com em meus planos, na verdade, eu estivera era ansiosa por aquele concurso que naquele momento já não fazia a menor diferença.

— Venham mais vezes aqui! — disse melancólica. — E você, cuide bem da minha neta. — Seu olhar era intenso.

— Iremos vir muitas vezes, vovó, mas antes a senhora estará em nosso casamento. Não esqueça! — disse com meu coração partido ao ter que deixá-la mais uma vez.

Ela sabia que eu casando seria ainda mais difícil vir, só de pensar me deixava entristecida. Eu sei, eu sei que ela jamais aceitaria ir morar com meus pais, mas quando suas pernas já não a obedecerem, ela terá que recuar. Pensei como alguém pode viver assim sozinha, cortando os laços com o mundo. Eu fui embora, mas meu coração ficou ali.

Pegamos o voo de volta para Paris naquela mesma noite, o último voo. Papai nos deixou no aeroporto e ficou de entregar o carro para a corretora. Eu tinha que estar em Paris na segunda-feira bem cedo, a semana seria corrida, tinha que bordar a manga do vestido, me encontrar com Pati no salão para fazer as unhas. Quarta seria a prova final do vestido, talvez tivesse que fazer algum ajuste e finalmente na sexta-feira seria o grande dia. Também tínhamos toda papelada do casamento para levar até o cartório; e agora a alteração da data. Eu estava me sentindo aliviada, tudo tinha corrido perfeitamente bem, melhor do que esperava, papai tinha gostado de John e ele também de papai. Por ora me veio o entusiasmo doce de mamãe, parecia que uma etapa da minha vida se encontrava concluída; nesse caso, a parte em que eu me sentia em dívida com ela.

Estava agora deitada nos seus ombros, sentindo aquele frio na barriga quando o avião ia aterrissar. John me deu um beijo estalado nos lábios, meus olhos continuavam fechados. Ele encostou sua cabeça na minha e meu pânico foi se dissipando.

— Eu estou aqui, não precisa ter medo de nada — falou bem baixinho em meu ouvido para que só eu ouvisse.

Chegamos um pouco depois das nove da manhã, o que nos fez cair na cama. Queria ter dito a ele o quanto eu tinha ficado feliz, de como nosso fim de semana tinha sido perfeito, mas me aquietei em seus braços e adormeci.

Dezesseis

— Tenho más notícias. — Respirei fundo. — Ele quer mesmo alguém mais nova... mais jovem do que eu. Só por um tempo, depois ele vai arrumar outra, quando você passar do ponto.

— Ah, é você Sara?

— Sinto muito. Só achei que você devia saber. Não posso deixar que se iluda. Acho que você nem faz o tipo dele.

— Agradeço por se preocupar, de verdade.

— Ele quer mesmo é me ferir, sabe. Ele odeia que eu trabalhe como modelo. — Fiz cara de nojo e continuei com ela no telefone. — Não posso deixar que ele use você.

— Acabei de acordar, Sara, por favor, não é nada agradável acordar com sua voz. Então, me deixa desligar o telefone na sua cara.

— Mas... — Tuuuuuuuuuuu. Desliguei o telefone. Eu simplesmente tinha mudado, ah se tinha.

John estava dormindo profundamente, seu rosto rosado mostrava a delicadeza que tinha sua pele. Decidi que não ia mais atender ao telefone dele. Olhei para o telefone em minha mão e pensei em só espiar as mensagens, mas voltei a olhá-lo, tão indefeso, larguei o telefone e me aconcheguei em seus braços.

Naquela manhã eu havia levantado cedo e preparado nosso café, aproveitei que Lúcia ainda estava deitada. Tentei fazer o mínimo de barulho, mas minha ideia não tinha dado muito certo e quando se deparou comigo na cozinha sua expressão não era diferente do primeiro dia em que tinha a conhecido. Postura reta e cara amarrada.

— Com o tempo vou fazer com que ria, Lúcia — disse lhe fazendo um carinho na mão.

Enquanto cortava as frutas, ela foi tomando conta do que era de fato seu, então colocou o avental esticando seu braço por cima de mim e pediu licença alcançando o pote de café e o filtro de papel.

— O que acha de eu levar o café na cama para John? — perguntei enquanto Lúcia terminava o café.

— Acho que possa ser uma boa ideia — disse ela sem mostrar muita admiração.

— Parece bastante agradável, acordá-lo com tamanha surpresa. Pode me ajudar a preparar a bandeja?

— Sim, Sra. Samantha. — Não me dando muita abertura.

— Sem o senhora, Lúcia, por favor.

Ela não disse nada, continuou com os preparativos.

Sentei-me e alcancei o jornal, fiz que não com a cabeça e revivi nossa noite de ontem. Foi meu aniversário, então para comemorar, saímos para dançar. Só eu e ele, como vinha sendo nos últimos dias.

— Não penso em outra coisa — disse ele. — Não penso em mais nada, só em você. — Ele beijou minha orelha.

— Eu também não. Estou perdida.

— Não está não. Eu lhe achei! — Fiquei com a respiração presa no peito.

A cena de nós dois nos beijando na rua florida, com um corredor imenso de gente na frente do restaurante observando nosso beijo urgente. O beijo que estampou a capa do jornal circular. O que me fez pensar que talvez ele fosse mais conhecido do que eu imaginava. Meus olhos permaneciam fixos, enclausurados naquela imagem. Não desviei meu pensamento que trouxe as cenas ardentes que acompanhou nosso trajeto. Meu sangue fervia, depois de uns goles de champanhe. Ele me conduzia em seus braços fortes, agarrando minha cintura, minhas pernas pegavam fogo. Ainda sinto o cheiro de sua pele suada. Sua boca com o sabor doce do champanhe, aquele com certeza era o mais especial de todos os aniversários que eu já tivera. Agora em sã consciência, me perguntava se seria capaz de cometer tamanha loucura. Tantas loucuras... Nossa! Fizemos amor como nunca antes. Quer dizer, onde nunca tínhamos feito antes. Na escadaria do prédio do restaurante, no último andar de onde podíamos ver toda a cidade, dentro do carro, no banheiro feminino...certas loucuras eu não tentava explicar. Como me imaginava nua na escadaria de um prédio? Bem, nem eu mesma sei, mas o fato é que eu repetiria tudo de novo e de novo, mil vezes repetiria.

— Bom dia... — Ele me surpreendeu com um beijo na nuca.

— Oi, bom dia. Ah, não vale. Eu e Lúcia preparávamos o café da manhã para você.

— Tudo bem, eu estou aqui.

— Não! Eu ia levar na cama.

— Ah, amor. Desculpe. Quer que eu volte para a cama?

— Assim não vale.

— Então acho que poderíamos tomar um café no jardim. O que acham?

Lúcia nos olhou de soslaio.

— Posso colocar a mesa lá fora — disse Lúcia.

— Ajudamos você, Lúcia. E quero que tome café junto com a gente — por fim disse.

— Obrigado. Talvez não agora — gaguejou.

— Pare de bobeira, Lúcia. Onde está Noel?

— Está lá fora, brincando com Fox.

Enquanto examinava o jornal, deixei que ele e Lúcia levassem tudo para a mesa. Eles não quiseram a minha ajuda.

Ele olhou o relógio, se inclinou para frente e olhou o jornal por cima de mim.

— O que tanto lê?

— O noticiário de ontem. Veja. — Mostrei a capa onde nossa foto estampava meia página.

— Uau.

Eu não queria estar lá, não mesmo.

— Como será que fomos parar aqui?

John e Lúcia se entreolharam.

— Você não sabe quem tenha feito isso?

— Só não sei. Mas com certeza tiveram o melhor clique.

— Mas aqui falam o seu nome e o meu. O meu completo e até minha idade. — Meu pensamento voou longe.

— Samantha, isso não lhe incomoda, incomoda?

— Não!

— Então deixa pra lá — ele sorriu. — Você não tem ideia do que eles são capazes para conseguir uma matéria.

Antes que eu pudesse dizer mais alguma coisa ele me arrancou da cadeira no colo e me deu um beijo.

Bem, com certeza aquele dia não sairia da memória de Lúcia. Três dias antes ela nem sequer se imaginava sentada na mesa ao meu lado. E ela já entendeu que não era sua concorrente que iria torná-la em uma escrava, já recuou um pouco. Após o café John foi para o trabalho e eu ajudei Lúcia a arrumar as coisas sentindo um aperto no estômago de nervoso.

Já eram três horas quando Pati chegou. Abri a porta. Ela estava linda, bermuda desfiada, tênis e uma camiseta dos Rolling Stones.

— Bonita camiseta — comentei.

Pati sorriu e jogou sua bolsa pesada no sofá.

— As regras, quais serão? — Ela pisou leve pelo tapete.

— Bem, não há regras estúpidas. Mas... não podemos espiar nenhuma modelo e nem mesmo falar com elas antes do desfile.

— Isso são regras estúpidas. E bem chatas.

— Pati... Por favor, ouça.

— Ai, tudo bem.

— Será tudo muito diferente, muito chique, tipo nível dez. Eu acho que ninguém vai reconhecê-la, nem mesmo Albert. Será tipo transformação.

— Espero que ninguém jogue sujo. Não quero pagar mico.

— Ei, ninguém vai jogar sujo. É um concurso de moda, não de beleza. Estamos em Paris e não no Brasil.

— Isso não faz muita diferença.

— Faz sim!

— Olha, Sam, é muito bom fazer parte disso e espero que vença, sinceramente é o que espero.

— Obrigado. Vamos vencer!

O telefone tocou duas vezes. A primeira ligação foi de mamãe, ela me desejava boa sorte e contava sobre a produção de bolos que aumentou. E eu lhe agradeci e disse que estava muito contente por ela.

— Um beijo grande, querida. — Por fim desligou.

A segunda ligação era de John.

— Já são mais de três horas, talvez você queira que eu vá para casa, posso lavar seus pés e lhe fazer uma massagem. — Ele abriu um sorriso do outro lado da linha.

— Talvez fosse uma boa ideia. Você pode vir depois das quatro e tomar um chá comigo e com Pati.

— Ah, ela já está aí! Não... E minha massagem?

Pati estava sentada examinando suas pernas.

— Tem algum jeito de eu poder fazer sua massagem antes do desfile?

— Como poderia recusar?

— Esse é jeito mais gostoso de me dizer sim. Estou a caminho — disse e desligou o telefone me deixando um beijo na boca.

Encontrei Sara bem na porta de entrada. Ela acenou para John com o cigarro na mão. Tive que recolher meu sorriso ao dar de cara com ela, deslumbrante com um vestido preto, deixando sua pele clara em destaque. O cabelo estava impecável e sua bolsa combinando com os sapatos vermelhos. Tive que reconhecer que ela estava radiante. Na hora John percebeu que amarrei a cara. Se ela se encostasse nele eu seria capaz de rasgar seu belo vestido. Acho que passei o corredor inteiro sem olhar para o lado, ela conseguia estragar meu bom humor. Havia uma multidão de gente. O nervosismo aumentava dentro de mim. Fiquei abraçada a ele, dei um beijo na boca dele bem demorado, abri os olhos e vi que ela nos observava, aí sim que tasquei outro beijo nele, mas daqueles de arrancar suspiros. Não permitiria que ela estragasse minha noite.

— Vai lá, amor. — Ele me apertou forte me trazendo pra terra.

— Vou... Vou. — Dei outro beijo e fui para o camarim ver Pati. — Se comporta, hein. — Dei um beliscão em sua bunda, ele se assustou e retribuiu o beliscão; não resisti e tive que rir.

Quando coloquei o pé na escada, pude sentir os *flashes* sendo disparados em minha direção, tive meus minutos de fama. Quando cheguei à porta do camarim, estava uma confusão de jornalistas, tive que ser esmagada até conseguir de fato entrar. Lá dentro a confusão estava ainda maior, as modelos pareciam caminhar de um lado para o outro, descontroladas. Contemplei meu vestido pendurado na arara, ele estava impecavelmente passado, não precisou de ajustes, parecia que tinha sido feito contornando o corpo de Pati.

Avistei Pati, sentada na cadeira sendo maquiada. Cheguei a tempo de impedir que ela fizesse aquele olho preto que ofuscava todo o resto.

— Preciso de uma maquiagem discreta — pedi à maquiadora.

— Não, Sam! Quero marcar bem o olho. Você mesma disse que seria algo transformador — questionou Pati.

— Pati, o vestido é o destaque e não os olhos, ok? — Confesso que peguei pesado.

— Credo! Falando assim até parece que sou apenas um robô que vai entrar naquele palco, apenas para mostrar seu belo vestido.

— Desculpe. Não quis dizer isso.

— Não quis, mas disse. — Ela cruzou os braços fazendo bico.

— Penso que menos é mais — disse a maquiadora, a interrompendo.

— Exatamente — eu concordei. — É o que queria dizer.

— Ok, eu já entendi. — Seus braços continuavam cruzados e seu bico não se desfez. — Pode fazer o que ela mando — disse resmungando. Ela se endireitou na cadeira e nem me olhava.

James caminhava pelo camarim, dando ordens. Quando nossos olhares se cruzaram, ele me lançou um olhar insatisfeito. Isso não me surpreendeu, era difícil ver seu sorriso. Ninguém se atreveu a contrariá-lo.

— Quero que todas estejam com o cabelo preso. Não gosto de cabelo esvoaçante no meu palco. Tentem parecer elegantes esta noite — falou num tom sarcástico.

Pati me olhou torto, seus cabelos loiros estavam com lindos cachos, tinha dormido com bobe no cabelo. Dei de ombros, o que eu poderia fazer? Ele era quem mandava, o que nos restava era fazer como ele pedira. James passou por mim duas vezes, mas nada disse.

— O que é isso? — questionou, ela irritada. — Quem ele pensa que é?

— É ele quem manda! — exclamei baixinho.

— Isso é um absurdo. Ele acha que é o todo poderoso, vem aqui e diz o que devemos fazer e pronto.

— Fala baixo. — Cutuquei seu braço.

— Ele é um babaca.

— É desse babaca que estou dependendo. Por favor, pelo nosso bem, faça o que ele pediu.

— Quero que ele se dane. Não sei como você aguenta esse cara. — Pati aumentava o tom da sua voz, para minha sorte James não estava mais ali. — Ai, como ele é idiota. É todo arrogante. Só por que trabalha para essas pessoas famosas. Já viu onde está se metendo, Samantha?

— Concordo com você. — Mordi os lábios. — Ele é sim prepotente, metido… Mas ele também tem um lado bom.

— Lado bom? Qual?

— Ai, sabe-se lá, Pati. Ele é amigo de John.

— E daí. Dane-se. Ele não é seu amigo. Nunca vai ser! — afirmou irritada.

— Por que acha isso?

— Ele é esnobe. Não combina com você. Nem com John — não parava de falar, a maquiadora parecia impaciente. — Não sei como ele pode ser amigo desse tipo de gente. — Eu queria encerrar aquele assunto, mas Pati não é o tipo que se convence com pouco. Sabia que estava disposta a me falar tudo de ruim que James tinha.

— Está bem! Vou pegar um copo de água para você — disse, me esquivando.

Ufa! Respirei fundo e voltei com uma garrafa de água e, por fim, ela tinha se calado. Seus olhos estavam sendo maquiados. Olhei para baixo e dei uma risada ao ver o seu chinelo de plumas rosa, com um pequeno salto, bem a cara de Pati. Deixei a garrafa ali e fui dar uma espiada na plateia.

Cada lado estava sendo preenchido por igual, fiquei admirada como um evento poderia reunir tanta gente. Procurei os artistas que James disse que teria, comecei a pensar que fosse blefe dele, mas tinha muita gente famosa, estilistas renomados, o que me deixava ainda mais aflita. Meu coração bateu palpitante ao ver John conversando com uma mulher morena com cabelos negros lisos. Tentei enxergar de trás da cortina, podia ser que já tivesse visto ela. Mas não conseguia identificá-la. Ela tocou no braço dele, lhe deu um beijo na face e saiu, naquela hora senti meu rosto queimar, a segui com os olhos, ela se sentou na cadeira do lado esquerdo dele, separados apenas pelo corredor, cruzou os braços sobre o peito e se manteve reta olhando para frente. Avistei James andando pelo corredor, olhando no relógio, parecia estar agitado. Tiraram diversas fotografias e ele nem olhou para a câmera, sua expressão era rígida. Olhei para as cadeiras, todos pareciam extasiados. Voltei para o camarim e Pati agora arrumava o cabelo. Sentada na poltrona ao seu lado pensei distraidamente no meu futuro, pensei que ele dependia daquele acontecimento, se não dependesse, eu sumiria naquele instante. Mas a pergunta pairava em minha mente e tinha me tirado o sono, me perguntando se aquilo ainda tinha algum significado e eu já sabia a resposta, tentando com muito esforço manter a direção. Fui interrompida por James:

— E aí, sua modelo está pronta? — Ele apareceu do nada.

— Quase?

Ele sorriu mostrando seus dentes brancos e pequenos.

— Quase não me agrada. Então é bom apressar sua equipe, pois pode não dar tempo. Está quase na hora de iniciar o desfile — falou secamente, ele parecia querer me alfinetar, mas no fundo eu sabia que era apenas o jeito dele.

— Ela estará pronta a tempo James. Não se preocupe! — falei rude.

— Que bom. — titubeou.

Ele passeou pelo camarim, girando um cordão que vivia pendurado em seu pescoço. Sua expressão era de um rei. Eu nem tentava decifrar James. Os dias que eu passei ao lado dele eu sabia que atrás daquela personalidade durona tinha um homem bom. Mas tinha algo entre nós dois que não nos permitia estreitar nossos laços. Tínhamos empatia um pelo outro, por mais que quiséssemos, não chegávamos a um ponto de equilíbrio. John gostava dele, o admirava.

— Você tá com sorte, senhorita Samantha. — Ouvi a gostosa voz de John, que me tranquilizava.

— Sorte? — Franzi a testa furiosa.

— É, sorte. — Pôs-se de pé na minha frente. — Pois só você tem um homem que te ama — disse se gabando de si mesmo, dei um largo sorriso. — Boa sorte, meu amor — disse bem baixinho em meu ouvido. — Te amo. — Senti meu corpo estremecer quando o ar quente de sua boca tocou na minha orelha.

— Obrigado, amor.

A hora tão esperada se aproximava. Pati estava deslumbrante no vestido de seda *pink*, com decote generoso nas costas, desenhando suas curvas. Seus cabelos estavam lindamente num coque embutido no alto, o pescoço longo afinava ainda mais sua silhueta. Curiosas que só, as meninas que estavam competindo comentavam entre um olhar e outro, eu podia perceber que era do vestido que falavam. James contemplou o vestido. Seu olhar furtivo parou por alguns minutos e eu podia ver seus olhos reluzirem. Mas quando encontrou meu olhar, se desvencilhou dele e voltou seu olhar para o palco. Estava quase na hora de ele entrar.

Onze e meia da noite. Pati respirou fundo e então entrou na passarela. Desejei-lhe toda sorte do universo.

— Essa é a nossa chance — disse com um sorriso enternecedor. — A chance de mostrar a James do que somos capazes.

Minhas palavras entraram como uma dose de adrenalina na veia dela, que subiu divinamente na passarela, ergueu a cabeça, levando um pé a frente do outro levemente, sem pressa. Parecia ter nascido para aquilo. Sua beleza natural fazia com que o vestido ganhasse ainda mais brilho. De repente ouvi os aplausos, os gritos. O desfile correu bem e lá estava ela perante aquele imenso público sendo aplaudida. Pati deu um largo sorriso e se despediu acenando sua mão direita. Ela havia superado todas as minhas expectativas, simplesmente tinha arrasado.

— Linda… — gritei, eufórica.

Aquela Pati segura, simpática tinha arrancado suspiros da multidão. Sentia que tinha atingido as pessoas como eu queria. E o ar dela ficava solto, o sorriso se espalhava.

Aquela ocasião era importante, e nos últimos tempos eu tinha aprendido como me vestir. John não sabia, mas eu havia frequentado aulas de elegância, queria aprender a usar a roupa certa para cada ocasião. Então eu estava segura de que escolhera a roupa ideal. Usava um tubinho preto, um salto rosa com verniz, com os cabelos bem escovados e um brinco que batia na altura do ombro. Claro que não era nada muito luxuoso, mas estava me sentindo elegante, acho que ser elegante não é chamar atenção com o que vestimos. Na maioria das vezes uma peça discreta tem um efeito mais valioso do que um vestido extravagante. James que é sempre tão astuto, até ele havia elogiado.

Lá se foi uma hora de desfile e por fim acabou. Ainda estava impressionada com o resultado, foi tudo tão rápido que mal pude saborear aquela sensação de vitória. Mas pude sentir o sabor da vitória ao olhar para Sara. À minha volta, Pati andava pelo salão conversando animadamente com os outros convidados, eu podia os ver pegando no vestido, pedindo para que ela girasse. Ela era a estrela da festa, os olhares eram todos para ela e eu estava feliz pelo resultado. Várias pessoas vieram até mim, pedir meu telefone, mas eu não tinha nenhum cartão que pudesse entregar, então umas rabiscavam no guardanapo ou até mesmo salvavam o número em seu celular. Estava tão ocupada que mal dei atenção a John, mas eu via que ele também estava conversando, cercado de gente, o que me deixava mais aliviada. Girei o pescoço e vi que James conversava com os jornalistas. Dei quatro passos e vi Sara apoiada em seu ombro, falante com as câmeras viradas para ela, foi a aí que consegui ouvir o que tanto falavam.

— Na verdade, eu não tenho muito a declarar. A senhorita Samantha teve seus meios para conseguir essa vitória. — Parecia que insinuava alguma coisa. — Existem outros vestidos tão belos como o dela, mas a noite estava prometida a ela. Ela namora um homem poderoso. Mas dizem que ela tem talento, que é boa no que faz. E seria um horror ter que dizer o contrário.

Senti que as palavras dela eram para me ferir, era deboche, sei lá, senti que aquelas palavras não eram de quem estava satisfeita com o resultado. E James não dissera nada, nem para sair em minha defesa, ele que acompanhou toda minha trajetória. Por que ninguém nunca dizia àquela garota o quanto ela era ridícula? Será que James não queria que eu vencesse? Será?

— Porque é bem esquisito. Eu trabalho com ele e tudo mais, mas a namorada dele vencer um concurso tão disputado, eu achei estranho.

— Sara, deu — James disse e abaixou uma das câmeras com a mão, e todos tiraram as câmeras de cima deles.

Fiquei arrasada e o James do primeiro dia que eu tinha visto voltou a me assombrar.

— Oi, meu amor. — vi John trazendo uma garrafa de champanhe. — Parabéns... Sabia que seria você. Parabéns, meu amor. — Ele me ergueu em seus braços.

— Obrigado. — Minha voz saiu murcha.

— Será que posso roubar um pouco minha noiva? — Seu tom era alegre.

— Se importa se eu for embora? — disse, tirando seu sorriso.

— Embora? Por quê?

— Nada. Só me tira daqui. — Um sentimento de raiva tomou posse do meu corpo.

— Mas, amor, a noite é sua. O que houve? — Fiquei calada. — Não está gostando da festa? — ele perguntou examinando meus olhos vermelhos.

— A festa está linda, não poderia estar melhor, mas eu não quero ficar. — Eu queria sumir num passe de mágica. Não queria ter que conviver com James diariamente. Nem mesmo queria trabalhar ao lado dele, nem por toda fama do mundo.

— Está me preocupando, o que foi, amor?

— Samantha. A quem você deve sua vitória? — O jornalista me perguntou diretamente com a câmera ligada, com aquela luz quase me cegando, empurrei a câmera e saí ligeiramente dali em direção a porta, dando passos largos, quase que correndo. John veio atrás de mim.

— Samantha... Samantha. Espera! — Ele conseguiu me alcançar e segurou meu braço. — Ei, o que está fazendo?

— Pode voltar para a festa, tá legal. Vai lá com seu amiguinho — falei com raiva.

— Ei, calma. Por que está agindo assim? — Seus olhos pareciam perdidos.

— James é um tremendo manipulador. Mentiroso...

— Calma! — Ele me segurou pelos braços, me interrompendo.

— Ele e aquela sua ex-namoradinha.

— Sara?

— É. Ela e ele são iguais. Não sei qual é o mais idiota. — Minhas lágrimas caíram.

— Mas o que foi que ele fez?

— Ele nunca acreditou em mim. Ele me elogia para você, mas ele me odeia! Ele me odeia!

— Não fale isso, amor.

— Ele não acha que eu mereço vencer este concurso. E quer saber, nem eu. — Tirei com raiva o contrato em minha bolsa e rasguei em quatro pedaços e continuei picando. John me puxou para seu peito, eu deixei lágrimas de raiva escorrerem em minha face, borrando minha maquiagem.

— Não faz isso. Você sabe que mereceu, sabe disso. Sabe o quanto deu duro para fazer aquele vestido, e não foi James quem a escolheu — falou me deitando em seu peito.

— Eu sei que não. Por isso fui escolhida.

— Então!

— Então... Amanhã quando você ler o jornal entenderá o que estou dizendo.

— Tudo bem, venha — disse ele cauteloso. Entregou o cartão de estacionamento para o segurança. John era tão centrado, sabia exatamente como agir em determinadas ocasiões, deixava a poeira baixar, não tinha hábito de discutir. Às vezes, ficava com raiva de ele ser assim, tão calmo, queria que ele fosse lá e tirasse satisfação com James. Por outro lado, preferiria que não, eu era explosiva e não queria que ele fosse como eu.

Entramos no carro e segui calada, eu chorava silenciosamente não queria que ele visse minha frustração daquela noite, que tinha tudo para ser perfeita. Pati estava tão linda, volta e meia eu a via de relance, conversando animada com o pessoal da festa, ao menos ela estava feliz, nem avisei a ela que estava indo embora. Mas ela sabia que se eu não estivesse por lá era porque já teria ido e ela não gostava de sair cedo das festas, tinha que ficar até o fim e naquela noite não seria diferente. Albert chegaria a qualquer momento, então ela estaria segura e todos aqueles velhos babões logo perderiam sua atenção.

Minha vida passou em *flashback*. Aquele um mês tinha se estendido, havia quase dois meses que tudo mudara. Estava longe dos meus pais, com uma nova vida, tudo tinha sido de fato rápido demais, não tinha nem parado para pensar, escolher. Nada. Mas ao mesmo tempo eu estava me sentindo em casa com John. Muita coisa tinha mudado principalmente dentro de mim, depois do acontecido daquele dia, sabia que muitas perguntas iriam surgir, mas eu queria ficar quietinha. Idealizei demais essa carreira, como fui insensível com papai esses anos todos, poderia ter feito o que ele queria. Talvez fosse o melhor para mim, mas não, tinha que ser como eu queria, nunca parei para pensar que talvez ele só quisesse o meu bem, pois sabia o que me esperava.

Ouvia a música tocar no carro, era *jazz* eu já sabia identificar. Apesar do que tinha acontecido, eu me sentia realizada como nunca fui nesses anos todos. James podia ser o babaca que fosse, mas eu havia sido escolhida e isso ele não poderia mudar. O meu vestido foi o que mais causou impacto em toda aquela gente fina e famosa.

John se virou pra mim ao parar o carro.

— Samantha — disse ele com a voz penetrante. — Seja o que for que James fez esta noite, seu brilho ele não tirará. Você venceu, amor, isso é o que vale. Eu sei o quanto se esforçou.

— Desculpa... Desculpa ter tirado você da festa.

— Não ficaria lá sem você. O que quer que tenha acontecido, estou do seu lado.

— Eu sei disso.

— Me conta o que aconteceu, por favor?

— Esquece — disse agora mais calma.

— O que Sara fez? O James fez? Preciso que me fale.

— Deixa pra lá, John. Talvez eu tenha me precipitado. — Meu tom era tenso. — Ele é cheio de boas intenções, não é mesmo? — as palavras pularam de minha boca.

Seus olhos estavam fixos em mim. — Vem, vamos entrar. — Esticou seus braços ao abrir a porta do carro e ficou calado. Eu não esperava mesmo que ele discutisse aquele assunto comigo. Achei que ele devia conhecer muito bem James.

Quando deitamos, permaneci calada e virei de lado, deixando meus pés encostados nos dele. John não disse nada, ele ficou em silêncio absoluto e eu também, não sabia o que dizer. Ele veio e se ajeitou atrás de mim, me abraçando em forma de concha e aquela raiva que eu sentia foi se dissipando. Estar em paz com ele era estar em paz com o mundo.

Dezessete

Paris, maio de 2009

Quatro semanas depois meus pais estavam ali para o casamento. Passei a noite em claro, quando o que eu tinha que fazer era dormir, John estava num sono profundo de dar inveja. A ideia de que no dia seguinte eu me casaria, teria me causando uma terrível nostalgia. Perguntava-me se era mesmo isso que eu queria, casar? Bastava olhar para o lado e a certeza vinha. Nada era como antes, eu não era mais a mesma Samantha, eu sabia que não, com ele eu havia descoberto tanta coisa, um mundo tão diferente do meu, ele me fez enxergar um amor além daquele que eu conhecia. Algo puro, que só encontrei nele. E meu passado parecia nem ter existido. Sei lá, ele me fez querer ser melhor, a Samantha insegura havia sumido e às vezes ela aparecia para me assombrar. Que sorte eu tivera. E isso eu sabia muito bem.

Mamãe, papai e vovó dormiam no quarto ao lado. A cerimônia seria simples, nada de muito luxo, quis fazer algo mais reservado. Por John, a festa teria muitos convidados, tipo daquelas que saem nas revistas. Imagina que ele quis que nossa cerimônia fosse fotografada pela equipe da revista, bati o pé, não queria, mas ele acabou me convencendo. Eu não consigo resistir quando ele vem com aquele seu sorriso aberto, é impossível dizer não a ele. Nossa família era pequena e os amigos eram poucos, que contamos em duas mãos. Convidamos James, não sei se ele viria. Ainda era tudo muito recente, não o via desde o último dia do concurso, estava me sentindo a pior pessoa por ter dado tamanho desgosto para ele; o que saiu no jornal foi algo melhor do que eu poderia imaginar. Ele havia levantado a minha bola, disse o quanto acreditava em mim desde o dia que viu meu rabisco na seletiva da inscrição, disse que havia muitos anos não tinha visto nada igual, nada que fosse tão moderno e sofisticado, com detalhes que só a alma pudesse expressar. Era isso, ele disse que eu colocava a alma no que fazia e esse era meu diferencial. Eu me senti horrível, envergonhada, injusta, a pior criatura inescrupulosa que existia na terra, foi tão descabida minha atitude, mas não poderia voltar atrás. Depois de rasgar o contrato mandei um *e-mail* para ele dizendo que estava desistindo. Enfim... Ele havia me dito que, se eu quisesse, faria um novo contrato. Eu ainda não havia mudado esse meu jeito de levar as coisas a ferro e fogo, minha palavra tinha muita valia. John até teve com ele na semana anterior, em um jantar de negócios. Acredito que não tenha sido uma tarefa fácil para eles que eram tão amigos desfazerem aquele clima tenso que eu havia provocado. Não sei! James às vezes era tão gentil, em outras horas era tão sarcástico comigo, parecia não demonstrar apreço por mim. Fui precipitada talvez, minha reação foi exagerada ao rasgar o contrato, Sara era só uma recalcada, que perdera o melhor homem da sua vida e estava disposta a jogar sujo para tê-lo de volta. Hoje eu reconheço. Mas fazer o quê? Já aconteceu. E hoje eu estou muito bem, trabalhando para outra grife, não era o que eu queria, porque eu estava auxiliando apenas a estilista, mas era o caminho. E de coração eu queria que ele viesse, queria que ele estivesse compartilhando conosco este dia especial e quem sabe eu teria oportunidade de me desculpar, mas não iria dizer a ele que estava arrependida, mesmo lá no fundinho estando.

Mamãe entrou interrompendo minha massagem e apoiou as mãos sobre as minhas.

— Está preparada, querida? — Abriu seu leve sorriso, cativante como sempre.

— Não sei, mãe. Nunca se está preparada, não é?

— É. Quando a gente é jovem, acha que nunca é a hora, acha que tem uma vida inteira pela frente, quando na verdade a vida inteira é muito curta. — Ela baixou a cabeça, parecia tomar fôlego. — Olha pra mim... Veja só eu. Eu casei cedo, mas eu nunca me arrependi. Se um casamento não for uma entrega dos dois, então não irá dar certo, os dois têm que estar dispostos a viver um para o outro. Porque se não for assim... se abandonarão na primeira dificuldade que aparecer no caminho. — Ela falava do assunto com propriedade. — Não basta amar, porque o amor é sublime, vai além, é muito mais do que afeto. Terá que ser companheira, estar disposta a mudar e também a ensinar. Vocês irão passar o tempo juntos, terão que realizar coisas que os dois gostam, não poderão prevalecer seus gostos e nem os dele. E terá a rotina... — Ela fez uma pausa. — E posso dizer, filha, a rotina é a vilã dos casamentos falidos. Muitos casais se casam apaixonados...a paixão é uma chama acesa, e muitos acabam deixando essa chama apagar. E isso é péssimo para um relacionamento. — Seus olhos se encheram de lágrimas. — Eu deixei minha chama se apagar. E confesso que pensei em desistir. É, fechar a porta e ir embora. Mas eu nunca tive essa coragem. Não estou dizendo que fará isso, querida! É que quando ficamos mais velhos, a ideia de começar de novo assusta, a gente pensa na família. E se olhar para trás, verá que em algum momento a culpa também foi sua por deixar tudo se perder. E aí você busca forças para recomeçar novamente. — Havia melancolia em sua voz. — Ao lado de seu marido, que também por vezes se sentiu um estranho, se sentiu abandonado e você não percebeu. Não percebe quando o erro também está vindo de você, você culpa as pessoas, culpa o mundo, mas nunca se culpa. — Ela falava pela primeira vez abertamente. — Filha, a vida é uma só, não existe uma segunda chance. Então se é de verdade que está feliz e que quer mesmo construir uma história com John, não se sinta perdida e nem tenha medo. Tudo vai dar certo. Só basta querer e sei que quer, seus olhos dizem o quanto quer. Se isso te confortar, eu te digo, filha, se nada der certo, se não for como está sonhando, se você se enganar, poderá voltar para casa, estaremos lá, de braços abertos sempre. Entendeu, querida? — Ela segurou minha mão tão firme que podia sentir meus dedinhos esmagados.

Ela tinha me dito as palavras certas, as que eu precisava ouvir. Eu me senti pequena diante daquela grande mulher que era minha mãe, que nunca tinha desistido da sua família e nem dela mesma. Agora, ali, tão cheia de atitude. Eu sentia muita gratidão por tê-la ajudado a superar suas tristezas que pareciam ser infinitas. Talvez ela nunca esqueça a morte de Shelen, mas com certeza ela tinha entendido que a vida devia continuar.

Quando mamãe voltou a falar, sua voz estava mais firme. — Independente do que eu disser, filha, se você acredita que será feliz e que poderá fazê-lo feliz, está no caminho certo!

Eu não imaginava que mamãe tinha sofrido tanto. Hoje consigo entender como nossos pais se tornam figuras transparentes diante de nossos olhos. Não demonstram qualquer tipo de fracasso, seja na profissão ou em seu próprio relacionamento, mesmo estando afundados em incertezas.

— Obrigado por ser a melhor mãe — disse a abraçando com toda minha força. A massagista tinha nos deixado a sós. — Fico grata por tudo que faz por mim. Sempre me diz as palavras certas. — Mamãe era incapaz de me ver confusa. — Acho que esse tipo de nervosismo acontece com todas as noivas. — Tentei explicar minhas atitudes na noite anterior, quando havia dito a ela que não sabia se queria mesmo me casar. Eu tinha visto uma mensagem de Sara no celular de John, não era nada comprometedor, apenas comentava sobre as fotos que saiu na revista, elogiava o trabalho dele, essas coisas. Mas era impossível ser indiferente à insistência dela em se manter presente na vida dele. Na verdade, eu havia ficado com muita raiva, quis extravasar, fui um pouco infeliz ao falar mal dela. Normalmente eu ficava intrigada, mas não demonstrava. Mas naquela noite eu estava tão nervosa, que bastou uma mensagem para me tirar do trilho e ele ouviu tudo sem pestanejar. Irritei-me com ele, gritei que queria que ele tomasse uma atitude, que pedisse para que ela não tivesse qualquer tipo de contato; era ele quem tinha que dar um basta naquilo. — Tome uma atitude, que saco! Eu tenho que fingir que não me incomodo, quando isso me incomoda muito. Tenho algum ex me enviando mensagens? Ou me telefonando no meio da noite?

— Não tem. — John ficou com os olhos arregalados e na mesma hora foi ao banheiro e jogou seu telefone na privada. Aquela sua atitude tinha causado impacto sobre mim, fiquei sem reação diante dele, mas por dentro eu me sentia satisfeita.

Passavam das dezoito horas quando o carro em que eu estava parou na entrada da igreja. Fui invadida por um nervosismo descontrolado. Papai ficou olhando pra mim pelo retrovisor por um tempo.

— Então, querida — ele disse. — Vamos lá? Vamos…

Eu continuei estática. Via pelo retrovisor que ele esperava meu comando. Era uma noite fria, clima típico de outono, quente de dia e gelado à noite. Meu vestido tinha uma manga longa de renda, não esquentava nada. Eu estava tão nervosa que podia sentir meu corpo tremer. Passou um filme rápido em minha cabeça, as imagens se confundiam, mas o rosto de John estava em todas elas. Respirei fundo e assenti com a cabeça para papai.

Quando a porta da igreja se abriu, senti meu coração quase saltar pela boca, eu estava a um passo de tornar tudo real. Tentei manter um sorriso, mas minha boca tremia e segurei a emoção que me invadia, não queria que as lágrimas estragassem a maquiagem. Percebia que papai estava trêmulo também, eu me apoiava nele e podia sentir seus braços moles. Talvez eu entendesse o que para ele era aquele momento, seria a única vez que aquilo aconteceria em nossas vidas.

Caminhamos pelo corredor pequeno da igreja que estava toda decorada com rosas brancas. Minhas preferidas! No altar John, vestido com um lindo terno prata, cabelo penteado para o lado direito com o formato de uma onda, com seus olhos azuis brilhando, ele me esperava. Ao lado dele estava seu pai, Albert e Pati. Mamãe e vovó estavam no lado oposto. Os convidados não chegaram a preencher o espaço dos dois primeiros bancos. Não tinha muitos amigos, pois eu era de fora e decidimos por um casamento mais íntimo. Quando John veio a meu encontro, papai beijou minha testa e se juntou à mamãe. Seu olhar pairou em mim, eu podia ver seus olhos azuis brilharem embargados de emoção. Sequei no cantinho do meu olho a lágrima que quase escapava.

Quando paramos no altar, o bispo nos fitava com um olhar complacente, como se nossa união fosse a coisa mais certa que ele estaria realizando naquele instante.

Segurando a mão dele, fechei os olhos e disse:

— SIM…

Ele segurou minha mão apertando com força.

— SIM — respondeu convicto.

Minha mãe derramava lágrimas em seu vestido. De repente uma estranha sensação chamou minha atenção para o outro lado da igreja, era James, que estava lá, participando de longe da nossa cerimônia. Dei uma puxada no ar que tinha bem lá no fundo do meu pulmão e soltei, aliviada por ele estar ali. Enquanto o bispo encerrava seu discurso, eu olhava John com mais amor ainda, se é que isso era possível. Ele nem piscava, prestava atenção em tudo que o bispo dizia, concordando, só balançando a cabeça. Eu estava ali, mas meus pensamentos estavam voando, aquele era o homem com quem eu escolhi passar o resto de minha vida, o conhecia há tão pouco tempo, mas tinha por ele um amor enorme que crescera dentro de mim repentinamente, esperei por ele todos os dias, tinha certeza que tinha feito a escolha certa. Admirei a postura de meu sogro, um homem sem esboçar emoções, apenas olhando, sem participar, sem dizer uma palavra, até mesmo quando devia falar. Por fim, entendi por que eles não tinham afinidades, eram diferentes. Papai por sua vez, nos abraçava como se fôssemos um só e foi aí que percebi pela primeira vez na minha vida que, para ele, o bem mais valioso era a família. Agradeci a Deus por tantas bênçãos em minha vida. Eu sei que valeu, valeu a espera, valeu eu ter ficado com mamãe este tempo da minha vida, eu sabia que Deus tinha algo de bom pra mim e ali estava ele. Parecia que eu estava vivendo um conto de fadas, eu num vestido branco de princesa, todo bordado em rendas mais lindo do que eu podia imaginar, John parecia um príncipe vestido em seu terno prata, com uma rosa vermelha na lapela; meu buquê de rosas vermelhas se destacava entre as rosas brancas espalhadas pela igreja. Eu não podia negar, tudo estava impecavelmente luxuoso. Eu nunca me imaginei vivendo rodeada de tanto luxo, mas estava gostando de ver tudo tão bonito. Alguns hábitos noturnos dele eu tinha me acostumado, a frequentar os bares e restaurantes luxuosos da cidade, outros eu consegui fazer com que ele deixasse, como jogar pôquer.

Enquanto descíamos os degraus da igreja, John me ergueu no colo, me carregando até o carro. Os convidados fizeram uma chuva de arroz, acho que nossa felicidade era notada por todos, que estavam com um largo sorriso no rosto.

Podia escutar a voz dele, bem calma perto do meu ouvido.

— Eu vou te amar para sempre. Eu não sabia que te encontraria, mas o tempo trouxe você pra mim. — A voz dele era de emoção.

— Trouxe você pra mim também. Esse foi o dia mais lindo da minha vida — disse, com a voz melosa.

— Você é a coisa mais linda que me aconteceu, Samantha. — Ele apertou os olhos, parecia não acreditar que estava ali. — Obrigado por existir. Eu te amo. Amo... E amarei eternamente! — Ouvia sua voz aumentando. — Eu te amo, Samantha — ele gritou aos ventos.

Beijamo-nos demoradamente, como se fosse a primeira vez, John parecia que iria engolir minha boca. E seguimos pela Rua de Paris, para fora do carro, apoiados no teto da limusine que nos levava para a festa.

A festa que preparamos estava linda, a casa que antes era só dele, agora seria nossa. E eu já tinha mudado algumas coisas, tinha colocado um pouco de mim nela. O espaço no jardim era bem amplo, então deu tranquilamente para receber os convidados. Alugamos duas tendas suspensas brancas, combinando com as louças e as flores que eram brancas e vermelhas. As toalhas douradas com taças de cristais, pratos brancos e talheres de prata. Para facilitar, contratamos uma equipe especializada em organizar este tipo de evento. Por mim não precisaria ter tudo isso, mas como John disse que seria uma vez só, e foi isso que fiz. Fiz com que aquele dia se tornasse único e especial em nossas vidas. O simples que eu havia planejado acabou sendo luxuoso, coloquei até um DJ para embalar nossa noite. Lúcia pela primeira vez tirou seu vestido formal preto com golas brancas. Vestia um longo azul turquesa e seu cabelo estava enrolado e preso, com alguns fios caídos para trás. Noel, por sua vez, estava todo deslocado, parecia um pinguim de terno azul marinho, conversava com papai. Vovó e mamãe sentaram-se à mesa na beira da piscina e eu conseguia às vezes me sentar junto delas. Permanecíamos, ali, falando sem parar, até John vir e me roubar. Era satisfatório ver que todos estavam à vontade.

— Vou roubar minha mulher um pouquinho. — Ele me agarrou pela cintura.

— Pode levar, ela é sua agora — disse mamãe satisfeita.

Eu tinha retirado a saia longa do vestido, que ficou curtinho. John já havia tirado a gravata e o paletó, a camisa estava com as mangas dobradas até o cotovelo. Ele fez um gesto, apontado para James atrás dele, ele estava escorado na coluna da varanda, com uma taça na mão. De repente John afastou algumas cadeiras abrindo passagem para irmos até ele, senti pena de vê-lo tão deslocado dos outros, mas esse era James sendo apenas James. Não se misturava, o silêncio era seu melhor companheiro, eu me lembro dos dias que estive com ele e eu nunca sabia se devia dizer algo ou permanecer calada e então eu escolhia permanecer quieta, e isso sempre dava certo.

— Então, amigo, o que está achando da noite? — John puxou assunto.

Fez-se um silêncio, antes de James responder.

— Perfeita. Como tinha que ser! — Apertou forte a mão de John, dando-lhe um abraço forte. Permaneci de cabeça baixa, sentindo-me totalmente sem graça, sem coragem de encará-lo, mas feliz por ele estar ali.

— Parabéns — disse James apertando firme a mão dele.

— Fiquei feliz que veio — eu disse, desviando meu olhar.

— Eu odeio não aparecer quando sou convidado. E mesmo que não fosse, não ficaria longe num momento desses, Samantha. — Sua voz não era rude, mas ele parecia não dar trégua. — Está bonita. — Ele sorriu e me puxou para dar um abraço, eu hesitei, mas John percebendo minha relutância nos deu aquele abraço de urso, unindo os três. Fiquei no meio sendo esmagada. Respirei aliviada por tudo estar voltando ao seu devido lugar.

Bom, eu entendi, entendi tudo depois que vi como James olhava John. Eu sabia que ele não era *gay*, mesmo que um dia tivesse pensado que sim, aquela hipótese eu já tinha descartado. Mas James tinha por ele um amor de irmão, mais que isso, não sabia dizer ao certo que tipo de sentimento ele o devotava. Mas qualquer que fosse o risco de ele se machucar, James o defendia e se tivesse que ser um cara mal, para proteger John, ele seria. Saí de fininho e os deixei ali colocando o papo em dia.

Juntei-me a Pati, que estava linda dentro daquele vestido de seda vermelho. Diria que hoje entendo o que é ter um belo vestido, tinha mudado meus gostos, fiquei obcecada por vestidos e o resultado estava em meu guarda-roupa. Descobri também que adoro fazer compras. Qual mulher não gosta? Antes eu não tinha era condições de tê-los, trabalhando num bar, eu jamais teria.

Fiquei tão lisonjeada com a mensagem que Pati lera na igreja, parecia uma irmã pra mim. Ela tem seus defeitos, como eu também tenho e não são poucos, mas tinha algo nela que me fazia esquecer qualquer defeito, ela era sincera, seu coração era bom e verdadeiro, o que a tornava ainda mais linda. E eu sabia que ela estaria sempre ao meu lado, talvez do jeito torto dela, mas estaria!

— Parabéns, minha amiga — disse ela saltitante. — Você está um luxo! Nossa, nunca te vi tão deslumbrante. Eu fico até sem palavras. Estou feliz, feliz por você. — Deu de ombros. — Sei que a boa nas palavras aqui é você, não eu! Mas quero que saiba o quanto desejei cada dia de minha vida que você encontrasse o cara que te fizesse esquecer aquele tosco do Henry.

Franzi a testa bem espantada.

— Calma... Não se preocupe. Você já superou isso — disse convicta daquilo. — Está aí estampado no seu sorriso. Olha a vida que você tem amiga, veja, olhe ao seu redor. Agora sim vale a pena olhar. — Nós duas fizemos o mesmo e ao mesmo tempo. Olhamos ao redor e voltamos a nos olhar, abrindo um largo sorriso. Segurávamos a mão uma da outra. — Eu admiro sua coragem, eu jamais a teria. Acho que não casaria tão rápido. Ah, agora vamos à parte mais interessante da festa. O buquê... Você tem que jogar o buquê!

— Atenção, gente a noiva vai jogar o buquê — gritou formando uma roda.

E sem surpresas, o buquê caiu nas mãos de Pati, que nem precisou de muito esforço para conseguir pegar. Albert e ela se olharam, ambos piscaram. Naquele momento eu estava entendendo o que estava por vir, logo seria ela que viveria o que eu estava vivendo naquele dia.

A festa corria bem, a música era um repertório feito por John com todas as músicas que embalavam nossos momentos. Ele me conduziu divinamente numa dança inusitada, ao som de Elvis Presley, "Love me tender live", soprava em meu ouvido — Eu te amo e sempre te amarei. Pati e Albert entraram no embalo, mamãe e papai, Lúcia também dançou com James.

Minutos depois me vi cantarolando ao vento e podia ver que minha voz ecoava pelo jardim. Convidei Pati para se juntar com mamãe e vovó, então sentamos, estiquei os pés e pedi uma garrafa de champanhe. O garçom colocou o balde com gelo na mesa, encheu nossas taças, deixou a garrafa no balde e saiu. Nós quatro brindamos.

— TIM-TIM — disse vovó dando um gole, o que me fez esticar a boca.

Na hora que levantei o copo me veio à memória do primeiro dia em que tinha visto John e meus olhos se encheram de felicidade. Ficamos juntas por longos minutos, conversando, dando gargalhadas das piadas sem graças de vovó. Mamãe esticou o braço, alcançando minha mão, apertando-a com força. Então disse:

— Você é a noiva mais linda que já vi, filha. Parabéns, querida. Que seja eternamente feliz! — Sentou-se mais perto de mim, alcançando minha testa e beijou de leve.

— Obrigado, mãe. Nada disso seria possível se eu não tivesse vocês — falei com os olhos marejados.

— Vou levar sua avó para deitar, ela já está meio alegrinha — disse franzindo a testa.

Vovó resmungou, mas acabou concordando que devia se recolher, já não tinha lá seus trinta anos como dizia.

Finalmente Albert e John se juntaram a nós. James veio logo atrás, puxou a cadeira e sentou-se encabulado. Olhei para todos com satisfação, certas coisas não precisavam ser ditas. Sentia-me na época da faculdade, sentada numa roda de amigos, bebendo e jogando conversa fora, e varamos a noite assim. Os mais velhos se recolheram e nem vimos o tempo passar, sentindo o ar gelado que esfriava até a alma, podia sentir também as gotículas do orvalho que caíam dando sinal que estava muito tarde. Volta e meia, sem que eu percebesse, John me fitava com seus olhos azuis. Afundei meu rosto em seu peito, ele ergueu com carinho, me dando um beijo tão inebriante que tirei os pés do chão. Não queria que aquela noite acabasse. O rosto de James estava iluminado com a luz azul que vinha do refletor, sua postura era ereta, segurava a taça com elegância, ele sempre era muito elegante.

Contou-nos sobre sua ex-namorada, que aparecera há duas semanas lhe trazendo a novidade de uma gravidez. Ele não conseguia acreditar que ele seria o pai e havia dito a ela que iria querer um teste de DNA. Logo pensei que só James seria capaz de ter uma atitude tão insensível, tinha mais de dois meses que eles tinham terminado. Ela é modelo, trabalhava em Nova York junto com Sara. Engoli seco quando ouvi o nome de Sara, mas mantive a pose. O assunto parecia embaraçoso para ele, mesmo assim ele continuou a falar. Fiquei surpresa! Nunca soube que ele tivera uma namorada. Fiquei boquiaberta com sua revelação. James seria pai? Ele parou, cerrou os olhos e num gesto se levantou tirando do bolso um envelope. Fez um breve discurso para John, com palavras tão tocantes que eu mesma deixei me emocionar. Entregou em seguida um envelope, era uma passagem para Itália, dizia ser um presente de lua de mel.

Por seus olhos passavam uma frustração e eu pude entender que ele não era aquele homem com coração de ferro que eu pensava ser, que também tinha sentimentos. Ao menos por John ele tinha! Passei a entender tanta coisa e até a admirá-lo, queria que eles continuassem aquela amizade e que, se ele permitisse, eu estaria partilhando junto deles.

— Um brinde — gritou Pati. — Um brinde a John e a Sam. — Ah, aquela sim era Pati, meio fútil, mas um tanto mudada, ela era outra mulher, eu tinha que admitir. Eu também era. Eu me sentia mais amada do que todas as mulheres.

Dezoito

PASSARAM-SE SEIS SEMANAS. CHEGAMOS AO BRASIL E DEPOIS DE QUATRO horas de voo John estava com o rosto afundado em meu pescoço. Espreguiçou-se, enquanto acordava lentamente.

— Oi. Chegamos? — perguntou e me estralou um beijo na bochecha.

— Acho que sim — respondi, me espreguiçando ao lado dele, devolvendo-lhe um beijo, só que nos lábios.

Quando atravessamos o saguão que dava para avenida principal, a ansiedade se concentrava em minha barriga, como se tivesse borboletas voando dentro dela.

— Ai, estou nervosa. Será que essa surpresa é de vestir, de comer...?

— Espertinha, jogando verde. — John abriu seu sorriso branco.

— Por favor, só diga onde é a surpresa!

— Não irá conseguir fazer com que eu fale, nem adianta fazer esse olharzinho dengoso não! — ele sussurrou em meu ouvido, divertido.

Ao sair do aeroporto, entramos num carro preto, parecia nos esperar. Ele entregou um papel com as coordenadas do local, mas não consegui ter tempo de decifrar o que estava escrito lá. O motorista seguiu o trajeto sem ao menos nos olhar pelo retrovisor. John passava seus braços por trás dos meus ombros e me agarrava pela cintura, dando um apertão a cada curva. Passamos por um bairro com várias casas pequenas, algo que me pareceu familiar, até que avistei a praia. Bem lá ao fundo pude ver a areia branquinha do mar.

Minutos depois o homem de terno cinza estacionou diante de um enorme portão de madeira maciça, num azul desbotado. John pediu para que ele aguardasse enquanto descíamos. Ele abriu o portão que estava amarrado por uma corda bem grossa, um pouco velha. Foi naquele exato momento que eu entendi onde estávamos. Um calafrio percorreu pelo meu corpo, não podia ser verdade! Ele me olhou de soslaio, mais ficou quieto. Caminhamos por um trilho arborizado, com passagem apenas para uma pessoa, ele segurou minha mão e seguiu na frente. As flores meio secas e o mato tomaram conta do lugar, mas o verde encantava meus olhos que estavam enfeitiçados por tanta beleza. O trilho fez uma leve curva e nos deparamos com uma paisagem indescritível, nada parecido com que meus olhos já tinham visto, era simplesmente lindo, divino, era tranquilizante. Eu me imaginei deitada sobre a areia, olhando o sol se pôr no fim da tarde, como fazia quando Shelen ainda era viva.

— Venha. — Por pouco meus dedos não escaparam de sua mão macia.

Ele me conduziu até o pico mais alto, onde dei de frente com o mar. A paisagem era de tirar o fôlego de qualquer um, mais que isso, era instigante, era o melhor vislumbre da vida. Era a natureza mostrando sua beleza, nas profundas águas claras na imensidão do mar.

— Gosta do que vê? — ele perguntou com certa suavidade na voz.

— É lindo demais, John.

— Vou comprar.

— O quê?

— Vou comprar para nós dois. — Ele sorri.

— Sério? — Deixei uma lágrima cair.

— Sim... Quero que esse lugar volte a pertencer a você. — Senti meu rosto queimar, e o olhar dele estava fixo em mim.

— Que lindo John. — Eu me deixei emocionar. — Estou sem palavras. Você... Você... Ai, meu amor. — Pulei em seus braços. — Obrigado. — Abracei ele bem forte. — Eu sempre sonhei em um dia comprar esse terreno de volta. — Aquele lugar mantinha viva a memória de Shelen.

— Eu sei, por isso a trouxe aqui. Precisava saber se era mesmo aqui que deveríamos viver.

— E agora, já sabe?

— Já!

— Meu pai não acreditará quando eu contar.

— Acreditará sim! Foi ele que me deu essa dica.

— O quê? Não? — Senti empalidecer.

— É, amor, foi ele quem me mostrou esse paraíso. Sei o quanto foi difícil para ele ter que vender isso tudo aqui. Mas era preciso, não era? Agora não é preciso mais. Quando você contou sobre este lugar, eu quis vir na mesma hora. Eu não quero nunca que sofra. Quero que guarde todas as recordações boas. Então pode sorrir, meu amor, porque vamos morar aqui! Onde você tanto sonhou um dia morar.

Fiquei tão fora de mim que toda aquela euforia nem me fez perceber que ele estava com uma expressão triste, parecia um pouco longe, meio recuado. Mas eu não entendia porquê, já que estávamos naquele lugar maravilhoso, com aquela paisagem que tocava a alma. De repente girei meu olhar de volta para ele, seu olhar estava perdido, pensativo.

— E você, gostou? — perguntei ansiosa. Feliz pela possibilidade de recuperar aquele lugar.

— AH.

— Gostou da vista?

— Muito. É o lugar ideal para nós. — Ele apertou os lábios e abriu um sorriso tímido.

— Você não imagina o tamanho da felicidade que estou sentindo. Não pode mesmo imaginar. Obrigado, John.

Por volta de uma hora depois, voltamos para o carro e eu refiz tudo o que tinha acontecido. Ainda estava fora de mim. Morar ali, naquele lugar que um dia pertenceu ao meu pai. Quando ele vendeu para usar o dinheiro no tratamento de Shelen, me lembro do quanto ele estava disposto a ir até onde não conseguisse mais só para salvá-la. Isso tinha despertado meu lado maternal, imaginei uma criança correndo naquele gramado, acordando cedo e indo brincar de fazer castelo na areia. Milhões de planos pipocavam meus pensamentos.

— Para onde estamos indo agora? — perguntei depois de o carro já estar na rodovia.

— Para o hotel, esqueceu que temos um jantar essa noite?

— Ufa. É mesmo, já tinha esquecido.

— Avisou a Jeni?

— Mandei uma mensagem assim que desembarcamos — respondi distraída com a paisagem verde.

Ele já me conhecia bem, sabia do meu amor pelo verde, era uma maneira boa de começar meu dia, olhar para as árvores e respirar o ar puro que vinha delas.

Estava feliz por estar na minha terra e poder visitar meus pais. Tinha mais de um mês que não os via. Queria contar à mamãe a novidade, que tão logo ela pudesse imaginar estaríamos morando perto e ela poderia passar os finais de semanas comigo na praia.

— Chegamos — disse ele.

Mais tarde no restaurante fomos conduzidos até a mesa onde Jeni e José nos aguardavam.

— Uau! Como você está diferente — Jeni quase que gritou de tanta surpresa.

— Oi, Jeni. — Dei um beijo e um longo abraço nela. — Você também está bem diferente. — Passei a mão em sua barriga que estava bem avantajada. Bem, por que José estava ali? Ele e Jeni iriam ter um bebê.

— Este é John — apresentei-os, em seguida nos sentamos.

José me encarou e seu olhar logo se deparou com John, que o observava atentamente. John não estava sorrindo, ficara sério e Jeni quebrou aquele clima.

— Desculpe não ter ido ao casamento, mas como vê, não tínhamos como ir.

— Ei, eu entendi. Não se preocupe.

— E Pati? Como está?

— Ah, ela está muito bem. Acho que logo teremos outro casamento. — brinquei.

José engoliu seco.

— Vejo que Samantha mudou muito desde que saiu de Gramado. Você está fazendo muito bem a ela, John — Ela era doce em suas palavras. — Fico bem feliz que ela tenha encontrado um cara legal. — Cutucou José por baixo da mesa. Isso eu senti. — Não é, José?

John não estava entendendo nada, mas havia percebido o quanto José era indiscreto com seu olhar furtivo em mim. Logo pensei que depois eu teria muito que explicar a ele, não queria que pensasse que eu tivesse tido algo com José.

Depois de um gole de champanhe o clima ficou menos tenso, a conversa rolou por duas horas sem termos que quebrar qualquer clima constrangedor que José pudesse provocar. Ele agora estava agarrado a Jeni e no que parecia estavam felizes com o bebê.

Eles haviam parado o carro na rua movimentada, ao atravessarem José deixou a bolsa dela cair e um carro passou por cima. O susto foi grande, mas estavam bem.

— Acho que está na hora de deitar. Amanhã vamos para a casa dos seus pais.

— Então, você e John compraram aquele terreno, querida? — perguntou mamãe. Ela fez uma pausa e trouxe um chá quentinho e um pedaço de bolo de milho fresco, o que me fez lamber os dedos.

— Sim, mãe. É o mesmo terreno.

— Acho que o homem que vendeu estava mesmo precisando de dinheiro, pois ele disse que nunca pretendia vender. Seu pai tentou comprar algumas vezes e ele nunca quis.

— Não?

— Nunquinha! Ou talvez John soube negociar. Tem que ser astuto com aquele homem.

— Diria que não foi muito fácil, minha sogra, mas deu certo.

Estava tentando arrumar a postura quando papai entrou na sala.

— Aí estão vocês. — Nós nos levantamos e abraçamos meu pai.

— Você está mais bonita, filha, parece mais leve — disse ele.

Fiquei toda boba com o elogio de papai e me dei conta de que ele também tinha mudado, mas não conseguia identificar o que.

John tirou uns documentos de dentro da pasta, e ali, na mesa, esticou o que vinha a ser o projeto da casa. Dei um pulo da cadeira ao ver que ele já tinha até o projeto da casa. Ele mostrou o projeto todo animado para papai, mamãe e eu nos sentamos no braço do sofá, espiando aquele papel sem entender nada do que lá estava desenhado.

— Essa casa é grande, querida — mamãe disse.

Fiz uma cara feia para ela. — Você consegue ver o que tem aí?

— É, assim, não muito, mas dá para ver pelo desenho que é bem grande.

— Realmente é bem grande, dona Beatriz. A senhora está certa — disse John.

— Acho que terão visitas, digo, longas visitas. — Papai riu.

— Pode deixar, vamos fazer um quarto bem confortável para essas longas visitas, papai. — Peguei na mão dele, uma intimidade que nunca tínhamos tido.

— E logo terá crianças correndo pela casa, então creio que ter um bom espaço, seria conveniente — disse mamãe.

John fez que sim com a cabeça, eu fiquei em silêncio absoluto. Não que eu não quisesse ter crianças, mas aquele assunto não era tão fácil assim para John. Por mais que parecesse já ter superado, ainda causava certa dor nele ter que falar de filhos.

— Sam, diga alguma coisa.

Permaneci sem reação.

— Você está grávida? Está Sam? — ela questionou.

— Não. Não, mãe.

— Ah, que pena! Achei que meu neto já estava a caminho.

— Mãe!

— Ué, querida, isso é a coisa mais normal.

— Eu sei, mãe, mais ainda não é a hora. Entendeu?

— Mas por que não é a hora? — perguntou parecendo horrorizada.

— Mãe, vem pegar um café. Quer pai? Quer John?

— Sim, filha.

— Sim, amor.

Meu coração estava apertado, mas precisava contar pra minha mãe sobre o filho de John.

— Querida, sinto muito. Se soubesse antes, não teria falado de filhos.

— Não tem problema, mãe. Só que acho que para ele o assunto ainda é meio delicado. Já falamos em filhos, mas foram poucas vezes. E sinto que quando entro no assunto ele se esquiva.

— Tudo bem, agora vou ser mais cuidadosa nas palavras. Não falo mais.

— Não precisa deixar de falar, uma hora ele terá que falar disso. Mas vamos esperar mais um pouco, até porque ele não sabe que eu estou lhe contando, mãe.

— Tudo bem.

— Então vamos dar um tempo a ele, está bem?

— E até quando será esse tempo, querida?

— Não sei, mãe, mas preciso me acostumar com a ideia de que talvez eu não tenha filhos, não agora. — Ela arregalou os olhos. — Acho que mais para frente sim… Como eu disse, já falamos em filhos, mas ainda não sinto que ele queira um, entende? — Tentei contemporizar.

— Não estou entendendo.

— Mãe, vamos deixar esse assunto para depois. Hoje não.

Ela me olhou indecisa e balançou a cabeça concordando.

— Tinha esquecido. Sua avó nos convidou para almoçar com ela amanhã.

— Claro que vamos. Não ficaria sem ir até lá visitá-la.

Após dois dias de sossego em minha cidadezinha eu estava chorando por ter que me despedir. Quando me despedi de mamãe, abracei-a tão forte, mas tão apertado, que demorei a soltá-la. Na verdade, eu sentia como se não fosse vê-la nunca mais. Uma chuva fina abafava os ruídos do meu choro.

Ter que deixá-la desta vez foi bem mais difícil. Pelos olhos de meu pai, passou certo brilho, o que me fez derramar algumas lágrimas. Os dois pareciam mais jovens, mais felizes, o que me dava a certeza de que tudo ia bem. Por sua vez papai me falava de como ficou feliz pela decisão de John em reaver o terreno, que então mais parecia uma floresta. Já vovó não quis vir até o aeroporto, ela detestava despedidas, mas tinha me dado um jogo de toalhas de prato, bordadas à mão por ela com todo carinho. Ela de fato era o que me preocupava, rondava dentro de mim a incerteza de que voltaria a vê-la, pois sabia que estava envelhecendo a cada dia. Cortava-me o coração só de pensar.

Já passavam das oito da noite quando chegamos a Paris.

Foram meses apaixonantes. E eu nem tinha visto passar, estava ocupada demais sendo feliz com meu grande amor. Quantas tardes de domingos foram perdidas pelas ruas de Paris, de mãos dadas e cabelos ao vento, com ele ao meu lado.

Naquela manhã de final de outono quando abri meus olhos, incomodada com a luz que passava pela brecha da cortina, apalpei a coberta ao meu lado e percebi que John não estava ali. Sentei na cama olhando ao redor do quarto, vi também que o banheiro estava aberto, então imaginei que estivesse lá. Mas ele também não estava! Levantei ainda meio sonolenta, quando olhei no relógio eram apenas sete da manhã, muito cedo para ele, que no sábado costumava dormir até às dez. Talvez ele tivesse ido até a cozinha tomar água. Ergui o jarro de barro que ficava sobre a cama, ele bebia tanta água que mantinha o jarro sempre cheio, exato, havia muita água lá. Peguei uma camiseta branca dele no *closet*, joguei uma água no rosto e escovei os dentes. Quando desci a escada vi a luz da cozinha acesa, mas ao me aproximar vi que estava vazia. Andei por toda a casa, chamando por seu nome, de repente Lúcia apareceu como uma assombração.

— Ai, que susto, Lúcia.!

— Desculpe, senhora, é que escutei chamando pelo patrão. — Ela ficou em silêncio.

— Sim, viu ele?

— Os paramédicos o levaram. — Sua expressão era preocupante.

— Paramédicos? — Naquele momento senti meu coração parar de bater. — Como assim? Para onde o levaram? Mas por que o levaram, Lúcia? — disparei perguntas como uma metralhadora.

— Desculpe, senhora... — Eu via em seus olhos a angústia. — Eles tentaram tudo que podiam... Eu sinto muito por não ter chamado, mas ele sempre me pediu para não preocupar a senhora.

— O que você está falando, Lúcia? Onde está John? — Lágrimas de desespero começaram a cair em minha face. — Diga logo! — Aumentei o tom da voz. — Pare de fazer rodeios. Diga...

— O senhor John parou de respirar... Então tive que chamar a emergê...

— Parou de respirar? — perguntei assustada, interrompendo-a. Levei minha mão ao peito, tentando arrancar aquele aperto súbito. — Como? Ontem ele estava tão bem... Por que não me chamou? — gritei. — Por quê?

— Desculpe, senhora. Eu só segui as ordens.

— Para qual hospital ele foi levado?

— Para o hospital militar.

Saí correndo escada acima, troquei de roupa e em menos de dois minutos eu estava dentro do carro, quando o GPS deu sinal, pedi que me levasse até o hospital militar. Não entendia o porquê de o terem levado. Ele estava bem, era saudável. Por que ele pediu para Lúcia não me chamar? De repente o medo de perdê-lo me invadiu. Em dez minutos eu estava na rodovia principal. Era sábado, um pouco cedo, então a estrada estava livre. Não cheguei a olhar no painel, mas eu estava a mais de 120 km por hora. Perdi-me duas vezes, não sou boa em usar GPS. Xinguei a mulher que repetia sem parar. Até que desliguei e segui as placas, estava a dois quarteirões. O hospital era um prédio pequeno de dois andares, nada que lembrasse um hospital padrão. Quando estacionei, debrucei-me sobre o volante e despejei toda aquela angústia em lágrimas. Avancei pelo corredor a passos largos.

— Poderia dizer onde está John? — Abordei a primeira enfermeira que encontrei no caminho.

— A senhora pode se dirigir ao balcão de informações — disse ela apontando à direita.

Segui caminhando muito rápido, esbarrando nas pessoas. A recepção estava vazia, olhei ao redor e não tinha a quem recorrer, o nervosismo só aumentava. Até que chegou alguém.

— Por favor. Onde está John? — A enfermeira me encarou parecendo não me entender. — Eu preciso saber como ele está — falei com mais calma.

— Quem é a senhora? — Agora sim ela me deu atenção.

— Samantha! Sou a esposa dele — falei apressada.

— Entendi. Mas preciso do seu documento — falou bem paciente.

Entreguei minha carteira de motorista com as mãos trêmulas. Ela examinou a tela do computador, escreveu qualquer coisa.

— Final do corredor à direita, quarto A-202 — disse ela me entregando o documento e junto com um crachá que dizia "Visita". Eu era tudo naquele momento, menos uma visita. Ela me olhou nos olhos e me indicou o caminho. — Pendure o crachá, por favor — disse num tom desafiador. Eu, preocupada com John, e ela preocupada com o maldito crachá. Bufei de raiva.

Apressei-me seguindo pelo corredor escuro, deslizando a mão sobre as paredes, como as crianças fazem. Eu me lembrei de mamãe dizendo "Tire a mão da parede. Que mania de andar se arrastando na parede, vou fazer você limpar...". Quando cheguei à porta, emperrei, senti meu coração congelar. Pela janelinha de vidro, pude ver John na cama, todo entubado, e minhas pernas não obedeciam ao meu comando. Até que coloquei a mão e segurei na maçaneta, empurrei a porta lentamente. Aproximei-me, lágrimas escorriam como se fossem um rio seguindo a correnteza. Ele ali tão vulnerável, como eu nunca tinha visto. Como me senti tão pequena diante daquela cena. Ele estava dormindo, com um tubo no nariz, cheio de mangueiras, com o braço furado por uma mangueira fina que levava a dois tubos de soro, no dedo um aparelho para medir seus batimentos. Como eu sabia? Shelen, havia usado cada um deles! Aquele hospital me havia trazido as piores lembranças, os dias mais tristes e dolorosos que eu tinha vivido. Segurei sua mão, que estava quente. Fiquei aliviada por sentir seu calor, mas naquele momento eu faria qualquer coisa para tirar ele daquele lugar. Observei que sua respiração estava lenta.

— Senhora. — Levantei a cabeça, deparando-me com um homem de jaleco branco, alto, com a pele clara e olhos acinzentados, com os cabelos negros e lisos, era o médico.

— Podemos conversar? — disse ele me encarando.

Balancei a cabeça concordando.

— Sou Raul, o médico de John. — Estendeu sua mão me cumprimentando.

— Eu sou Samantha, a esposa de John.

Então fez sinal para que eu o seguisse, hesitei um pouco, não queria me afastar dele. Larguei sua mão e fui atrás do médico por aquele corredor gelado. Entramos em uma sala pequena, com uma mesa, um *notebook* e apenas duas cadeiras. Ele se acomodou, logo sentei também. Ele ficou me olhando, como se esperasse minhas perguntas, já que não as fiz, ele tomou iniciativa. Quando ele começou a falar, era como se cada palavra entrasse como um golpe de faca.

— Acho que a senhora não sabia, não é? — disse, percebendo minha expressão assustada. Franzi a testa, enchendo meus olhos de lágrimas, com medo do que vinha pela frente.

— Não... Ele nunca me falou nada.

— Sinceramente. Eu também não falaria. — Entortou o nariz. — Talvez ele quisesse poupá-la.

— Mas isso não é uma questão de me poupar, doutor. É uma questão de saúde.

— Quase dois anos atrás quando descobrimos, estava em estágio II. Ele tinha todas as chances de cura, Samantha. Ele é saudável, é um cara que pratica esportes. A qualidade de vida dele permitia que ele se curasse oitenta por cento. Nós tentamos fazer com que ele se tratasse, mas ele recusou todo tipo de tratamento oferecido — ele falava com profissionalismo, só que por trás de seus olhos havia uma tristeza. — Agora não temos muito o que fazer.

Permaneci calada, porém não pude controlar as lágrimas. Aquilo tudo não poderia ser verdade. Apoiei-me sobre a mesa, abaixando a cabeça em meus braços e deixei que todas aquelas lágrimas caíssem.

— É câncer?

Ele assentiu com a cabeça.

— Quanto tempo ele vai ficar aqui? — perguntei em prantos.

— Não sei, Samantha. O câncer de pulmão é silencioso e está no estágio mais avançado que pode chegar. Ele esteve aqui há alguns dias, fez exames e sabia que a qualquer hora... — Fez uma pausa. — A qualquer momento o pulmão dele pode parar de oxigenar. Infelizmente eu não sei dizer, quanto tempo. Sinto muito, sinto mesmo. Eu me sinto impotente diante desta situação. Ele é cabeça dura, desde a época em que servimos juntos, ele era assim. Quando descobriu a doença eu sabia tudo que ele tinha passado com a perda do filho, mas não cheguei a acreditar que ele não se trataria.

— Vocês já se conheciam?

— Sim. Servimos no exército juntos. Ele foi um grande soldado — ele falava com admiração. — E é um grande homem. Um pouco teimoso, claro, mas isso o diferenciava dos outros — disse dr. Raul com os olhos vermelhos, mas contendo as lágrimas. Acho que os médicos são todos assim. Durões, sempre querendo se mostrar fortes, tão profissionais, ao menos na nossa frente. Deve ser a profissão que os torna tão frios. Nunca seria médica, sou muito sentimentalista, não seria capaz de ficar tão imune diante de uma situação como aquela.

— Mas, doutor, todo câncer tem chance de cura. Então ele terá, não terá?

— Samantha, quando o estágio diagnosticado do câncer é avançado como o dele, quase não há chances de cura. Depende muito do número de tumores. E quando está hemorrágico, como o caso dele, fica ainda mais difícil. — Minhas lágrimas não cessavam. — Não podemos operá-lo, o risco de morte seria grande. Está sendo medicado, colocamos um dreno no tórax. O que nos resta é esperar que ele responda a esse tratamento. Sinto muito, mas não há mais nada que eu possa fazer, a não ser esperar.

Eu queria que fosse um pesadelo.

— Mas ele está sentindo dor?

— Não... Está dopado. Estamos dosando remédios fortes para aliviar a dor.

Olhei para ele e minha respiração aumentava, conforme as lágrimas escorriam. Lembrei do homem sorridente que John era e das nossas longas noites de amor, da nossa viagem à Itália, do quanto papai havia se encantado por ele. Pensei em nossos planos, na nossa casa, no nosso casamento...

— No que precisar, estaremos à disposição. E vamos fazer tudo que estiver ao nosso alcance para ajudá-lo. — Senti que ele tentava me confortar.

— Mas tem que haver uma saída — eu insistia. — Há de ter algum remédio, algo que o cure. Hoje a medicina está tão evoluída, deve ter, doutor, tem que ter.

— Desculpe! Mas se trata de um câncer em estágio bem avançado como eu disse, Samantha. É quase improvável curar esse estágio da doença — disse ele, com expressão indecifrável. — Eu não podia fazer isso sozinho, ele tinha que concordar — finalizou.

Fiquei endurecida, tive a impressão de levar uns dez minutos para me levantar. Até que saí da sala e segui para o quarto, tão desnorteada, tão fora de mim, à minha volta nada parecia existir, a não serem aquelas paredes cinza e frias. Tudo havia mudado. Meu mundo parou. Ele não poderia mais ir para casa comigo, passaria o resto de seus dias ali, naquela cama, esperando a morte e eu sem poder fazer nada. Não podia ser verdade. Aquilo não estava acontecendo, não com a gente.

Cada minuto ficava mais difícil.

Agora parecia que as coisas começavam a fazer sentido. Todos aqueles analgésicos para dor que ele tomava diariamente. A tosse noturna, a respiração cansada e ele dizia que era do cansaço físico. Que tinha pegado pesado na musculação. Tudo estava ali na minha frente e eu não percebi. Como pude ser cega?

Passei a manhã toda ali, sentada ao seu lado, segurando em sua mão, esperando que ele esboçasse alguma reação. Mas nada aconteceu, ele continuava adormecido. Precisava criar coragem e telefonar para Albert. Minha barriga se apertava num nó, que fez com que a fome sumisse. Fui até a varanda, era um sábado, ele e Pati estavam na Austrália.

Quando Albert atendeu, eu fiquei em silêncio, apenas podia ouvir meus soluços.

— Samantha? — disse ele angustiado.

Eu ouvia a voz de Pati falando atrás dele.

— Samantha...

Levei alguns segundos até que consegui falar.

— É John...

— O que aconteceu? O que houve Samantha?

— John está no hospital — por fim falei com a voz baixa.

Demorou um pouco para ele responder.

— Vou pegar o primeiro avião, logo chego aí. — Sua voz era rouca, o jeito que ele falou não pareceu ficar surpreso, era como se esperasse por essa ligação. — Fique tranquila. Ele é forte, vai sair dessa! — Sua voz parecia sumir conforme falava.

Então antes que eu pudesse responder, Pati havia pegado o telefone.

— Amiga, fica calma, daqui a pouco estaremos aí com você. — Eu quis manter a calma, mas meu pranto se fez maior. — Não chora, por favor. Não faça isso! Eu não suporto que chore.

— Está doendo demais, Pati... — Minha barriga mexia no vai e vem dos meus soluços.

— Vai dar tudo certo, tenha fé.

Fiquei em silêncio por mais de um minuto.

— Você escutou?

— Escutei... — murmurei.

— Então nada de pânico. Ele vai sair dessa, amiga. Imagina, ele é forte. — Havia qualquer coisa na voz de Pati, menos convicção de que ele pudesse ficar bem. Foi aí que entendi que todos já sabiam menos eu!

De repente o alarme disparou e muitos enfermeiros e o dr. Raul saíram correndo em direção ao quarto de John. Eu fiz o mesmo. Só que não deixaram que eu entrasse. A porta estava trancada com alguém impedindo minha entrada. Eu olhei pela vidraça e vi que eles estavam em cima dele, acho que tentando trazê-lo de volta. Coloquei uma mão sobre meus olhos, sentindo a quentura das lágrimas que voltavam a descer em meu rosto descontroladas.

— Por favor, John... Por favor. Não faça isso comigo! — Suspirei.

Podia ouvir os gritos que vinham do quarto: um, dois, três, e davam choque nele. Enquanto isso a enfermeira mantinha a porta presa, impedindo minha entrada. Eu tentava empurrar, no desespero. Até que eles se afastaram dele, foi aí que vi que ele tinha voltado a respirar. Então a porta se abriu e eu pude correr para perto dele.

— Agora ele está bem — disse dr. Raul apoiando suas mãos sobre meu ombro. — Aproveite para ficar com ele. — Usou um tom seco e saiu do quarto. Uma enfermeira jovem, nem tão jovem assim, pois já era formada, deveria ter uns vinte quatro anos, injetou algo em sua veia. Ela me olhou com compaixão, arrumou o tubo de oxigênio, então saiu, me deixando ali sozinha.

Respirei aliviada ao ver que ele estava fora de perigo. Fiquei ali olhando ele dormindo, como se nada estivesse acontecendo. Como se a qualquer momento ele fosse acordar e aquele pesadelo acabaria. Sentei e tentei organizar meus pensamentos. John estava doente e havia escondido de mim. Por que fez isso? Tantas perguntas pairavam em minha cabeça. — Agora como vou ser corajosa, se eu não tiver você perto de mim? Você não tinha esse direito. Não podia ter feito isso com a gente, John. Por que não quis se tratar? Por quê?

Levei um susto quando meu celular tocou, era Lúcia.

— Senhora...

— Oi, Lúcia — respondi com a voz embargada.

— Oi, senhora. — Ela ainda insistia em me chamar de senhora. — Como o patrão está?

— Está dormindo… — Minha voz saía bem baixa.

— A senhora vem dormir em casa? — Eu podia sentir que ela chorava do outro lado da linha.

— Acho que não — falei ríspida. Estava tão chateada por Lúcia não ter me chamado. Por mais que ele tenha pedido, ela tinha que ter me chamado! Nos últimos dias tínhamos sido tão amigas, era como se ela cuidasse de mim como filha.

— Ok. Qualquer coisa a senhora nos avise, por favor.

— Sim. Eu aviso.

— Desculpe ter ligado, senhora. — Fez uma pausa rápida. — É que fiquei preocupada.

— Tudo bem, Lúcia. É bom saber que se preocupa — falei carinhosamente.

— Perdoe também eu não ter chamado a senhora — ela quis se redimir. — Não sabia que era tão grave.

— Tudo bem, eu entendo. Mesmo assim, obrigado… — Eu me despedi e logo desliguei.

Eu queria voltar para casa, queria sair daquele hospital que me trazia tantas lembranças. O cheiro me dava náuseas, enjoos, mas eu não queria deixá-lo! Por mais estranho que fosse aquele não parecia John. Não tinha nada a ver com ele. Ele que sempre era tão viril, tão alegre, não parecia mais nada com aquele homem aventureiro. Ele estava ali deitado, desacordado, tão frágil. De repente pensei em nossa lua de mel na Itália. Sentamos em um café que era aberto só no inverno, na calçada, serviam as melhores *croissants*. Ele estava feliz. Sorridente! Quem vai para Itália costuma conhecer Veneza, Florença, Roma, essas que estão na rota turística. Nós não, nós desbravamos o Norte da Itália, cidades pequenas e com um charme europeu que eu me apaixonei. A casa feita em pedras com arquitetura dos antepassados, estivemos em lugares que eu jamais esperaria conhecer. Lamon ficou em primeiro lugar na minha lista, uma pequena província rodeada de montanhas, fizemos até um passeio na trilha que subia o Monte Coppolo, não cheguei ao topo, eu não encarei a altura, era muito distante, a subida bem íngreme. Fiquei me sentindo envergonhada por ter estragado nosso passeio, John estava tão empolgado e acho que ficou frustrado por não chegar ao lugar mais bonito do trajeto. Mas se ficou, disfarçou bem.

— Eu queria que estivéssemos lá agora, John! Queria que me levasse o café na cama e, que quando fôssemos sair à rua, me cobrisse com seus braços. — As lágrimas não paravam de cair. Meu desespero só aumentava ao ver que ele não esboçava nenhuma reação.

Estava sentada ao lado dele, quando doutor Raul voltou ao quarto me tirando de meus devaneios. Estiquei-me na cadeira.

— Doutor, ele não vai acordar? — perguntei baixinho.

— Ele está sedado, sente dores fortes. Só acordará amanhã. — Ele substituiu o soro e regulou seu oxigênio. — A senhora deveria ir para casa. — Era o tipo de médico que não criava nenhum tipo de intimidade com os familiares.

— Eu prefiro ficar aqui — respondi rapidamente.

— Acho que seja mais conveniente que descanse em quanto pode.

— Eu agradeço a preocupação, mas quero estar aqui quando ele acordar.

— De qualquer forma, ele só acordará amanhã. Se pensa em dormir aqui, é melhor que vá à enfermaria pegar uma coberta para se acomodar melhor.

Concordei sacudindo a cabeça.

— Tem uma cantina no subsolo, caso sinta fome. É preciso se alimentar, ele precisa da senhora forte. — Ele apontou para o sofá ao meu lado. — Isso vira uma cama, é só puxar para frente. Caso precise de algo, meu telefone está aqui — disse me dando seu cartão. — Será outro médico que estará no plantão de hoje, mas pela manhã estarei aqui de volta. Até, Samantha. — Abanou de leve sua mão branca. Ele era gentil e educado, mas não me dava qualquer tipo de esperança.

Aquele era o horário mais calmo do hospital, as visitas voltavam para suas casas, e o número de funcionários havia diminuído. Eu havia ficado muito tempo sem comer, então fui até a cantina. Estava cheia de funcionários sentados, assistindo ao noticiário que passava na TV. Sentei no canto mais afastado e pedi apenas um sanduíche e um suco. Ninguém havia notado minha presença o que me deixou mais à vontade para chorar. Não conseguia tirar aquela cena da cabeça, ele paralisado e os médicos reanimando. Tentei comer, mas o pão ficava entalado na garganta, mesmo assim empurrei uns pedaços de pão para dentro. Eu tentava me convencer de que estava tudo sob controle, mesmo sabendo que não! Aquilo me mantinha firme. Eu esfreguei meu olho querendo jogar as lágrimas para longe, puxei o laço que prendia meu cabelo com raiva.

— Por que faz isso comigo, Deus? O que foi que fiz? O engraçado é que quando você encontra o cara perfeito, vem o destino e muda tudo, esse maldito destino que vive mudando tudo na minha vida. — Debrucei-me sobre meus braços, a dor que sentia levava para longe de mim nossos momentos felizes. — Tire ele daqui, meu Deus, traga ele de volta. Por favor... por favor, Deus.

Imaginei meu futuro sem ele e isso me encheu de desespero. Eu o amava mais que tudo nessa vida. Meu Deus, não o tire de mim. Por favor! É só o que peço. Peguei um café na sala de espera, precisava me manter acordada. Quando voltei para o quarto, ele permanecia do mesmo jeito. Acomodei-me na cadeira ao seu lado e ali adormeci. A movimentação no corredor me fez despertar, aquela cadeira havia me causado uma dor na coluna terrível. John estava com uma das mãos sobre sua barriga, o que me fez acreditar que ele havia acordado. Olhei bem em seus olhos, estavam fechados o chamei baixinho, mas ele não respondeu. Tratei de dar uma melhorada no meu visual. Meu cabelo estava volumoso, então eu o amarrei em um rabo de cavalo. O barulho que vinha do corredor estava alto demais, fui até a porta verificar. Por fim, relaxei ao ver que era apenas a mulher que trazia o café. As rodas do carrinho faziam um barulho maior conforme ela se aproximava do quarto. Entrou carregando uma bandeja, acomodou na mesa e saiu sem dizer uma palavra. Aquilo não me incomodou, pois eu queria mesmo ficar em silêncio com meus pensamentos. Apesar de a bandeja estar com uma cara ótima, peguei só o café e uma torrada. Sentei ao lado dele, esperando que ele movesse um dedo, me dando sinal que acordaria daquele sono profundo. Abri de leve a janela e senti a brisa do vento que vinha do sul, trazendo o cheiro do mar. Fechei os olhos e me permiti pensar em dois dias antes, quando fomos comer frutos do mar, naquela noite, tudo tinha sido tão especial como eram todos os nossos dias juntos. Entendi que ele me amava muito mais do que eu era capaz de amá-lo. Como eu cheguei a essa conclusão? Ele tinha mudado completamente sua vida por mim, para me agradar, ele era o cara mais incrível que eu conhecera, ele era lindo, era sorridente, feliz, ele era gentil e educado. Na verdade, ele era meu tudo. Ele era o único capaz de me fazer sonhar, e quando ele me entregou o livro de capa vermelha aveludado, fiquei maravilhada. E agora comecei a juntar a coisas. Ele sabia que estava para acontecer, sabia que tão logo estaria aqui. Por isso fez tudo minuciosamente. Cada detalhe de nós dois, ele fez questão de guardar, de fazer com que eu nunca esquecesse. Não era um livro de fotografias como eu pensava, era nossa história, cada fotografia havia uma declaração, uma anotação feita por ele, em caneta azul permanente, contendo sua assinatura em cada uma. Como se fosse uma forma de se manter vivo, como se ninguém nunca pudesse apagar.

Dezenove

LÁ FORA PODIA VER O VENTO AUMENTADO COMO SE AVISASSE QUE CHEGARIA uma tempestade. Na verdade, todo o meu mundo estava em tempestade, e não parecia que teria fim. Olhei no relógio e passava do meio dia. Assim que peguei minha bolsa, a porta se abriu, era Albert e Pati. Olharam-me com piedade. Eu corri para os braços dela e Albert me abraçou junto com ela, aquele afeto de certa maneira me acalmou. Eu estava muito abalada. O engraçado é que eles não esboçaram qualquer reação de surpresa, como se já soubessem. Fiquei intrigada, será que Pati era capaz de ser tão fria a ponto de esconder de mim? Sabendo que teria sido diferente caso eu soubesse e que isso poderia salvá-lo? Se eu soubesse tudo seria diferente, claro que seria, Preferi não pensar naquilo. A expressão no rosto dos dois era de desalento e Albert manteve o sorriso um tanto forçado.

Perguntou como ele estava.

— Ele ainda está sedado. Não abriu os olhos desde que estou aqui — respondi.

— Você dormiu aqui? — Pati franziu a testa.

— Onde mais eu poderia ir, Pati? — Fui seca na resposta.

— Achei que tivesse ido para casa.

— Não vou sair daqui. Não sem falar com ele. — Deixei as lágrimas presas escorrerem em minha face.

Albert apertou os olhos, no sinal de conter as lágrimas. Mas ele continuava estático, sem ao menos ter chegado perto de John.

— Penso que você deveria ir até em casa, Pati vai com você. Vá... Eu fico aqui com ele — disse Albert.

Eu fiz uma pausa, sem saber ao certo o que responder. Então Pati pegou minha bolsa me conduzindo pela porta. Ao sair do hospital senti um frio na espinha, como se algo ruim fosse acontecer. Tentei voltar, mas ela não permitiu.

— Ele vai ficar bem. Você precisar tomar um banho, comer alguma coisa. Precisa estar bem, para ele ficar bem, entendeu? — Suas palavras eram motivadoras, mas me causavam ainda mais ansiedade.

Voltamos para casa, ficamos alternando momentos longos de silêncio, entre uma palavra e outra trocada, Pati me contava sobre suas viagens, das roupas que havia comprado, contou que havia ganhado um anel de noivado, que estava escrevendo algo que um dia se tornaria um livro. Talvez até um *best seller*. Mas nada do que ela dizia fazia com que eu parasse de pensar em John. Suas palavras pareciam serem jogadas ao vento, eu estava no meu momento de dor, e ela me falando de viagens. Isso me destruía ainda mais. Quanta futilidade ela podia descrever em um momento de tristeza, como ela tinha se tornado ainda mais invencível? Eu queria ficar quietinha, pensando nele, Nada ao redor importava. Eu sentia uma pontada de tristeza quando me lembrava de sua imagem naquela cama, tão vulnerável. Quando pegamos a estrada de casa a chuva começou a cair, devagar, mas conforme avançávamos a torrente de água ia aumentando. Liguei para Lúcia, deixando uma mensagem na secretária eletrônica, pedindo que preparasse algo para comermos. Ela deve ter percebido meu silêncio, porque parou de tagarelar. Ao atravessar o portão, vi um carro atravessado na calçada. Imaginei de quem poderia ser, mas não reconheci.

Não era surpresa alguma pra mim, quando vi que era James que esperava do lado de fora, sentado no banco do motorista como se tivesse dormindo. Bati no vidro, ele deu um pulo assustado. A chuva caía em um ritmo constante. Estava encharcando meu cabelo. Não houve nenhum constrangimento quando ele me abraçou. Seu abraço era forte e seus braços estavam pesados sobre mim. Até que me desvencilhei dele. Ele me olhava com aflição, mas em momento algum dissera algo. Apenas me seguiu até a sala, sentando em seguida. Embora vivesse em um mundo diferente do nosso, James e John eram amigos de longa data. E essa amizade parecia ser algo bom na vida dele. E apesar das minhas divergências com James, eu fazia questão que ele mantivesse aquela amizade viva.

Pati ficou na sala com James, eles bebericavam um suco feito por Lúcia, enquanto eu subi para meu quarto no intuito de tomar um banho. Ao entrar me joguei sobre a cama, agarrando o travesseiro de John, podia ver meu mundo caindo. Ele não estava ali comigo. As lágrimas queimavam meu rosto gelado. — Por que isto está acontecendo com a gente? Em qual momento eu estava te perdendo que não percebi?

— A vida não pode fazer isso. Não pode tirar você de mim. Você é o melhor que eu tenho, eu não vou sobreviver sem você ao meu lado. — Meus soluços eram sufocados com o travesseiro. As palavras se repetiam na minha cabeça, me deixando ainda mais desolada. Como ele pôde esconder de mim? Por que não me pediu ajuda?

Buscando forças dentro de mim, levantei e fui pro banho. Vesti uma roupa qualquer e logo desci para comer algo, reconhecia que precisava me alimentar, minha barriga chegava a estar funda de tão vazia. E os enjoos continuavam, mesmo tirando aquele cheiro de hospital, eu ainda sentia uma leve náusea.

— Você está bem? Está pálida. — Eu fiquei tonta e não ouvi as palavras finais de Pati.

— Samantha — gritou Pati.

Quando dei por mim, eu estava no sofá, com Pati e James me olhando assustados.

— O que aconteceu?

— Você desmaiou — disse ela pasma.

— Não lembro.

— É claro que não lembra. Estava desmaiada. — Ela segurou minha mão. — Você comeu alguma coisa hoje?

Balancei a cabeça negando.

— Você precisa comer. Saco vazio não para em pé, sabia? — Parecia mamãe falando aquilo.

— Eu ia fazer isso agora. — Estava sentindo como se tivesse levado um soco no estômago de tanta dor. Lúcia trouxe um copo de suco, bebi e então pude me levantar.

Nossa ida em casa durou apenas duas horas, incluindo dar duas voltas no estacionamento à procura de uma vaga. Chegamos, e antes mesmo que eu pudesse descer do carro James estava na minha frente, abrindo a porta, o que me trouxe ainda mais choro, pois me lembrei de John naquele gesto gentil de James.

Atravessei a porta da emergência do hospital como um furacão, abrindo passagem entre as pessoas, deixando Pati e James para trás. O quarto estava vazio.

A enfermeira mencionou algo sobre a UTI, mas não havia confirmado nada. Ninguém dizia nada certo. Até que consegui falar com Albert no telefone. Ao ouvir o que Albert dizia, corri em direção a UTI onde ele se encontrava, deixei -o falando sozinho ao telefone. Esforcei-me para controlar a histeria que crescia dentro de mim. Eu queria saber o que estava acontecendo com meu marido, a enfermeira não me dava as respostas e disse apenas o que Albert já havia me dito. Bati minhas mãos sobre a parede, exigindo que alguém me dissesse o que estava acontecendo com meu marido. Albert tentou me acalmar, segurando-me contra seu peito. James e Pati haviam se juntado a nós, mas permaneciam gélidos. Albert pediu para que eu esperasse o médico sair da sala. E assim fiz. Mas passados quinze minutos, fui novamente até a sala da enfermaria perguntar se tinham notícias. Mais uma vez a enfermeira me disse meias palavras e disse que assim que tivesse alguma informação eu seria a primeira a saber, ela esboçava certa compaixão. Concordei mexendo a cabeça, e voltei a sentar do lado de Pati. Cada minuto ali se tornava duro demais. Por mais que Pati tentasse me acalmar, suas palavras não tinham valia naquele momento. Sabia que no fundo ela queria apenas me animar, mas qualquer coisa que não fosse sobre John não me interessava. Se ela ficasse em silêncio seria a melhor maneira de me ajudar, minhas forças pareciam sumir, havia um nó em minha garganta. Olhei para o relógio e os segundos pareciam girar como minutos.

Até que ouvi a porta da sala de UTI se abrir, fiquei atenta à movimentação. Fiquei esperando o médico que usava um jaleco branco, que não era o doutor Raul, o qual após falar com a enfermeira veio em minha direção. Sentia um frio na barriga conforme ele se aproximava.

— Sou doutor Rodolfo. — O médico se apresentou com voz firme.

Mesmo ele explicando detalhadamente a situação em que John se encontrava, eu precisava de mais de uma conversa para absorver por completo o que estava acontecendo. Ele precisou ter sido transferido para UTI, sua situação havia complicado e lá ele teria mais recursos à sua disposição. O médico prosseguiu dizendo que não sabia se ele duraria mais uma noite. Eu me apoiei em Albert para não cair, aquela sensação de perda tinha me invadido, o chão parecia ter aberto um buraco fundo, a ponto de qualquer instante ser tragada por ele. Minha mente ainda dava voltas, tentando entender a realidade em que eu me encontrava. Afundei-me na poltrona enquanto Albert sentava na minha frente, ele me olhava como se quisesse dizer algo. No silêncio que se fazia na sala de espera, eu pude reviver onze meses da minha vida ao lado de John. Lembrei-me de quando ele conheceu papai, o quanto os dois se deram bem, e eu com medo que seria diferente. Ri do seu nervosismo no dia do nosso casamento, suas unhas estavam todas ruídas. De uma hora pra outra o barulho que vinha dos corredores me tirava de meus devaneios. Queria entrar e ficar do seu lado, mas o médico ainda não havia permitido. Tratava-se de uma série de procedimentos que estavam fazendo com ele, enquanto esperávamos ansiosos do lado de fora. Queria mesmo era que Albert me dissesse que já sabia, que tudo iria dar certo e que ele já havia passado por aquilo. Queria tanto sentir o abraço de John e que ele me prometesse que tudo iria acabar bem. Ninguém dirigiu uma palavra ao outro pelas duas horas que se passaram na sala de espera. Até que James quebrou o silêncio.

— Alguém quer um café? — Ele foi gentil. — Querem algo? Estou indo na cantina. — Apenas Pati pediu uma água.

Aquele hospital parecia tão familiar para James, que me perguntei quantas vezes ele já estivera ali. De repente, Albert se aproximou sentando no braço da poltrona. Pati levantou seu olhar, com se esperasse por aquele momento. Sua atenção era em nós.

— Desculpe, Samantha. — Baixou o olhar.

— O que foi? — disse rapidamente sem entender o tal pedido.

— Sinto muito. Sinto muito por não poder ajudar — por fim disse Albert, em seguida olhou para Pati angustiado. — Sei o quanto está sofrendo, Samantha, eu também estou! Por saber que fui covarde, não lutei por meu irmão. — Em sua voz havia compaixão. — Mas a vida era dele, eu não tinha como o obrigar! Eu queria muito, muito mesmo que ele me escutasse. Só que isso não aconteceu. — E a voz dele estava embargada, seus olhos cheios de lágrimas. Fez com que eu tivesse uma atitude menos julgadora. O abracei fortemente, abafando nossas lágrimas deitando um no ombro do outro. Pati observava sem reação, mas em seus olhos verdes as lágrimas estavam presentes. O olhar que ela trocou comigo foi uma das coisas mais tristes que eu já vi.

Às oito da noite eu já estava esgotada mentalmente e fisicamente. Tinham se passado horas e ninguém havia dito nada. Foram horas de exaustão! James foi generoso e trouxe lanche para todos. Por mais que James tentasse parecer indiferente ao que nós estávamos sentindo, seu pânico era evidente. Em determinado momento me lembrei de Lúcia, talvez eu devesse ir até em casa buscá-la. Não sei se seria bom para ela estar ali. Era exaustivo e sua idade talvez não permitisse suportar aquela jornada. Eram quase nove horas quando finalmente o médico entrou na sala de espera.

— Todo procedimento que fizemos deu certo. Filtramos toda água que estava no pulmão. E agora ele está fora de perigo. Mas não posso garantir até quando — disse sem esboçar qualquer emoção. Também disse que embora o horário para visitas na UTI estivesse encerrado, abriria uma exceção. Albert me olhou assentindo com a cabeça. Então eu fui a primeira a entrar, fiquei quase uma hora sentada ao lado dele, ouvindo o som do bipe dos aparelhos. Sua pele parecia ter ganhado um tom amarelado, suas mãos estavam mais frias e murchas e o meu amor estava indo embora aos poucos. Deixei escapar um suspiro longo e estava a ponto de cair em prantos quando Albert bateu de leve na porta. O que me lembrou de que não tinha só eu ali para vê-lo. O médico dissera que ele acordaria naquele dia, um pouco mais tarde, mas acordaria. Então pedi para Albert que não se demorasse, queria estar presente quando ele abrisse os olhos. Juntei-me a Pati na poltrona. Ela passou seu braço em volta dos meus ombros. Eu pousei a mão sobre meu rosto, apoiando o cotovelo em meus joelhos.

— Você não sabia, não é? — perguntei encarando-a.

— Claro que não, Sam... Acha que eu não contaria a você? — Fiquei em silêncio. — Acha que eu não queria que ele ficasse ao seu lado por toda vida? — Ela aumentou o tom de sua voz. — Claro, que... se eu soubesse, teria dito. Teria feito qualquer coisa para ter ajudado. — Seus olhos não mentiam, esboçavam ternura e aquilo tinha me convencido de que realmente ela não sabia.

— Tem um nó aqui na minha garganta — disse aos prantos passando a mão sobre o peito. — Parece que vai me sufocar.

— Calma amiga... Eu sei que nada que eu disser vai amenizar essa dor. Mas você tem que ser forte.

— Eu não consigo... Não consigo! — O choro que estava sufocado se derramou. Pati me puxou para perto de si, me deitando em seu colo. Afagou meu cabelo e eu coloquei toda dor que estava sentido para fora.

— Eu sei que dói... — disse ela tentando esconder a emoção. — Chora... Pode chorar! Isso vai aliviar você.

Ergui a sobrancelha para ela e ela estava com a cabeça deitada de lado, apoiada no braço da poltrona. E me observava com carinho.

— Acordou?

— Eu dormi? — praticamente sussurrei.

— Cochilou por alguns minutos. Está melhor? — perguntou com cautela.

— Um pouco.

— Foi o que pensei! Está precisando descansar, dormir, sua cara tá péssima. — Aquela Pati durona e adulta estava ali por perto ainda, mesmo que ela tentasse não demonstrar. Sempre estava preocupada com a aparência.

Talvez ela estivesse certa, estava mesmo esgotada. — Mas não vou sair daqui! — Estava chovendo lá fora e senti o ar gelado entrando pela porta quando James chegou trazendo um jarro e copos de plásticos.

— Eu trouxe café, se alguém quiser, vou deixar aqui! — disse largando os copos e o jarro sobre a pequena mesa ao lado da poltrona em que estávamos sentadas. Ele me encarou com aquele olhar de piedade, que estampava seu rosto cansado.

— Obrigado, James — agradeci, me sentindo na obrigação de ser gentil. Ele apenas balançou a cabeça.

A sala de espera tinha uma decoração sofisticada, com dois sofás azuis, três poltronas brancas, uma pequena mesa de canto, sendo que nela repousava um lindo abajur estilo retrô, ao fundo havia uma pequena sacada que permitia pegar um ar fresco. James estava lá fora, fumando. Então me deu uma crise de abstinência, quis fazer o mesmo, soltei um pouco do ar que estava preso em meu pulmão, para que ele percebesse minha presença.

— Ah, é você!

— Oi... — Olhei para ele com olhar de culpa.

— Oi — respondeu.

— O que está fazendo aqui fora? — perguntou me analisando.

— Pode me dar um cigarro?

— Não sabia que fumava.

— É, eu parei! — falei com ironia, mas evitando soar tão ruim.

— Hum... — Ele esticou o braço, entregando a mim a carteira com o cigarro. Dei uma tragada e me juntei ao seu lado, olhamos para as árvores, que cercavam o hospital, havia muitas folhas secas no chão.

— Ele é tão jovem — ele disse com o olhar perdido na imensidão. — Não posso acreditar que isso esteja acontecendo. — Eu quis perguntar se ele já sabia da doença, mas me contive. — Tem tanta maldade aí fora. Há tanta gente má neste mundo. — Eu me inclinei em sua direção ao perceber que lágrimas começaram a rolar em seu rosto. — Ele é tão bom... é um cara incrível! — Sua voz ficou embargada de emoção. — Ah, Samantha. Desculpe! — Aquele pedido não fazia o menor sentido, ele não tinha que se desculpar. Sempre foi tão amigo de John e até comigo vinha sendo gentil. Certo que eu o achava hostil demais, e que depois do mal-entendido não havíamos de fato conversado, só que aquele não era o momento apropriado. — Desculpe. Eu tinha obrigação de interceder por ele. — Deu uma forte tragada no cigarro que estava no fim. — Eu tive chances. Tive muitas! — Foi aí que entendi sua grande mágoa. Ele sabia... Sabia que John estava doente.

— Ninguém tem culpa, James. Ele que quis assim — disse sentindo certa paz. — Somos donos de nossos atos. — E pela primeira vez em quase um ano convivendo com James, eu pude ver nele um homem sensível, prestativo e quem sabe até um amigo. E naquele momento eu quis abraçá-lo, afastar toda angústia que invadia seus olhos. O problema era que eu não conseguia olhar para ele sem ver ele como o asqueroso senhor da moda, era assim que eu tinha o rotulado desde o fim trágico do concurso. E por mais que tentasse, o que estava ao meu comando naquele momento foi o ato de tocar em seu ombro, num gesto carinhoso de agradecer por estar ali. Agradeci o cigarro e me virei de costas, deixando-o com suas lágrimas.

Lá estava Albert, de pé ao lado da porta, esperando pelo próximo que entraria. Chamei James, fazendo sinal para que ele pudesse entrar e ver John.

Passava da meia noite e eu todos ainda estavam acordados, não havia sequer fechado o olho, nem por um segundo. A imagem de John naquela cama de hospital não saía de minha memória. E como o médico informara que ele podia acordar a qualquer momento, eu havia esperado ansiosa, mas isso não aconteceu. Todos haviam se apressado ao entrar no quarto, para que eu pudesse estar ao lado dele caso ele acordasse. Já era quase uma hora da manhã depois que Pati já estava esgotada de mudar de posição naquela poltrona e nada acontecia, ele não dava nenhum sinal de que acordaria. Por fim ela pediu para Albert que a levasse para casa e James já havia partido. Indo contra meu instinto, segui para casa com eles.

Vinte

PASSEI A NOITE OLHANDO PARA O TETO, POIS O SONO NÃO APARECIA. Queria que aquilo tudo fosse um pesadelo. Que logo acabasse e que nossa vida voltasse ao normal. Ele não poderia ter feito isso comigo. Pensei nas possibilidades de tudo ser diferente se caso eu soubesse. Por que não me contou? A pergunta permanecia em minha cabeça. Eu só queria que ele vivesse mais tempo. Oh, Deus, por favor, sei que está me ouvindo. Tire meu amor desse sofrimento. Será que é pedir muito, meu Deus? Só o quero perto de mim, me garantindo que nada mudará.

Depois de um tempo fora do ar, pude pensar em como eu me sentia uma garota de bem com a vida sem aquelas preocupações todas da vida adulta quando estava ao lado dele. Nos dois dias que tivemos na casa de meus pais circularam alguns boatos pela vizinhança de que eu podia estar grávida. Segurei firme na mão dele e andei pela rua de mãos dadas, observando as árvores que pareciam formas de arco atravessando a rua, e para nossa surpresa não havia um fuxiqueiro daquela rua que não fosse para porta de entrada nos observar, como se aquilo nunca tivesse acontecido antes. E nunca acontecera mesmo! Samantha Hensell jamais havia andado de mãos dadas com um homem naquela rua. E acredito que isso tenha despertado certa curiosidade de todos por me verem tão livre, como se fosse uma coisa rotineira. O cheiro familiar da casa de meus pais, o sofá desbotado que mamãe recusava em trocar por ter sido comprado por quinhentos dólares e que pelo tempo de uso já se pagara, o tapete de persa era o objeto mais caro e que ninguém podia sequer comer em cima sem mamãe ter um treco. As flores do jardim, o meu pequeno quarto...

Ah, tanto tempo que não ia a Gramado e agora precisava daquele aconchego naquele momento tão difícil. Pensar em tudo isso me causou fortes emoções e sem conseguir controlar me vi aos soluços.

Fiquei ali, escutando o barulho que vinha das folhas, chacoalhando com o vento. Desci as escadas em silêncio, querendo que ninguém ouvisse meus passos. Tomei um rápido café no balcão da cozinha mesmo, enquanto Lúcia colocava a mesa. Pati e Albert ainda dormiam. Pedi para Lúcia que Noel levasse Fox para passear no quarteirão. John sempre fazia isso aos sábados.

— A senhora não vai mesmo tomar seu café na mesa? — perguntava Lúcia incomodada com minha presença na cozinha. — Vai comer só isso?

— Preciso me apressar, Lúcia, pois quero chegar bem cedo no hospital.

— Mas a senhora tem que comer — ela insistia.

— Estou comendo. Oh! — Mostrei a ela o pão que estava mordido e a xícara de café preto.

Lúcia resmungou qualquer coisa e continuou seus afazeres. Fui até a janela do escritório e abri a cortina, sentindo a brisa repentina do vento. A temperatura havia caído. Lá fora, o vento fazia um barulho estrondoso ao sacudir nos galhos das árvores. Fiquei olhando a mesa com os projetos dele e uma infinidade de papéis espalhados sobre ela. Ali onde ele costumava passar uma boa parte da noite, escrevendo. Eu tinha aceitado morar ali naquela casa enorme que Sara já havia também morado, mas isso de fato não me incomodava. Eu havia trazido da minha casa tudo que cabia dentro das malas, menos as cortinas e as toalhas de banho macias de mamãe. Até havia pegado o quadro que ficava pendurado na sala, eu o achava tão bonito que mamãe me deu de presente e pesava toneladas. Pagamos uma boa quantia para poder transportá-lo. Mas valeu a pena.

Enfim terminei meu café tão rápido que nem deu tempo de Lúcia cortar a fatia de mamão. Eu me vi tomada por uma inquietude, corri até o segundo andar e me vesti rápido. Passei um batom, sabia que o batom fazia maravilhas numa mulher, Pati sempre dizia, eu jamais a vi sem batom. Vinte minutos depois e estava dentro do carro rumo ao hospital. Todo trajeto eu segui distraída, passava das oito horas, então as ruas estavam bem movimentadas, o vai e vem dos carros, a buzina barulhenta, toda aquela confusão passou despercebida.

Finalmente entrei no hospital. Ao entrar na sala de espera o mundo ao meu redor pareceu encolher. Minhas pernas ficaram trêmulas ao perceber que ele estava ali, atrás daquela porta, na mesma posição desde minha partida. Senti aquele cheiro de desinfetante que só os hospitais tinham, e me embrulhou o estômago. Ouvi um som distante de falas e de carrinhos andando pelo corredor. Estava sentindo um esgotamento emocional, então me sentei na primeira poltrona vazia, bem perto da porta. Esperei até que o médico aparecesse, pois sabia que aquele não era o horário para visitas. Sim, como ele estava na UTI, eu não poderia mais entrar e sair quando bem entendesse. Fiquei ali, quietinha, imóvel, ouvindo o barulho que entrava pelo vão da porta.

Finalmente dr. Raul apareceu. O rosto dele estava complacente, ele se virou e sorriu pra mim, um tanto forçado, mas sorriu.

— Bom dia, senhorita. — Foi ligeiro no cumprimento.

— Bom dia — respondi.

Pediu que eu aguardasse enquanto examinava John.

— Vai dar tudo certo. Vai dar tudo certo… Repetia para mim mesma, as palavras de Albert.

A porta finalmente se abriu lá pelas nove horas da manhã, então ele liberou minha entrada. Quando me aproximei, fui surpreendida por seu sorriso. Ele virou a cabeça para me olhar, a luz que entrava pela janela era fraca e eu o imaginei dizendo que tudo acabaria bem. E eu tentei não pensar no futuro, tentei não pensar em mais nada, eu queria apenas estar ali com ele. Não sei quanto tempo fiquei assim, apenas olhando para ele, até que ouvi suas palavras, com a voz longe, como se falar fosse um sacrifício.

— Desculpe. — Sua voz quase não tinha som. — Desculpe, meu amor. — Coloquei a mão em sua boca, impedindo que ele continuasse a falar. Eu não disse uma palavra, quis evitar que ele se emocionasse. Era o que tinha que ser feito, ele mal respirava e se fosse ficar falando exigiria muito esforço. Então, mesmo tendo vontade de dizer a ele o quanto eu fiquei magoada por ter mentido pra mim, eu nada fiz. Simplesmente as palavras não podiam ser ditas.

Fiquei apenas parada, olhando seus lindos olhos azuis piscando, abria e os fechava lentamente, como se lutando para mantê-los aberto. Seus olhos estavam fundos e sua pele estava amarelada. Segurei sua mão, sentindo o calor de sua pele macia. Aos poucos o vento que fazia a cortina balançar foi se acalmando, até que seus olhos se fecharam de vez. Em algum momento eu me sentei, tirei minha mão da dele de leve para que não o acordasse. Seu sono parecia profundo e calmo. Fiquei lá, olhando para ele e aproveitei a oportunidade para escapar do mundo, na pior hipótese eu apenas pensei em nós, quis apenas ficar zelando seu sono, como se a qualquer momento ele pudesse voltar a acordar.

Não vinha me sentindo nada bem. Nos últimos dias tinha acontecido umas coisas que haviam me deixado preocupada, minhas tonturas e meus enjoos tinham aparecido com mais frequência. Apertei os olhos, levando para longe aquela hipótese. Grávida? Só podia ser coisa da minha cabeça! Mas aquela suposição estava me incomodando, era como se tivessem uns diabinhos e anjinhos rondando minha cabeça, fazendo com que aquilo parecesse bom e ao mesmo tempo ruim. No silêncio, ouvia apenas a respiração pesada de John, o tique-taque do relógio pendurado na parede, eu pude viajar em meus pensamentos. Apoiei minha mão sobre a barriga, acariciando devagar, como se sentisse algo crescendo dentro dela. No meu calendário menstrual, estava há vinte dias atrasada. Não que aquilo significasse alguma coisa, pois era toda desregulada, mas o formato que meu seio tinha ganhado me fazia de fato pensar. Não que fosse ruim, mas naquela ocasião eu não conseguia pensar em nada que não fosse John.

Queria acreditar que ele voltaria logo para casa comigo e que tudo voltaria ao normal. Ele iria acordar às oito, faria amor comigo demoradamente, tomaria uma ducha, desceria para tomar seu café folheando o jornal, eu tomaria o meu café apressada e sairia para minha corrida matinal com meu medidor de passos. E ao meio-dia nos encontraríamos no restaurante Saudade, que era o nosso preferido. Por fim às dezessete horas, quando ele saísse da academia, viria me buscar e eu estaria esperando na frente da Chanel, com meu sapato de boutique francesa, com esmalte vermelho nas unhas e minha bolsa de grife pendurada em meu ombro, segurando minha pasta marrom, com enormes pilhas de revistas de moda, quase desequilibrando do salto 12 cm. Ele com o corpo suado, com uma camiseta branca apertando seus braços fortes. Então, seguiríamos para casa, com a música tocando no som do carro, a lista era infinita, não se repetia. Às vezes o flagrava em seu *laptop* pesquisando sobre músicas brasileiras. Uma tentativa feliz de alegrar ainda mais os meus dias. Eu não parecia nada com aquela Samantha de Gramado, aquela menina do interior com muitos sonhos na bagagem. Trocara o *jeans* por vestidos tão colados que minhas pernas mal podiam se mover. O salto 12 cm era o que usava no dia a dia, meu corte de cabelo estava sempre impecável e minhas unhas não ficavam sem esmalte. Por fim conhecera todo tipo de maquiagem, fiz até uma aula para aprender a usar cada tipo de base, pó, *blush*, sombras, entre outras. Ah, e aquela Samanta insegura não habitava mais dentro de mim, eu estava mais moderna, mais atraente, até mesmo Pati havia percebido a mudança brusca em minha fisionomia e em meu comportamento. E ela tinha adorado, como dizia. — Parece que eu sempre fui assim, autossuficiente, segura e gostosa. Abri um leve sorriso. E toda aquela mudança eu devia a ele. Ele havia me feito feliz como nunca tinha sido durante vinte e sete anos. Meus medos tinham desaparecido, ele me transformara numa pessoa que eu nunca imaginava ser, forte, destemida, eu era alguém a quem pudesse ser admirada.

Agora eu olhava aquele homem que havia transformado minha vida, ali, vulnerável, sobrevivendo através de aparelhos. E eu sendo incapaz de fazer algo para tirá-lo dali. Apertei sua mão e senti sua pele morna, e assim eu tive ainda mais certeza que não imaginava meus dias sem ele, sem seu calor. Repentinamente senti seus dedos apertarem os meus, quase sem força, mas eu pude sentir. — Eu estou aqui, meu amor. — disse bem baixinho. — Estou aqui com você. Tudo vai acabar logo e vamos voltar para casa. Vamos voltar para nossa vida. Vou preparar aquele chá de maçã que você gosta. Depois vamos deitar na rede, respirando o ar fresco que vem com a chuva no fim da tarde — sussurrei esperando que ele estivesse me ouvindo. Vi no canto dos seus olhos escorrer uma lágrima. — Eu amo você, John. Não posso viver sem você. Não posso! — falei engolindo seco. Olhei para fora da janela, com meus pensamentos perdidos como a chuva que caía devagar.

O telefone tocou, era um número que eu não tinha salvado em minha agenda. Não ia atender. Na insistência, acabei atendendo. Senti-me subitamente emocionada ao ouvir a voz firme de papai, talvez por estar tão cansada, com medo de tudo aquilo, até que chorei. Relatei os últimos acontecimentos, mesmo ele já sabendo, ele fez com que eu me sentisse ainda mais amada.

— Eu não preciso te dizer que a culpa não é sua. Temos nossos limites, querida, se John escolheu não compartilhar essa dor com você, não pode julgá-lo. Somos livres, livres, entendeu? Podemos escolher de que forma queremos viver. E se eu tivesse uma maldita doença como essa, eu também viveria o máximo que pudesse. Não passaria meus dias trancado em um hospital, tomando doses diárias dessas drogas sintéticas. — Senti sua respiração ficar acelerada. — Está me ouvindo, Sam?

Murmurei um sim.

— Então vou pedir uma coisa, querida. — Pude imaginar seus olhos negros, cheios de lágrimas. — Preciso que seja forte, que esteja pronta para o que vier, não se entregue para dor que vai invadir seu coração. — Ele parecia saber o que estava por vir. Ele já tinha sofrido, talvez até mais do que eu poderia imaginar.

— Senhora Samantha... — Escutei o som de uma voz.

Eu me virei para porta, eu mal conseguia enxergar a sombra que estava parada ali, a luz estava fraca, pude apenas identificar que era voz de mulher.

— Obrigado por ligar, papai. Agora tenho que desligar — disse me despedindo.

— Ok, filha. Logo estamos aí com você.

— Ok.

— Te amamos, querida, nunca se esqueça disso. — A voz dele naquele instante me trouxe os dias tristes que ele passou ao lado de minha irmã.

Sequei as lágrimas que pingavam em meus pés. A mulher então se aproximou, era ridiculamente bonita, parecia uma daquelas modelos que só víamos em revistas. Vestia um terninho branco, com uma blusa vermelha, com um decote bem generoso, que deixava seus peitos avantajados à mostra. Sua imagem me era familiar, era a mesma mulher que esteve com John na festa da WE, era ela. Enquanto ela falava, ia crescendo dentro de mim um ciúme infundado. Ela se equilibrava com elegância nos sapatos de tom pastel, que deviam ter uns 15 cm. Imaginei John sentado ao seu lado, olhando ela cruzar suas pernas morenas, sentindo o cheiro do seu perfume francês que não consegui identificar, me perguntei se ele reparava nela, como eu estava fazendo naquele exato momento. Rosie, ela se apresentara como assessora de imprensa da revista *Click*, onde John trabalhava. Só que não era exatamente seu trabalho, mais uma vez fui pega de surpresa.

— Como ele é o sócio majoritário, é preciso que assine a publicação de maio — ela falava com classe. — Ele deixou tudo preparado, mas se esquecera de assinar na sexta quando saiu correndo antes da chuva cair. Disse que tinha um compromisso. — Eu sem entender nada, mas ela continuou a falar formalmente. — Sei que não é uma boa hora, peço desculpas, mas tenho que mandar as revistas para impressão.

Eu me senti tontear.

— A senhora está bem? — ela perguntou se aproximando.

Estiquei a mão, como se pedisse para esperar. Veio aquela tontura, misturada com enjoo repentino, só deu tempo de correr para o banheiro. Despejei tudo ali na pia mesmo, vomitei até doer meu fígado, foi como se eu caísse num precipício. Ela me olhava assustada. Liguei a torneira, para que toda aquela nojeira que eu tinha colocado para fora descesse pelo ralo.

— Precisa de ajuda? — Sua expressão era de compaixão.

Ela me pareceu ser uma ótima pessoa, apesar de toda sua beleza parecer ameaçadora. Dei uma lavada na boca, fazendo sinal com o dedo de que estava tudo bem. Voltei para o lado de John, como se quisesse demonstrar propriedade. Senti-me horrível por agir assim! Ela continuou de pé em frente a cama, seus olhos pareciam perdidos., sem saber em que direção olhar. Falei mais um pouco sobre o que havia acontecido, percebi que ela se surpreendia com cada palavra que eu dizia. Franziu várias vezes a testa, mostrando um pouco suas leves rugas. Deu sua condolência, disse também que estava à disposição para qualquer eventualidade. Assinei todos os papéis necessários.

Rosie fez o sinal da cruz sobre John, depois se despediu com um leve abraço confortante. Eu retribuí o abraço, mas mantendo uma distância, que depois me pareceu ser desnecessária, aquela mulher linda, que eu julguei tão ameaçadora, parecia ser uma velha amiga.

Albert chegou ao hospital com Pati. Eu não parecia estar sozinha, havia mais duas pessoas com a mesma expressão desamparada. Já não aguentava mais mudar de posição naquela poltrona na sala de espera. Doutor Raul havia me pedido para sair da UTI, mesmo abrindo exceção eu não podia passar muito tempo lá dentro, isso poderia prejudicar ainda mais John. Aquele cheiro de desinfetante, misturado com antisséptico estava provocando enjoos descontrolados, então peguei minha bolsa e desci a escada que levava pra cantina. Lembrei que não tinha avisado no meu trabalho. Então consegui falar com meu supervisor, Jerry. Ele começou uma série de perguntas, o interrompi bruscamente, desligando o telefone como se a ligação estivesse ruim. Àquela altura do campeonato eu não estava com a menor paciência de explicar a ele todo acontecimento, sabia que ele não se importaria, ele não se importava com ninguém, e daquela vez não seria diferente.

O telefone tocou novamente. Desta vez era mamãe. Atendi e logo desabei antes que pudesse falar qualquer coisa.

— Estamos chegando, filha — disse mamãe apressada. — Estaremos aí logo.

Jamais alguém poderia ser tão essencial naquele momento como minha mãe.

Depois de tomar um café, joguei minha bolsa no ombro e saí do prédio. Procurei por uma farmácia, estava decidida a tirar aquela dúvida. Dez minutos depois eu estava de volta a caminho da sala de espera. Albert e Pati continuavam ali, afundados no sofá, abraçados um ao outro, os dois me olharam. Logo seus olhares se desfizeram e eu pude relaxar. Entrei logo no banheiro, não conseguia acreditar, mas era verdade! Causou-me uma onda de felicidade e emoção que não consegui conter. Tampei minha boca com a mão, na tentativa de conter minha euforia.

Quando dei por mim Pati estava me olhando assustada. Dei um salto e a abracei, agarrando ela com força apertando seus braços finos.

— O que foi? — sussurrou balançando a cabeça.

Eu tive medo de dizer, mas as palavras saíram desesperadas de minha boca.

— Estou grávida.

— Hã... Grávida?

— É, grávida! — Abri um sorriso largo. Aquela novidade me trouxe felicidade e também medo.

— Não acredito! — Ela parecia emocionada. — Isso é muito bom.

— Eu sei que é.

— Bem, o que mais eu posso dizer... Estou muito feliz, muito... É uma benção...

— Como vou falar para John? — Estava enérgica. — Como posso dar essa notícia assim para ele? — Pati franziu a sobrancelha diversas vezes, parecia perdida em seus pensamentos. Mas eu sabia que ela via naquela notícia uma salvação pra mim, eu sabia que ela sabia que o caso de John era perdido. Do fundo coração eu ainda tinha esperança, apesar de toda pesquisa que havia feito na noite passada sobre câncer de pulmão ter me causado certa tristeza. Eu ainda tinha! Eu tinha que me apegar a algo. E a esperança era o que me restava. Mordi os lábios.

— Pode parecer estranho, mas você tem que dar essa notícia a ele — afirmou Pati.

Virei olhando para o espelho, atirei o exame na lata de lixo. Joguei muita água em meu rosto.

— Você acha...? — Percebi que ela estava formulando a pergunta. — Acha que ele vai sair dessa?

Fez-se um silêncio.

— Prefiro acreditar que sim! — falei firme. — Agora ele tem um bom motivo para viver. — Continuei firme, não podia deixar que ela percebesse o quanto eu estava devastada com todo aquele acontecimento. Não podia fraquejar, iria me manter firme. Meu coração parecia sangrar por dentro, com tanto medo de aquela novidade ser um pesadelo em meus dias.

Na sala de espera estava o dr. Raul conversando com Albert, a comissão de médicos se dirigiu a nós. O dr. Raul apresentou a comissão de especialistas em câncer, o histórico de John era preocupante, assim como a situação em que os médicos se encontravam. Ele leu todo relatório diante de nós, o pulmão havia crescido, o que originou uma série de danos ao sistema respiratório. Franzi a testa, pois não entendia muito o que eles diziam, mas aquilo estava me assustando. Por que havia tantos médicos ali? Meu coração batia desconcertado.

— Em geral, ele não tem muito tempo de vida. E infelizmente não há nada que possamos fazer — disse dr. Raul, os outros médicos assentiram. — A qualquer momento o pulmão pode parar. Ainda não descobrimos a cura para esse caso. — Ele fechou o relatório, encarando seus colegas. — Eu sinto muito. — Olhou para Albert, depois para Pati e voltou seu olhar pra mim. — Sinto muito, senhora Samantha. Sinto por não lhe dar esperanças.

Apertei meu dedo sobre a boca.

— Obrigado — disse contendo minhas lágrimas. — Obrigado mesmo assim! — Minha voz estava firme. Levei minha mão ao rosto e me ajoelhei para chorar. Pati abaixou-se querendo me erguer, foi inútil sua tentativa de me levantar. Quando dei por mim eu estava deitada sobre o chão frio e úmido. Dr. Raul e os outros médicos haviam saído da sala de espera.

— Vamos encontrar uma saída, Samantha — disse Albert esticando sua mão, eu agarrei e me levantei. Sabendo que aquele chão poderia fazer mal para aquele ser que agora estava ali, dentro da minha barriga.

— Claro que vamos. — Ela me olhou com aquele seu olhar piedoso.

Meus olhos estavam tão esgotados que eu podia sentir como se tivessem pesados. A dor havia invadido todo meu corpo e tudo parecia estar fora do lugar. Nada daquilo fazia sentido.

— John está respirando por aparelhos. O tempo dele está se esgotando. Vocês ouviram o que o médico disse? — Meio que as palavras saíram em um tom ameaçador. — Ele não tem chance, não haverá qualquer chance para ele. — Expressei minha ira. — Ele vai morrer… Vai morrer e eu estou grávida. — Minhas palavras ecoaram pelo corredor.

Fez-se um silêncio. Albert me olhou espantado, mas ele permaneceu calado e eu saí dali. Ele se moveu como se viesse atrás, mas Pati o conteve. Segui correndo por aquele imenso corredor frio, apenas eu e minha dor.

Depois de pegar um ar fresco consegui me recompor e então voltar para perto de John. Eram oito da noite. Pati e Albert iriam voltar para casa, tomar um banho, comer alguma coisa e mais tarde estariam de volta. Não os acompanhei. Pedi a Pati que me trouxesse um lanche, apesar de embrulhar meu estômago só de pensar em comida. Graças à outra exceção que o dr. Raul abriu, eu pude ficar ao lado de John. Com a troca de turno, o barulho no hospital cessava, era anoitecer para que o silêncio fosse percebido.

Mamãe chegou bem cedo, antes mesmo de clarear o dia. Veio às pressas por aquele corredor. Podia ouvir sua voz que aumentava conforme alcançava a porta da sala de espera. Lá fora o céu estava cinzento, olhei através da vidraça aquele dia assombroso. A noite tinha sido longa, mesmo cansada eu fiquei ali do lado de John, sem largar sua mão, na esperança de que ele fosse acordar. Dr. Raul entrou na UTI antes de encerrar seu plantão. Suas tentativas de me convencer a ir para casa não tiveram sucesso. Por fim, acabei me jogando nos braços de meus pais. O abraço mais aconchegante que eu podia receber naquele momento. Então depois da conversa que tivemos, fiquei mais um pouco em pé até que sentei ao lado deles e chorei... chorei lágrimas silenciosas. Como se quisesse esconder minha dor.

Eles não sabiam o que me dizer. O tempo foi passando e o barulho do hospital já se fazia ser notado. O carrinho de comida que passava prontamente às sete da manhã hoje havia se atrasado. Fiquei um bom tempo olhando para os próprios pés, perdida no vazio que ocupava o espaço dentro de mim.

Ainda faltava cerca de uma hora até os médicos passarem na UTI. Então aceitei o convite de meus pais para tomar um café. Estava faminta, o que eu tinha ingerido foi o que Albert trouxera às dez horas da noite anterior. Um pão com manteiga, duas fatias de queijo e uma garrafa com chá de camomila morno, Pati, que tinha preparado. Só ela poderia saber do pão com manteiga.

Sentamos nas cadeiras ao lado da janela, a mesa era de canto, mamãe sentou-se ao meu lado e papai, na ponta.

— Tome um café — disse mamãe percebendo que eu estava distraída. — Coma alguma coisa, você precisa se alimentar.

— Vou comer, mãe, só não posso demorar.

— Filha, sei que está atordoada com os últimos acontecimentos — ela falava com um tom piedoso. — Todos nós estamos, mas você tem que se alimentar. E só eu sei o quanto você fica mal-humorada quando está com fome. Então, se quer ajudar ele, tem que se alimentar. — Mamãe adorava me empurrar comida.

— Os médicos vão demorar ainda, filha — disse papai cauteloso, como se não encontrasse palavras para me dizer. — Dá tempo de comer com calma.

— Estou grávida… — falei depressa, soprando as palavras.

— O quê?

— Tô grávida.

Os dois se olharam e voltaram a me encarar. Mamãe permitiu abrir um sorriso e papai parecia ter ficado chocado.

— Que notícia boa, querida — disse papai quebrando o silêncio. — Vou ser avô?

Eu segurava a xícara de café com a mão direita., larguei sobre a mesa. O choro veio sem que eu pudesse controlar. Eu sabia que aquela gravidez não tinha chegado numa boa hora, eu podia ver na expressão desolada de papai que mais uma vez eu trazia preocupação para ele.

— Oh, querida, não chore. — Mamãe passou seus braços finos ao redor de meus ombros, me puxando para seu colo. Encaixei minha cabeça em seu ombro e me permiti chorar aos soluços. — É a melhor notícia que você podia nos dar — acrescentou.

Não estava nem aí para aquelas pessoas que me olhavam, talvez se perguntando o porquê de tantas lágrimas. Aquilo era um hospital, merda! Eu não estava ali comemorando. O que esperavam? Sorrisos? Eu esperava um consolo de meus pais, mas eu sabia que eles, assim como eu, tinham medo do que estaria por vir. Papai ficou imóvel tanto tempo que cheguei a pensar que ele não tinha ficado feliz com a notícia. Ao meu lado, mamãe se mantinha extraordinariamente feliz, foi ela que afastou toda minha angústia.

— Fico feliz por você, filha… E por nós. Uma vida que chega é sempre um presente de Deus. É uma bênção! — disse ela esticando suas mãos e levando até minha barriga. Aquele gesto me comoveu.

— Sua mãe falou por mim. É o melhor presente que você poderia nos dar — falou papai. Eu podia ver em seus olhos a intensidade de sua dor, talvez ele estivesse preocupado com meu futuro incerto.

— Querida, se algo der errado por aqui você volta com a gente para casa — disse papai com a voz de autoridade. Parecia ser aquele homem que eu havia detestado por alguns anos.

— Acha que isso é uma decisão sua, pai?

— Não, Samantha. Estou pensando em você, não em decidir algo por você! — ele finalizou. A voz de mamãe havia sumido.

— Essa decisão não será sua — falei esfregando meu nariz, tirando as lágrimas. — Saiba o senhor que eu tenho minha vida aqui. — Fiz uma pausa. — E... A minha vida agora é aqui. E é aqui que ficarei. — Fui rude.

— Pelo amor de Deus, querida, seu pai só está falando pelo seu bem e dessa criança. — Mamãe tentou reparar a forma que meu pai havia exposto seu pensamento.

— Essa decisão é minha, mãe, eu não sou criança, sei o que será melhor pra mim. — Olhei para meus pais tentando fazer com que eles entendessem. — John vai melhorar! Eu acredito nisso. A vida dele é valiosa e Deus vai me ouvir. Vai me ouvir.

— Estamos rezando por isso, Samantha — interrompeu papai.

Fez-se um curto silêncio.

— Nunca imaginei passar por isso, grávida e sem conseguir contar a ele essa notícia tão linda.

— Aconteça o que acontecer, estaremos aqui apoiando sua decisão — disse ele vindo para meu lado, me puxando para junto de seu peito. — Eu não quero decidir nada por você, filha. Eu só não quero que sofra. Não ficará desamparada, se for preciso, eu vou cuidar de você e dessa criança. — Ali entendi que toda dor que eu sentia, ele sentia também.

Ao entrar no corredor que levava até a UTI, eu pude perceber a movimentação que estava na sala de espera. Sem pensar, larguei a mão de mamãe e corri, corri o mais rápido que minhas pernas podiam. Ao chegar à sala de espera, vi que o médico estava lá dentro da UTI, só que tinha também outros quatro médicos, ou enfermeiros, eu não sabia. Conseguia olhar pela vidraça. A mulher que abriu a porta parecia que sabia quem eu era. Olhei para aquele rosto desconhecido e procurei pelo dr. Raul. Quando dei por mim estava dentro da UTI, a porta se fechou atrás de mim. Algo começou a se contorcer dentro da minha barriga. Eu não estava preparada, dr. Raul me olhou fúnebre, então eu pude compreender. Pressionei meus dentes, dando um grito abafado.

— Nãooooo... Não. Nãoooo... — As lágrimas escorriam em minha face pingando gotas no chão. — Não... Não... — Gritava desesperada com a mão na cabeça. Joguei-me no chão, agarrando o pé da cama. Dr. Raul se ajoelhou e num gesto rápido ergueu-me pelos braços. Minha cabeça continuava olhando para o chão. Não queria ver John morto. Eu não queria!

— Sinto muito, Samantha... — A voz dele me causou ainda mais pânico. — Tentamos mantê-lo vivo. Eu sinto muito! — Apoiou suas mãos sobre meus ombros. — Eu vou deixar que se despeça dele.

— Não... Não, doutor. Não vou me despedir! — Meu choro ia aumentando. Escutei a voz de mamãe protestando lá fora por não a deixarem entrar. — Quero tirá-lo daqui, preciso que ele vá para casa. — Coloquei as mãos descoordenadas diversas vezes em minha cabeça. — Ele tem que ir para casa. Tem que ir! — Meu choro desfalecia. A dor que invadia meu coração era a maior dor que eu já havia sentido em toda minha existência, era uma dor indescritível.

— Samantha — ele falou firme. — Vou deixar que se despeça. Por favor, não torne as coisas mais difíceis para você. É duro... Vai doer. Sabemos que vai! Mas John morreu. Morreu como escolheu. — Conforme ele ia falando meu coração se afundava em dor e desespero.

— Não! Não morreu nada... Não, doutor — murmurava soluçando.

— Sinto muito. — Seu tom sepulcral me tirou qualquer esperança.

Virei de lado para a cama, demorei alguns segundos até ter coragem de encará-lo. Aquela imagem me devastou. O rosto dele estava pálido, os olhos fundos e murchos. Permaneci gélida. — Por que, meu Deus? Por quê? Eu implorei tanto...rezei tanto. Por que o Senhor não me atendeu? O que foi que eu fiz de errado? Por que está levando ele de mim? Não faça isso, meu Deus. Eu preciso dele, preciso como nunca precisei de ninguém. Deixe-o aqui. Por favor! Não o leve de mim! Por favor...

Debrucei-me sobre seu peito, ainda quente e deixei as lágrimas escorrerem, rios de lágrimas. Lá no meu íntimo eu sabia que não tinha mais nada que eu pudesse fazer, mas eu não podia aceitar, não podia perder o cara mais incrível que já conheci. O homem da minha vida, meu grande amor. Oh, meu Deus, era como se estivessem me cortando em pedaços. Outra vez a vida vem e tira de mim o que mais amo. Por que, meu Deus? Por quê? Não faça isso. Olhe, aqui. Olhe. Olhe para mim. E veja a dor que está me causando. Não é justo! Não é. Desabei em cima de John e mais lágrimas caíram.

Conforme os minutos passavam minha realidade dura e cruel começava a me encarar; respirei fundo. Eu precisava encarar os fatos, mas não era nada fácil.

Aparentemente ele ainda parecia o mesmo, talvez um pouco mais magro, mas o meu John. Tinha acontecido tanta coisa boa em nossas vidas e agora eu tinha que defrontar uma dor que me fazia querer desistir. Pensei que talvez agora tivesse que voltar para casa de mamãe. Fiquei ali olhando para ele, só olhando. Quis guardar em mim o que sobrou dele. E tinha uma parte minha que ia junto com ele. Recostei-me em seu ombro, peguei suas mãos que ainda estavam mornas. As segurei apertando, esperando que ele fizesse o mesmo.

— John... Que peça você pregou em mim. E agora, o que vamos fazer? Éramos um só, você e eu. — A luz entrava pela janela, iluminando seu rosto pálido. — E hoje somos três; eu quero que você viva, John, por favor, viva pra mim. Você precisa viver. Vamos ter um bebê, meu amor — minha voz se desfazia. — Por favor, meu amor... Não faça isso. Não me abandone assim. E o nosso para sempre? — O quarto havia ficado vazio. Os aparelhos estavam desligados. Eu podia ouvir minha voz sussurrando lentamente. — Você não pode me deixar, John — Eu parecia esmorecer. — Não tem esse direito! — Estava aos prantos e minha mão percorria seu rosto num gesto desesperado. — Preciso de você aqui... Por favor — Esfreguei meu nariz. — Eu preciso. Preciso! — Beijei seus lábios frios. Minhas lágrimas caíam sobre seu rosto. Fechei meus olhos com força e o abracei forte. — Você me deu os melhores dias da minha vida. — Eu podia ouvir minha respiração ofegante. — Eu nunca vou te esquecer! — Soluços — Nunca... nunca, meu amor. — Meus soluços doíam no meu peito. — John... Meu amor. John...

Passei minha mão nos cabelos macios dele, contornando sua face, fui desenhando sua imagem, ainda podia sentir o cheiro em sua pele, uma mistura de colônia com aquele cheiro de hospital. Mas ainda era o cheiro dele! Beijei tanto sua boca, queria que ele acordasse daquele sono profundo. Quis que tudo fosse um pesadelo, que ao abrir os olhos acabasse, mas eu percebi. Percebi que ele já havia partido, que já estava longe de mim. Minha respiração foi ficando lenta. — Eu te amo tanto, meu grande amor. Como vou seguir meu caminho sem você? Prometemos cuidar um do outro. E você não tá cumprindo, John. — Fiz uma pausa. — Dizer adeus é tão difícil, meu amor. Fica comigo, por favor? Não vá embora... Por favor, meu amor, John... — Rasgava minha garganta ter que acreditar naquilo.

Não sei quanto tempo se passou até que a enfermeira entrasse na sala. Ela foi educada, pediu que eu me retirasse. Fiz que sim com a cabeça, mas não me mexi. Ela chamou minha mãe, que entrou com seus olhos inchados, me pegou pelos braços e me levou para fora. Mamãe tremia tanto, que não sei como ela conseguiu me segurar. Olhei para trás, a cena dela tirando todos os aparelhos, coberta, tudo que o envolvia, todas aquelas mangueiras. Aquela cena deixava ainda mais meu coração em pedaços. Agora era para valer, eu não o veria mais. Mesmo que fosse ali, eu queria poder continuar vendo ele, queria poder ter esperança, queria acreditar que Deus me ouviria. De repente, o mundo parou à minha volta e todos ali me olhavam com compaixão e talvez com certa pena. Eu achei que tivesse morrido junto com ele, porque eu fiquei desfalecida.

Vinte e um

Por dias fiquei calada. Lúcia fizera as compras diariamente. Por volta de três semanas depois, recebi um envelope grosso.

— Que o céu te receba, John. — Eu guardava aquelas palavras da despedida que nunca fora para mim uma despedida.

Meu amor,

Quando essa carta chegar a suas mãos, infelizmente não estarei mais ao seu lado.

Queria primeiro me desculpar com você por ter lhe causado qualquer sofrimento. Sei que será difícil, mas tente me entender. Meus planos não eram deixá-la! Se eu pudesse controlar a vida, mudaria meu destino. Tivemos um curto tempo juntos, mas foram os dias mais felizes. E eu sei que vivemos intensamente cada momento que nos foi dado. Eu sei que isso você irá concordar comigo! Posso dizer que me deu os melhores onze meses da minha vida. Eu não esperava encontrar você. Minhas razões erradas me fizeram tomar este rumo e talvez eu tenha sido injusto com você e comigo. Mas é que nos últimos anos a vida havia sido tão injusta que quando descobri a doença deixei-a silenciosa, pois sabia que com o tempo ela me tiraria a vida, como foi com a de minha mãe.

Pode acreditar! Cheguei a um ponto de não querer mais existir. Não sei por que, mas aqueles remédios todos me deixavam mal-humorado. Perdoe-me, por favor, meu amor. Quando te encontrei eu quis voltar no tempo, quis me tratar, mas já era tarde para isso.

Rezei todos os dias pedindo a Deus que me desse um pouco mais de tempo para cuidar de você e acho que ele andou me ouvindo por um tempo. Mas também entendo que ele não poderia ter feito milagre.

Apertei a carta junto ao peito e pensei em tantos dias.

Sei que deve estar se perguntando o porquê de eu ter escondido de você?

Bem, amor, queria ter tido a chance de te explicar, mas estávamos tão ocupados com nossa felicidade que o tempo foi passando e quando percebi não me restava saída a não ser esperar. Então saiba que eu tentei ser o melhor para você, tentei fazer de você a mulher mais feliz do universo e espero que tenha conseguido.

Meus olhos se espremeram.

Neste momento lá fora o sol está brilhando e eu posso sentir o perfume que as flores do jardim trazem com a brisa do vento, até parecem querer me agradar. E você é como as flores, sempre tentando me agradar, com seu sorriso encantador. Não deixe que sua luz se apague, não permita isso. Lembre-se de tudo que vivemos, ficará guardado dentro de nós, no coração. Não quero levar embora sua esperança e nem seus sonhos, então peço que pense em mim como alguém que passou em sua vida e deixou coisas boas. É só isso que quero, meu amor, vê-la feliz.

As lágrimas não paravam de cair.

Olhe ao redor e sinta todo meu amor. Quando casamos, ter visto você vestida de noiva me amoleceu inteiro. Não tinha visto nada mais belo até então. Quando disse "SIM" meu coração se inundou de esperança. Ali eu desejei ter uma nova chance de escolher a vida que eu queria ter, porque agora eu tinha por quem viver. Estou falando tudo isso para que se lembre do quanto eu te amo. Eu escolhi você, porque eu me apaixonei desde o primeiro instante que te vi. Você me trouxe paz, Samantha, imagina que recuperei meus sentidos. Fui... Fui muito feliz ao seu lado! Peço que não chore... Chore apenas se forem lágrimas de felicidade. Eu prometi jamais partir seu coração, mas estou quebrando esta promessa, meu amor. Eu juro que vou estar com você onde for, nas flores do nosso jardim, as mais belas, e nas estrelas do céu. Estarei lá, cuidando de você, eu nunca irei embora. Você foi meu grande amor e sempre será!

Podia ouvir os soluços dele.

Levarei comigo todo nosso amor. Eu te amo tanto que me destrói o coração só de pensar que vai chegar uma hora em que eu não poderei mais te abraçar, que eu não poderei mais sentir seu cheiro de jasmim, nem te tocar. Isso é o que me deprime a cada dia, saber que a cada manhã eu perco um pouco de você.

Minhas lágrimas caíam incontroladas, meu coração se inundou em tristeza, se é que era possível. Parecia que a cada linha eu morria aos poucos. A dor que invadia minha alma era uma dor indecifrável.

Não fique triste comigo. Quando eu não estiver mais aqui, lembre-se do meu abraço. Você dizia que te acalmava. Acho que o amor às vezes faz doer, no entanto, é o que há de melhor no mundo.

Quero que siga nossa vida, ou melhor, a sua vida daqui para frente. Eu sei que não vou melhorar! A cada dia fica mais difícil e vai ficar bem pior, eu sei disso. Minhas expectativas diminuem a cada segundo. Posso sentir! Acho que fui egoísta, eu poderia ter me tratado enquanto ainda havia tempo e quem sabe hoje as coisas seriam diferentes. Mas você sabe que as coisas mudam. Eu deveria saber também! Infelizmente meu tempo é curto e eu queria com toda força do meu coração dar mais tempo para gente. Achei que minha vida não teria mais brilho depois da morte de meu filho, depois de tantos enganos que a vida tinha me dado. Mas aí você apareceu e foi o que me manteve vivo, eu acho. Você foi o sonho mais lindo que eu não esperava mais viver. E eu vivi! Aquele que eu nunca esquecerei, vai ficar além dessa vida. Guardado. Bem lá no fundo do meu coração. Ninguém vai tirar, nunca!

Desculpa, meu amor, desculpa... Eu queria mudar nossa vida, queria consertar as coisas. Só que infelizmente não dará tempo. Lembra que me *falou para esperar, ir com calma? Agora entende por que eu não podia esperar? O tempo não existia para mim. O tempo. Ah, esse tempo... foi meu inimigo.*

Apertei a carta junto ao meu peito e lágrimas não cessavam.

Daqui uns dias as flores que eu plantei irão florescer, espero que ainda esteja por aí e que possa ver quando acordar e olhar pela janela a beleza que elas terão. Pois as plantei para alegrar seus dias. É uma surpresa, querida, mais uma.

Reavivei as surpresas que ele já havia me feito, pensei no terreno que não tinha dado tempo de seguir com os planos.

Eu te peço perdão, meu amor. Mil vezes perdão.

Minhas lágrimas continuavam a molhar o papel.

Se eu conseguisse voltar no tempo, teria escolhido viver. (Sei que estou sendo repetitivo.) Mas águas passadas não movem moinhos, não é mesmo? Não pense que está sendo fácil me despedir de você. Não está não! Precisei de quase dois dias para terminar esta carta.

Eu podia ouvir suas lágrimas silenciosas.

Eu te amo tanto, como nunca amei ninguém nessa vida. Chego a ter raiva de mim, por você eu queria viver... Eu queria. Sinto muito por tudo. Você foi a única coisa que me manteve vivo esse tempo todo. Peço-te com todo amor que sente por mim que seja feliz. Por favor, continue sonhando e realizando seus sonhos, por mais loucos que pareçam. São eles que nos movem! Vejo a mulher forte que se tornou isso me enche de orgulho. Ah, tanta coisa para te falar que passaria a eternidade escrevendo.

Não tenha medo do futuro, pois eu não tenho! Sei que você é capaz de sobreviver, meu amor. Se os mortos pudessem voltar, eu voltaria correndo para seus braços. Não estou me despedindo! Porque eu vou estar com você sempre, nas estrelas, lembra? Aquela que mais brilhar, você nunca estará sozinha. Manteremos vivo nosso amor nas fotografias. Nelas, o tempo estará vivo para sempre.

Só mais uma coisa. Você é a mulher ideal! É a mulher dos meus sonhos, do sonho de muitos homens! Deixo registrado aqui todo meu amor e toda minha admiração por você. Viverei na eternidade esperando um dia te reencontrar.

Esparramei lágrimas e mais lágrimas, que caíam sobre o papel.

Eu te amo. Minha doce, Samantha.

Eu te amo.

J.

Passaram-se duas horas enquanto eu lia a carta. Lúcia deve ter sido orientada de quando me entregar. Sequei as lágrimas, precisava me controlar ou isso acabaria comigo. Acariciei minha barriga, guardei a carta na gaveta e permaneci sentada, olhando pela janela do escritório. Além de toda papelada sobre a revista, John havia deixado uma pasta cheia de fotografias nossas e muitas outras minhas. Algumas que eu nem sabia que ele tinha tirado.

Olhei nossa foto de casamento no porta-retratos na mesa, sem perceber, abri a gaveta novamente. Apertei a carta sobre o peito, deixando mais lágrimas caírem. Eu a coloquei novamente na gaveta e voltei minha atenção para aquela pasta.

Abri o envelope vi mais uma carta dele.

Meu amor,

Algumas informações irão chegar para você com toda papelada que meu advogado está preparando. Tenho algumas surpresas. Uma delas é que você é muito rica, meu amor, sei que isso não lhe faz feliz, mas irá lhe ajudar a tomar decisões. Quem sabe até você abra sua própria grife? Volte para Gramado e dê continuidade ao nosso projeto. Eu nunca perguntei se sentia falta de lá, sente? Ou quem sabe tenha se apaixonado por Paris como eu...e queira permanecer aqui. E até pense em assumir meu lugar na revista. Deve estar *se perguntado o que eu quero dizer com tudo isso? Calma, não se assuste. Você já deve estar sabendo que sou um dos sócios da revista. Nunca lhe falei a respeito, pois havia me tornado o sócio majoritário havia dois meses. Quis deixar para você uma garantia, quis que ficasse bem, só isso. Agora você também é empresária. Faça como desejar. Eu ficarei feliz com qualquer decisão. Não fique chateada comigo, preciso passar para você os meus bens, também estou deixando o apartamento de Los Angeles para Albert e uma quantia para Lúcia, que é como uma mãe pra mim.*

Se achar que precisará de ajuda, peça ao seu pai, ninguém melhor que ele para lhe orientar. Terá dificuldades no começo, mas não se assuste tanto. Você terá acesso à minha conta e isso quem cuidará para você é meu advogado, Paul Medson é o nome dele. Sei o quanto é chato todo esse processo, mas infelizmente é necessário que fique por dentro de tudo. Ele irá te procurar em breve, deverá ser uns dias depois do meu funeral.

Escorreu lágrimas em minha face quente. Fechei a pasta me lembrando do dia do funeral, na triste despedida. Precisei ficar internada no hospital por dois dias, logo depois, disseram que tive uma crise forte de depressão, causada pela perda de John. Foi uma oportunidade para ficar um tempo com minha mãe, pois eu estava sem direção.

Durante algum tempo até pensei em conversar com você sobre esses bens do qual você é a herdeira de direito, mas conhecendo você sabia que não se sentiria à vontade. Deixei para falar disso um pouco tarde, eu sei, pois você não terá oportunidade de me dizer se quer ou não ter tanto dinheiro assim. Mas amor, seu pai saberá bem como investir. Ele é um homem com boas ambições.

Papai, sim, papai saberia bem como investir.

Dizem que o sol sempre volta a brilhar depois da tempestade, e assim como o sol volta a brilhar, a vida deve seguir.

Com todo o meu amor,

J.

Sequei as lágrimas. Fechei a pasta, dei uma olhada no relógio, estava ali sentada há quase quatro horas. Não que o tempo fosse algo importante nos últimos dias, mas eu precisava me alimentar, agora não era só eu, alguém dependia de mim para viver. Estava com quase dois meses, havia feito ultrassom no dia anterior e Mamãe tinha me acompanhado. Meu rosto estava franzido como se estivesse contendo as lágrimas, estava bastante emocionada e deixei que elas descessem. Queria que ele estivesse ali comigo, naquele momento tão especial. Queria que pudesse sentir nosso filho crescendo dentro de mim.

Os dias iam se arrastando e todos os dias eu fazia o mesmo ritual, pegava uma peça de roupa dele no armário e cheirava, parecia que com aquilo o mantinha ao meu lado. Gostava de ver o formato que minha barriga vinha ganhando, mas minha animação parecia amortecida. Conforme minha barriga ia crescendo eu sentia ainda mais falta dele, ficava imaginando como seria se ele estivesse aqui. Não teve nem chance de saber que dentro de mim tinha um pedaço dele ganhando vida, o que me fazia sofrer ainda mais. Eu lutava para afastar de meus pensamentos, mas sentia muitas saudades dele. Estava ignorando tudo que ele havia me pedido. Durante o dia eu ainda conseguia manter meus pensamentos ocupados, pois mamãe e papai estavam comigo. Papai tirou licença do escritório, o que não foi muito sacrificante para ele que era apaixonado por Paris. Conforme o tempo passava, eu sentia mais necessidade de sair daquela casa, pois tudo ali me lembrava ele. Como eu ia viver sem ele? Ainda não tinha descoberto. O que estava me matando era não ter mais os braços dele para me proteger. O que eu podia fazer, se ele era a minha alma, meu mundo, se meu coração pertencia a ele? — John, meu amor, você foi embora e levou tudo de bom que tinha na vida. Como eu posso viver isso tudo sem você? Eu não vou suportar, não vou. — Era tão doloroso ter que acordar sem ele, talvez eu tenha adormecido depois de tanto chorar naquela noite gelada. A cama era grande e vazia.

Com os dias, comecei a ajeitar as coisas, não pensei em outra pessoa que não fosse Pati para tomar conta da revista. Ela foi nomeada como a nova gerente comercial e Rosie continuou sendo a secretária, já Albert vinha se mostrando bastante enciumado, isso até apimentou um pouco a relação deles. Inclusive resolveram morar juntos, alugaram um duplex no centro a dois quarteirões da revista. Pati estava exultante, tudo que ela mais queria, um emprego *top* como ela dizia e um apartamento chique, nada mais do que no centro de Paris. Edu, seu irmão, estava hospedado em sua casa, ia passar uns dias com ela. O pai dela voltou a namorar a sua mãe e acho que iria demorar um pouco para ela aceitar. Edu também não concordara, mas não sendo filho dela, não se sentia no direito de opinar, então liberou a casa para seu pai, comprou um pequeno apartamento e morava com Nina, a cachorra de Pati. Não imaginava um *playboy* como ele cuidar de uma cachorra.

Albert continuava trabalhando para aviação Air France, mas diminuiu as frequências dos voos. Quando sobrava um tempo, vinha me visitar aos finais de semana, numa dessas visitas tivemos oportunidade de conversar abertamente sobre a morte de John. Contou um pouco sobre a vida dele antes de mim, da dolorosa morte que sua mãe teve, com o mesmo problema, câncer no pulmão; ela foi definhando, sofreu muito com as quimioterapias que nunca deram resultado, apenas dores, queimações. E depois tudo piorou com a morte do filho, nasceu e dois dias depois faleceu. Todos os acontecimentos que ele havia presenciado não o faziam querer lutar pela vida.

— Ele jurou, Samantha, jurou que seria para sempre assim. Tinha dois anos que ele havia descoberto o câncer. Fez tratamento no começo, depois relaxou e decidiu não fazer mais. Penso que ele deve ter aceitado conviver com aquilo, porque ele definitivamente apagou esse pedaço da vida dele. Sabe, era como se ele não tivesse problema algum! — Albert se emocionou. — E quando eu perguntava se ele estava se cuidando, se estava indo ao médico, ele só pedia para que eu deixasse que ele se preocupasse com isso. E eu insisti com ele, insisti que ele contasse a você quando te conheceu, ele disse que você não precisava saber. — Por ora me veio à lembrança a conversa que eu escutei deles na sala. — Ele até voltou a procurar o médico.

E tudo se encaixava, as coisas começavam a fazer sentido. O pedido desesperado de casamento, o tempo que ele dizia ser curto e eu não tinha percebido nada.

— Ele sabia que mesmo se tratando a morte viria, então acho que a decisão de não se tratar era essa certeza que ele tinha de não curar. Fez exames em Nova York e até usou alguns remédios. — Albert falava com os olhos embargados de tristeza. — Mas ele não tinha muito tempo. — Suas mãos tremiam. — Ele sabia que não teria mais chances, por isso ele poupou você de todo sofrimento. Foi só por isso que ele não dividiu essa dor com você, Samantha — explicava. — Porque isso doía mais nele do que podia se imaginar. — Suas lágrimas escorriam sem que ele pudesse segurar e as minhas só precisavam de uma piscada para caírem. Senti um aperto no peito rememorando a carta dele.

— Sei o quanto amava John e admiro a força que vem tendo — dissera ele olhando para minha barriga. — Você está sendo forte. — Só ele via isso, pois eu não estava sendo nada forte, queria por vezes ter morrido junto com ele. A dor que havia tomado conta do meu coração parecia aumentar com o passar dos dias. — Você está seguindo em frente como ele queria. Sua barriga está cada dia maior. — Ele deu um sorriso apalpando com as pontas dos dedos minha barriga. — Percebo a cada vez que venho o quanto ela está maior.

Já tinham se passado cinco meses e a barriga só crescia.

— Tenho que seguir, Albert, mesmo sendo difícil. — Mentia, é claro. — Eu preciso seguir. Devo isso a essa criança que carrego aqui dentro. — Mesmo que eu não acreditasse naquilo, precisava dizer.

— Bem, se precisar de qualquer coisa, de qualquer mesmo, pode me ligar. Samantha, não fique guardando mágoas, ele teve muita sorte em conhecer você e foi muito feliz depois disso. — Seus olhos brilharam de um jeito que me fizeram lembrar os de John.

Eles não eram nada parecidos, mas os olhos tinham a mesma cor e nos últimos tempos eu vinha notando alguns traços em comum. Pati tirou a sorte grande, Albert era um homem bom e a amava de verdade, isso ninguém podia negar. Para aturar suas neuras, só amando para valer, ela era mimada e autossuficiente, não que seja de todo ruim, mas eu esperava que realmente essa relação desse certo e que Pati aprendesse a valorizar as pessoas que realmente importam. Como dizia seu pai, ela tinha o dedo podre, trocava de namorado como quem troca de roupa. Tinha sorte de ter atrativos, era bonita e inteligente, chamava atenção por onde passava e era minha melhor amiga. Eu sabia que ela também estava apaixonada por ele e gostava da boa vida que ele lhe dava, é claro que gostava. Não estava acostumada a gastar tanto com roupas de grife, desde que conheceu Albert nunca a vi repetir uma roupa. Ela encontrou seu pote de ouro, seu príncipe encantado como ela tanto queria. Eu me sentia feliz por ela, acho que até sentia certo alívio, porque vendo ela bem, quem sabe um dia eu poderia ficar bem também.

— Obrigado, Albert... — disse acariciando minha barriga que estava tomando a forma de uma laranja. — Obrigado por ter me contado tudo isso. Parece que tudo ficou mais fácil de entender. — Lúcia entrou na sala trazendo um café e quebrou aquele clima de emoção.

Já era fim de tarde quando papai adentrou a sala, com suas mãos cheias de sacolas. Fechei os olhos, imaginando o que seria, ele me encarou com seu olhar cauteloso, inquieto como se esperasse uma reação minha. Então, levantei esticando minha mão para alcançar as sacolas, que ele me entregou com alegria.

— Presentes para meu neto — disse.

— Pai... Já lhe disse que ainda não sei se é menino. — No fundo eu sentia que era um menino parecido com ele que viria para me dar dias felizes de novo.

Epílogo

Eram 06h30min da manhã quando terminei minha corrida matinal e me sentei silenciosa sobre a areia gelada. Não costumava vir assim cedo, mas a chegada da primavera me trazia certa nostalgia e correr na praia me ajudava a afastar a tristeza que ainda aparecia vez ou outra. De um tempo para cá passei a usar a máquina fotográfica de John e estava gostando das imagens capturadas por ela. Tá aí algo que eu nunca tinha pensado. Fotografias!

Havia muito tempo que eu tinha parado de cuidar de mim, do meu corpo. Por um tempo eu até cheguei a frequentar a academia, mas quando John se foi, logo parei, o que gostava mesmo era correr ao ar livre, sentir o vento batendo no rosto fazia com que me sentisse viva. Para minha sorte o sol resolveu aparecer cedo. Gosto de ficar observando as gaivotas com seus finos pés andando sobre a água. Olhando a imensidão do mar, perdendo a noção do tempo. Ah, o mar… me trazia boas lembranças. Gostava de imaginar que não muito distante ele estava a me observar. Ele disse que estaria nas estrelas, talvez ele estivesse lá agora, atrás das nuvens me observando…Talvez ele tenha se tornado uma estrela.

Meus olhos se encheram de lágrimas, tentei controlar, mas a saudade doía demais e era mais forte do que qualquer outra coisa. Vinha tentando seguir o que ele havia me pedido, para não pensar no passado, me concentrar no futuro, no lugar que eu desejava estar. Mas só que às vezes parecia impossível! Pois tudo em Jack me lembrava dele.

Apoiei meus cotovelos sobre o joelho, fiquei pensativa, deixei as lágrimas escorrerem e continuei contemplando o mar. Podia ouvir o barulho das ondas quebrando na beira da areia. Quando estava ali, sentia tudo tão calmo que faria isso por toda vida.

Jack ainda dormia, Lúcia estava lá por perto no caso de ele acordar. Ela veio morar comigo, Noel faleceu após ter dado uma gripe forte, o último inverno tinha sido rigoroso e ele não suportou o frio, o AVC havia o deixado com sequelas, suas pernas tinham travado de vez e seu corpo foi definhando na cama até que uma gripe foi fatal. Lúcia não tinha ninguém e eu jamais a deixaria sozinha, por que eu sei que John faria o mesmo. Agora ela tinha só eu e nós nos tornamos essenciais uma na vida da outra. Minha mãe morria de ciúmes.

Dali a duas semanas Jack completaria dois anos e o tempo vinha passando tão rápido. Parecia que tinha sido ontem que nascera e agora faria dois anos. Ele era um menino tão cativante, tinha uma doçura em seu sorriso que me era familiar, também era serelepe. Minha mãe dizia que ele era movido a bateria, daquelas que carregam sozinhas, confesso que ele vinha me dando um tremendo cansaço.

Não importava como estivesse o tempo, sendo frio ou calor, normalmente costumávamos ir à praia no fim da tarde, ele trazia o baldinho para brincar de fazer castelo na areia. Quando o botava para dormir, passava um bom tempo observando seu sono tranquilo, via o quanto ele se parecia com John, o contorno da boca, as mãos, o nariz, era inacreditável quanto seus olhos eram iguais, até os cabelos lisos e escuros. Mas o seu sorriso era o que mais me fazia lembrar, era um pedaço dele que ficou comigo. Quando dava por mim, já havia adormecido ao lado dele. Para ficar mais fácil, comecei a colocá-lo pra dormir na minha cama e minha mãe vivia dizendo que não devia fazer isso, pois ele ia se acostumar e não iria mais querer dormir em seu quarto. Só que o prazer que sentia em tê-lo perto era tão grandioso que não queria pensar se depois ele iria ou não querer dormir em seu quarto. Sabia que não teríamos todo tempo do mundo para viver juntos, então queria só aproveitar cada segundo que a vida me dava ao lado dele.

Achei que seria mais difícil, nunca tinha me imaginado mãe, mas acredito que tenha me superado. Pouco a pouco eu fui me acostumando a ter alguém que dependesse de mim. Jeni, que tinha tido bebê antes de mim, certa vez descrevera o efeito de acordar às quatro da manhã para dar de mamar. Recordei-me de como esses momentos me ajudaram a seguir em frente. Nunca imaginei sentir amor maior, nem sabia que existia esse amor tão puro, tão sem interesses. A diferença era que ela tinha José para lhe ajudar e eu não tinha John. Mas eu tinha Lúcia sempre por perto, tinha minha mãe e até a vovó. Pensava como Jeni pôde nos surpreender, parecia que ela e José se davam bem, esperava de verdade que ele nunca a magoasse.

Mamãe e papai costumavam nos visitar aos fins de semanas. Algum deles vovó os acompanhava. Ela estava radiante com Jack, o bisneto que carregava o nome do meu avô. Quando eles não podiam vir, eu costumava ir até lá. Como mamãe reformou meu antigo quarto, eu e Jack dormíamos na minha nova cama, o que tinha de antigo lá era só o aparador, pois mamãe tinha deixado ele com um ar alegre e com muita claridade.

Ah, também tínhamos um cavalo, realizei um sonho de menina de ter meu próprio cavalo. Claro que será para Jack. Dei o nome de Alazão, meio brega, mas era o nome que eu sempre quis, aquele nome que eu via nos filmes. Eu o deixava na casa de campo da vovó e havia contratado Júlio para trabalhar lá, era ele que estava sem emprego, já que o bar havia sido vendido para um judeu. Ele não pensou que voltaria a me ver e quando o procurei e fiz a proposta de emprego, ele ficou estarrecido, e claro, aceitou na hora. Ele tinha braços fortes, era alto e seus olhos azuis me traziam certas lembranças. Jack o tem como um herói, era assim que ele o chamava. Júlio o carregava no cangote pela imensidão do pasto. No começo, vovó se mostrou relutante, mas ela entendeu que precisávamos de um homem forte que cuidasse da terra, já que o casal que morava atrás foi embora, se não fosse assim, ela não chegaria aos noventa. Jack adorava quando íamos lá, vovó fazia aquele bolinho de chuva, o café feito no bule com coador de pano que só a casa dela tem. Descobri tanta coisa sobre Júlio, ele montava a cavalo, fazia um bom chimarrão e tocava violão, então virou cultura nossa nos reunirmos na varanda ao som da viola dele. Meu sorriso se abre quando penso nele.

O engraçado é que Jack adormecia em meu colo quando ele tocava e ficávamos ali, sentindo a brisa da noite com o cheirinho gostoso que vinha das flores. Gostava do sentimento que brotava em meu coração quando estava perto dele. Parecia que algo nele me confortava. Vovó não perdia uma chance de nos deixar sozinhos, devia pensar que havia algo entre nós dois. Mas não há! Não que um dia não possa ter, não descarto essa hipótese. Tinha vivido experiências que tinham me feito pensar diferente, mas, no momento, meu coração ainda pertencia a John.

Certa vez me questionei por que não fui morar com minha mãe ou até na casa de vovó. Mas naquele momento de dor que eu me encontrava, quis me isolar. Eu tinha passado tempo suficiente sozinha para descobrir o quanto era bom ser dona da própria vida. Por isso achei que longe e ao mesmo tempo perto estaria bom. E morar aqui, perto do mar era um plano meu e dele, então, eu dei continuidade, por um período eu achei que fazendo aquilo o teria perto, ao menos em pensamento, sei lá, mas não foi bem assim. A falta que ele me fez nos dias longos e frios me cavaram um buraco ainda maior no peito. Era de imaginar que isso aconteceria. Sei lá... Penso que ainda sou um mistério. Acho que todos nós somos, estou descobrindo coisas em mim que me tem trazido mais plenitude.

A casa foi construída conforme ele havia projetado, ficou um tanto grande, diria que é enorme. Sempre gostei de casas grandes e sempre quis ter uma, mesmo sabendo que ao envelhecer o trabalho será dobrado. Tem dois pavimentos, com portas e janelas em madeiras estilo colonial, tem calefação e isolamento em todas as aberturas. Além da sala de estar principal, há uma sala de TV com todos os brinquedos de Jack espalhados, existe uma grande diferença de uma sala antes das crianças e após elas. A cozinha é arejada, com uma porta grande de madeira maciça, com uma pequena sala de jantar bem discreta. O escritório fica aos fundos da piscina. A casa foi decorada com mobílias novas feitas sob medida, alguns móveis foram comprados num antiquário, "antiguidade", paixão de John, que teve um pouco da mão de James, o escolhi para apadrinhar Jack, ele tem sido muito presente mesmo estando longe, vive na ponte aérea. Acho que John faria a mesma escolha. Os quadros foram trazidos da casa de Paris, James cuidou disso. A casa foi vendida um ano após a morte dele, por três milhões de euros. Não imaginava que valia tanto até vender! Nem sabia o que fazer com tanto dinheiro. Bem, por que eu vendi? Porque foi preciso me desfazer de certas recordações ou aquilo me mataria.

Quando anoitecia Jack brincava na sala, Lúcia se juntava a nós fazendo seus bordados, então eu dava uma fugida até o escritório e fazia meus desenhos. Era nesta hora que tinha inspiração, mas no momento não passavam de desenhos.

— Está tudo pronto? — Júlio perguntou antes de fechar as malas.

— Quase.

Embarcaria às 21 horas para Paris, na bagagem levava tudo que podia para me lembrar de Jack, uma fraldinha de rosto, uma foto, uma peça de roupa e o primeiro desenho que ele fez, se é que podia ser chamado de desenho.

— Acho que vem chuva por aí. — disse Júlio amedrontado. — Devia ficar, deixe para ir amanhã.

— Não posso. James estará à minha espera. — Olhei para a passagem na minha mão querendo achar o horário do voo. Era como se voltar a ver James me trouxesse John de volta. Era sempre assim. James me fazia reviver os dias ao lado de John e por mais que eu soubesse que devia evitar, quando tinha que estar com James era ter os meus momentos de novo, só que sem ele, sem John.

Ficamos em silêncio, sentados dentro do carro enquanto Júlio dirigia atento aos pingos fortes de água que desabavam sobre o para-brisa. Do lado de fora as ruas pareciam acolhedoras, havia uma grande quantidade de carros no mesmo caminho que o nosso. Júlio me olhava vez o outra, esperando que eu dissesse que ficaria, mas eu não faria isso. Quando paramos no aeroporto, descemos correndo carregando minha mala de rodinhas e minhas bochechas esquentaram ao lembrar a mesma cena ocorrida com John na noite em que voltávamos da casa de meus pais. Mesmo sabendo que ele jamais voltaria dentro de mim algo ainda desejava isso. Sonhava todas as noites com ele, mas quando acordava ele não estava lá. No entanto, era impossível substituí-lo. Era impossível esquecê-lo.

Embora já tivesse entendido que ele tinha partido de vez, eu ainda queria que um dia ele pudesse voltar. Deixei meus pais pensarem que eu tinha me refeito, era melhor assim. Então o que eu precisava fazer, era seguir em frente. E era o que eu vinho fazendo. Mesmo com o coração apertado, espremido, sufocando as lágrimas que às vezes insistiam em fazer parte do meu dia a dia.

Percorri um longo caminho até chegar aqui e entender que nosso destino já vem traçado. Eu acredito! O destino é como a água de um rio, que você pode desviar o percurso, fazer curvas, mas ele vai desaguar no mar. Então, mesmo que eu tenha desviado o trajeto do meu rio, eu não pude mudar o percurso do meu caminho. Digo isso por experiência própria.

NA SEMANA PASSADA QUANDO ABRI MEU *E-MAIL* TIVE UMA GRANDE SURPRESA.

De: Eduard Henry
Data: 18 de outubro de 2008 — 21h47min
Assunto: Pedido de desculpas
Para: Samantha

Olá, Samantha, por favor, não feche o *e-mail.*

Sei que não deveria estar aqui lhe enviando este *e-mail* depois de tanto tempo. Deve estar se perguntando onde consegui seu contato, porque você mudou de *e-mail*, não é mesmo?

Eu consegui com Pati. Calma... Não fique brava com ela. Eu que insisti!

Nem sei como começar, Sam... Ainda posso te chamar assim?

Talvez eu deva pedir perdão por todos esses anos que fiquei ausente. Mas eu tive meus motivos, ACREDITE. Quando meu pai faleceu, ficou difícil demais e logo depois minha mãe teve um AVC e hoje passa seus dias na cama.

Então, tive que cuidar dela e dos negócios. Não estou tentando eximir minha culpa, talvez esteja se perguntando o que você tem a ver com tudo isso? Tem muito a ver, Sam. Porque eu não deixei de pensar em você um minuto da minha vida. Sei que não tenho direito de pedir nada a você e nem quero pedir. Eu sei o que passou nesses últimos anos. Fiquei sabendo que perdeu seu marido. Meus sentimentos. Soube também que tem um filho, que deve estar completando dois anos. Parabéns! Diria que me surpreendeu, logo você que não sonhava em casar.

Pensei como ele podia saber de tudo aquilo.

Deve querer logo saber o porquê deste *e-mail* após tantos anos.

Só precisava me desculpar. Tirar de dentro de mim as mágoas. Queria ter tido a chance de me desculpar antes. Mas eu escrevia as cartas, envelopava, cheguei até ir ao correio uma vez, mas nunca as mandava. Não queria que tivesse uma vida insignificante como foi a minha nesses oito anos. Eu te livrei de mim, Samantha! Livrei-te da infelicidade que seria viver ao meu lado, pois eu não sou mais aquele Henry por quem um dia você se apaixonou.

Quando soube de você, do seu casamento, propriamente dizendo, foi pela revista que minha mãe gostava de ler. Eu até ia cancelar depois que ela adoeceu de vez, mas quando vi nela uma chance de saber sobre você, renovei a assinatura, e continuo renovando até hoje. E foi aí que acendeu dentro de mim uma tocha de felicidade. Quis que chegasse o momento de saber de você, saber se tinha seguido em frente com seus sonhos e vejo que foi ainda mais além deles. Posso dizer que estou orgulhoso da mulher que se tornou. Não digo para te agradar, não! Sei bem que não pensa em mim e tenha certeza que sou agradecido por ter me esquecido. Assim pôde reconstruir sua vida.

Não vim pedir para te ver. Não... Vim pedir perdão por todo mal que te causei. Já basta Pati ter me esculachado por um bom tempo, com *e-mails* bem malcriados.

Logo pensei que isso era bem a cara de Pati.

Se por acaso algum dia sentir vontade de me ver, de conversar frente a frente, será muito prazeroso. Mesmo que no momento me basta falar por essas linhas.

Ele escrevia muito bem, aquilo não tinha mudado.

Perdoe-me.

Espero viver até que te encontre pela vida e quem sabe eu morra em paz. Nem que eu esteja velho! Eu vou ficar esperando.

Meu coração disparou.

Assinado: Eduard Henry

Depois de ler aquele *e-mail*, precisei tomar um copo de água com açúcar. Inacreditável como mexeu comigo, mexeu na minha ferida. Não que eu quisesse algo com ele, em nenhum momento isso passou pela minha cabeça, mas aquilo tinha causado um efeito duradouro em mim. Não tinha respondido e não pretendia responder. Talvez um dia eu esteja preparada para fazê-lo. Ele teve seus motivos. Pensei como somos insensíveis. Ele decidiu por mim, como John havia feito.

Por ora cheguei a cogitar voltar a morar em Paris, talvez um pensamento inoportuno de fugir, mas repensei. Quando deixei meu emprego em Paris, recebi alguns convites para trabalhar em outras grifes, porém fiquei apenas com a sociedade na revista. Acredito que voltar para o Brasil tenha sido minha escolha mais certa, a que considerei certa naquele momento.

Pati sendo minha sucessora comandava tudo muito bem. No último ano a revista deu um *upgrade* e vendeu mais de cinco milhões de exemplares, nunca havia atingido mais de dois milhões. Recebo uma edição da revista mensalmente. Costumo aparecer nos eventos que acontecem de três a quatro vezes no ano. Quem sabe eu tome frente da revista, ou até mesmo Jack. Sei que tudo pode mudar de repente. A vida tinha me ensinado isso, num futuro bem distante… Quem sabe!

Bem, depois que me tornei mãe muita coisa ficou mais clara na minha vida e hoje sei o que é ter motivos para acordar todas as manhãs, e foi John quem me deu. Sei que com o tempo todas feridas irão cicatrizar, é sempre assim, não é? O tempo cura tudo. Mesmo eu acreditando que não exista tempo, como ele dizia, pois o tempo não nos deu oportunidade de viver mais tempo juntos. Mesmo assim, eu tento seguir confiante de que o tempo cure toda essa dor que ainda carrego dentro de mim. Acho que me tornei a melhor mãe que Jack poderia ter e hoje entendo o que ele sentiu. Seguro as lágrimas. Entendi que às vezes nossas escolhas sangram e nossa alma leva muito tempo para se refazer. Sabia que deveria deixá-lo ir, mas bem no fundo, bem dentro do meu coração, eu não queria. Não me imaginava vivendo sem sequer pensar nele. Quando acordo todas as manhãs, a primeira visão é Jack e é ali que entendo o significado de John ter entrado em minha vida.

Olhei para minha bolsa Chanel, presente dele, apertei contra o peito, Júlio me entregou a mala, peguei e quis abrir um sorriso.

— Te pego no mesmo lugar daqui a quatro dias — Júlio falou.

Senti uma vontade de abraçá-lo, tentando ignorar o que meu coração pedia em relação a Júlio, o que eu desconhecia, segui caminhando em direção ao portão de embarque. Pensei em ser mais gentil e agradecer a ele por ter me trazido até ali naquela chuva forte, que ele por vez detestava. Era difícil olhar para um homem com os mesmos olhos que um dia eu tinha olhado para John.

— Boa viagem — Júlio gritou. Voltei meu olhar para trás, deixei minha mala e corri para abraçá-lo, encaixei meus braços ao redor do corpo forte dele e ele ficou sem reação, mas bastou alguns segundos para ele fechar seus braços ao redor de mim. Uma angústia estranha crescia dentro do peito.

— Júlio, eu vou ficar bem, não se preocupe. Por favor, cuide de Lúcia e Jack. E não deixe vovó ir embora, ela deve ficar com vocês até eu voltar. — Eu não gostava de ter que dar as ordens, sendo para ele, então.

— Está bem — respondeu com os olhos emocionados.

— Quando chegar a Paris, eu lhe envio um torpedo avisando que cheguei bem. — Observei-o estalar os dedos. — Obrigado. — Dei um beijo em sua face.

— Cuide-se — falou e foi soltando a minha mão que estava entrelaçada na dele sem que eu notasse.

Eu tinha que ir, não que eu quisesse ficar e desistir, James e eu tínhamos um acordo, e eu o acompanharia nos desfiles, eu era a sócia majoritária da revista, tinha que estar lá, mas alguma coisa parecia diferente a partir daquele momento.

Antes que eu pudesse desistir ele me deu tchau, partindo em passos pesados, com a voz embargada. Pensei que pudesse ser o frio que fazia, pois eu também me sentia assim. Segurando a passagem na mão, sem firmeza alguma, enfiei a mão no bolso do casaco e segui.

Júlio tornou-se alguém que vivia diariamente fazendo parte da minha vida. Mesmo assim sinto como se meu coração fosse parar de bater a qualquer momento, pois faz tanto tempo que não vejo o rosto de John, as fotografias já não me bastam. A dor que invadiu minha alma não parece querer ir embora. Mas eu ainda espero, espero que o tempo a leve de vez. No entanto, se eu conheço bem meu coração, a dor não vai embora, ela viverá comigo, como se fosse parte de mim. Queria só ter tido a chance de dizer a ele o que ele estava deixando dentro mim, um pedacinho dele que ficará para a eternidade. Há tanta coisa que o tempo refez e a tantas outras que o tempo não levará.

Quando ele me beijava
eu via coraçõezinhos.

Agradecimentos

A LISTA É GRANDE, MAS VAMOS LÁ.

Em primeiro lugar gostaria de agradecer ao meu esposo, Deivid, aquele que tem todo o meu amor. Obrigado por sempre estar ao meu lado me apoiando, sendo carinhoso e paciente. Por todas as noites em que eu escrevia e você me esperava acordado. Sem você eu não poderia ser completa.

Aos meus filhos, Luan e Maria Luiza, é por eles que eu acordo todas as manhãs, são eles que todos os dias me dão milhões de alegrias e vários motivos para continuar sonhando.

Não poderia deixar de mencionar meus pais, que me ensinaram os valores da vida.

Agradeço aos meus irmãos que sabem o quanto eu os amo e como cada um é importante e especial na minha vida. Eu sou feliz por tê-los ao meu lado compartilhando meus momentos. Mas devo mencionar minha irmã, Fabiana, que desde pequena escutava falar dos livros que havia lido, dos quais pretendia ler e do sonho de ser bibliotecária. Foi ela que me fez despertar para a leitura e me apaixonar pelos livros.

Sem me esquecer delas, algumas de minhas amigas, Rute, Juliana, Cris, Gisele. Das quais eu peguei emprestadas algumas palavras, frases e até personalidades, que tirei de nossas noites longas de papos e de nossas recordações. Momentos inspiradores que me deram uma vasta experiência de vida.

À Editora Pandorga por acreditar no meu livro.